Aus Freude am Lesen

btb

Buch
Kommissarin Elina Wiik befindet sich privat und beruflich in einer Krise. Um ihren Tiefpunkt zu überwinden, bricht sie eines Tages fast fluchtartig zu einer Reise in ein kleines süditalienisches Städtchen auf. Dort kommt sie endlich zur Ruhe und lernt nach ein paar Tagen einen Mann namens Alex Niro kennen – die Liebe ihres Lebens. Das Glück scheint perfekt, doch dann findet Elina ihren Geliebten ermordet in seinem Haus auf – getötet durch einen Messerstich ins Herz. Sie muss erfahren, dass es keinen Mann namens Alex Niro gibt und auch nie gegeben hat. Seine Identität ist ungeklärt. Geschockt und am Boden zerstört kehrt Elina wieder zurück nach Schweden. Dort stellt sie alsbald fest, dass sie schwanger ist. Zwei Fragen möchte sie ihrer Tochter zuliebe klären: Wer war Alex Niro? Und wer ermordete ihn? Eine aufregende und hochspannende Ermittlung beginnt, die zeigt, dass die Grenze zwischen Täter und Opfer nicht immer eindeutig ist ...

Autor
Thomas Kanger, geboren 1951, lebte lange Jahre in Västerås, Schweden, und später in Kalifornien, Neu-Delhi und Jerusalem. Er war als Journalist tätig und berichtete unter anderem viele Jahre aus Israel, bevor er zurück in die Nähe von Stockholm zog und sich dem Schreiben von Kriminalromanen widmete.

Thomas Kanger bei btb
Der Sonntagsmann. Roman (73574)
Der tote Winkel. Roman (73754)

Thomas Kanger

Der blinde Fleck
Roman

*Aus dem Schwedischen
von Kerstin Schöps*

btb

Die schwedische Originalausgabe erschien 2007
unter dem Titel »Gränslandet« bei Norstedts, Stockholm.

FSC
Mix
Produktgruppe aus vorbildlich
bewirtschafteten Wäldern und
anderen kontrollierten Herkünften
Zert.-Nr. GFA-COC-1223
www.fsc.org
© 1996 Forest Stewardship Council

Verlagsgruppe Random House FSC-DEU-0100
Das FSC-zertifizierte Papier *Munken Print* für dieses Buch
liefert Arctic Paper Munkedals AB, Schweden.

1. Auflage
Genehmigte Taschenbuchausgabe Oktober 2009
btb Verlag in der Verlagsgruppe Random House GmbH, München
Copyright © 2007 by Thomas Kanger
Published by agreement with Salomonsson Agency
Umschlaggestaltung: semper smile, München
Umschlagfoto: © plainpicture/Millenium
Satz: IBV Satz- und Datentechnik GmbH, Berlin
Druck und Einband: CPI – Clausen & Bosse, Leck
NB · Herstellung: SK
Printed in Germany
ISBN 978-3-442-73708-6

www.btb-verlag.de

PROLOG

Die Luft flimmerte vor Hitze, es war ganz still. Im ersten Stock des Hauses saß ein Mädchen in ihrem Zimmer. Sie schrieb in ihr Tagebuch.

Liebe Bella,
vorhin sind Gabriel und sein Freund gekommen, um uns abzuholen. Sie haben gemeint, dass wir sofort aufbrechen sollten, aber Mama will vorher unbedingt noch Essen machen. Typisch Mama! Sie ist gerade im Gemüsegarten und holt Kartoffeln und Mohrrüben. Papa sitzt wie immer in seinem Stuhl, er hat große Schmerzen in den Beinen. Oma will nicht fort, sie will bleiben, egal was Gabriel dazu sagt. Und ich muss packen, es ist so schwer, sich zu entscheiden, was man mitnehmen will!!! Aber du kommst natürlich mit, Bella! So, und jetzt muss ich mich beeilen.

Das Mädchen klappte das Tagebuch zu und stand auf. Aus einem kleinen Schrank wählte sie ein paar Kleider, Blusen sowie ein Paar weiße Schuhe aus. Sie legte die Sachen aufs Bett. Die Bücher würde sie alle im Regal stehen lassen, bis auf eines, das von einem Mädchen handelte, das in den Wolken lebte. Von dort konnte dieses Mädchen die Menschen auf der Erde beobachten und deren Leben mit unsichtbarer Hand lenken. Wenn ein schreckliches Unglück bevorstand, konnte sie es verhindern, bevor es eintraf, denn das Mädchen in den Wolken wusste es schon im Voraus. Manchmal genügte eine Verzögerung von wenigen Sekunden. Das Auto fuhr vorbei, bevor der Junge auf die Straße lief, und er kam ungeschoren davon. Der Blitz schlug in dem Baum ein, kurz bevor die junge Frau darunter Schutz vor dem Regen suchte. Manchmal beschleunigte sie auch die Schritte der Menschen. Im letzten Augenblick erreichte der Mann den Bus, der nächste stürzte kurz darauf in einen Abgrund. Das Mädchen in den Wolken konnte also einige Menschen vor dem Schicksal bewahren, das ihnen ansonsten widerfahren wäre.

Sie liebte dieses Buch und legte es darum oben auf die Kleidungsstücke. Dann stellte sie sich in die Mitte ihres Zimmers und ließ den Blick über ihre Dinge wandern, eines nach dem anderen. Mit den Puppen spielte sie schon seit langem nicht mehr. Auch der Kassettenrekorder bedeutete ihr nicht mehr so viel wie früher. Sobald sie genug Geld hatten, würde sie sich ein neues Radio kaufen, aber diesmal mit eingebautem CD-Player.

Die meisten Dinge konnte sie leichten Herzens zurücklassen. Aber die kleine Porzellankatze wollte sie unbedingt mitnehmen. Ihre beste Freundin Katja hatte ihr die zum Geburtstag geschenkt, und sie hatte seit diesem Tag auf dem Fensterbrett gestanden und hinausgeschaut, genau wie eine richtige Katze.

Mühelos konnte sie alles in ihrer kleinen Stofftasche verstauen, die nur so groß war, dass sie sie selbst tragen konnte. Aus der Küche stieg ihr der wunderbare Geruch von in Butter und Knoblauch gebratenem Fleisch in die Nase. Sie hörte

Oma vor sich hin schimpfen, während Gabriel sich mit ihrem Papa unterhielt. Es war fast so wie früher an den Sonntagen. Als Gabriel laut lachte, wenn man ihn nach seiner neuesten Freundin fragte, als ihre Mama immer etwas zu tun hatte und nie stillsitzen und sich ausruhen konnte, als ihr Papa stark war, noch keine Schmerzen hatte und jede freie Minute am Haus gebaut hatte, damit es *eines schönen Tages* fertig werden würde. Als Oma noch Opa hatte, um mit ihm zu zanken. Als Katja einfach vorbeikam und fragte, ob sie zusammen spielen wollten.

Sie aßen schweigend. Ihr Papa trank den Wein, den er selbst gekeltert hatte. Das sei gut für das kaputte Bein, pflegte er immer zu sagen. Nach dem Essen räumte ihre Mutter den Tisch ab, Gabriel trieb zur Eile, aber sie widersetzte sich. Sie würde das Haus nicht so hinterlassen, sondern erst das Geschirr abwaschen. Gabriel drängelte, aber es half nichts. Ihre Mutter war unnachgiebig, wenn es um wirklich wichtige Dinge ging.

Als sie ihre Arbeit beendet hatte, trocknete sie sich ihre Hände ab und hängte das Handtuch an den Haken. Gabriels Freund trug die Taschen zum Wagen, während Gabriel die Großmutter beim Gehen stützte. Er würde sie mitnehmen, wie sehr sie sich auch weigern mochte.

Das Mädchen rannte hinauf in ihr Zimmer, um ihre Puppen zum Abschied zu umarmen. Sie wusste, wie kindisch das war, aber schließlich hatten sie alle einen Namen. Dann ging sie die Treppe wieder hinunter. In wenigen Augenblicken würden sie aufbrechen.

Sie hörte, wie sich ein Wagen näherte. Das Geräusch kam immer näher, das Auto arbeitete sich den Berg hinauf. Dann tauchte es auf der Kuppe auf. Das Mädchen erkannte die beiden Männer auf den Vordersitzen.

ERSTER TEIL

Die Flucht

1. KAPITEL

In fünfhundert Metern Höhe gefror ein mikroskopisch kleiner Wassertropfen in einem Nimbostratus zu Eis. Das Eiskristall stieß mit mehreren Wassertropfen zusammen, die augenblicklich gefroren. Es wurde immer größer und fiel dann durch die Wolke zur Erde hinab. Langsam schwebte die Schneeflocke zu Boden.

Kurz bevor sie die Erde berührte, trat Elina Wiik aus der Tür des Hauses im Lidmansvägen in Västerås. Es war Mittwoch, der 23. März 2005, die Woche vor Ostern. Es war früh am Morgen, Viertel vor acht, und schon hell. Die Schneeflocke legte sich auf ihre Unterlippe, wo sie schmolz und wieder zu einem Wassertropfen wurde. Elina leckte ihn mit der Zunge ab, und auf diese Weise begleitete sie ein kleiner Teil dieser dunklen Wolke den Oxbacken hinunter auf ihrem Weg zum Polizeipräsidium. Als Elina das Gebäude erreicht hatte, blieb sie regungslos und scheinbar ohne Grund davor stehen und ließ die Sekunden verstreichen.

Vor etwa einem Monat war sie sechsunddreißig geworden. Ihren Geburtstag hatte sie bei ihren Eltern in Märsta außerhalb von Stockholm gefeiert. Bodwin und Maria Wiik hatten ihr ein Spielflugzeug geschenkt und an dessen Fahrwerk einen Gutschein geknotet. Der versprach ihr fünftausend Kronen für eine Reise ihrer Wahl. Elina fand das viel zu viel, aber ihr Vater hatte alle Proteste mit der Hand weggewischt:

»Du musst mal raus, was anderes sehen als immer nur dieselben vier Wände.«

Am Abend danach war sie von ihren Freundinnen Susanne und Nadia zum Essen in ein Restaurant eingeladen worden. Susanne und Nadia sahen sich nicht so häufig, hatten sich aber vor dem Geburtstagsessen ein paarmal unter vier Augen getroffen. Sie machten sich Sorgen. Elina war in letzter Zeit so antriebslos geworden, beinahe gleichgültig sich selbst und ihrer Umgebung gegenüber. Beide hatten sie ein Gespräch mit ihr gesucht, wollten wissen, was los sei. Doch sie hatten nur ausweichende Antworten erhalten.

Zu Beginn des Abends war die Stimmung aufgekratzt. Sie hatten sich schick gemacht. Auch Elina schien bester Laune zu sein. Gegen elf Uhr aber wollte sie dann überraschend aufbrechen. Sie habe leichtes Fieber, entschuldigte sie sich. Als ihre Freundinnen sie zu überreden versuchten, noch gemeinsam durch die Bars zu ziehen, senkte sie ihren Blick und schüttelte den Kopf.

Es war erst einige Monate her, dass Elina in ihrem Arbeitszimmer im Polizeipräsidium am Fenster gestanden und auf den grauen Innenhof gestarrt hatte. Auf ihrem Schreibtisch lagen mehrere Akten von Vergewaltigungsfällen, die ihr von ihrem Chef Egon Jönsson übertragen worden waren. Damit war Elina wieder an dem Punkt angekommen, an dem sie vor drei Jahren begonnen hatte. Ihre Zeit als Kommissarin im Morddezernat war vorbei. Jönsson hatte ihr das Privileg entzogen, die schwersten und interessantesten Fälle zu bearbeiten. Am Ende des Kräftemessens zwischen den beiden, das im vergangenen Herbst seinen Höhepunkt erreicht hatte, war er als der Stärkere hervorgegangen. Elina wollten ihren eigenen Weg gehen, Jönsson hatte versucht, sie zu seiner Marionette zu machen. Am Ende musste sie aus der Mordkommission ausscheiden und beschloss, das Dezernat zu verlassen. Unter Jönssons Ägide wollte sie nicht weiterarbeiten.

Sie sah sich nach Alternativen um. Sie hatte die Wahl, sich ein neues Dezernat auszusuchen oder den Beruf zu wechseln. Der Hinweis aus den Reihen der Reichskriminalpolizei in Stockholm auf eine Stelle als Ermittlerin erwies sich als heiße Luft. Sie wusste selbst nicht recht, was sie gerne machen würde. Zunehmend lustloser studierte sie die Jobanzeigen in den Zeitungen und im Netz.

Die Wochen vergingen, und sie blieb auf ihrem Posten. Sie erledigte ihre Arbeit tadellos, aus Pflichtgefühl. Die misshandelten Frauen sollten nicht darunter leiden müssen, dass sie selbst das Opfer eines Übergriffes geworden war. Sich jedoch tagein, tagaus klaglos im Polizeipräsidium aufzuhalten war, als würde sie in einer zerrütteten Ehe verharren. Das Leben fand an einem anderen Ort statt. Der Winter linderte den Schmerz ein wenig, die Kälte und die Dunkelheit legten sich wie ein schützendes Gewand um sie.

Doch dann kam der Frühlingsanfang, die grauen Tage wurden langsam heller. Sie konnte sich nicht länger verstecken. Regungslos stand Elina vor dem Eingang des Polizeipräsidiums. Ein Kollege ging an ihr vorbei und hielt ihr die Tür auf. Elina lächelte ihn an, rührte sich aber nicht von der Stelle. Er erwiderte ihr Lächeln und ging hinein. Als die Tür sich schloss, drehte sie, ohne zu zögern, auf dem Absatz um und ging dieselbe Strecke zurück, die sie gekommen war.

Kaum war sie in ihrer Wohnung angekommen, überprüfte sie ihre Kontoauszüge. Auf dem Sparkonto hatte sie gut sechsunddreißigtausend Kronen. Das Gehaltskonto wies noch ein Plus auf, außerdem stand die Überweisung des nächsten Monatsgehalts kurz bevor. Und ihre Eltern hatten ihr fünftausend Kronen geschenkt.

Sie holte eine Reisetasche vom Dachboden und legte sie aufs Bett. Kleidungsstücke, Waschzeug und ein paar Bücher. Das war alles. Sie schloss die Tür sorgfältig hinter sich ab, nahm die Tasche und setzte sich in ihren Wagen. Nur wenige Minuten später befand sie sich bereits auf der Europastraße nach Süden.

2. KAPITEL

Die Sonne war schon längst untergegangen, als Elina aus dem Wagen stieg. Ihr Körper sträubte sich, wollte sich nicht dehnen. Sie war die Strecke mit nur wenigen Pausen in einem Stück durchgefahren. Die Autobahn quer durch Schweden bis zur Öresundbrücke, dann über die dänischen Inseln bis zum Fährhafen Rødby und schließlich eine Stunde Fähre bis zum deutschen Festland. Sie war erschöpft. Der Kontinent befand sich unter ihren Füßen, ihre Reise hatte begonnen.

Die Stadt hieß Oldenburg, und das Hotel mit seiner weiß verputzten Fassade sah gepflegt und preiswert aus. Sie bekam ein Einzelzimmer für vierundfünfzig Euro. Auf dem Bett breitete sie die Landkarte aus: Europa, wie ein verheißungsvoller Körper lag es vor ihr. Elina legte ihre Hand aufs Papier und ließ sie nach Süden wandern. Auf den Balkan, nach Griechenland, bis zur eigentlichen Wiege der Göttin *Europa*. Ihre Hand glitt weiter, über die vielen Orte mit unbekannten Namen. Sie fuhr über die unterschiedlichsten Gegenden: die Finger der Peloponnes, Italiens Stiefelspitze, Portugals äußerste Landzunge.

Aus Gründen, über die sie sich selbst nicht im Klaren war, beschloss sie, nach Italien zu fahren. Sie würde durchfahren und nur anhalten, um zu essen und zu schlafen. Sie würde erst am richtigen Ort anhalten. Den würde sie erkennen, wenn sie ihn erreicht hätte.

Elina faltete die Karte wieder zusammen, löschte das Licht und streckte sich auf dem Bett aus. Sie fiel sofort in einen tiefen Schlaf.

Es war kurz nach acht Uhr, als sie am nächsten Morgen erwachte. Im Foyer des Hotels kaufte sie drei Postkarten. Sie schickte je eine an ihre Eltern, an Susanne und an Nadia. Auf allen stand dieselbe Nachricht. Sie würde für unbestimmte Zeit fortbleiben, aber es gäbe keinen Anlass zur Sorge. Dann zögerte sie einen Augenblick. Die Kollegen... Sie wollte auf keinen Fall, dass sie in dem Glauben, ihr sei etwas zugestoßen, eine Fahndung nach ihr ausriefen.

Also rief sie im Präsidium in Västerås an und ließ sich mit einer Mitarbeiterin in der Personalabteilung verbinden. Elina kannte sie nicht und wollte sich nicht lange erklären. Als sie gefragt wurde, welche Kategorie der Abwesenheitsmeldung sie nun einreichen wolle, erwiderte Elina, dass sie Urlaub oder dienstfrei eintragen könne, das würde keinen Unterschied machen. Im schlimmsten Fall, fügte sie hinzu, könnte sie auch kündigen. Die Frau am anderen Ende der Leitung war verwirrt und erklärte, dass diese beiden Kategorien der Abwesenheitsmeldung im Voraus angekündigt sein müssten. Die einzige unmittelbare und vom Arbeitgeber akzeptierte Form des Fernbleibens sei eine Krankschreibung. Elina widersprach, dass sie keineswegs krank sei. Die Mitarbeiterin der Personalabteilung ließ nicht locker und teilte Elina mit, dass sie die Frau Kommissarin ab dem Dienstag nach Ostern krankschreiben würde, wenn Elina nicht zur Arbeit erscheine. Und zwar ob sie das wolle oder nicht. Für die darauffolgende Woche könnte sie Urlaub einreichen, wenn sie das wünschte. Und sollte sie tatsächlich kündigen wollen, müsste das schriftlich geschehen.

»Vielen Dank auch«, beendete Elina das Gespräch und schaltete ihr Handy aus.

Sie fuhr auf die Autobahn. Der Verkehr war nicht besonders dicht, und sie erhöhte langsam die Geschwindigkeit. Als die Tachonadel die 150 berührte, überkam es sie, plötzlich und unerwartet. Das Gefühl von Freiheit. Der Körper begann zu schweben, sie hatte sich auf den Weg zu einem neuen Leben gemacht, alles war möglich. Eine neue Zeitrechnung hatte begonnen. Es war ein intensiver Moment des Glücks.

Eine Stadt nach der anderen ließ sie hinter sich: Hamburg, Hannover, Kassel, Frankfurt, Stuttgart, Zürich. Erst auf der anderen Seite der Alpen hielt sie an, um die Nacht dort zu verbringen. Sie hatte Norditalien erreicht. Am Tag darauf setzte sie ihre Fahrt nach Süden fort. Sie gönnte sich nicht einmal einen kurzen Halt in Florenz, es trieb sie weiter. Am Morgen des dritten Tages, sie war in einer verlassenen Stadt irgendwo zwischen Rom und Neapel gelandet, fühlte sie sich außerstande, aus dem Hotelbett zu steigen. Erst am späten Nachmittag verließ sie ihr Zimmer, um etwas zu essen. Dann kehrte sie zurück und sank erneut in einen erschöpften Schlaf.

Bei Sonnenaufgang erhob sich Elina, wusch sich und zog sich an. Ihr Körper hatte sich wieder erholt und war nun erfüllt von einer leichten, vibrierenden Spannung. Sie spürte, dass sie sich ihrem Ziel näherte. Nachdem sie einige Stunden auf der Autobahn nach Süden gefahren war, verringerte sie das Tempo, um nach einem geeigneten Rastplatz Ausschau zu halten. Einer Eingebung folgend bog sie auf eine kleinere Landstraße ab und ließ die Autobahn hinter sich. Nach etwa fünfzig Kilometern begann sich die Straße den Berg hinaufzuwinden. Sie hielt an, um die Ortsnamen auf ihrer Karte zu suchen. Sie erkannte, dass sie sich verfahren hatte. Statt auf dem Weg zur Stiefelspitze zu sein, führte sie diese Strecke zum Golf von Taranto, am Absatz des italienischen Stiefels. Sie überlegte, ob sie umkehren sollte, entschied sich dann aber dagegen. Vorsichtig setzte sie ihre Fahrt über Serpentinen fort und musste dabei einigen Ziegen die Vorfahrt lassen, die ihr und ihrem Wagen kaum Beachtung schenkten. Sie fuhr durch kleine Ortschaften, die sich an den Berg zu klammern schienen. Und sie fragte sich, wovon die Menschen hier lebten.

Die Straße führte durch eine kleine Stadt, und dahinter ging eine unbefahrene Abzweigung ab, auf der das Unkraut durch den brüchigen Asphalt ragte. Der Weg schlängelte sich den Berg hinauf. Als sie die Kuppe erreicht hatte, konnte sie unter sich das Meer glitzern sehen. Sie entdeckte ein Schild, das zum Monte Sant'Angelo wies. Ohne zu zögern, bog sie ab. Sie fuhr an vereinzelten Häusern vorbei und erreichte nach einigen Kilometern eine breitere, bebaute Straße. Diese endete auf einem Dorfplatz, der vom Rathaus und ein paar Geschäften gesäumt war. Elina parkte den Wagen und stieg aus. An einem Tisch auf dem Bürgersteig saßen vier alte Männer und blinzelten ihr in der Frühlingssonne entgegen. Auf der anderen Seite des Platzes tauchte eine ältere Frau in der Tür eines sandfarbenen zweistöckigen Hauses auf. Sie winkte Elina energisch zu sich. Dann drehte sie sich um und verschwand im Haus. Elina folgte ihr und wurde über zwei schmale Treppen hinauf zu einer verschlossenen Tür geführt. Dahinter befand sich ein Licht durchfluteter Raum, der auf den Platz zeigte. An der einen Wand stand ein blaues Sofa, und in der Mitte des Zimmers befanden sich ein Tisch und vier Stühle. Kein Fernseher, aber auf einem kleinen Schreibtisch entdeckte Elina ein Radio. Eine Tür führte in ein kleineres Zimmer, in dem ein großes Bett und ein Nachttisch aus dunklem Holz standen. Am Ende des Flures befand sich eine kleine Küche mit einem Kühlschrank, der wie eine Katze schnurrte. Neben dem Spülbecken stand ein Gasherd.

Die Frau lächelte Elina an und nickte, so als würde sie auf eine Antwort warten. Elina sah sich in der kleinen Wohnung um und erwiderte dann das Nicken. Die Frau lächelte wieder und machte mit der Hand eine Bewegung, als würde sie eine unsichtbare Tasche hochheben. Elina verließ ihr neues Zuhause und holte die Reisetasche aus dem Wagen. Sie warf sie aufs Bett und begann, ihre Kleidungsstücke auszupacken. Sie war angekommen.

3. KAPITEL

Als Elina am nächsten Morgen hinunterkam, um Kaffee zu trinken, saßen die alten Männer bereits an ihrem Tisch. Sie trugen dieselbe Kleidung wie am Vortag, so als hätten sie die ganze Nacht dort gesessen. Die Kellnerin, vielleicht war sie auch die Besitzerin, sprach kein Wort Englisch und kümmerte sich auch nicht weiter um Elinas Bemühungen, sich verständlich zu machen. Stattdessen deckte sie wortlos den Tisch und brachte ihr Kaffee, Orangensaft, Brot und Käse an ihren Fensterplatz.

Elina blieb lange dort am Fenster sitzen. Ihr Kaffeebecher wurde wieder aufgefüllt, bevor sie ihn austrinken konnte. Die Bewohner des Ortes kamen und gingen, das Café hatte viele Gäste. Die Leute warfen dem Neuankömmling Blicke zu, die meisten grüßten sie sogar. Elina lächelte und erwiderte die Grüße. Eine Gruppe von Kindern mit bunten Ranzen überquerte den Platz, es gab also eine Schule im Ort. Traktoren und kleine Lastwagen kamen die Hauptstraße entlanggefahren. Junge Frauen in hübschen, modernen Kleidern bildeten einen scharfen Kontrast zu den Männern in derber Arbeitskluft.

Mittags läuteten die Kirchenglocken, und die Kellnerin stellte Elina einen Teller mit Spaghetti und Muscheln hin. Nach dem Essen bezahlte Elina und trat hinaus in die Sonne. Sie spazierte die steinigen Straßen der Ortschaft hinunter. Hinter dem letzten Haus erhob sich der Berg mit einer schier undurchdringlichen Vegetation. Sie entdeckte einen Pfad, der auf der Bergkuppe entlangführte. Zu beiden Seiten breiteten sich tiefe Täler mit Olivenhainen und vereinzelten Pinienbäumen unter ihr aus. Stundenlang spazierte sie durch die Gegend, und erst am späten Nachmittag kehrte sie in den Ort zurück. Sie kaufte in einem Laden einige Lebensmittel und bereitete sich in der kleinen Küche ein Abendessen zu. Während sie aß, hörte sie Radio, um Gesellschaft zu haben. Es lief ein Programm mit einer Talkrunde, in der zwei Männer und zwei Frauen miteinander diskutierten. Elina konnte einzelne Worte verstehen, die dem Englischen ähnelten oder sie an das bisschen Französisch erinnerten, das sie vor fast zwanzig Jahren in der Schule gelernt hatte. Als sich die Dunkelheit über die Stadt senkte, legte sie sich aufs Bett, ohne Licht anzumachen. Erneut spürte sie die Leichtigkeit ihres Körpers. Sie schwebte.

Die folgenden Tage und Wochen ähnelten einander bis zur Verwechslung. Elina folgte ihrem Vorhaben, einfach nichts zu machen. Sie stand mit der aufgehenden Sonne auf, ging mit Einbruch der Dunkelheit zu Bett und aß, wenn sie hungrig war. Sie saß im Café und wanderte über die Bergpfade. Nach der ersten Woche erweiterte sie schrittweise ihren Aktionsradius. Sie fuhr mit dem Wagen in der Gegend herum, nicht um Neues zu entdecken, sondern nur um den Ablauf zu variieren.

Die Bewohner des Ortes schienen sich schnell an sie gewöhnt zu haben und ließen sie in Ruhe. Ihr begegnete niemand, der des Englischen mächtig war. Aber die paar italienischen Worte, die sie aufgeschnappt hatte oder die sie im Taschenlexikon nachschlug, genügten, um die wenigen, notwendigen Angelegenheiten zu erledigen. Sie sprach mit niemandem, und niemand suchte mit ihr ein Gespräch. Sie verbrachte die Zeit nicht mit Grübeln, sondern dachte nur an das, womit sie gerade beschäftigt war. Langsam bewegte sie sich auf einen Nullpunkt zu, an dem nichts mehr von Bedeutung war, außer einzig und allein der eigenen Existenz. Wohin sie der Weg von diesem Punkt aus führen würde, wusste sie nicht.

Etwa einen Monat später, an einem Sonntagmorgen im April, fuhr sie mit dem Wagen hinunter an die Küste. Die Nacht war kalt gewesen, und der Nebel hing schwer über dem Meer. Sie hatte das blaue Wasser im Golf von Taranto schon oft vom Berggipfel aus leuchten sehen. Doch an diesem Tag tauchte sie zum ersten Mal ihre Hand hinein. Sie spazierte am menschenleeren, steinigen Strand entlang. Es war windstill, und weit draußen zog ein Frachter vorüber. Elina fragte sich, was er geladen und welches Ziel er wohl hatte.

Im Laufe der vergangenen Woche hatte sich ihr Gemütszustand verändert. Während ihrer vielen Spaziergänge und Wanderungen hatte sie sich zunehmend Gedanken darüber gemacht, was aus ihr werden sollte, was sie als Nächstes tun wollte. Sie wusste, dass sie früher oder später eine Entscheidung treffen musste, wie ihre Zukunft aussehen sollte. Dazu musste sie ihr ganzes Leben überdenken. Dabei ging es nicht darum, jene Elina zu entdecken, die sie *eigentlich* war, so als wäre sie in Stein gemeißelt worden, die ursprüngliche und unveränderliche Elina. Sie wollte vielmehr verstehen, wie sie zu der *werden* konnte, die sie war. Sie war der festen Überzeugung, dass sie ein eigenes, inneres Wesen hatte, aber auch, dass sie von einschneidenden Erlebnissen und dem Willen anderer beeinflusst und geformt worden war. Ihr unangemessener Anspruch nach Perfektion, der sich einfach auf alles bezog, hatte mit ihrer Vorstellung davon zu tun, wie die Umwelt sie sah. Gleichzeitig aber war sie außerstande, den Forderungen und Wünschen anderer zu entsprechen, wenn sie es nicht selbst wollte. Der Gegensatz zwischen ihrem inneren und dem äußeren Anspruch hatte zu einer Art Implosion geführt. Der Druck hätte sie beinahe erstickt. Sie war im letzten Augenblick ausgebrochen. In der Einsamkeit bekam sie wieder Luft. Aber würde sie in der Lage sein, die notwendigen Veränderungen vorzunehmen?

»Es ist schön hier, nicht wahr?«

Elina zuckte zusammen und drehte sich um. Hinter ihr stand ein Mann.

»Ja«, antwortete sie zögernd. »Hier ist es sehr schön.«

Er ließ seinen Blick übers Meer schweifen. »Ich habe Sie am Strand spazieren gehen sehen. Ich bin auch oft dort unten. Ich genieße es, hier allein sein zu können. Vielleicht störe ich Sie ja gerade dabei?«

»Nein, gar nicht«, erwiderte Elina. Sie hatte seinen Blick gesehen, er wollte ihr nichts Böses. Er trug seine dunklen Haare kurz geschnitten, so wie sie selbst. Seine Augenbrauen waren geschwungen, die Nase lang und gerade, er hatte einen breiten, einladenden Mund.

»In ein paar Monaten kommen die Touristen«, sagte er. »Dann muss man sich andere Pfade suchen. Aber das macht nichts. Es gibt genug Platz für alle.«

»Wohnen Sie hier?«, fragte Elina.

Er drehte sich um und zeigte hinter sich.

»Ja, da oben in den Bergen.«

»Ich auch.«

Schweigend standen sie nebeneinander. Es war spät und Zeit aufzubrechen. Aber Elina konnte nicht.

»Haben Sie schon einmal erlebt, wie ein Sturm vom Meer über die Berge zieht?«, fragte er und fuhr fort, ohne auf ihre Antwort zu warten: »Dann erscheinen wir Menschen winzig klein. Ich habe es erlebt. Bei Sturm vermeide ich, das Haus zu verlassen.«

Er streckte ihr seine Hand entgegen.

»Vielleicht sehen wir uns mal wieder«, sagte er. »Leben Sie wohl.«

Leben Sie wohl war ein merkwürdiger Ausdruck zwischen Fremden. Als würden sie sich gut kennen und bald eine lange Reise antreten. Elina nahm seine Hand.

»Ich reise nicht ab«, antwortete sie. »Ich bin doch eben erst angekommen.«

Er lächelte sie an. »Ich weiß«, erwiderte er und ließ ihre Hand los, bevor die Berührung zu lange wurde. »Ich habe Sie schon gesehen. Oben im Ort. Sie haben im Café gesessen, und einmal sind Sie auf Ihrer Wanderung an meinem Haus vorbeigekommen. Ich wohne zwischen Monte Sant'Angelo und dem Nachbarort. Aber ich weiß nicht, wer Sie sind.«

»Ich heiße Elina.«

»Alex. Wie gesagt, vielleicht sehen wir uns wieder.«

Er drehte sich um und ging.

Am Morgen danach trank Elina wie jeden Tag ihren Kaffee an ihrem Stammplatz vor dem Fenster. Die Besitzerin, die Kellnerin war tatsächlich die alleinige Eigentümerin des Cafés, brachte ihr Baguettes, die noch ofenwarm waren. Sie hatte versucht, mit Elina zu plaudern, ihr Fragen über ihre Person zu stellen. Aber alle Versuche einer Unterhaltung waren aus Mangel an einer gemeinsamen Sprache gescheitert. Elina spürte dennoch, dass die Frau ihre Gesellschaft genoss, wie sie dort am Fenster wie eine schnurrende Hauskatze saß. Plötzlich stellte die Besitzerin sich neben sie, sah hinaus und sah sie fragend an. Elina wurde bewusst, dass sie im Laufe des Vormittags immer wieder auf den Dorfplatz geschaut hatte und dass die Besitzerin darum wohl vermutete, sie würde nach jemandem Ausschau halten. Elina lächelte sie an und schüttelte den Kopf. Daraufhin kehrte die Wirtin zu ihrer Arbeit zurück.

Gegen elf Uhr verließ Elina das Café. Sie wanderte den Berg hinunter zur Landstraße. Die wenigen Häuser an der Straße wirkten wie Ausbrecher aus der Dorfgemeinschaft. Vor einem grauen Steinhaus stand ein alter Mann und fütterte seine Ziegen. Der Bauer und seine Tiere ähnelten sich sehr, im Aussehen und auch im Verhalten. Sie hielten in ihrer Bewegung inne und sahen der Passantin aufmerksam hinterher. Elina wanderte weiter bis zum Nachbarort, eine Strecke von mindestens zehn Kilometern, dann einen Berg hinunter und den nächsten wieder hinauf. Anschließend kehrte sie um. Der alte Mann und seine Ziegen waren verschwunden. Ihr begegnete auch kein anderer Mensch auf ihrem Heimweg.

Kurz vor der Dämmerung klopfte es an ihrer Tür. Als sie öffnete, stand die Wirtin davor.

»*Vene*, kommen Sie«, forderte die Frau sie auf und machte dieselbe Handbewegung wie am Tag ihrer ersten Begegnung. Elina folgte ihr die Treppen hinunter. In der Eingangshalle stand der Mann vom Strand.

»Es gibt einen Aussichtspunkt auf einem Berggipfel nicht weit von hier«, begrüßte er sie. »Ich dachte, vielleicht interessiert Sie das.«

»Ich hole nur schnell meine Jacke«, antwortete Elina und lief die Stufen hoch in ihr Zimmer.

Sie stiegen in seinen Wagen, einen roten Fiat älteren Baujahrs. Er musste seine Beine anziehen, um Platz zu finden. Das Auto war seiner Größe nicht angemessen, aber vielleicht war es auch andersherum.

»Der Berg am Ende dieser Straße ist über 2200 Meter hoch«, erklärte er und startete den Motor. »Er heißt Monte Sant'Angelo, der Engelsberg, so wie der Ort, in dem Sie wohnen. Mit dem Auto kommen wir nicht bis auf den Gipfel, aber bis auf tausend Höhenmeter führt ein Weg.«

Elina hatte seit fast einem Monat mit niemandem gesprochen, sie war ziemlich verlegen. Und sie hatte Schwierigkeiten, ihn Alex zu nennen. Das klang für sie viel zu familiär, dabei kannten sie sich doch gar nicht. Ihm fiel es keineswegs schwer, sie beim Vornamen anzusprechen. Viele seiner Sätze begann er mit *Elina*, so als würde er ihren Namen kosten wollen.

Eine halbe Stunde später hatten sie ihr Ziel erreicht. Die Sonne war bereits untergegangen, aber der Himmel über dem Meer leuchtete noch. Es duftete nach Kiefernnadeln und Frühlingsgrün. Sie setzten sich auf eine Bank, die viel mehr unter der Witterung als unter zu vielen Besuchern gelitten hatte.

»Ich mag die Berge lieber als das Meer«, meinte er. »Hier oben fühlt man sich freier. Die Gedanken haben mehr Raum sich zu entfalten. Das weiß jeder Philosoph.«

»Sind Sie einer?«

»Nein, aber ich habe viel Zeit nachzudenken. Ihnen geht das ähnlich, glaube ich. Sie haben sich auch für einen Berg entschieden, um Antworten auf Ihre Fragen zu finden.«

»Woher wissen Sie das? Dass ich auf der Suche nach Antworten bin?«

Er lächelte sie an.

»Sie wohnen auf einem Berg und wandern. Sie wünschen sich, dass Ihnen die Antwort auf halbem Weg entgegenkommt.«

»Ja, vielleicht«, gab sie zu. »Aber ich mache mir gar nicht so viele Gedanken, wenn ich wandere. Genau genommen gar keine. Ich weiß nicht einmal, auf welche Frage ich eine Antwort suche. Ich glaube, die meiste Zeit bin ich einfach nur draußen und streife umher.«

»Die Leute im Ort reden über Sie«, sagte er. »Mir persönlich hat niemand etwas gesagt, ich habe nicht so viel Kontakt zu den Leuten. Aber ich habe die Bewohner im Café und in den Geschäften reden hören.«

»Aha? Und was sagen die so?«, fragte Elina.

»Sie nennen Sie die geheimnisvolle schöne Frau. Alle fragen sich, wer Sie sind und warum Sie hier sind.«

»Ich bin alles andere als geheimnisvoll.«

»Aber schön sind Sie.«

»So war das nicht gemeint«, sagte Elina verlegen und musste lachen.

»Aber ich meine es so«, entgegnete Alex. »Ich habe Sie heute zweimal an meinem Haus vorbeigehen sehen. Haben Sie mich gesucht?«

Elina ließ ihren Blick aufs Meer hinausschweifen, sie wollte ihm nicht in die Augen sehen.

»Darüber habe ich mir wohl auch nicht so viele Gedanken gemacht. Ich weiß ja gar nicht, wo Sie wohnen.«

»In dem Haus, das direkt an der Landstraße steht. Aber jetzt bin ich ja zu Ihnen gekommen.«

»Ja«, sagte Elina. »Das sind Sie.«

Die Straßenlaternen tauchten den Platz in ein gedämpftes Licht, als er sie zu ihrer Pension in Monte Sant'Angelo brachte. Sie blieb in der Tür stehen und sah dem davonfahrenden Auto hinterher. Sie hatten gar nicht verabredet, ob sie sich wiedersehen würden.

4. KAPITEL

Als Elina am nächsten Morgen erwachte, regnete es in Strömen. Die Wassermengen befreiten den Dorfplatz von Staub und Dreck, und die Bewohner verließen ihre Häuser nicht, wenn sie nicht unbedingt mussten. Auch Elina bereitete sich ihr Frühstück in ihrer kleinen Küche zu, statt ins Café zu gehen. Die Zeit verging sehr langsam. Gelegentlich hielt sie mitten in einer Bewegung inne und verharrte. Sie hatte Schwierigkeiten sich zu konzentrieren, erinnerte sich nicht, was sie als Nächstes machen wollte.

Am späten Nachmittag hielt sie es nicht mehr aus. Sie zog sich Jacke und Stiefel an und lief durch den Regen zu ihrem Wagen. Sie wollte die vier Kilometer zu seinem Haus an der Landstraße entlang nicht zu Fuß gehen. Sein Fiat stand nicht in der Einfahrt. Sie stieg trotzdem aus und klopfte an die Tür. Niemand öffnete. Mit großer Mühe unterdrückte sie den Impuls, durch eine der Fensterscheiben in das nur einstöckige Haus zu schauen. Der Regen nahm zu, und sie zog sich in ihren Wagen zurück.

Da wurde ihr bewusst, dass sie nichts über seine Verhältnisse wusste, nicht einmal, ob er allein dort wohnte. Vielleicht lebte er sogar mit einer Frau zusammen? Was hatte er noch unten am Strand gesagt? Dass er es genoss, dort allein sein zu können. Hatte sie das womöglich falsch verstanden?

Elina startete den Motor, um umzukehren, als im selben Augenblick ein roter Fiat von der Landstraße bog. Erneut verließ sie ihren Wagen, stand im Regen und schlug die Arme um den Körper, um sich gegen die Nässe zu schützen. Das rote Auto hielt an, er stieg aus und kam auf sie zu. Wortlos nahm er ihren Arm und zog sie mit sich ins Haus. Elina folgte ihm widerstandslos. Er half ihr aus der nassen Jacke und ließ sie auf den Boden gleiten. Dann legte er seine Arme um sie und küsste sie. Am darauffolgenden Morgen stand er ziemlich früh auf. Er sagte ihr, dass er den ganzen Tag unterwegs sein würde, dass sie sich aber am Abend wiedersähen. Ohne eine weitere Erklärung legte er die Hausschlüssel auf den Tisch, als er ging.

Elina zog sich an und setzte sich an den Küchentisch. Das Haus war klein, unwesentlich geräumiger als die Wohnung, die sie in der Innenstadt gemietet hatte. Es war auch sehr sparsam eingerichtet und verriet nichts über seinen Bewohner. Waren das seine Möbel? Auf einer Kommode stand eine Sanduhr, der einzige dekorative Gegenstand, den sie entdecken konnte. War er auch nur Untermieter, so wie sie? Sie hatte ihn nicht gefragt. Er aber hatte ihr auch keine einzige Frage über ihre Vergangenheit gestellt. All das hatte in der Nacht keine Bedeutung gehabt. Sie hatten ab und zu im Dunkeln ein paar Worte gewechselt, beinahe geflüstert, doch ihre Lippen trennten sich nur selten voneinander.

Sie wusste nicht, was sie mit dem Schlüssel machen sollte, als sie das Haus verließ. Sollte sie ihn mitnehmen? Sollte sie am Nachmittag zurückkehren? Sie entschied sich dafür, ihn unter die Eingangstreppe zu legen, das erschien ihr als ein gutes Versteck für einen Schlüssel, falls er ihn suchen sollte. Als sie auf ihr Auto zuging, hörte sie hinter sich die Ziegen blöken. Der Bauer stand neben ihnen und sah zu ihr herüber, die beiden Häuser trennten nicht mehr als fünfzig Meter. Sie lächelte ihn an, aber er reagierte nicht, stand nur regungslos da und starrte sie an.

Sie kehrte in den Ort zurück. Ihr Körper fühlte sich weich und geschmeidig an. Sie musste immer wieder grundlos kichern. Das Grün des Berghangs leuchtete in der Sonne. Die Morgenluft war so erfrischend wie nie zuvor. Die Engel spielten in hohen Wolken. Als die Wirtin ihr einen Kaffee an ihren Tisch brachte, griff sie übermütig deren Hand und drückte sie fest. Die Wirtin lächelte sie an, so als würde sie alles verstehen.

Am späten Abend kam er zu Elina, mit Wein und Speisen. Er umarmte sie.

In der Morgendämmerung erwachte sie. Das frühe Tageslicht fiel auf Alex' Gesicht. Sie beobachtete ihn, er schlief tief, regungslos und sah zufrieden aus. Vorsichtig beugte sie sich vor und schnupperte an der weichen Stelle, wo Hals und Schulter ineinander übergingen. Der schwache Geruch von männlichem, salzigen Schweiß erfüllte sie mit großem Glück und großer Lust. Sie wollte seine Haut an ihrer Wange spüren, seinen Nacken küssen, mit ihrer Hand über seinen Körper gleiten. Sie stützte sich auf und betrachtete ihn. Da öffnete er seine Augen, als hätte ihre bloße Nähe ihn geweckt.

»Ich habe von dir geträumt«, sagte er. »Ich habe geträumt, dass du fortgehst.«

»Wohin bin ich in deinem Traum denn gegangen?«

»Das weiß ich nicht. Du bist in einen Zug gestiegen. Dann bin ich aufgewacht.«

»Wenn ich fortgehen würde, würdest du mitkommen?«

Er umschlang sie mit den Armen und zog sie an sich. »Wir sind doch schon längst auf einer Reise«, erwiderte er.

Auch am nächsten Morgen stand er früh auf.

»Wohin fährst du?«, fragte Elina.

»Ich muss zur Arbeit«, gab er zur Antwort. »Nicht jeden Tag, aber heute.«

»Und was machst du?«

»Ich helfe Menschen, die meine Hilfe benötigen. In einer Stadt, die weiter weg ist. Darum bin ich auch immer so lange fort. Aber heute Abend komme ich wieder zurück.«

Er setzte sich neben sie auf die Bettkante und streichelte ihren Rücken. Sie griff nach seiner Hand und drückte sie gegen ihre Wange.

»Wie kannst du ihnen helfen?«, fragte Elina.

»Das sind Menschen, die in Schwierigkeiten geraten sind und nicht wissen, was sie tun sollen. Ich gebe ihnen Ratschläge.«

»Sind das Leute wie ich? Die ihren Job, ihre Heimat, ihre Familie und ihre Freunde zurückgelassen haben, ohne auch nur einen Augenblick darüber nachzudenken?«

»Vielleicht«, antwortete er. »War es denn die richtige Entscheidung?«

Sie setzte sich auf und legte ihren Kopf an seine Schulter. Er hielt sie fest und zog sie noch dichter an sich. Dann stand er auf und ging.

Alex verließ auch an den folgenden Tagen das Haus in aller Frühe. Elina verbrachte die mit Warten. Wenn er bei ihr war, wurde alles andere bedeutungslos. Nachts lagen sie schweigend und eng umschlungen beieinander. Dann folgten ein paar Tage, die sie gemeinsam verbringen konnten. Er fragte sie immer erst, worauf sie Lust hätte, bevor er etwas vorschlug. Häufig fragte er sie, ob sie Wünsche hätte, die er ihr erfüllen könnte. Vertrat er eine Meinung, wollte er gerne ihre Ansicht dazu hören. Wenn andere Menschen in ihrer Nähe waren, konzentrierte sich seine Aufmerksamkeit immer in erster

Linie auf sie. Elina registrierte, dass er ihr nie den Rücken zukehrte. Als Liebhaber war er sehr rücksichtsvoll, aber sie begriff schnell, dass er nur wenig Erfahrung hatte und darum fast zu vorsichtig war. Sie hatte große Freude daran, ihm dabei zu helfen.

In ihren Gesprächen hielten sie ihre Weltanschauungen gegeneinander. Aber in jeder Unterhaltung entdeckten sie einen Gleichklang, eine Gemeinsamkeit, auch wenn die Ansichten nicht immer übereinstimmten.

Sie machten Ausflüge und besuchten Orte, die beide noch nie zuvor gesehen hatten. Sie gingen Arm in Arm spazieren, oft ohne ein Wort zu sprechen. Es gab nicht viel zu sagen. Von Tag zu Tag erweiterten sie ihre gemeinsame Landschaft.

Elina schrieb ein paar Postkarten, an ihre Eltern, an Nadia und an Susanne. Sie erzählte ihnen, dass sie noch nicht wusste, wann sie zurückkehren würde, dass sich ihr Leben jedoch endlich verändert hätte. Sie wollte keine Einzelheiten darüber schreiben. Die Gefahr war zu groß, dass es zu platt klingen würde. Aber sie war sicher, dass sie begreifen würden, wie glücklich sie war.

Eines Abends schlief Alex in Elinas Armen ein, sie selbst war hellwach. Vorsichtig befreite sie sich aus seiner Umarmung und schlich aus dem Zimmer. Sie setzte sich aufs Sofa in ihrem Wohnzimmer. Über zwei Wochen war es nun her, dass sie den Mann vom Strand kennengelernt hatte. Diese Begegnung hatte alles verändert. Ihre Frustration über ihren Job, über ihr desolates Leben, all die Ursachen für ihre Flucht aus ihrem alten Dasein hatten sich in Luft aufgelöst. Wie war das nur möglich? War sie die ganze Zeit einfach nur auf der Suche nach einem Mann gewesen, den sie lieben durfte und von dem sie geliebt wurde? Oder hatten der große Abstand und die verschobene Perspektive zu dieser Veränderung beigetragen?

Zeit ihres Lebens hatte sie nach Perfektion gestrebt. Ihr eigener Anspruch an das Leben hatte keine Kompromisse vorgesehen. Dieses Unvermögen trieb sie zwar unablässig an, entsagte ihr aber gleichzeitig eine Pause und die Möglichkeit, zur Ruhe zu kommen. Endlich hatte sie Ruhe gefunden.

Die Kirchenglocke schlug elf Mal. Ein feiner Regen fiel gegen die Fensterscheibe. Kein Laut war zu hören, es herrschte absolute Stille. Sie stand auf und stellte sich ans Fenster. Zuerst dachte sie, dass der Dorfplatz so leer war wie immer zu dieser Uhrzeit. Aber dann entdeckte sie eine junge Frau, oder war es ein Mädchen? Sie stand unter der Straßenlaterne auf der anderen Seite des Platzes. Der Lichtschein fiel auf ihr Haar. Plötzlich drehte sie ihr Gesicht und sah zu Elina in den zweiten Stock hoch. Der Abstand zwischen ihnen war groß, aber Elina fühlte, wie sich ihre Blicke begegneten. Das Mädchen blieb eine Weile reglos dort unten stehen. Dann löste sie sich aus dem Lichtkegel der Laterne, ging das regennasse Kopfsteinpflaster hinunter und wurde schließlich von der Dunkelheit verschluckt.

5. KAPITEL

Eine Woche später rief Elina ihre Freundin Susanne an. Das war das erste Telefonat nach fast sieben Wochen, seit Elina fortgegangen war. Susanne war zu Beginn des Gesprächs vorsichtig, abwartend. Elina deutete es als Zeichen ihrer Unsicherheit darüber, was in der Zwischenzeit aus ihrer Freundschaft geworden sei. Elina versicherte Susanne, dass sich an ihrer Freundschaft nichts geändert hätte. Susanne erzählte ihr im Gegenzug, dass sie, Elinas Eltern und andere Freunde sich große Sorgen um sie gemacht hätten. In ihrer Stimme schwang ein enttäuschter Unterton mit.

»Ich habe doch mit meinem alten Selbst gebrochen, nicht mit euch«, versuchte Elina zu beschwichtigen. »Ich musste gehen, ich wollte allein sein. Ich kann es nicht anders sagen.«

»Und was machst du jetzt?«, fragte Susanne.

»Ich weiß noch nicht.«

Dann erzählte sie von Alex. Susanne hörte ihr zu, ohne zu unterbrechen. Elina meinte, ihr Lächeln zu spüren, hatte den Eindruck, Susanne teilte ihr Glück und ihre Freude. Der Rest ihrer Unterhaltung drehte sich hauptsächlich um praktische Dinge. Susanne erzählte, dass sie sich um Post und Blumen kümmerte, den Schlüssel hätte sie von Elinas Vater bekommen. Dann erkundigte sie sich nach offenen Rechnungen und den Mietzahlungen für ihre Wohnung im Lidmansvägen. Elina erklärte ihr, dass alles automatisch von ihrem Konto abgebucht werden würde.

»Ich habe einmal deine Post geöffnet«, beichtete Susanne. »Ein Brief hatte einen Polizeistempel, darum habe ich John Rosén angerufen und ihn gefragt, ob er vielleicht wüsste, worum es in dem Brief gehe. Aber er hatte keine Ahnung. Darum habe ich ihn aufgemacht. Ich hoffe, das war in Ordnung?«

»Natürlich. Worum ging es denn?«

»Kurz gesagt, dass du entweder zurückkommen oder kündigen musst.«

»Und bis wann?«

»Bis Ende Mai.«

Also in zwei Wochen schon, dachte Elina.

Sie legte den Hörer auf und lehnte sich zurück. Sie saß auf dem Bett. Es war halb neun. Seit Beginn ihrer Liebesbeziehung mit Alex hatte sie noch keinen Morgen alleine verbracht. Heute war sie das erste Mal ohne ihn aufgewacht. Er war am Tag zuvor abgereist und hatte ihr eröffnet, dass er wahrscheinlich auch über Nacht wegbleiben würde. Sie hatte seine Wärme vermisst und Schwierigkeiten gehabt einzuschlafen. Mitten in der Nacht war sie aufgestanden und hatte beschlossen, zu ihm zu fahren und dort auf ihn zu warten. Aber ein Gewitter war aufgezogen. Ein Sturm war übers Land gezogen. Das Fenster zum Dorfplatz hatte im Wind gerüttelt. Elina musste sich an Alex' Worte unten am Strand erinnern, bei ihrer ersten Begegnung. Wie winzig klein der Mensch dann werde. Die Straßenlaterne auf dem Platz hatte im Sturm hin- und hergependelt. Schließlich war Elina wieder in ihr leeres Bett zurückgeklettert.

Gegen Morgen hatte der Sturm sich wieder beruhigt. Was sollte sie nur tun, kündigen oder nach Schweden zurückkehren? Sie würde sich bald entscheiden müssen. Und das bedeutete, dass sie mit Alex über ihre gemeinsame Zukunft sprechen musste. Darüber hatten sie bisher kein einziges Wort verloren. Sie hatten nur für den Moment gelebt, nichts anderes. Es war viel zu früh, so einen schwerwiegenden Entschluss zu fassen. Sie wollte noch nicht zulassen, dass sich der Alltag in ihr Leben drängte. Noch nicht.

Elina aß Frühstück unten im Café. Alex erfüllte ihre Gedanken, ihr ganzes Wesen. Ihr gefiel es nicht, dass sie ihn nicht mit der Hand berühren und seine Augen sehen konnte. Und sie fragte sich, wo er wohl sein mochte. Sie sehnte sich danach, dass sein roter Fiat jeden Augenblick auf den Dorfplatz rollen, er mit ihr in ihre kleine Wohnung kommen würde und sie miteinander schlafen könnten, um die verlorene Nacht nachzuholen.

Sie zahlte und ging hinaus auf den Platz. Ihr Wagen stand in einer Seitenstraße, die Schlüssel lagen in ihrer Jackentasche. Nach kurzem Zögern stieg sie ein und fuhr los.

Es war nicht weit, wenige Minuten später hatte sie sein Haus erreicht. Der Nachbar stand mit seinen Ziegen auf seinem Hof und sah ihr nach. Er hatte einen schwarzen Ziegenbock mit zwei sehr spitzen Hörnern an der Leine. Den hatte sie noch nie zuvor gesehen. Vor dem Haus stand Alex' Wagen. Sie atmete erleichtert auf. Dann war er wieder zu Hause.

Elina klopfte an die Tür, aber Alex öffnete nicht. Vorsichtig drückte sie die Klinke hinunter, es war nicht abgeschlossen. Sie schob die Tür auf, rief seinen Namen und trat ein. Mitten im Zimmer blieb sie versteinert stehen.

6. KAPITEL

»Name?«
»Elina Wiik.«
»Wie wird der geschrieben?«
Elina buchstabierte ihren Namen.
»Signora oder Signorina?«
»Signorina.«
»Signorina Wiik, warum haben Sie sich in diesem Haus aufgehalten?«
»Weil ich...«
»Ja bitte?«
»... ihn liebe.«
»Sie hatten also ein Verhältnis miteinander?«
»Hatten...«
Elina starrte den Mann auf der anderen Seite des Schreibtisches an. Konnte er denn nicht sehen, dass sie Hilfe brauchte?
»Seien Sie bitte so freundlich und erklären Sie mir, warum Sie ausgerechnet um diese Uhrzeit dorthin gefahren sind.«
»Wie bitte?«
»Warum sind Sie zu dem Haus an der Landstraße gefahren?«
»Ich wollte ihn treffen!«
»Das verstehe ich gut, aber warum ausgerechnet zu dieser Uhrzeit?«

»Ich wollte eigentlich früher kommen. Schon in der Nacht.«

Elina starrte auf einen Punkt über seinem Kopf. Der Mann blieb einen Augenblick schweigend sitzen, dann stand er auf und ging in den Nachbarraum. Dort saß eine Frau an einem Schreibtisch.

»Wir müssen einen Arzt holen«, sagte er. »Die Frau steht zweifellos unter Schock. Könnten Sie das bitte in die Wege leiten, Frau Carmino?«

»Sollten wir sie nicht gleich in ein Krankenhaus bringen?«

»Lieber nicht. Erst muss ich klären, welche Rolle sie in dieser Geschichte spielt.«

»Wird sie denn verdächtigt, Hauptkommissar Morelli?«

»Das lässt sich zu diesem Zeitpunkt nicht ausschließen.«

Frau Carmino wählte eine Nummer. Der Polizist blieb neben ihr stehen, bis sie das Telefonat beendet hatte.

»Doktor Enzio ist in zehn Minuten hier«, sagte sie.

»Könnten Sie sich so lange zu ihr setzen?«

Frau Carmino nickte. Hauptkommissar Morelli überquerte den Gang und betrat ein anderes, größeres Büro. Dort saß ein Mann in Uniform an einem Tisch, der von Papier überquoll. Er sah zu seinem Besucher hoch.

»Hauptkommissar Morelli«, rief er. »Ausgezeichnet! Setzen Sie sich. Wie steht es mit den Ermittlungen?«

Morelli setzte sich, schlug die Beine übereinander und verschränkte die Arme.

»Die Frau hat einen Schock, zumindest ist sie zutiefst erschüttert. Es ist schwierig, mit ihr zu sprechen, sie wirkt verwirrt. Ich kann sie noch nicht verhören, erst muss sie ein Arzt untersuchen.«

»Wer ist sie?«

»Ihr Name ist Elina Wiik. Das Einzige, was wir zurzeit in Erfahrung gebracht haben, ist, dass sie in Monte Sant'Angelo eine Wohnung gemietet hat, kein Italienisch spricht und den Toten kannte.«

Hauptkommissar Morelli saß eine Weile schweigend vor seinem Vorgesetzten.

»Sie sagt, dass sie ihn geliebt hat«, fügte er schließlich hinzu.

»Ach ja? Wie schätzen Sie ihre Aussage ein?«

»Für eine Einschätzung ist es noch zu früh. Sie war in dem Haus, aber sonst haben wir keine weiteren Anhaltspunkte. Wir müssen abwarten, was die Kriminaltechniker und Rechtsmediziner sagen.«

»Und sonst?«

»Zwei Kollegen untersuchen gerade ihre Wohnung und melden sich, sobald sie etwas Verwertbares entdeckt haben.«

»Wer ist denn der Tote?«

»Auch über ihn wissen wir leider nichts Konkretes.«

»Das sind ja nicht besonders viele Neuigkeiten, die Sie da zu bieten haben.«

»Es tut mir leid. Aber wir tun, was wir können.«

Sie wurden vom Klingeln eines Telefons unterbrochen. Hauptkommissar Morelli zog sein Handy aus der Tasche und nahm den Anruf entgegen. Er hörte konzentriert zu und steckte dann das Telefon zurück in die Jacke.

»Wir haben ihren Pass«, berichtete er seinem Vorgesetzten. »Sie ist Schwedin, sechsunddreißig Jahre alt. Es wurde auch noch ein anderer Ausweis gefunden. Wir müssen das selbstverständlich erst überprüfen, aber es scheint, dass sie Polizistin ist.«

Sein Gegenüber zog eine Augenbraue hoch. »Verhören Sie die Frau, so schnell es geht.«

Eine halbe Stunde später sprach Morelli mit Doktor Enzio.

»Es ist nichts Akutes, sie muss nicht unbedingt ins Krankenhaus«, erklärte der Arzt. »Aber ihr geht es nicht gut. Ich habe ihr eine Spritze gegeben. Und sie sollte mit einem Psychologen sprechen.«

»Kann ich sie verhören?«, fragte Morelli.

»Ja. Aber seien Sie bitte so behutsam wie möglich. Ich komme in ein paar Stunden wieder.«

Morelli dankte dem Arzt und ging zurück in sein Büro. Frau Carmino hatte sich neben Elina auf einen Stuhl gesetzt und hielt ihre Hand.

»Signorina Wiik«, begann Morelli. »Wir haben mit dem Reichskriminalamt in Stockholm Kontakt aufgenommen. Sie haben angegeben, dass Sie Kommissarin bei der Polizei in Västerås sind. Stimmt das?«

Elina nickte. »Alex«, flüsterte sie.

»Hieß er so?«

Erneut nickte Elina.

»Und wie weiter?«

»Niro.«

»Alex Niro«, wiederholte Morelli und machte sich eine Notiz. Dann beugte er sich zu Elina.

»Kommissarin Wiik, Sie sind selber Polizistin, darum haben Sie bitte Verständnis, dass ich Ihnen ein paar Fragen stellen muss. Sind Sie bereit dazu?«

»Alex«, stammelte Elina. »Wie...«

»Allem Anschein nach wurde er mit einem Messer direkt im Herzen getroffen. Darum hatte er auch so viel Blut verloren. Jetzt ist es sehr wichtig, dass wir zügig vorankommen, um den Mörder finden zu können.«

Elina sah aus dem Fenster, sie hatte den Eindruck, dass es dunkler wurde.

»Wer hat ihn umgebracht?«, fragte sie mit leiser Stimme.

»Das wissen wir nicht«, erwiderte Morelli. »Bitte erzählen Sie mir alles, was Ihnen einfällt. Fangen Sie am besten damit an, was Sie getan haben, seit Sie ihn das letzte Mal gesehen haben.«

Elina konzentrierte sich, so sehr sie konnte, aber die Erinnerung fiel ihr unsäglich schwer, obwohl das alles erst einen Tag her war. Sie hatte auch nichts Besonderes getan. Genau genommen hatte sie nur auf seine Rückkehr gewartet. Sie gab an, dass sie am frühen Morgen zu seinem Haus aufgebrochen sei, weil die Sehnsucht zu groß geworden war. Sie hatte gehofft, dass er bereits zurückgekehrt sei.

»Wann haben Sie Alex Niro kennengelernt?«, fragte Morelli.

Elina erzählte ihm die ganze Geschichte. Auch, dass sie praktisch sofort ein Liebespaar geworden waren, sich jeden Tag gesehen und keine Nacht getrennt geschlafen hätten, bis auf die letzte.

»Sie sind seit etwa zwei Monaten hier«, sagte Morelli. »Das ist eine ziemlich ausgedehnte Arbeitspause.«

»Ich war auf der Suche nach einem Sinn in meinem Leben, nach einem Neuanfang«, entgegnete Elina. »Und dann habe ich ihn gefunden. Und jetzt habe ich alles verloren...«

Sie senkte den Kopf. Die Augen ertranken in Tränen. Morelli erhob sich und bat Frau Carmino, Taschentücher zu holen.

»Kommissarin Wiik«, begann er erneut. »Wir können gerne eine Pause machen, wenn Sie das möchten. Allerdings muss ich Sie vorher um eine andere Gefälligkeit bitten. Wir müssen Ihre Kleidungsstücke zur Untersuchung in die Gerichtsmedizin schicken.«

Elina hob den Kopf. Das war der nächste Schlag.

»Verdächtigen Sie mich?«, fragte sie fassungslos.

Hauptkommissar Morelli lächelte sie milde an. »Routine«, sagte er mit ergebener Stimme. »Sie kennen das doch.«

Elina nickte. Enttäuschte Liebe, Hass und dann blinde Gewalt. Natürlich war so etwas denkbar und möglich. Schließlich hatten sie nur ihr Wort, dass ihre Liebe erwidert worden war. Ihr Kollege folgte nur der rationalen Logik. Der unausgesprochene Verdacht rüttelte sie wach, endlich war sie in der Lage, einen vernünftigen Gedanken zu fassen.

»Gerade weil ich Polizistin bin«, entgegnete sie, »bin ich mir aber auch über eine ganz andere Sache im Klaren. Nämlich, dass die Zeit gegen uns arbeitet. Ich habe den Mann, den ich geliebt habe, nicht getötet. *Sie* können das noch nicht wissen, aber *ich* weiß es. Ich muss Sie darum bitten, als Kollegin gewissermaßen, dass Sie die Suche nach dem Mörder so vorantreiben, als gäbe es mich gar nicht. Ich bitte Sie aufrichtig, Ihren Verdacht nicht auf mich zu konzentrieren.«

»Sie haben mein Wort, Kommissarin Wiik. Frau Carmino hilft Ihnen mit der Kleidung.«

Elina verließ, gestützt von Frau Carmino, das Zimmer.

7. KAPITEL

Drei Stunden später schaltete Hauptkommissar Morelli das Aufnahmegerät wieder ein. Doktor Enzio hatte Elina eine zweite Spritze gegeben und ihr ein paar Beruhigungstabletten verschrieben. Sie hatte das Angebot, mit einem Psychologen zu sprechen, abgelehnt. Sie wolle lieber in ihre Wohnung zurückkehren, sobald das Verhör beendet sei und sie von dem Verdacht frei gesprochen sein würde.

»Wie geht es Ihnen, Kommissarin Wiik?«, begann Morelli das Verhör.

»Haben Sie sich schon einmal etwas gebrochen, Hauptkommissar Morelli?« Elina antwortete mit einer Gegenfrage.

»Nur mal ein paar Zehen«, erwiderte Morelli.

»Man ist wie gelähmt«, sagte Elina. »Der Körper schaltet den Schmerz unmittelbar nach der Verletzung aus. Aber man weiß genau, dass er da ist und mit voller Wucht zurückkommen wird.«

Morelli nickte.

»Haben Sie die Kraft, mir ein paar Fragen zu beantworten?«, fragte er.

»Ich werde es versuchen.«

»Sie kennen Alex Niro seit vier Wochen. In dieser Zeit waren Sie nur tagsüber voneinander getrennt, wenn er wegfuhr. Was haben Sie in Ihrer Freizeit zusammen unternommen?«

»Wir sind in den Bergen spazieren gewesen oder sind mit dem Auto irgendwohin gefahren. Ansonsten haben wir nur Dinge gemacht, die sich wie von selbst ergaben.«

»Verzeihen Sie, wenn ich frage, aber was genau meinen Sie damit?«

»Das, was Menschen tun müssen. Essen, schlafen, reden. Außerdem waren wir ja ein Liebespaar.«

»Wo sind Sie denn überall hingefahren?«

»Nur an Orte, die in der Nähe waren. Immer ohne festes Ziel und ohne bestimmte Absicht. Wir wollten nur zusammen sein, alles andere war nebensächlich. Die Umgebung und andere Leute hatten keine Bedeutung für uns.«

»Haben Sie jemanden getroffen?«

»Nein, kein einziges Mal. Außer andere Gäste und Kunden in den Restaurants oder Geschäften natürlich.«

»Und worüber haben Sie sich unterhalten?«

»Über... das Leben. Über unsere Weltanschauungen. Wie wir dachten und fühlten.«

»Was hatte er denn für ein Weltbild?«

Elina dachte nach. Ihr gefiel es, von ihm zu erzählen, aber jede Beschreibung würde unweigerlich vollkommen unzureichend sein.

»Empathisch. Alex ist ein sehr warmherziger und intelligenter Mensch«, sagte sie und hörte, wie platt das klang.

Morelli bemerkte, dass sie im Präsens über ihn redete, und stellte schnell die nächste Frage, damit die plötzliche Einsicht, dass sie von einem Toten sprach, sie nicht verstummen ließ.

»Was hat er denn von sich erzählt? Ich meine zum Beispiel von seiner Vergangenheit.«

»Ich kann mich nicht erinnern«, gab sie zu. »Was seine Person anbetraf, war er ziemlich verschwiegen.«

»Aus welchem Land stammte er eigentlich?«

»Italien. Oder wie meinen Sie das?«

»Hat er das selbst gesagt? Explizit?«

Verwirrt sah ihn Elina an.

»Ich bin einfach davon ausgegangen, dass er Italiener ist«, sagte sie.

»Aber Sie wissen es nicht genau?«

»War er es denn nicht?«, fragte Elina.

»Fakt ist, dass wir es selbst nicht genau wissen«, gab Hauptkommissar Morelli zu.

»Aber er muss doch hier gemeldet sein!«

»Ja, vielleicht. Aber auf jeden Fall nicht unter dem Namen Alex Niro.«

Elina versuchte, das Gesagte zu begreifen. »Wollen Sie behaupten, dass es niemanden mit diesem Namen gibt?«

»Weder ein Alex, Alexander noch Alessandro oder Ähnliches. Und auch unter dem Nachnamen Niro existiert kein Eintrag, der auf ihn zutreffen könnte.«

»Aber wer hat den Mietvertrag unterschrieben?«

»Laut Eigentümer war das eine Frau. Allerdings hat sich dieser Name auch als falsch erwiesen. Vermieter und Mieter sind sich nie begegnet, es wurde alles vor etwa einem Jahr per Post in die Wege geleitet. Kommissarin Wiik, bitte versuchen Sie sich zu erinnern, welche Informationen Alex Niro über seine Person angegeben hat. Sein Alter, frühere Wohnorte, wie er sich finanzierte, ob er Geschwister hatte. Irgendwas.«

»Ich weiß nicht, ich... habe ihn nie danach gefragt. Für mich war nur von Bedeutung, dass wir zusammen waren. Es spielte keine Rolle, was wir früher gemacht haben, und auch nicht, wer wir früher gewesen sind.«

»Das klingt für mich ziemlich sonderbar«, entgegnete Morelli.

»Ich hatte mein bisheriges Leben in Schweden hinter mir gelassen. Ich wollte nicht über meine Vergangenheit reden. Ich wollte neu anfangen.«

»Aber Sie waren einen ganzen Monat zusammen? Irgendetwas muss er Ihnen da doch erzählt haben.«

Elina bemühte sich, in ihrer Erinnerung zu graben. Die Informationen über Alex, die sie von ihrem Kollegen bekommen hatte, machten ihr zu schaffen.

»Er hat einmal erwähnt, dass er einen Bruder und eine Schwester hat«, sagte sie schließlich.

»Wie hießen die?«

»Keine Ahnung. Sie hatten keinen Kontakt mehr. Die Schwester muss jünger gewesen sein als er, meine ich. Er nannte sie kleine Schwester.«

»Ist das alles?«

»Er verließ morgens häufig das Haus und fuhr zur Arbeit?«, fügte sie hinzu.

»Und was für eine Arbeit war das?«

»Er war eine Art Ratgeber. Aber Genaueres weiß ich nicht.«

»Wo ist er denn hingefahren?«

»In eine Stadt, die etwas weiter weg lag. So hat er sich ausgedrückt.«

»Ratgeber? In einer Stadt, die weiter weg liegt?«

Morelli beugte sich über den Tisch.

»Kommissarin Wiik, ich bedaure aufrichtig Ihren großen Verlust, aber Sie müssen mir mehr liefern als das hier.«

Elina schloss die Augen. Plötzlich spürte sie Alex' Hand auf ihrer Wange. Eine brennende Hitze breitete sich aus. Die intensive Berührung ließ sie unweigerlich lächeln. Dann folgten die Tränen, die niemals versiegen würden.

Morelli seufzte. »Wer kann ihn ermordet haben?«, sagte er. »Was glauben Sie, Kommissarin Wiik?«

Elina schüttelte den Kopf. Sie wollte nicht antworten. Wenn sie sprechen oder gar die Augen öffnen würde, könnte Alex für immer verschwinden.

Die folgende Nacht lag sie im Bett, ohne Schlaf zu finden. Regungslos, mit vor der Brust verschränkten Armen. Morelli hatte sie mit der Auflage gehen lassen, weder das Land noch den Ort zu verlassen. Sollte sie abfahren wollen, müsste sie sich bei den Carabinieri abmelden. Elina hatte ihm entgegnet, wo sie denn hingehen solle.

8. KAPITEL

Am späten Nachmittag des folgenden Tages suchte Morelli seine Kollegin Elina in ihrer Wohnung auf. Sie öffnete ihm die Tür in Socken, ihr Haar war ungekämmt, und sie trug dieselben Kleidungsstücke wie am Vortag. Sie reichte ihm die Hand zur Begrüßung und bat Morelli herein. Sie setzten sich an den Esstisch im großen Zimmer. Elina umschlang ihren Körper mit den Armen, es sah aus, als würde sie frieren. Schweigend beobachtete Morelli sie eine Weile. Schließlich erhob er sich, ging hinaus in die Küche und setzte Wasser auf. Er fand zwei Teebeutel und stellte dann zwei Becher auf den Tisch. Elina umklammerte den Becher mit beiden Händen und nahm kleine Schlucke.

»Nehmen Sie die Tabletten, die Ihnen Doktor Enzio verschrieben hat?«, fragte Morelli.

Elina antwortete nicht. Sie starrte stumm in ihren Becher.

»Kommissarin Wiik«, fuhr Morelli darum fort. »Ich habe einige Neuigkeiten. Der Gerichtsmediziner hat festgestellt, dass Niro – wenn das tatsächlich sein richtiger Name sein sollte – bereits gegen elf Uhr am Vorabend getötet wurde. Wir haben mit Ihrer Wirtin gesprochen, und sie hat uns versichert, dass Sie die Wohnung weder am Abend noch in der Nacht verlassen hätten. Sie gibt Ihnen ein Alibi für die Tatzeit. Frau Wiik, verstehen Sie, was ich Ihnen damit sagen will?«

Elinas Nicken war kaum auszumachen.

»Unsere kriminaltechnische Abteilung hat auch kein Blut auf Ihrer Kleidung finden können. Zum jetzigen Zeitpunkt ist jedes Verdachtsmoment gegen Sie aufgehoben. Da Sie selbst Kommissarin sind, bitte ich Sie aufrichtig, uns bei den Ermittlungen mit Informationen zu unterstützen, die uns in dem Fall weiterbringen könnten. Sie wissen besser als jeder andere, welche Antworten wir suchen. Bitte überprüfen Sie noch einmal alles, was Ihnen Niro im Laufe der Zeit erzählt hat. Worte, die einen Hinweis darauf geben könnten, dass er bedroht wurde. Ereignisse, die erst jetzt im Nachhinein verständlich werden. Wie er sich in bestimmten Situationen verhalten hat.«

»Mir fällt nichts ein«, erwiderte Elina schwach. »Es fällt mir so schwer.«

»Niro hatte einen Nachbarn. Kennen Sie ihn?«

»Meinen Sie den alten Bauern mit den Ziegen?«

»Genau den. Er hat zu Protokoll gegeben, dass er gegen zehn Uhr abends einen Mann vor Niros Haus gesehen hätte. Wissen Sie, wer das gewesen sein könnte?«

»Einen Mann?«, wiederholte Elina und sah Morelli zum ersten Mal ins Gesicht. »Ich habe keine Ahnung. Wie ich Ihnen gestern schon gesagt habe, sind wir in den vergangenen vier Wochen niemandem begegnet. Zumindest nicht, wenn wir zusammen waren.«

»Was wissen Sie über den Bauern?«

»Auch nichts. Er hat mich immer nur angestarrt, wenn ich zu Besuch kam und wenn ich das Haus wieder verlassen habe und er zufällig draußen war.«

Morelli rieb sich das Kinn. »Es überrascht Sie also nicht weiter, dass er einen fremden Besucher beobachtet hat?«

»Nein, ganz im Gegenteil. Aber wie sah dieser Mann aus?«

»Gut gekleidet, mittelgroß. Mehr konnte der Bauer nicht

sagen. Keine besonders detaillierte Beschreibung. Aber der Bauer ist alt und ziemlich kurzsichtig, außerdem war es schon dunkel.«

Morelli erhob sich. »Rufen Sie mich an, sobald Ihnen etwas einfällt. Ganz egal, was es ist«, sagte er.

Er ging zur Tür. »Da wäre noch eine Sache«, sagte er und drehte sich zu Elina um. »Wir haben Niros Leichnam zum Begräbnis freigegeben. Der Gerichtsmediziner hat die Untersuchungen abgeschlossen. Die Beisetzung findet übermorgen um elf Uhr statt, hier auf dem ortseigenen Friedhof. Ich betrachte Sie als eine der engsten Verwandten.«

Außer Hauptkommissar Morelli, Elina und dem Pfarrer war niemand bei Alex Niros Beerdigung anwesend. Auf dem Grab lag nur eine einfache Platte mit dem Todestag, der Name würde nachträglich angebracht werden, wenn die Identität des Toten zweifelsfrei geklärt worden war.

Drei Tage später erwachte Elina auf dem Sofa und versuchte sich zu erinnern, warum sie ausgerechnet dort geschlafen hatte. Aber es gelang ihr nicht einmal zu rekonstruieren, was sie seit der Trauerzeremonie getan hatte. Die Tabletten... Sie beschloss sofort, sie abzusetzen. Zwar betäubten sie ihren Schmerz, aber sie verdrängten auch Alex aus ihrem Bewusstsein. Sie wollte, dass ihre Gedanken klar waren, wenn sie an ihn dachte.

Welcher Wochentag war heute? Mittwoch, Freitag? Sie wusste auch das nicht.

Unten auf dem Platz, vor ihrem Fenster hörte sie Menschen reden. Die Stadt bewegte sich weiter in ihrem gewohnten Trott; Kinder waren auf dem Weg zur Schule, die Frauen gingen einkaufen, die Männer fuhren in Autos davon. Die alten Männer saßen wie zuvor an den Tischen auf dem Bürgersteig draußen vor dem Café. Alex' Tod ließ sie alle vollkommen ungerührt.

Sie konnte hier nicht länger bleiben. Was zuvor für sie ein Zufluchtsort vor der Unerträglichkeit gewesen war, war jetzt selbst unerträglich geworden. Sie wusch sich, zog sich an und ging hinunter zur Wirtin im Erdgeschoss. Elina blätterte in ihrem kleinen Lexikon nach dem italienischen Wort für »Abreise«, aber die Frau legte ihre Hand auf Elinas Unterarm und nickte freundlich. »*Arrivederci*«, sagte sie.

Elina kehrte in ihre Wohnung zurück und begann zu packen. Es dauerte nicht lange, die wenigen Habseligkeiten einzusammeln, die sie aus Schweden mitgenommen hatte. Und sie hatte nichts Neues gekauft. Ihre Reisetasche stand in dem Kleiderschrank. Als sie die hervorholen wollte, bemerkte sie eine kleinere Tasche, die dahinter gestanden hatte. Diese Tasche gehörte Alex, er hatte sie in der ersten Nacht mitgebracht, die sie dort zusammen verbracht hatten. Sie öffnete sie und sah hinein. Ein paar Hosen, ein Hemd, ein Pullover und ein Paar Boxershorts. Ein Necessaire. Drei Bücher. Das war alles. Nicht mehr als ein Set Wechselwäsche für einen Übernachtungsgast.

Sie trug die Taschen in ihren Wagen und verließ dann das Dorf, ohne noch einmal zurückzuschauen. Zunächst steuerte sie die Polizeiwache des Ortes an. Hauptkommissar Morelli saß an seinem Schreibtisch.

»Ich fahre zurück nach Schweden«, eröffnete sie ihm.

»Formell betrachtet haben wir Ihr Reiseverbot aber noch nicht aufgehoben«, entgegnete er.

»Das interessiert mich nicht, ich fahre«, erwiderte Elina mit fester Stimme.

Morelli zuckte nur mit den Schultern. »Lassen Sie mir bitte wenigstens Ihre Telefonnummer hier«, bat er. »Ihre Festnetznummer.«

Elina schrieb die Nummer auf ein Stück Papier und reichte es Morelli.

»Setzen Sie sich bitte noch einen Augenblick«, sagte Morelli und wies mit der Hand auf den Stuhl vor seinem Schreibtisch. »Ich wollte Sie ohnehin noch aufsuchen. Bevor Sie fahren, würde ich gerne noch eine Sache mit Ihnen besprechen.«

Elina nahm Platz und sah ihm fest in die Augen. Zum ersten Mal seit dem Mord nahm er ihre Kraft und Willensstärke wahr.

»Es scheint Ihnen ja wieder sehr viel besser zu gehen?«, meinte er und blinzelte ihr fragend zu.

»Ich habe dreitausend Kilometer vor mir, Hauptkommissar Morelli. Was Sie da sehen, ist Konzentration, sonst nichts.«

»Interpol hat auf eine Reihe unserer Fragen reagiert«, fuhr Morelli fort. »Alex Niro ist ihnen unbekannt. Eine Person mit diesem Namen war nicht ausfindig zu machen. Auch seine Fingerabdrücke oder DNA sind nirgendwo registriert. Wir haben uns ferner bemüht, anhand Ihrer spärlichen Angaben seinen Arbeitsplatz zu finden. Leider erfolglos.«

»Der Nachbar, die Leute aus dem Ort«, warf Elina ein. »Was haben die gesagt?«

»Viele haben ihn zwar gesehen, aber niemand wusste etwas über ihn. Und auch der Nachbar hatte mit Niro kein einziges Wort gewechselt.«

Morelli sah Elina forschend an.

»Uns ist es auch nicht gelungen, ein Motiv für den Mord zu ermitteln. Von dem Mann, der ihn in der Mordnacht aufgesucht hat, fehlt jede Spur. Wir besitzen keine Kenntnis darüber, ob dieser Mann auch zwangsläufig Niros Mörder gewesen sein muss. Und obwohl es gewissermaßen auf der Hand liegt, nützt uns das auch nichts. Wir haben, um es zusammenzufassen, gar nichts. Außer Ihnen, Kommissarin Wiik. Sie sind genau genommen die einzige Person, die überhaupt irgendetwas über Alex Niro weiß. Wenn Sie und das Mordopfer nicht wären, würde sich das Bild aufdrängen, dass er niemals existiert hat.«

»Aber er hat existiert«, betonte Elina. »Und er existiert noch immer. In mir.«

»Kommissarin Wiik«, Morelli sprach leise. »Was wissen Sie eigentlich von Alex Niro?«

Elina hielt lange Morellis Blick stand. Sie schwieg. Sie hatte keine Antwort.

9. KAPITEL

An einem Abend Ende Mai 2005 schloss Elina die Tür zu ihrer Wohnung im Lidmansvägen auf. Vor zwei Monaten hatte sie Västerås verlassen. Jetzt hatte sich der Kreis wieder geschlossen. Auf dem Fußboden unter dem Briefschlitz lag keine Post, Susanne schien vor kurzem nach dem Rechten gesehen zu haben. Elina hatte eine SMS geschickt, dass sie die Heimreise angetreten hätte. »Komme in ein paar Tagen zurück«, hatte sie geschrieben. Dann hatte sie das Handy ausgeschaltet. Sie wollte mit niemandem reden, sich nicht erklären müssen. Früher oder später würde sie ohnehin dazu gezwungen sein.

Die Wohnung wirkte unberührt, als ob sie nur für eine kurze Erledigung außer Haus gewesen war. Sie stellte die Taschen auf den Boden, duschte und legte sich erschöpft von der Fahrt und der Anspannung der letzten Tage ins Bett.

Aber die Dunkelheit ließ sie nicht zur Ruhe kommen. Albträume hatten sie Nacht für Nacht heimgesucht, und seit ihrer Abreise von Monte Sant'Angelo hatte sie nie mehr als ein paar Stunden geschlafen. Kurze, intensive Träume verfolgten sie auch im wachen Zustand. Halluzinationen tanzten vor ihren Augen, sobald sie diese für einen Moment schloss. Ein Film lief hinter ihren Augenlidern, Stunde für Stunde, eine Endlosschleife in Blau- und Rottöne getaucht, darauf verzerrte

Gesichter, die unablässig ihre Form änderten. Zwischendurch weinte sie lautlos vor Erschöpfung und Schmerz, manchmal döste sie ein, nur um gleich wieder aus dem Schlaf zu schrecken.

Mitten in der Nacht stand sie auf. Nackt hockte sie sich vor Alex' Tasche und öffnete sie. Sie wühlte darin herum, fand den Pullover und zog ihn sich über, dann tastete sie nach der Hose und schlüpfte auch hinein. Die Kleidungsstücke waren viel zu groß, die Ärmel und Hosenbeine je zehn Zentimeter zu lang. Sie blieb einen Augenblick regungslos im Zimmer stehen, verwirrt und verzweifelt, dann schlurfte sie zurück ins Wohnzimmer und legte sich auf den Teppich. Sie wickelte die Ärmel um ihren Körper und umarmte sich. Fest, so fest sie konnte. Endlich war er wieder bei ihr, ganz nah bei ihr.

Einen ganzen Tag später, es war sieben Uhr morgens, klingelte Susanne an ihrer Tür. Sie hatte erfolglos versucht, Elina übers Handy zu erreichen. Auch die Eltern und Nadia wussten nicht, wo Elina war. Da hatte Susanne beschlossen, in ihre Wohnung zu fahren. Unschlüssig blieb sie eine Weile vor der Tür stehen, dann schloss sie auf. Sie bückte sich, um einen Werbeprospekt aufzuheben, und betrat dann die Wohnung. Auf den ersten Blick wirkte sie unverändert, die Küche war unberührt. Aber das Bett im Schlafzimmer war benutzt worden. Susanne rief Elinas Namen, bekam aber keine Antwort.

Dann ging sie weiter ins Wohnzimmer und fand Elina auf dem Teppich liegend.

Die Wände im Wartezimmer waren in hellen Farben gestrichen, allerdings fehlten Bilder; gerahmte Bilder hinter Glas stellten einen Risikofaktor dar. In der Mitte des Raumes stand ein Plüschsofa. Aber Susanne konnte nicht still sitzen. Unruhig lief sie hin und her.

Nach einer schier unendlichen Stunde kam ein Mann in einem weißen Kittel herein.

»Per Nilsson«, stellte er sich vor und gab ihr die Hand. »Ich bin Unterarzt auf der Geschlossenen, der Abteilung 95. Sie sind die beste Freundin der Patientin, stimmt das?«

»Ja«, antwortete Susanne.

»Hat sie Familie? Ich muss das wegen der Schweigepflicht fragen, wir müssen in der Regel zuerst mit den Angehörigen sprechen.«

»Ihre Eltern leben in Märsta«, erklärte Susanne. »Aber sie wissen nicht einmal, dass ihre Tochter wieder in Schweden ist. Sie war ziemlich lange verreist. Ich übernehme die Verantwortung und werde die Eltern informieren.«

Flehend sah sie den Arzt an.

»Ich muss wissen, wie es um sie steht«, bettelte sie. »Ich bin Anwältin«, fügte sie hinzu, damit er sie als eine zuverlässige Gesprächspartnerin ansah.

»Es würde uns sehr entgegenkommen, wenn Sie mit den Eltern sprechen könnten, da Sie die Patientin gut kennen«, begann Per Nilsson. »Ich kann so viel sagen, dass sie stark dehydriert war, als sie eingeliefert wurde. Aber mittlerweile ist dieses Defizit durch die Gabe von Infusionen behoben und stellt keine Gefahr mehr dar. Aber sie scheint unter einer schweren Depression zu leiden, die durch übermäßigen Schlafmangel noch verstärkt wurde. Wir müssen sie eine Weile auf der Station behalten.«

»Wie ernst ist es denn?«, hakte Susanne nach.

»Das lässt sich zum jetzigen Zeitpunkt nicht sagen. Aber unserer Erfahrung nach dauert es sehr lange, bis es ihr wieder besser gehen wird. Sie ist zum ersten Mal bei uns. Wissen Sie, ob sie früher schon einmal unter solchen Zuständen gelitten hat?«

»Nein. Soweit ich weiß, hatte sie noch nie zuvor psychische Probleme.«

»Hat sie jemals manische Verhaltensmuster gezeigt oder auffällige Phobien gehabt?«

»Nein, allerdings bei der Arbeit ... sie hat eine Veranlagung, eine Art Besessenheit, die sie vor keinem Hindernis zurückscheuen lässt und die es ihr unmöglich macht, Arbeit und Freizeit voneinander zu trennen. Ein Engagement, das eine Spur zu absolut ist. Ja, sie ist dann wie besessen.«

»Wissen Sie, was diese Depression ausgelöst haben könnte?«

Susanne schüttelte den Kopf.

»Darf ich sie sehen?«, fragte sie.

»Sie schläft jetzt, wir haben ihr Medikamente gegeben. Sie muss zur Ruhe kommen, sich erholen. Kommen sie morgen wieder.«

In den folgenden Tagen wechselten sich Susanne und Nadia damit ab, Elina zu besuchen. Ihre Eltern wohnten eine Zeitlang in ihrer Wohnung und waren jeden Tag im Krankenhaus. Die Sorge um ihre Tochter überwältigte sie so sehr, dass Elinas Mutter schließlich selbst einen Psychologen um Hilfe bitten musste. Es dauert fast eine ganze Woche, ehe Elina, die mit Antidepressiva und Benzodiazepinen behandelt wurde, ein Wort sprach. Während der Visite bekam das Personal kaum eine Antwort auf ihre Fragen. Meistens saß Elina nur schweigend in ihrem Bett. Den Ärzten war nicht klar, ob sie sich weigerte zu reden oder alles um sich herum abblockte. Schließlich gelang es dem Oberarzt, sie zu überzeugen, den nächsten Schritt zu wagen. Eine Elektrotherapie schien die einzige Möglichkeit, die Depression aufzulösen, da der Tablettencocktail keinerlei Wirkung gezeigt hatte.

Dreizehn Tage nach der Einlieferung, an einem Vormittag im Juni, kam Susanne wie so oft zuvor auf die Abteilung 95. Es war sonnig und warm, und Elina trug zum ersten Mal seit fast zwei Wochen ihre eigene Kleidung. Sie saß im Besucherzimmer.

Susanne umarmte sie. Elina lächelte schwach.

»Wie geht es dir?«, fragte Susanne.

»Ich bin alleine aufgestanden. Das ist doch schon ein Anfang!«, antwortete Elina.

Susanne nickte. »Wenn ich nur wüsste, was ich für dich tun könnte«, seufzte sie.

»Ich versuche zu reden«, sagte Elina. »Ich weiß, dass ich das tun muss. Aber ich will einfach nicht. Mich umgibt nur Dunkelheit.«

Susanne griff nach ihrer Hand. »Versuch es«, bat sie. »Versuch, mir zu erzählen, was passiert ist. Es hat was mit diesem Mann zu tun, nicht wahr?«

Elina nickte. Dann erzählte sie ihrer Freundin, dass Alex ermordet worden war. Mit Tränen in den Augen fragte Susanne, wie es dazu kommen konnte. Aber Elina war nicht in der Lage weiterzusprechen.

Die Tage vergingen, aber trotz der Elektrotherapie verbesserte sich Elinas Zustand nicht merklich. Die Depression ließ sie nicht aus ihrem Griff, ihr war alles gleichgültig, sie verschloss ihren Schmerz in ihrem Inneren. Sie war abgemagert, der ehemals so geschmeidige Körper war kraftlos geworden. Die Halluzinationen hatten zwar aufgehört, seit sie mithilfe der Tabletten wieder einen regelmäßigen Schlaf hatte. Die verschiedenen Farbtöne waren einem gleichmäßigen, grauen Nebel gewichen.

Nach beinahe vier Wochen Aufenthalt in der geschlossenen Abteilung bekam sie tagsüber Ausgang und begann mit einer Gesprächstherapie. Abends kehrte sie in die Abteilung 95 in ihr Einzelzimmer mit den weißen Wänden zurück. Eines Morgens erwachte sie in ihrem Krankenhausbett. Sie setzte sich auf und starrte die gegenüberliegende Wand an. Sie spürte, dass sich etwas verändert hatte. Mit zitternden Fingern fand sie den Alarmknopf und drückte ihn. Kurz darauf war eine Krankenschwester bei ihr.

»Ich muss sofort untersucht werden«, kündigte sie an.

»Was meinen Sie damit?«, fragte die Krankenschwester.

»Medizinisch, nicht psychisch.«

Zwei Stunden später war die Untersuchung abgeschlossen. Die Schwester hatte es gleich selbst gemacht. Danach hatte sie den Arzt dazugerufen. Per Nilsson nahm Elina am Arm und führte sie in ein Besprechungszimmer.

»Sie sind noch sehr schwach«, begann er. »Deprimiert, aber nicht psychotisch. Sie sind in der Lage, selbst eine Entscheidung zu treffen. Überlegen Sie Ihren Entschluss bitte reiflich.«

»Das habe ich bereits«, erwiderte Elina mit fester Stimme.

Erwartungsvoll sah Per Nilsson sie an.

»Ich möchte das Kind behalten«, antwortete Elina.

Drei Tage später wurde Elina aus der Abteilung nach Hause entlassen. Sie war krankgeschrieben, und die Ärzte waren der Auffassung, dass es noch Monate dauern würde, ehe sie wieder zur Arbeit erscheinen könnte. Im Laufe dieser drei Tage hatte sich ihr Zustand beträchtlich verbessert. Das Leben hatte sie wieder. Den Ärzten gegenüber hatte sie gesagt, dass es nur eine Frage des Willens gewesen sei. Sie hätte dieser schweren Depression endlich entkommen wollen. Und jetzt gäbe es kein Zurück mehr. Obwohl die Ärzte ihr versichert hatten, dass die Tabletten für das ungeborene Kind vollkommen unschädlich seien, habe sie sie sofort absetzen wollen. Und darum hätte sie so schnell gesund werden müssen.

10. KAPITEL

An Elinas siebenunddreißigstem Geburtstag wurde Mina Alexandra geboren. Das Mädchen wog fast vier Kilo und war einundfünfzig Zentimeter groß. Sie hatte dunkles Haar. In ihrem kleinen Gesicht konnte Elina Alex' Züge erkennen.

Sie hatte bis eine Woche vor der Niederkunft gearbeitet. Fünf Monate, seit Anfang Herbst, hatte sie da bereits wieder ihren Dienst verrichtet. Die Schwermut hatte langsam ihren Griff gelockert, und im Spätsommer sah sie keinen Grund, warum sie sich nicht nützlich machen sollte. Zuerst Teilzeit, dann kurz darauf wieder Vollzeit. Sie kehrte an ihren alten Arbeitsplatz zurück. Zu der Tätigkeit und dem Ort, der ihr ein halbes Jahr zuvor unerträglich war. Doch jetzt spielte das alles keine Rolle mehr.

Sie erwähnte niemandem gegenüber, was in ihrer Abwesenheit passiert war. Nicht einmal Henrik Svalberg und John Rosén gegenüber, ihren ehemaligen Kollegen in der Mordkommission. Die Schwangerschaft ließ sich nicht verheimlichen, aber ihr plötzliches Verschwinden, die lange Krankschreibung; alle begriffen, dass sich ihr Leben in mehr als nur einer Hinsicht verändert hatte. Die Neugier war selbstverständlich groß, aber niemand wagte es, sie direkt darauf anzusprechen. Bei jedem noch so zarten Versuch machte Elina sehr deutlich, dass sie dieses Thema nicht berühren wollte. Ihr Chef Egon

Jönsson konnte ihre ungewohnte Verschlossenheit und neuartige Gelassenheit nicht richtig deuten und zuordnen. Aber Elina ließ sich durch nichts und niemanden aus der Ruhe bringen. Ihre vormals so unruhige Energie war verschwunden, aber sie arbeitete weiterhin so methodisch und sorgfältig wie immer. Jönssons früherer Impuls, ihr Befehle zu erteilen und sie ständig zu Gehorsam zu zwingen, hatte sich in nichts aufgelöst. Seine Form der beruflichen Kontaktaufnahme war sehr vorsichtig, fast entschuldigend. Im tiefsten Inneren gestand er sich widerstrebend ein, dass er Angst vor ihr hatte.

Während der Arbeitszeit hatte Elina ihre Gefühle im Griff. Zu Hause, abends in den vier Wänden, fiel es ihr schwerer. An einigen Tagen versank sie in einem Sumpf aus Verzweiflung, an anderen hatte sie sich besser unter Kontrolle. Aber je größer der Bauch wurde, desto fester stand sie im Leben.

In den Weihnachtsferien hatte Elina eines der drei Zimmer in ihrer Wohnung auf Oxbacken frei geräumt und ein Kinderzimmer daraus gemacht. Die ersten Monate würde Mina bei ihr im Zimmer schlafen. Kaum hatte sie den Kreißsaal verlassen, fuhr Susanne sie nach Hause. An ihrem allerersten Abend zusammen lag Elina mit ihrer Tochter im Bett und lauschte Minas Atemzügen im Schlaf. Sie waren ruhig und rhythmisch. Die schönste Musik auf der Welt, die Elina je gehört hatte. Sie lagen dicht nebeneinander, wie zu einem Körper verschmolzen, obwohl sie soeben getrennt worden waren. Eine Frau, die endlich jemanden hatte, für den es sich zu leben lohnte, und ein Kind, das bereits neun Monate vor seiner Geburt vaterlos geworden war.

Draußen war es minus zwölf Grad. Schneeflocken fielen herab und bedeckten die Erde vor Elinas Haus.

11. KAPITEL

An einem sonnigen Morgen im Juni rief Hauptkommissar Morelli an. Elina hatte seit ihrer Rückkehr aus Italien im Mai 2005 nur einmal mit ihm telefoniert. Das war über ein Jahr her.

»Verzeihen Sie bitte, wenn ich stören sollte«, begrüßte sie Morelli.

»Sie stören gar nicht«, erwiderte Elina.

»Wie geht es Ihnen, Kommissarin Wiik?«

»Besser«, antwortete Elina und verstummte. »Ich habe ein Kind von Alex bekommen«, fügte sie nach einer Weile hinzu.

»Ach!«, erwiderte Morelli. »Das ist ja eine Überraschung. Wussten Sie…?«

»Nein. Wusste ich nicht. Aber die Entscheidung ist mir nicht schwer gefallen.«

»Wie heißt das Kind?«, fragte Morelli. Elina konnte an seinem Tonfall hören, dass er eigentlich fragen wollte, ob es ein Junge oder ein Mädchen geworden sei.

»Sie heißt Mina. Und sie ist schon dreieinhalb Monate alt.«

»Herzlichen Glückwunsch. Ich hoffe sehr, dass ich mit meiner Nachricht keine alten Wunden aufreiße, aber wir sind gezwungen, die Ermittlungen einzustellen. Vorausgesetzt, dass Sie keine neuen Hinweise oder Informationen haben.«

»Sind Sie denn überhaupt nicht weitergekommen?« Elina spürte, wie die alte Trauer in ihr hochstieg. Die Zeit nach Minas Geburt war so überwältigend gewesen, dass sie manchmal nicht an Alex gedacht hatte. Zuvor hatte er jede wache Sekunde ihres Bewusstseins ausgefüllt.

»Es tut mir leid. Wir wissen nicht mehr als zum Zeitpunkt Ihrer Abreise. Was ja praktisch nichts war.«

»Und sein Arbeitsplatz?«, erinnerte Elina.

»Wir haben niemanden auftreiben können, der mit ihm zusammengearbeitet hat. Und wir haben alles versucht, das kann ich Ihnen versichern!«

»Aber er muss doch irgendwo gearbeitet haben!«

»Es ist, als würde man eine Nadel im Heuhaufen suchen. Entweder ist es uns einfach nicht gelungen, die richtigen Menschen zu finden, oder es handelt sich um eine Tätigkeit, über die nicht laut geredet wird.«

»Wollen Sie damit andeuten, Alex war in etwas Kriminelles verwickelt?«

Plötzlich bekam Elina Atemnot.

»Dafür gibt es auch andere Erklärungen«, versuchte Morelli sofort zu beschwichtigen. »Er konnte genauso gut Menschen in großer Not geholfen haben. Personen, die verfolgt wurden, oder Flüchtlingen. Oder Menschen mit Problemen, die uns nichts anzugehen haben. Alles ist denkbar, Kommissarin Wiik.«

Alles ist denkbar. Elina wollte diesen Gedanken lieber nicht weiter verfolgen. Aber Morelli fuhr einfach fort.

»Vielleicht kann ich Sie da ein bisschen beruhigen. Wenn Alex Niro in kriminelle Handlungen verstrickt gewesen war, hätte ihn irgendein Land in seiner Verbrecherkartei. Aber das ist nicht der Fall. Das haben uns die Kollegen von Interpol gemeldet, denen wir die Fingerabdrücke geschickt hatten.«

»Und der Mann, der in der Nähe des Hauses gesehen wurde? Von dem der Nachbar erzählt hat?«

»Unbekannt. Spurlos verschwunden.«

»Und Alex...?« Die Worte gefroren auf ihrer Zunge: *Wer ist er?* Morelli verstand sie trotzdem.

»Leider haben wir keine weiteren Informationen über Alex Niro sammeln können«, fasste er zusammen. »Wir vermuten nur, dass er kein Italiener war. Der Ladenbesitzer in Monte Sant'Angelo hat zu Protokoll gegeben, dass er Italienisch mit Akzent gesprochen habe. Aber leider ist auch das nicht hundertprozentig sicher. Schließlich gibt es viele verschiedene italienische Dialekte.«

Eine Weile war es stumm in der Leitung.

»Ihnen ist nicht zufällig etwas Neues eingefallen?«, fragte Morelli schließlich.

»Ich denke fast jeden Tag darüber nach«, sagte Elina.

»Ich verspreche Ihnen, dass ich mich umgehend bei Ihnen melde, sobald ich etwas Neues höre«, versicherte Morelli. »Ich wünsche Ihnen und Mina alles Gute.«

»Vielen Dank und auf bald.« Elina legte auf und starrte gedankenverloren auf das Telefon in ihrer Hand, bis sie hörte, dass Mina aufgewacht war.

Auf einen ungewöhnlich kalten Frühling folgte ein warmer Sommer. Elina und Mina verbrachten ein paar Wochen im Reihenhaus der Großeltern in Märsta. Es ging nicht nur um einen Tapetenwechsel, Elina wollte auch, dass sich Mina wohl bei ihren Großeltern fühlte. Sie wusste genau, dass sie in den nächsten Jahren oft auf die Hilfe ihrer Eltern angewiesen sein würde. Zum Glück waren die beiden vernarrt in das Mädchen und liebten sie vorbehaltslos. Maria Wiik wollte die Kleine gar nicht wieder loslassen, wenn sie sie einmal in den Armen hielt. Ihrem Vater Bodwin, dem Elina viel näher stand als ihrer Mutter, hatte sie von Alex erzählt. Kurz und knapp, nicht mehr als notwendig. Als würde Elina das bisschen Information, das sie hatte, für sich behalten wollen. Sie wollte ihn mit niemandem teilen.

Ende Herbst 2006 hatte Elina beschlossen, ihre Mutterzeit zu verlängern und erst Ende Sommer des darauffolgenden Jahres wieder an ihren Arbeitsplatz zurückzukehren. Das Geld würde zwar knapp sein, aber die Wahl zwischen Arbeit oder Zeit mit Mina zu verbringen fiel ihr sehr leicht.

Am 24. Februar 2007 feierte Elina ihren achtunddreißigsten und Mina ihren ersten Geburtstag. Es war ein Samstag und somit der ideale Tag für eine Kindergeburtstagsparty. Elinas Eltern, Susanne mit ihrem Mann Johan und deren Tochter Emilie, die soeben sechs geworden war, sowie ihre Freundin Nadia mit Tochter Nina, dem dreizehnjährigen Tanzschmetterling, kamen, um gemeinsam zu feiern. Es wurde ein Geburtstag, wie er sein sollte: viel zu viele Geschenke für ein kleines Kind, das Geschenkpapier zerriss und mit den Armen fuchtelte. Elina hatte am meisten Freude daran.

Nachdem Mina ins Bett gebracht worden war und die Nacht in Gesellschaft von mindestens einem halben Dutzend neuer Kuscheltiere verbringen würde, beugte sich Elina über ihre Tochter. Sie strich ihr mit dem Finger über die Wange, die sich weich wie Samt anfühlte. Dann löschte sie das Licht in ihrer Wohnung. Die letzte Lampe stand beim Fenster. Für einen Moment gab sie sich ihren Träumen hin, war in Monte Sant'-Angelo, stand am Fenster ihrer kleinen Wohnung und sah hinunter auf den Dorfplatz. Alex lag in ihrem Bett, sie hatten gerade miteinander geschlafen, und er wartete sehnsüchtig auf sie.

Die Erinnerung erfüllte sie dieses Mal mit einer Wärme, ohne zu brennen. Vielleicht kann ich das alles eines Tages verwinden. Vielleicht, eines Tages. Sie löschte das Licht der Lampe und sah hinaus. Unten auf der Straße, zwei Stockwerke tiefer, stand ein Mädchen unter der Laterne. Sie rauchte eine Zigarette. Dann drückte sie die Zigarette am Laternenpfahl aus und schnipste den Stummel fort. Danach lief sie weiter, ohne zum Fenster hoch zu sehen. Zuerst folgte Elina ihr mit den Augen, dann rannte sie zur Eingangstür, warf sich in Jacke und Schuhe und stürmte die Treppe hinunter auf die Straße. Sie hatte das Mädchen schnell eingeholt, legte ihr eine Hand auf die Schulter und wirbelte sie herum.

»Was ist denn jetzt los?«, rief sie. Sie war nicht älter als zwanzig, dünn und feingliedrig. Ihr Tonfall war scharf. Ihr Dialekt verriet, dass sie in Västerås aufgewachsen war.

Elina setzte einen Schritt zurück.

»Verzeih«, stammelte sie. »Ich dachte, du seist jemand anderes.«

»Ich bin niemand anderes«, widersprach das Mädchen aufgebracht. »Ich bin ich. Wer sollte ich sonst sein?«

»Ich weiß es nicht«, antwortete Elina. »Jemand, den ich mal gesehen habe.«

»Das kann nicht sein, das sage ich doch die ganze Zeit.«

Das Mädchen drehte ihr den Rücken zu und ging fort. Elina sah ihr nach. Sie war verwirrt und fühlte sich idiotisch. Bestürzt kehrte sie in ihre Wohnung und zu Mina zurück.

Fünf Wochen später, Anfang April, war Elina zu einem Osterfrühstück bei Susanne und Johan eingeladen. Nach dem Essen bat Emilie darum, Mina in den Arm nehmen zu dürfen.

»Setz dich aufs Sofa«, sagte Elina und legte ihr die gerade aufgewachte Mina auf den Schoß.

»Sie ist so süß«, flüsterte Emilie.

»Das bist du auch«, meinte Elina und lächelte sie an.

»Wo ist denn ihr Papa?«, fragte Emilie.

Elina strich Emilie übers Haar und antwortete: »Er ist fort.«

»Er ist tot, oder?«, fügte Emilie hinzu.

»Emilie!« Empört wies Susanne ihre Tochter zurecht.

»Das macht doch nichts«, beschwichtigte Elina. »Ja, du hast Recht, er ist tot.«

»Arme Mina«, sagte Emilie. »Erzählst du es ihr, wenn sie so groß ist wie ich?«

»Ja, natürlich, das muss ich doch.«

»Sie wird bestimmt viele Fragen haben. Ob er nett war und wie sehr er sie geliebt hat.«

Elina betrachtete das Gesicht ihrer Tochter, die versuchte sich aufzurichten.

»Ja«, sagte sie nachdenklich. »Sie wird sicher alles über ihren Papa wissen wollen.«

Am selben Abend setzte sich Elina an ihren Rechner. Sie öffnete ein neues Dokument. Sie starrte auf die weiße Oberfläche, ohne etwas zu schreiben. Sie zögerte. Was war richtig und was war falsch? Würde es dadurch noch schmerzlicher werden? Sie stand auf und lehnte sich gegen den Fensterrahmen. Die Straße war menschenleer. Dann setzte sie sich wieder hin. Die Finger wanderten zur Tastatur, um den Gedanken Worte zu verleihen.

»Wer war Alex?«

Darunter schrieb sie eine zweite Zeile: »Wer hat Alex umgebracht?«

In dieser Reihenfolge, dachte sie.

ZWEITER TEIL

Engelsberg

12. KAPITEL

In einem Hotelzimmer in einer kleinen Seitenstraße in Bremen saß ein Mann. Er hieß Ivan Zir und war knapp vierzig Jahre alt. Zir trug sein grau meliertes Haar sehr kurz geschnitten, er hatte braune Augen und ungepflegte Nägel. Er ließ sich aufs Bett fallen und zündete sich eine neue Zigarette mit der Glut der alten an. Er inhalierte jeden Zug tief in die Lungen.

Die Tapeten des Zimmers waren voller Nikotinflecken, das Fenster fest verschlossen. Zusammengekauert saß er auf dem Bett. Seine Beine zuckten in gleichmäßigem Takt, er wippte rhythmisch mit den Fußsohlen auf dem Boden. Vor den Fenstern des Hotels rollten die Züge in den Bremer Hauptbahnhof ein. Er wünschte, dass er einfach fortfahren könnte. Irgendwohin, an einen schöneren Ort. Aber er wusste weder wohin, noch hatte er genug Geld dafür.

Ivan Zir zwängte seine Füße in ein Paar derbe, braune Schuhe und stand auf. Eine kurze Jacke lag über einem Stuhl. Die zog er an, dann verließ er das Hotelzimmer. Da sein Zimmer im ersten Stock lag, musste er nur eine Treppe zur Lobby hinuntergehen. Der Portier an der Rezeption, die eher wie eine Garderobe aussah, hob müde den Blick von seiner *Bild-Zeitung*, als er vorbeiging.

Die ersten Blätter waren schon gesprossen. Aber es nieselte und war noch viel zu kalt für die Jahreszeit. Zir zog seine Jacke enger um seinen Körper. Eine hübsche Frau ging an ihm vorbei, aber er drehte sich nicht nach ihr um. Für Frühlingsgefühle hatte er keine Zeit. Zwei Häuserblocks weiter schlüpfte er durch eine Tür, die sich neben einer Garageneinfahrt befand. Dahinter traf er auf einen dicken Mann in einem Hemd, das sich über seinem enormen Bauch spannte. Der Mann nickte ihm zu.

»Heute hast du Glück«, sagte er. »Ich habe gerade eine Lieferung bekommen. Die Sachen stehen draußen und müssen oben in die Regale. Dann mal los!«

Zir ging hinüber in die Werkstatt. Auf dem Boden standen vier Paletten mit Kartons in den unterschiedlichsten Größen. Er schnitt die Umreifung mit einem Messer auf und begann, die Kisten in die Regale zu heben.

Zwei Stunden später war alles einsortiert. Der dicke Mann, dem die Werkstatt gehörte, saß auf einem durchgesessenen Schreibtischstuhl in seinem kleinen Büro. Vor ihm auf der Arbeitsplatte lag eine Schachtel Zigaretten. Ivan Zir nahm sich eine, ohne zu fragen.

»Hier«, sagte der Besitzer und legte einen Zehn- und einen Fünf-Euro-Schein vor sich auf die Tischplatte.

»Sechzehn«, protestierte Ivan. »Wir hatten sechzehn vereinbart. Zwei Stunden.«

Der dicke Mann zuckte mit den Schultern und legte noch einen Euro obendrauf. »Komm übermorgen wieder«, sagte er. »Ich brauche jemanden, der den Lieferwagen fahren kann. Das werden dann so vier bis fünf Stunden.«

Ivan Zir steckte das Geld ein und verließ die Werkstatt. Am Ende der Straße gab es einen Schnellimbiss. Der einzige Tisch in dem Lokal war an der einen Längsseite montiert, davor standen fünf Barhocker. Zir bestellte sich einen Kebab mit allem Drum und Dran. Es war elf Uhr und der Kebab seine erste Mahlzeit an diesem Tag. Er kostete fünf Euro und schmeckte ekelhaft.

Als er aufgegessen hatte, lief er hinunter zum Bahnhof. Vor dem gebogenen Hauptportal des riesigen Backsteingebäudes stieß er mit Udo zusammen, der viele Jahre lang im Hafen von Bremerhaven gearbeitet hatte. Dieser Job hatte Udo fertiggemacht. Er hielt eine Tüte in der Hand und streckte sie ihm entgegen. »Nein, danke«, wehrte Ivan ab. Mitten am Tag Alkohol zu trinken, kam für ihn nicht in Frage.

»Hast du was gehört?«, fragte Zir.

Udo schüttelte den Kopf. »Aber versuch es mal bei *Großmarkt Cash und Carry*. Klaus hat da vor ein paar Tagen was bekommen. Fruchtkartons.«

Ivan Zir nickte.

»Ich bräuchte ein bisschen was«, bettelte Udo.

Zir steckte die Hand in die Hosentasche und holte einen Euro raus. Udo nahm die Münze, ohne zu danken.

Am Abend setzte sich Ivan Zir wieder auf sein Bett und wippte mit den Beinen. Er hatte gerade seine dritte Zigarettenschachtel aufgemacht. Sein Körper schmerzte, das diffuse Gefühl, bedroht zu werden, beunruhigte ihn. Er hatte die Anzeichen in den Wolken gesehen. Andere lachten ihn deswegen aus, aber er wusste es besser. Die Anzeichen waren bereits vor ein paar Wochen aufgetaucht. Eines Morgens war er aufgewacht, draußen war strahlender Sonnenschein. Ein guter Tag für einen Hilfsarbeiterjob im Freien, sollte er etwas Passendes finden. In dem Augenblick jedoch, als er vor die Haustür trat, braute sich ein Unwetter zusammen, und ein Wolkenbruch ging nieder. Es regnete den ganzen Tag ohne Unterbrechung. Gegen fünf Uhr am Nachmittag kehrte er unverrichteter Dinge in seine Unterkunft zurück. Als er die Tür des Hotels aufdrückte, hörte der Regen schlagartig auf.

Ein solches Zeichen musste ernst genommen werden. Bald würde etwas geschehen.

13. KAPITEL

Elina stellte Alex' Reisetasche aufs Bett und öffnete sie. Sie hatte seit ihrer Rückkehr aus der Psychiatrischen Klinik im Schrank gestanden. Natürlich hatte die italienische Polizei den Inhalt überprüft, ohne allerdings neue Anhaltspunkte darin entdeckt zu haben. Ihr ging es jetzt darum, alles noch einmal genau und mit anderen Augen zu betrachten.

Sie versuchte sich zu wappnen, um nicht von ihren Gefühlen überwältigt zu werden. Trotzdem konnte sie den Impuls nicht unterdrücken, ihr Gesicht in seinem Pullover zu vergraben, um seinen Geruch einzuatmen. Aber er roch eigentlich nur ungelüftet, muffig. Der Pullover war aus Baumwolle, dünn und grün. Elina überprüfte das Waschetikett, fand aber nur Waschanleitungen und keinen Text. Auch im Halsausschnitt gab es kein Etikett mit Firmennamen. Die Hosen waren beige und ebenfalls aus Baumwolle. Dieses Etikett trug Informationen auf Italienisch, Englisch und Deutsch. Das Kleidungsstück sah ziemlich neu aus, er hatte es höchstwahrscheinlich in Italien gekauft. Also auch dort kein Hinweis in eine neue Richtung. Elina durchsuchte die Hosentaschen, aber sie waren leer. Und auch das blaue Hemd und das Paar schwarze Boxershorts brachten sie nicht weiter.

In seinem Necessaire lagen ein Rasierapparat, eine Zahnbürste, Zahnpasta, ein paar Kopfschmerztabletten und eine

Packung Kondome. Sie war ungeöffnet. Elina drehte ihren Kopf unwillkürlich zum Kinderzimmer, in dem Mina schlief. Sie hatten keine einziges Mal verhütet. Sie fragte sich, wann er die Kondome wohl gekauft hatte. Nachdem sie sich kennengelernt hatten? Oder hatte er sie schon vorher besessen? Eifersucht flammte in ihr auf. Natürlich war er vor ihr mit Frauen zusammen gewesen, so wie auch sie vorher andere Männer gekannt hatte, und zwar nicht so wenige. Vor einigen Jahren, nachdem ihre Beziehung zu Martin immer unerträglicher geworden war, hatte sie viele Affären gehabt. Erneut wandte sie ihren Blick zum Kinderzimmer. Aber diese Zeit war zum Glück vorbei, auch wenn sie sich noch sehr genau an das verlockende Gefühl erinnern konnte.

Drei Bücher lagen in der Reisetasche. *Die Pest* von Albert Camus, aus dem Jahr 1947. Elina schlug die Vorsatzseite auf. Diese Ausgabe war 1996 in Mailand gedruckt worden, eine italienische Übersetzung des französischen Originals. Sie hatte weder dieses Buch noch irgendein anderes von Camus gelesen. Eilig blätterte sie das Buch durch, in der Hoffnung, irgendeine Notiz am Rand zu entdecken. Aber die Seiten waren unberührt. Dann blätterte sie das Buch ein zweites Mal durch, jetzt von hinten nach vorne. Auf Seite 132 fand sie einen Satz mit Bleistift unterstrichen.

Sie holte sich ihr italienisches Wörterbuch und versuchte, ihn zu übersetzen. Es gelang ihr, die Schlüsselworte *Herz, Wahrheiten, Geschichten* zu lesen. Aber der Satz im Ganzen blieb ihr unverständlich.

Das zweite Buch war *Schande* von J. M. Coetzee. Elina hatte es in dem Jahr gelesen, als er dafür den Nobelpreis erhalten hatte. Sie versuchte sich zu erinnern. War es 2003 gewesen? Es kam ihr vor, als wäre es unendlich lange her, als hätte das in einem anderen Leben stattgefunden, dabei waren inzwischen gerade einmal vier Jahre vergangen. Alex' Exemplar war 2004 in England von Penguin Books herausgegeben worden. Im selben Jahr, als Alex nach Monte Sant'Angelo gezogen war. Hatte er vorher vielleicht in England gelebt? Oder hatte er das Buch auf einer Reise gekauft? Sie meinte sich zu erinnern, dass er an einem der Abende, die sie in ihrer Wohnung verbracht hatten, ebendieses Buch gelesen hatte. Ja, doch, so war es gewesen. Sie hatten sich sogar darüber unterhalten. Alex hatte besonders beeindruckt, wie Coetzee das Unvermögen des Menschen beschrieb, einem existentiellen Konflikt im eigenen Land zu entkommen, und zwar ganz unabhängig davon, wie gut oder böse der einzelne Mensch war. Wie Menschen vom Sog aus Ereignissen mitgerissen wurden und keine Kraft hatten, sich dem zu entziehen. Elina mochte die Szene am liebsten, in der David Lurie, Protagonist und Universitätslehrer, sich weigerte, öffentlich Reue zu zeigen, nachdem sein Verhältnis zu einer seiner Studentinnen ans Licht gekommen war.

»Ich kann verstehen, warum dich ausgerechnet diese Szene so anspricht«, hatte Alex gesagt.

Elina hatte das als ein Zeichen gedeutet, dass Alex sie verstand, sie so sah, wie sie war. Und sie hatte sich darüber gefreut.

»Das ist auch die Schlüsselszene des Buches«, hatte er fortgesetzt. »Aber sowohl diese Szene als auch das Thema des Buches hat er sich aus einem anderen Werk entliehen, *Das Herz aller Dinge* von Graham Greene. Ich war ein bisschen überrascht, als ich es entdeckt habe, aber ich lese Coetzee trotzdem gerne.«

Sie saß mit Alex' Ausgabe in der Hand auf dem Bett. Er schien sehr belesen gewesen zu sein, sonst hätte er sich wohl kaum über die literarischen Vorbilder eines Nobelpreisträgers äußern können. Elina versuchte sich an sein Haus in Monte Sant'Angelo zu erinnern. Er hatte im Wohnzimmer zwei Regale mit Büchern gehabt. Abe sie konnte sich an keinen einzigen

Titel erinnern. Nun waren zwei Regale auch nicht besonders viel, sie hatte wesentlich mehr, obwohl sie keineswegs ein Bücherwurm war. Allerdings hatte Alex auch erst seit einem Jahr dort gewohnt. Die Möbel hatten seinem Vermieter gehört, und er war nur mit dem Nötigsten dort eingezogen. Alte Bücher hatte er wahrscheinlich zurückgelassen oder verkauft.

Auch *Schande* blätterte sie sorgfältig durch. Aber sie fand keine Notizen oder Markierungen, nur den blanken Text des Autors. Die beiden Bücher waren gut erhalten. Die Falten in den Buchrücken wiesen darauf hin, dass sie einmal von vorne bis hinten gelesen worden waren, aber auf keinen Fall mehrmals.

Das dritte Buch war von einer ganz anderen Kategorie. Es war ebenfalls auf Englisch, aber kein Roman sondern ein populärwissenschaftliches Buch über Astrophysik. Es war in England herausgegeben worden und trug den Titel *Mysteries in Cosmos*. Es wirkte ungelesen, zumindest war es nicht durchgearbeitet worden. So etwas ließ sich bei gebundenen Exemplaren leicht am Zustand des Buchrückens überprüfen. Sie schlug das Buch auf und ging das Inhaltsverzeichnis durch. Es war eine Anthologie mit etwa einem Dutzend Beiträgen. Worüber hatten sie sich noch in jener sternklaren Nacht unterhalten? Über Zeit, die nicht existierte? Elina konnte sich zunächst nicht erinnern, Alex hatte versucht, ihr eine ziemlich komplizierte Theorie über Zeit nahezubringen. Er hatte sich sehr bemüht, und sie hatte sich sehr konzentriert, um ihm folgen zu können. Sie beschloss, das Buch durchzulesen. Es war zumindest eine kleine Tür in Alex' Gedankenwelt.

Zum Schluss blieb noch die Reisetasche, die sie untersuchen musste. Sie tastete die Innenseiten des Futters ab, in vergeblicher Hoffnung, einen eingenähten Hinweis zu finden, der ihr alles erklären würde. Aber die Tasche war nicht mehr als eine leere Hülle, die keinerlei Geheimnisse verbarg. Sie legte die Kleidungsstücke wieder hinein, stellte die Tasche zurück in den Schrank und legte die drei Bücher auf ihren Nachttisch. Dann ging sie zu Mina ins Zimmer. Mit leiser Stimme sang sie am Bett des schlafenden Mädchens ein Wiegenlied.

Am Dienstagmorgen nach Ostern setzte Elina ihre Tochter in den Buggy. Sie redete beinahe ununterbrochen mit der Kleinen, die brabbelnde Antworten gab. Sie liefen die Stora Gatan hinunter. Der Verkehr war relativ dicht, die Stadt war auf dem Weg zurück in den Alltag nach den vielen Feiertagen. Nieselregen und leichter Wind, Aprilwetter. Aber Mina beschwerte sich nicht, sie hatte sich im Laufe der vielen Winterspaziergänge an alle Arten Wetter gewöhnt.

Elina begann den Ausflug damit, neue Kleidung für Mina einzukaufen. »Wie groß du geworden bist«, sagte sie zu dem kleinen Mädchen, das sich wand, weil es eine Jacke anprobieren sollte. Danach gingen sie in die Stadtbücherei. Alle drei in der Kartei aufgeführten Exemplare von *Die Pest* standen im Regal. Zusätzlich gab es noch eine Taschenbuchausgabe sowie drei magazinierte Exemplare.

»Es ist äußerst selten, dass jemand dieses Buch ausleiht«, bemerkte die Bibliothekarin. »Schade eigentlich, immerhin gehört es zur Weltliteratur.«

Mina versuchte, aus dem Kinderwagen zu klettern. Elina half ihr raus, und das Kind wackelte davon. Elina holte ihre Leihkarte hervor und suchte dann nach der Passage, die in Alex' Ausgabe unterstrichen gewesen war. Sie befand sich im letzten Drittel des Buches.

»Aber Nacht war es auch in allen Herzen, und die wahren und falschen Geschichten, die man sich über die Begräbnisse erzählte, waren nicht dazu angetan, unsere Mitbürger zu beruhigen.«

Aber Nacht war es auch in allen Herzen. Das war ein beklemmendes Zitat. Düster und bedrückend. Hatte Alex diesen Zug in sich getragen? Elina versuchte sich zu erinnern. Sie war so glücklich mit ihm gewesen, dass sie solche Sinneswandlungen womöglich gar nicht registriert hatte.

Er suchte die Einsamkeit. So ungefähr hatte einer der ersten Sätze von ihm gelautet, als sie sich am Strand kennenlernten. Er lebte vollkommen isoliert und schien auch keinerlei Kontakt zu anderen gehabt zu haben. Warum? Ihm fehlte es nicht an kommunikativem Talent, wie oft hatte er sie zum Lachen gebracht. Aber warum hatte er das Bedürfnis gehabt, sich zurückzuziehen?

Auf einem Spaziergang eines frühen Morgens kurz nach acht waren sie hinauf in die Berge gegangen. Die Luft war so klar, es war ihnen leichtgefallen, in dieser Höhe zu atmen. Elina hatte von ihren Eltern erzählt. Über ihr Verhältnis zu ihnen und deren Leben. Alex hatte ihr schweigend zugehört.

»Mein Vater war ein Kriegskind«, hatte Elina gesagt. Alex hatte sofort auf diesen Ausdruck reagiert und sie gefragt, was damit gemeint sein könnte in einem Land, das sich seit über zweihundert Jahren nicht mehr im Krieg befunden hatte.

»Er stammt aus Finnland«, hatte Elina hinzugefügt. »Aus jenem Teil des Landes, in dem man Schwedisch als Muttersprache spricht. Im Zweiten Weltkrieg wurden viele Kinder von dort nach Schweden evakuiert und in Pflegefamilien untergebracht. Er ist in Schweden geblieben.«

»Krieg zerreißt Familien«, hatte Alex kühl konstatiert. Nach einer Weile des Schweigens hatte Elina gewagt, ihn nach seinen Eltern zu fragen. Sie wären beide gestorben, hatte die knappe Antwort gelautet.

»Hast du Geschwister?«, hatte Elina nachgehakt.

»Eine Schwester und einen Bruder.«

»Wo leben sie?«

»Weiß ich nicht. Ich weiß es tatsächlich nicht«, hatte er erwidert. »Ich habe sie schon seit vielen Jahren nicht mehr gesehen.«

Dann hatte er schnell das Thema gewechselt. Elina hatte sich bei ihm untergehakt, und so waren sie eng aneinandergeschmiegt weitergegangen. Die Sonne hatte im Nacken gebrannt, und sie waren zum Schutz im Schatten der Bäume gelaufen. Elina wollte für immer bei ihm bleiben.

Mina rannte auf Elina zu, die sie auffing und herumwirbelte. Dann setzte sie ihre Tochter zurück in den Buggy und verließ die Bibliothek. Während sie die Vasagatan hinunter Richtung Zentrum lief, gingen ihre Gedanken erneut auf Wanderschaft. Eine Schwester und einen Bruder, die er lange nicht gesehen hatte ... ein schwerer Familienkonflikt? Sie hatte damals nicht zu tief in ihn eindringen wollen, er sollte ihr aus freien Stücken mehr erzählen, wenn er es wollte. Aber jetzt war es zu spät.

Wieder zu Hause rief Elina als Erstes Hauptkommissar Morelli an. Ein weiteres Jahr war vergangen, seit sie miteinander gesprochen hatten. Er überraschte sie mit der Frage nach Minas Wohlbefinden. Dass er sich an ihren Namen erinnern konnte!

»Ich hätte gerne eine Liste der Gegenstände, die sich in Alex' Wohnung befunden haben«, bat sie ihn.

»Das müsste sich machen lassen«, erwiderte er. »Darf ich fragen warum?«

Elina musste einen Augenblick überlegen, wie sie ihre Antwort formulieren sollte. Ausweichend oder wahrheitsgemäß? Und was war schon die Wahrheit?

»Ich muss herausbekommen, was für ein Mensch er ist«, sagte sie geradeheraus und bemerkte erst dann, dass sie im Präsens über ihn sprach. »Meinetwegen und auch für Mina. Ich erhoffe mir, dass mich die Dinge aus seinem Haus an gemeinsame Gespräche oder Ereignisse erinnern. Wie Erinnerungsstützen.«

»Wir haben alles nur auf Italienisch«, bedauerte Morelli. »Aber ich organisiere das für Sie. Ich schicke ihnen auch die Protokolle von den verhörten der Bewohnern aus Monte Sant'Angelo. Vielleicht helfen die Ihnen auch weiter. Verzeihen Sie, wenn ich zu brutal klinge. Aber ich gehe davon aus, dass Sie dem Mörder auf der Spur sind?«

»Möglich, wenn es mir gelingt.«

»Das habe ich mir schon gedacht«, sagte Morelli.

»Ach ja? Warum das denn?«

»War nur so ein Gefühl. Außerdem sind Sie Polizistin. Sie folgen Ihren angelernten Instinkten. Für den Fall sind selbstverständlich wir zuständig, formal betrachtet. Und wie Sie wissen, hat die nationale Polizei außerhalb der Landesgrenzen keinerlei Befugnisse. Aber das wissen Sie natürlich alles, Kommissarin Wiik. Aber wer kann einem Angehörigen schon untersagen, Fragen zu stellen? Ich auf jeden Fall nicht!«

»Danke«, sagte Elina.

»Lassen Sie wieder von sich hören, wenn Sie mögen.«

Am Abend desselben Tages nahm Elina das Buch über die kosmischen Mysterien mit ins Bett. Das erste Kapitel handelte von dem Verhältnis zwischen Materie und Energie und versuchte, die berühmte Gleichung von Einstein, $E=mc^2$, so zu erklären, dass sogar ein absoluter Laie sie verstehen konnte.

Elina zerbrach sich das Hirn, aber es wurde ihr mit dem englischen Original nicht gerade leichter gemacht, den Auslegungen folgen zu können. Auf Seite zehn war sie bereits eingeschlafen.

14. KAPITEL

Zwei Tage später landete Morellis Post in Elinas Briefkasten. Es war Donnerstagvormittag, und Elinas Mutter war zu Besuch. Maria Wiik hatte ihre Tochter angerufen und gestanden, dass sie unbedingt Mina sehen müsse. Elina hatte gelacht und ihr gesagt, sie könne kommen, wann immer sie wolle. Nun war die Großmutter mit ihrer Enkelin losgezogen. Elina wusste genau, dass in den nächsten Stunden Eis essen und ein Besuch im Tierpark von Valby auf dem Programm standen, zudem ein Einkaufsbummel mit neuem Spielzeug, etwas zum Anziehen oder was auch immer die Kleine sich wünschen würde. Hauptsächlich wurde Mina aber die uneingeschränkte Aufmerksamkeit der Oma zuteil. Ihre Liebe und Selbstlosigkeit für das Kind kannte keine Grenzen.

Die Liste war ordentlich zusammengestellt, und Elina begann sofort, sie mithilfe ihres Wörterbuches zu übersetzen. Etwa sechzig Posten waren aufgeführt, fast ausschließlich Alltagsgegenstände, Kleidungsstücke, Hygieneartikel und Bücher. Sein Besitz entsprach also ungefähr dem Inhalt seiner Reisetasche. Die übrigen Gegenstände gehörten offensichtlich dem Eigentümer des Hauses an der Landstraße.

Sie konzentrierte sich auf die Details. Aber auch sie lieferten keine Antwort: Die Kleidungsstücke ließen sich keinem anderen Herkunftsland als Italien zuordnen. Die einzige Ausnahme stellte eine Jacke dar, die nachweislich in Österreich gekauft worden war.

Österreich? An einem der Tage waren sie mit dem Wagen hoch hinauf zum Gipfel gefahren. Aufs Geratewohl waren sie den schmalen, kleinen Wegen und Pfaden gefolgt.

»Liegt hier im Winter eigentlich Schnee?«, hatte Elina gefragt. Sie hatte daran denken müssen, wie gefährlich glatt es werde könnte.

»Ich glaube nicht«, hatte Alex geantwortet und ihre Frage offensichtlich ganz anders verstanden. »Skifahrer müssen wohl eher in die Alpen fahren.«

»Es ist bestimmt Jahre her, dass ich das letzte Mal Ski gefahren bin«, hatte Elina gerufen. »Kannst du Ski fahren?«

»Als Kind bin ich häufig Ski gelaufen. Aber dann habe ich mir einmal den Arm gebrochen, und seitdem ist nichts mehr daraus geworden.«

Er hatte seinen Arm um sie gelegt und mit der linken Hand gesteuert. Sie hatte sich an ihn gelehnt und ihm einen Kuss auf die Wange gedrückt.

»Halt bitte an, bevor du in den Abgrund stürzt«, hatte sie gekichert. Sofort war er an die Seite gefahren, und sie hatten in dem viel zu kleinen Auto miteinander geschlafen.

Schwärmerisch hatte er danach über ihren Körper gesprochen. Ihre Hüften wären die schönsten, die er je gesehen hätte. Weiche, wunderschön geschwungene Bögen. Das waren seine Worte gewesen. Er hatte immer alles wortwörtlich gemeint, was er sagte, darum war ihr auch dieses Mal nicht eingefallen, ihn in Frage zu stellen.

Alex war also als Kind Ski gefahren. Er liebte die Berge. Er hatte eine Jacke aus Österreich. Elina wusste genau, wie dünn dieses Gebilde war. Es würde beim leisesten Atemzug in sich zusammenstürzen. Er hatte keinen deutschen Akzent gehabt. Sie hörte unwillkürlich Arnold Schwarzenegger »Hasta la vista, baby« sagen. Alex konnte unmöglich Österreicher gewesen sein. Bitte sehr, da hatte sie selbst das Gebilde mit einem Atemzug zerstört.

Trotzdem war etwas Wahres daran. Alex hatte im Kindesalter Schnee unter den Füßen gehabt. Vielleicht kam er von irgendeiner verschneiten Bergregion.

Auch die Buchtitel waren sorgfältig in der Liste aufgeführt worden. So gewissenhaft war die italienische Polizei doch sonst nie, wenn nicht ein dringendes Verdachtsmoment vorlag. Aber in diesem Fall waren sie äußerst gründlich gewesen. Entweder lag es an den wenigen Anhaltspunkten, oder aber Morelli war literarischer veranlagt als der Durchschnitt seiner italienischen Kollegen. Die meisten Bücher waren auf Italienisch, der Rest auf Englisch. Hauptsächlich Romane. Zwei stammten aus J. M. Coetzees Feder, drei von Graham Greene. Die Namen der Autoren aus ihrem kurzen Gespräch über *Schande* fanden sich auch in seinem Bücherregal wieder. Alex schätzte gehobene Literatur, las viel und sprach Englisch mit Akzent und beherrschte Italienisch. Er war aber, laut Urteil der Bewohner von Monte Sant'Angelo, aufgrund seines Dialektes, keine waschechter Italiener. War es ihm gelungen, diese Sprache in nur einem einzigen Jahr zu erlernen, obwohl er so wenig Kontakt mit den Einheimischen gehabt hatte? Elina zweifelte nicht an seiner Begabung, aber so schnell war das trotzdem fast unmöglich. Außerdem stand in Morellis Liste kein einziges Wörterbuch. Die Schlussfolgerung musste lauten, dass er bereits vor seinem Umzug nach Monte Sant'Angelo des Italienischen mächtig gewesen sein musste.

Ein paar Sachbücher waren aufgeführt. Eines hatte Mathematik zum Thema, ein anderes Astronomie. Die Titel klangen nach Kosmologie. Theoretische Gedanken schienen Alex angesprochen zu haben. Elina gewann allmählich eine Vorstellung davon, welche Bereiche ihn interessiert hatten.

Leider fand sie keine Vermerke, dass in den Büchern Notizen oder andere Zeichen entdeckt worden waren. Die Liste war lediglich eine kurze Bibliographie. Persönliche Hinweise fehlten völlig. Das Leben, das Alex geführt hatte, bevor sie sich am Strand im Golf von Taranto begegnet waren, lag nach wie vor im Dunkeln.

Elina schlug das Buch *Mysteries in Cosmos* erneut auf, fest entschlossen, sich durch die nächsten Seiten zu kämpfen. Schon nach Lektüre der Einführung hatte sie erkannt, dass aus ihr niemals eine Astrophysikerin werden könnte, falls sie bei der Polizei kündigen und sich nach einem anderen Tätigkeitsfeld umsehen sollte.

Das dritte Kapitel hieß »Ein spekulativer Gedanke über die Zeit«. Sie erinnerte sich an Alex' Worte und las mit großem Interesse weiter. Der Autor des Artikels begann seine Ausführung mit der Behauptung, dass wir Menschen eine subjektive Wahrnehmung von Zeit hätten, die davon ausging, dass sich Zeit linear und in eine Richtung bewegte. Sekunde für Sekunde, Tag für Tag, Jahr für Jahr. Dieser subjektive Zeitbegriff bedeutete jedoch auch, dass wir uns nicht vorstellen können, Geschehenes ungeschehen zu machen, dass wir nicht einfach umkehren und in die Vergangenheit gehen können, außer in unseren Gedanken. Die Taten von gestern sind unwiderruflich. Gleichzeitig ist es auch unvorstellbar, in die Zukunft zu gehen und diese zu sehen. Zeitreisen sind nur in der Phantasie möglich.

Der subjektive Zeitbegriff galt lange Zeit als eine wissenschaftliche Wahrheit. Er wurde jedoch durch die Entdeckung des Raum-Zeit-Kontinuums grundlegend verändert. Zeit wurde zur vierten Dimension. Die Theorie über den Einfluss von Zeit auf den Raum wurde vor allem von Albert Einstein entwickelt. Zeit war nicht mehr nur ein absolutes Phänomen, sondern wurde zu einem relativen Begriff, abhängig von der Position des Betrachters. Ein Mensch auf der Erde altert demnach schneller als ein Astronaut, der sich von der Erde entfernt. Je schneller man sich von einem unbewegten Objekt entfernt, desto langsamer vergeht die Zeit verglichen mit der Zeit am Ausgangspunkt.

Müsste es nicht eigentlich genau andersherum sein?, dachte Elina. Sie bemühte sich sehr, die Ausführungen zu begreifen. Dann folgte eine Erläuterung, die sie augenblicklich in die Vergangenheit zurückwarf. Die Worte des Autors waren nahezu identisch mit denen ihres Geliebten. Sie hatten vor seinem Haus auf dem Rücken im Gras gelegen. Es war eine warme Frühlingsnacht gewesen und der Himmel sternenklar. Alex hatte ihr viele Sternbilder gezeigt. Der scheinbare Widerspruch aus Intimität und Unendlichkeit war überwältigend gewesen. Elina hatte sich wieder wie eine Zwanzigjährige mit ihrem ersten Freund gefühlt.

»Ich kann nur den Gürtel des Orion und den Großen Wagen erkennen«, hatte sie sich entschuldigt. »Und den Polarstern.«

»Stella Polaris«, hatte Alex erwidert. »Der steht immer im Norden, wo man sich auch befindet. Er führt einen stets ans Ende des Weges.«

Er hatte auf einen stark leuchtenden Stern direkt über ihren Köpfen gedeutet.

»Das Licht dieses Sterns ist seit über zweitausend Jahren zu uns unterwegs«, hatte er geflüstert. »Sein Licht stammt aus der Zeit um Christi Geburt. Sollte es dort oben bewohnte Planeten geben, mit Lebewesen, die auf uns schauen so wie wir zu ihnen, dann sehen sie das Licht aus jener Zeit.«

»Wenn wir in einer Sekunde dorthin fliegen könnten und ein superstarkes Fernglas hätten, könnten wir Jesus in seiner Krippe im Stall sehen«, hatte Elina gekichert.

»Genauso ist es! Wenn wir schneller als Licht reisen könnten, könnten wir in die Vergangenheit sehen. Stell dir einfach vor, dass dir alle Bilder in Lichtwellen entgegenkommen, ungefähr 150 Millionen Trillionen Bilder pro Sekunde. Jedes Bild verändert sich um eine kleine Nuance, und so wird alles, was wir sehen, zu einem einzigen, fließenden Film.«

»Okay, okay. Ich sehe den Film«, hatte Elina gerufen. Sie hatte sich eine Vorführung im Planetarium vorgestellt, das Firmament wurde zu einer gigantischen Leinwand. Das Blinken der Sterne hatte sich in langsam schwingende Lichtwellen verwandelt.

»Und stell dir jetzt vor, dass du auf eines dieser Bilder des Films aufspringen könntest, wie auf einen fliegenden Teppich, der sich allerdings mit Lichtgeschwindigkeit vorwärtsbewegt. Du würdest dem Bilderstrom folgen, aber der Film würde für dich bei diesem einen Bild hängen bleiben. Es würde zu einer Art Momentaufnahme werden, und für deine Augen würde die Zeit dort stehen bleiben. Wenn du dich mit Lichtgeschwindigkeit bewegen könntest, würde die Zeit, verglichen mit dem Ausgangspunkt, einfach stehen bleiben.«

»Geht das wirklich?«, hatte Elina gefragt. »Können wir die Zeit bitte jetzt anhalten, damit dieser Augenblick niemals vergeht?« Sie war sofort ganz ernst geworden.

Er hatte sich zu ihr gedreht und sie geküsst. »Aber dann hätte ich dich niemals wieder küssen können«, seine Worte waren geflüstert.

»Wenn du mich küsst, steht die Zeit ohnehin still!«, Elina hatte lachen müssen.

Das alles war eine Ewigkeit her und doch so nah. Elina legte das Buch auf den Schoß und dachte an Mina. Das war ein Ritual, das sie sich angewöhnt hatte, wenn Trauer und Sehnsucht sie zu überwältigen drohten.

Am Tag nach der Nacht unter den Sternen hatte sie den Faden wieder aufgenommen. Vielleicht hatte sie *ihn* und nicht nur die Theorie besser verstehen wollen. Sie war mit dem Abwasch nach dem gemeinsamen Frühstück beschäftigt, er stand neben ihr und trocknete ab. »Du hast mir gar nicht auf meine Frage geantwortet, ob man in die Vergangenheit sehen kann«, hatte sie gesagt. »Ich meine in Wirklichkeit! Wäre das möglich?«

Alex hatte sorgfältig mit dem Tuch den Becher abgerieben, aus dem er soeben Kaffee getrunken hatte. »Um das Geschehene ungeschehen zu machen?«, hatte er leise gefragt. Elina hatte den Kopf gehoben. Alex' Blick hatte sich in der Ferne verloren.

»Alex?«

»Nein«, er hatte sich aus seinen Gedanken losgerissen, und wandte sich ihr wieder zu. »Man kann nicht in die Vergangenheit sehen. Dafür aber kann die Zeit rückwärts verlaufen. Das wird eintreten, wenn das Universum reversiert, wenn es aufhört, sich auszudehnen, und sich zusammenzieht. Dann würden wir unser Leben erneut durchlaufen, allerdings vom Tod bis zur Geburt.«

Er hatte in ihr vollkommen verwirrtes Gesicht gesehen und gelächelt. »Der einzige Grund, warum du das absurd findest, ist dein subjektiver Zeitbegriff. Dass du meinst, Zeit kann sich nur in eine Richtung bewegen und zwar vorwärts. Für mich aber existiert Zeit überhaupt nicht. Ich habe da meine eigene Theorie. Willst du sie hören?«

»Natürlich!«, hatte Elina begeistert gesagt. »Ich werde ganz bestimmt nichts begreifen, aber bitte versuch es!«

»Licht bewegt sich mit dreihunderttausend Stundenkilometern. Das bedeutet, dass ein einziger Lichtstrahl die Erde in einer Sekunde siebeneinhalb Mal umrunden kann. Unter den Gesichtspunkten unserer jetzigen, von allen akzeptierten Weltanschauung ist das alles vollkommen korrekt. Aber von einer höheren Ebene aus betrachtet, ist es falsch. Geschwindigkeit ist eine zurückgelegte Strecke pro Zeiteinheit, zum Beispiel Meter pro Sekunde. Aber das setzt voraus, dass Zeit existiert. Tut sie das nicht, dann kann es auch keine Geschwindigkeit geben.«

Elina hatte genau gespürt, wie sehr er sich bemühte, ihr den Sachverhalt langsam und sehr pädagogisch nahezubringen, wie in einem Hörbuch. Und bis zu diesem Punkt hatte sie ihm auch folgen können.

»Nun aber verhält es sich so, dass die Zeit sich verlangsamt, wenn man das Licht drosselt. In den schwarzen Löchern, aus denen kein Licht entweicht, hat die Zeit aufgehört zu existieren. Wenn du dich mit Lichtgeschwindigkeit bewegst, bleibt die Zeit stehen, so wie ich es dir gestern beschrieben habe. Die einzige, offensichtliche Schlussfolgerung lautet also, dass Zeit und Licht identisch sind.«

»Zeit und Licht sind identisch?«, hatte Elina ungläubig wiederholt und versucht, die Aussage zu begreifen.

»Die logische Konsequenz aus Einsteins Formel $E=mc^2$, die tatsächlich nur ein Ausschnitt aus einer viel umfangreicheren Formel ist, lautet, dass nichts schneller als Licht ist«, war Alex fortgefahren. »Aber diese Formel ist nur eine physikalische Erklärung. Dieser Aussage, dass nichts schneller als Licht ist, liegt meiner Meinung nach eine andere Ursache zugrunde. Nämlich: Nichts kann schneller sein als es selbst. Man könnte auch sagen, nichts kann langsamer sein als das Licht. Zeit ist keine eigene Einheit. Sie kann nicht isoliert existieren. Licht und Zeit sind ein und dasselbe.«

Elina hatte ihn gebeten, es ihr noch einmal zu erklären, aber sie hatte Schwierigkeiten, es in seiner Gänze zu begreifen oder gar die Richtigkeit seiner Aussage zu beurteilen. Und dann las sie die identische Beschreibung vom Verhältnis von Zeit und Licht in *Mysteries in Cosmos*. Alex' Ausführungen hatten druckreif geklungen, und seine Worte tauchten nun beinahe wortgetreu in dem Kapitel »Ein spekulativer Gedanke über die Zeit« wieder auf.

Elina versuchte, die Zusammenhänge zu begreifen: Es war Alex' Buch, es hatte schließlich in seiner Tasche gelegen. Vielleicht hatte er dieses Kapitel gelesen und es besonders spannend gefunden. Und dann hat er sich den Inhalt einfach angeeignet und als seine eigene Theorie ausgegeben. Elina betrachtete das Buch näher. Es wirkte ungelesen. Natürlich konnte man es vorsichtig durchblättern, um zu verhindern, den Buchrücken zu beschädigen und es gelesen aussehen zu lassen. Das war möglich. Aber warum hätte er so etwas tun sollen?

Sie blätterte zurück zum Inhaltsverzeichnis. Dort standen Name und Titel des Verfassers: Elias Khors, Doktor der Physik an der Universität von Oxford.

Elina ließ sich gegen die Stuhllehne fallen. Wenn Alex dieses Kapitel nicht durchgelesen hatte, vielleicht hatte er es irgendwo aufgeschnappt? Hatte er Elias Khors sogar gekannt? Die englischsprachigen Bücher, hatte er die in Oxford gekauft?

Unruhig ging sie im Zimmer auf und ab. Ihr Kopf drohte zu platzen. Alex glaubte nicht, dass Zeit existierte. Er hatte ihr gegenüber von ›seiner eigenen Theorie‹ gesprochen, da war sie sich ganz sicher. Vielleicht war *er* der Autor? Waren Alex und Elias Khors ein und dieselbe Person?

Ihr wurde schwarz vor Augen, ihr war schwindelig, und sie musste sich setzen. Sie versuchte sich zu beruhigen. Sie hatte sich von ihrer Phantasie mitreißen lassen. So einfach konnte es unmöglich sein, dass sie nur eines von Alex' Büchern aufschlug und dort auf seinen wirklichen Namen stieß. Sie schaltete den Computer ein. Eine Suchanfrage nach *elias/khors* auf Google ergab keinen einzigen Treffer. Dann suchte sie *oxford university* und klickte sich auf die Homepage der University of Oxford. Dort entdeckte sie die Telefonnummer einer Zentrale, die sie sofort wählte. Die Frau in der Geschäftsstelle teilte ihr mit, dass ein Forscher namens Khors nicht an der Universität gemeldet sei. Elina bat darum, mit dem Physikalischen Institut verbunden zu werden. Dort hob eine Frau den Hörer ab.

»Ich bin auf der Suche nach Doktor Elias Khors«, erklärte Elina.

»Er arbeitet nicht mehr hier«, lautete die Antwort. »Er hat seinen Posten verlassen. Die Zeit vergeht so schnell. Das ist bestimmt fünf oder sechs Jahre her.«

»Wo könnte ich ihn denn finden?«, fragte Elina.

»Das weiß ich leider nicht«, erwiderte die Frau.

»Kannten Sie ihn?«

»Warum fragen Sie das?«

»Ich muss unbedingt Elias Khors ausfindig machen. Aber ich weiß gar nicht, ob ich nach der richtigen Person suche. Verzeihen Sie, wenn ich so hartnäckig bin, aber wie sieht Doktor Khors aus? Wie alt ist er ungefähr?«

»Ich bin ihm nicht so oft begegnet«, sagte die Frau. »Groß. Bart. So um die fünfundvierzig.«

»Sind Sie sich mit dem Alter sicher?«, hakte Elina nach.

»Nein, sicher bin ich nicht.«

»Gibt es jemanden, der wissen könnte, wo er jetzt ist?«

»Dazu kann ich nur wenig sagen. Khors war nur ein Semester bei uns, er hatte eine Vertretungsstelle. Sein Kurs bestand aus etwa einem halben Dutzend Studenten, wenn ich das richtig in Erinnerung habe. Mehr kann ich Ihnen dazu gar nicht sagen.«

»Könnten Sie...«, begann Elina, wurde aber von der Frau unterbrochen.

»Mir fällt gerade ein, eine seiner Studentinnen arbeitet als Dozentin bei uns. Wollen Sie sich vielleicht einmal mit ihr unterhalten?«

»Ja, danke«, sagte Elina. Es klickte einige Male in der Leitung, dann hörte sie ein »*Hello*« im Hörer. Darauf folgte: »Hier spricht Sandra Myers.«

Elina erklärte ihr Anliegen, so gut sie konnte.

»Elias Khors muss jetzt so um die fünfzig sein«, beschrieb Sandra Myers ihren ehemaligen Professor. »Groß war er, mit schwarzem Bart und Brille. Er war ein Sonderling, wenn ich ehrlich sein darf.«

So weit von Alex entfernt wie nur irgendwie denkbar, dachte Elina. Nur die Größe stimmte überein.

»Und wo ist Khors jetzt?«, fragte sie.

»Keine Ahnung. Er war eigentlich ein guter Professor, aber während seiner Lehrzeit gab es einen Konflikt.«

»Und worum ging es?«

»Er wurde des Plagiats bezichtigt. Sind Sie Akademikerin?«

»Nein«, entgegnete Elina und verschwieg ihren Beruf. Das Risiko, dass Sandra Myers' Gesprächigkeit dann abrupt enden würde, war zu groß.

»Wären Sie Akademikerin, dann wüssten Sie, wie viele Zehen es auf dieser Welt gibt, auf die bereits getreten wurde. Leute meinen, sie hätten eine Idee zuerst gehabt, dann aber kommt jemand und erntet die Anerkennung. Und dann kommt postwendend der Plagiatsvorwurf.«

»Was genau soll er denn gestohlen haben?«

»Khors hat für einen Sammelband ein Kapitel geschrieben. Ein ehemaliger Schüler hat behauptet, Khors hätte den gesamten Artikel und die Idee von ihm gestohlen.«

»Und worum ging es in dem Artikel?«

»Es war eine Theorie über die Nicht-Existenz von Zeit. Khors hat darin angeführt, dass Licht und Zeit ein und dasselbe seien. Eine sehr interessante Theorie, allerdings ist sie in der Philosophie besser aufgehoben als in der Astrophysik.«

Elina drückte den Hörer so fest an ihr Ohr wie möglich. »Wie hieß denn der Student, der ihn beschuldigt hat?«

»Das weiß ich leider nicht. Aber Elias Khors' Verleger müsste das wissen, der hat bestimmt damals auch sein Fett abbekommen.«

Elina warf einen Blick auf den Umschlag des Buches. Der Name des Verlags stand vorne drauf. *Oaktree Books.* »Ich danke Ihnen sehr«, beendete Elina das Telefonat.

»Ach, war mir ein Vergnügen«, verabschiedete sich Sandra Myers.

Die Auslandsauskunft teilte Elina eine Nummer in Newcastle mit. Vor Aufregung vertippte sie sich zuerst beim Wählen. Eine Frau hob ab. Sie hatte eine junge Stimme. Da sie selbst erst seit drei Jahren im Verlag tätig war, konnte sie nichts zu dem Vorfall sagen. Aber vielleicht existierte eventuell noch Korrespondenz aus dieser Zeit? »*Hang on*«, sagte sie. Einige Minuten später tauchte ihre Stimme wieder in der Leitung auf. Sie habe da einen Zeitschriftenartikel gefunden. Ob sie ihr den zufaxen sollte? Elina gab die Nummer des Polizeireviers durch.

Sie sprang in die Schuhe und stürmte aus der Wohnung. Direkt vor der Tür stieß sie mit ihrer Mutter und Mina zusammen. Elina beugte sich zu ihrer Tochter und gab ihr einen Kuss. »Bin gleich zurück«, rief sie ihrer Mutter zu und rannte die Treppe hinunter. Da hörte sie, wie Mina zu weinen begann. Sie drehte um, hob sie aus dem Buggy und setzte sich mit ihr ins Wohnzimmer. Eine Minute später war Mina in ihren Armen eingeschlafen. Vorsichtig legte Elina sie aufs Sofa, deckte sie zu und stürmte los.

Im Revier wurde sie von mehreren Kollegen aufgehalten, die alle wissen wollten, wann sie denn wieder zurückkommen würde. Elina antwortete kurz angebunden, versuchte aber dabei zu lächeln, damit ihr Verhalten nicht zu unfreundlich wirkte. Dann eilte sie weiter. Im Faxgerät der Abteilung lag ein Blatt Papier, der Text zeigte nach unten. Sie riss das Blatt an sich und drehte es um. Es war ein kopierter Artikel mit langem Text und einem kleinen Foto. Alex blickte ihr darauf entgegen. Sie starrte ihn an, ganz gelähmt von ihrer Entdeckung.

Unter dem Foto stand ein Name: Alexander Kupalo.

15. KAPITEL

An diesem Tag wurde Stella vierundzwanzig, aber niemand feierte ihren Geburtstag mit ihr. Es war neun Uhr abends, und sie lag ausgestreckt auf dem Bett. Das Zimmer war ärmlich eingerichtet, keine Bilder an den Wänden und nur die notwendigsten Möbel. Und die gehörten nicht einmal ihr selbst, sie mochte sie auch nicht. Es waren allesamt schwere, unförmige Möbelstücke, wie dieser hässliche furnierte Sekretär. Darüber hing ein Spiegel mit vergoldetem Gipsrahmen. Quer über dem Boden lag ein blauer, zerschlissener Teppich. Aber eigentlich störte sie das nicht so sehr; hier würde sie ohnehin nicht lange bleiben.

An einem nebeligen Morgen vor etwa drei Wochen hatte sie an der Tür ihrer Wirtin geklopft. Eine kleine dicke Frau in fleckigem Kleid hatte ihr geöffnet und sie von Kopf bis Fuß gemustert. »Die Miete muss pünktlich gezahlt werden«, hatte sie Stella nach der Musterung gesagt. Stella hatte ihr daraufhin wortlos zwei Monatsmieten im Voraus gezahlt, ohne zu feilschen. »Und keine Herrenbesuche!«, hatte die Wirtin gekeift und die Scheine nachgezählt. Stella hatte den Kopf geschüttelt. Die Wirtin nickte zufrieden und ging vor ihr die Treppe hoch. Sie öffnete die Tür des Gästezimmers. »Ist das alles?«, fragte sie und zeigte auf Stellas kleine Reisetasche. Stella gab keine Antwort, streckte nur die Hand nach dem

Schlüssel aus. Nach kurzem Zögern bekam sie ihn ausgehändigt, dann wandte sich die Hausherrin um. »Toilette und Dusche sind im Gang«, rief sie auf dem Weg hinunter.

In den vergangenen Wochen hatte die Wirtin Stella häufig Fragen gestellt, aber meist nur einsilbige Antworten erhalten. Zwar nicht in unfreundlichem oder gar abweisendem Tonfall, aber unmissverständlich ohne Einladung, einen Smalltalk mit ihr zu führen. Und nie gab es etwas Ausführliches oder gar einen Exkurs. Noch nicht einmal auf die durchaus angemessene Frage »Wie lange gedenkt das Fräulein zu bleiben?« gab sie eine zufriedenstellende Antwort. »Ich werde sehen«, hieß es nur, dann folgte Schweigen. Als wären Worte kostbarer als echte Perlen.

Jeden Morgen verließ Stella das Haus noch vor acht Uhr. Die Wirtin beobachtete sie ab und an hinter der Gardine. Sehr jung sah sie aus, wie ein kleines Mädchen. Sie hatte blondes oder auch blondiertes schulterlanges Haar, große, blaue Augen und einen ziemlich kleinen Mund. Ein reines und unschuldiges Gesicht. Dort ging ein Mädchen mit seiner Unschuld die Straße entlang.

Die Unzugänglichkeit ihres jungen Gastes ließ die Wirtin nur umso neugieriger werden. Sie war auch der Ansicht, dass sie ein Recht habe zu erfahren, was für ein Mensch da in ihrem Haus untergekommen sei. Das Mädchen kam abends nach Hause und verließ es früh morgens wieder. Ganz normal, das tat die arbeitende Bevölkerung so. Aber warum folgte sie demselben Ablauf auch am Wochenende? Nach drei Wochen folgte die Wirtin ihr bis vor die Zimmertür und fragte, wo sie arbeitete. Sie forderte eine Antwort, mit Nachdruck. Aber Stella schloss einfach nur wortlos die Tür hinter sich.

Das Haus lag außerhalb der Stadtmitte. Nicht auf dem Land, aber an der Stadtgrenze, wo die Dichte der Bebauung bereits merklich abnimmt. Nur zweihundertundfünfzig Meter von der Endstation des Zehners. Im Bus Nummer zehn drängten sich morgens und abends die Arbeiter aus der Stadt, viele von ihnen waren in Stellas Alter. Frauen, die in den Einkaufszentren und Arkaden der Innenstadt Kleider verkauften oder als Kellnerinnen arbeiteten. Die meisten kannten sich, arbeiteten zusammen oder waren Nachbarinnen. Die Gespräche im Bus aber waren gedämpft, sie sprachen mit müden Stimmen, sowohl auf dem Weg in die Stadt als auch auf dem Nachhauseweg. In der Woche gab es selten Neuigkeiten zu berichten, jeder war mit seinem Alltag beschäftigt. Einige der Frauen hatten Stella zu Beginn Blicke zugeworfen, sich gefragt, wer die Neue sei. Dann aber hatten sie sich wieder abgewandt.

So waren die drei Wochen vergangen. Auch an diesem Abend, an ihrem Geburtstag, kam Stella wie gewohnt gegen sechs Uhr nach Hause. Mittlerweile war es neun geworden, und sie setzte sich im Bett auf. Sie machte die Nachttischlampe an, zog ihre Handtasche zu sich und kramte einen Spiegel hervor, zog den rosa Lippenstift nach und legte noch ein bisschen Mascara auf. Dann zog sie sich um und trug eine dünne Bluse und ein Paar braune Stiefel. Leise öffnete sie die Tür, von unten schrillte der Fernseher die Treppe hinauf. Die Wirtin war in ihre Welt der einfachen Unterhaltung versunken und hörte nicht, wie Stella das Haus verließ.

Acht Minuten später hielt der Bus an der Endhaltestelle. Drei Personen stiegen aus, Stella war der einzige Fahrgast. Sie wählte einen Sitzplatz in der Mitte. Der Bus begann seine Reise auf den blass erleuchteten Straßen, vorbei an den Häusern des Vorortes. Je näher sie dem Zentrum kamen, desto lebhafter wurde es, der Verkehr nahm zu, und auf den Bürgersteigen waren mehr Menschen zu sehen. Stella stieg eine Haltestelle vor der City aus. Sie lief durch die Straßen und stieß schließlich die Tür des Hotel de Paris auf. Vier Sterne, vier Stockwerke, hundertzwanzig Zimmer und eine riesige Eingangshalle. Die Rezeption war klassisch geschnitten, die alte, ursprüngliche Einrichtung aus der Zeit der Eröffnung von 1909 war liebevoll erhalten worden. Links von der Lobby befand sich die Hotelbar. Sie war im selben Stil gehalten. Lange Getränkekarte, durchgesessene Sessel und Frank Sinatra aus den Lautsprechern. Die Gäste saßen versprengt in der Bar, einsame Männer an kleinen Tischen, ein Glas in der Hand und mit vorsichtig suchenden Blicken. Einer hatte sein Handy am Ohr, ein anderer las Zeitung. Die Atmosphäre war entspannt, aber es lag auch ein Hauch von Angst in der Luft.

Als Stella die Bar betrat, richteten sich viele Blicke auf sie. Das war durchaus verständlich, genau genommen selbstverständlich. In eine Bar, in der nur einsame Männer sitzen, kommt plötzlich eine junge Frau. Stella begegnete jedem der Blicke. Dann ging sie, ohne zu zögern, auf einen Mann in einem Sofa zu und setzte sich neben ihn. Er war schlank und groß, um die fünfundvierzig. Er richtete sich verwirrt auf, hatte sich aber sofort wieder im Griff: »Darf ich Sie auf einen Drink einladen?«

»Ja, gerne«, erwiderte Stella.

Der Mann winkte einen Kellner zu sich.

»Einen doppelten Wodka«, bestellte Stella. »Mit Eis und einer Scheibe Zitrone.«

»Mein Name ist Henk«, sagte der Mann. »Ich komme aus Holland.«

»Holland«, wiederholte Stella. »Dort würde ich gerne mal hinfahren. Amsterdam, Den Haag. Ist bestimmt einen Besuch wert, nicht wahr? Was machen Sie denn hier?«

»Ich treibe Handel.«

»Mit Schnürsenkeln?«

Der Mann lachte. »IT. Software.«

»Wohnen Sie hier im Hotel?«, fragte Stella.

»Ja«, antwortete Henk. »Sie auch?«

»Nein.« Sie legte ihre Hand auf seinen Oberschenkel. »Aber ich würde gerne für eine Nacht bleiben.«

Henk blieb zunächst wie versteinert sitzen. »Das sollte sich machen lassen«, sagte er wenige Sekunden später.

Stella ließ ihre Hand ein paar Zentimeter weiter Richtung Schritt wandern. »Aber das kostet«, flüsterte sie. »Vierhundert Euro.«

»Das ist ein bisschen viel für mein Budget.«

»Für meines ist es genau das Richtige«, entgegnete Stella und kippte den Wodka hinunter.

Der Mann erhob sich. »Zimmer 401«, sagte er und verließ die Hotelbar.

Früh am nächsten Morgen nickte Stella dem verschlafenen Portier zu und schob die Eingangstür des Hotel de Paris auf. Der Holländer war bereits aus ihren Erinnerungen gelöscht, nur sein Geld lag in ihrer Tasche. Draußen war es noch dunkel, und die Straßenlaternen warfen lange Schatten.

16. KAPITEL

Der Artikel war von Dezember 1999 und beschrieb den Plagiatsvorwurf. Alexander Kupalo, ein ehemaliger Student von Elias Khors, hatte seinem Lehrer vorgeworfen, einen Aufsatz verwendet zu haben, den er, Kupalo selbst, zwei Jahre zuvor verfasst hätte. Der Titel des Aufsatzes lautete »Gibt es Zeit?« und war niemals publiziert worden. Khors wiederum gab zu, dass Kupalo den besagten Aufsatz geschrieben hätte, allerdings im Rahmen eines Kurses, den er geleitet habe. Er wäre also unter seiner Ägide und Initiative entstanden. Außerdem wäre die Grundthese Khors' ganz eigene gewesen. Und darum hätte er auch das Recht gehabt, das Kapitel »Ein spekulativer Gedanke über die Zeit« in der Anthologie *Mysteries in Cosmos* zu veröffentlichen.

Im Artikel standen ferner einige Zeilen mit genaueren Details über Alexander Kupalos Personalien: neunundzwanzig Jahre alt, kroatischer Herkunft, in Šibenik geboren. Laut Angaben hatte er in Turin, Italien und in Split, Kroatien studiert. 1998 hatte er seinen Abschluss in Astrophysik an der Universität von Oxford absolviert.

Alex war also Kroate. Elina hatte endlich eine Antwort auf ihre erste Rätselfrage erhalten. Sie kannte seinen richtigen Namen. Das war das zweite Rätsel gewesen. Sein Leben hatte in einer Stadt begonnen, von der sie noch nie zuvor gehört hatte. Er war 1970 geboren oder aber auch 1969, im selben Jahr wie sie.

Elina hatte Mina auf ihrem Schoß und las ihr ein Märchen vor. Es war Vormittag, und ihre Mutter würde bald kommen, um mit Mina auf den Spielplatz oben auf dem Djäkneberg zu gehen, dem schönsten Park der Stadt, nicht weit von Elinas Wohnung entfernt. Am Abend zuvor hatte Elina ihrer Mutter erzählt, was sie herausbekommen hatte. Maria Wiik hatte das sehr beunruhigt. Das verhieß nichts Gutes.

Kaum waren Oma und Enkelin aus dem Haus, suchte Elina im Atlas nach Šibenik. Sie starrte auf die Karte, als würde sie dort unten Alex sehen können. Die Stadt lag an der Adria, nördlich von Split, in der Mitte des schmalen kroatischen Küstenstreifens. Sie recherchierte im Netz; gut über fünfzigtausend Einwohner, Fotos von azurblauem Wasser und Häusern aus Stein mit roten Ziegeldächern. In welchem wohl Alex gewohnt hat?

»Der Krieg zerreißt Familien«, hatte er einmal zu ihr gesagt. Seine Eltern lagen unter der Erde, und seine Geschwister waren irgendwo hinterm Horizont. Alex war an einer Küste gestrandet, und das Meer vor ihm hatte ihn von seiner Heimat getrennt. Er hatte unter anderem Namen gelebt, und jetzt war er tot, ermordet. Von einem der Unglücklichen aus den dunklen Kriegstagen, denen er auf seinen heimlichen Tagesreisen zu helfen versucht hatte? Von einem Soldaten, der sich geweigert hatte, seine Waffe niederzulegen? Der Krieg im ehemaligen Jugoslawien war 1995 beendet worden. Hatte *die Zeit, die gar nicht existierte,* ihn nun doch noch eingeholt?

Elina wusste, dass sie eine Entscheidung fällen musste. Sie konnte mit der Erinnerung an ihre Liebe weiterleben, einer Liebe so dünn wie hauchfeines Glas, aber wenigstens sicher verwahrt. Die Suche nach Wahrheiten könnte hier und jetzt aufhören. Oder sie konnte weitergraben, so tief es nur ging, hinunter bis ins das dunkelste Loch, wo kein einziger Lichtstrahl mehr existierte und wo die Zeit stillstand.

Sie sank aufs Sofa. All ihr Handeln musste den Bedürfnissen von Mina untergeordnet werden. Aber jede unbeantwortete Frage würde Minas Erbe werden. Mina würde ohne Zweifel von Elina geprägt werden, sie würde aufwachsen und zu einem Menschen werden, der sich nicht mit vagen Andeutungen zufriedengab. Elina sah sie vor sich, eine langbeinige Achtzehnjährige auf dem Weg zu ihrer ersten Reise als Erwachsene. Sie würde sie nach Šibenik führen, dort würde sie in den Scherben nach Hinweisen auf ihren Vater suchen. Das schwarze Loch in ihrem Herzen, das keine Zeit heilen konnte, würde unendlich groß werden. Elina wusste, was geschehen würde; sie hatte es bei Kari Solbakken beobachtet, das Mädchen auf der Suche nach ihren unbekannten Eltern. Elina hatte sie vor drei Jahren bei ihrem letzten großen Fall kennengelernt. Und sie konnte es an ihrem Vater sehen, der niemals den Schmerz überwunden hatte, im Krieg etwas sehr Wertvolles verloren zu haben.

Sie ging in die Küche. Zeit, das Mittagessen zuzubereiten. Sie schnitt mit einem scharfen Messer Tomaten und Paprika in Stücke. Alex wurde mit einem Stich ins Herz getötet. War das eine Botschaft vom Mörder, eine schicksalsschwangere Symbolik, die nur Eingeweihte verstehen konnten? Sie legte das Messer beiseite. Warum versuche ich mir etwas vorzumachen? Ich werde mich niemals davon abbringen können. Ich muss es tun.

Sie kehrte zurück an den Computer und machte sich auf die Suche nach einem günstigen Flug nach Kroatien.

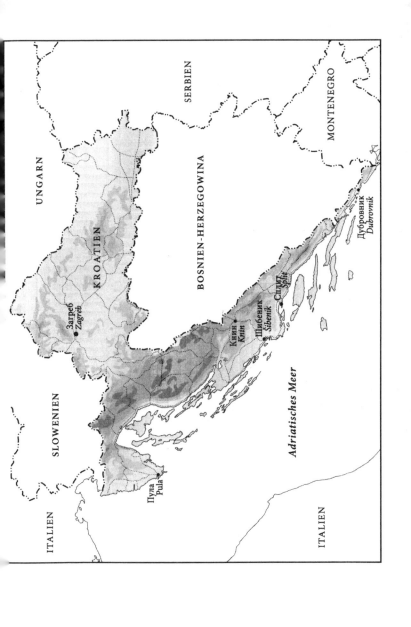

17. KAPITEL

Etwa eine Woche später landete Elina auf dem Flughafen von Split. Die Ankunftshalle war blitzblank, der Fußboden bestand aus poliertem Granit, und vor dem Eingang befand sich ein Arrangement aus Lampen und Regenunterständen, das aussah wie ein dichter Wald aus hohen Pilzen. Sie hatte nur eine Reisetasche dabei, keinen Buggy. Maria hatte sie überredet, Mina nicht mitzunehmen, »wenn du schon unbedingt so eine gefährliche Reise unternehmen musst«. Elina hatte sich die meisten Sorgen darüber gemacht, ob Mina eine Woche ohne sie sein könnte, ihre Tochter könnte todunglücklich sein und sich verlassen fühlen. »Ach, rede keinen Unsinn!«, hatte ihre Mutter gesagt. »Sie ist bei mir genauso gut aufgehoben!«

Elina holte ihren Mietwagen ab und machte sich auf den Weg nach Šibenik. Sie hatte bisher keinen Plan, wie sie vorgehen wollte, außer Fragen zu stellen. Niemand in Kroatien war auf den Namen Kupalo im Telefonbuch eingetragen, das hatte sie bereits vor ihrer Abreise überprüft. Jetzt würde sie so vorgehen wie bei der polizeilichen Suche nach einem Verschollenen. Ein Puzzlestück an das nächste fügen. Vielleicht würde am Ende ein Bild zu sehen sein.

Sanft schlängelte sich der Weg an der Küste entlang. Auf der anderen Seite des Weges erstreckte sich eine hügelige

Landschaft mit flachen Bergen. In weiter Ferne und auch noch außer Sichtweite befanden sich die Dinarischen Alpen. Elina hatte vor ihrer Abreise einiges über die Region gelesen, über die Geschichte des Krieges: Vor langer Zeit hatte die Bergkette für das Kaisertum Österreich unter den Habsburgern als Schutz gegen das ottomanische Reich der Türken fungiert. Bereits im 16. Jahrhundert hatte Österreich christlich-orthodoxen Serben kostenloses Land angeboten, das sie bewirtschaften durften. Ihre Gegenleistung war, dass sie gleichzeitig als bewaffnete Grenzer tätig waren. Und so ist auch der Name dieser Region entstanden, *Krajina*, das Grenzland. Ihre Geschichte ist beherrscht von Waffen, alle Konflikte wurden im Kampf ausgetragen. Zu Beginn des Bruderkrieges auf dem Balkan in den neunziger Jahren des 20. Jahrhunderts hatten die Nachkommen ebenjener Serben eine eigene Republik, die Serbische Republik Krajina, ausgerufen und die dort ansässigen Kroaten ermordet oder vertrieben. Das war Teil eines Krieges, in dem jeder jeden bekämpfte. Im Endstadium des Krieges aber wendete sich das Blatt: Da wurden die Serben in der Krajina von kroatischen Militäreinheiten in einem Sturmangriff vernichtet und verjagt. Es war ein Exodus biblischen Ausmaßes, einige Tage lang waren die Landstraßen in die angrenzenden Staaten Bosnien und Serbien von Menschen überfüllt. 150 000 Flüchtlinge mussten ihre jahrhundertalte Heimat verlassen. Das Bergvolk hatte alles gewollt und dabei alles verloren.

Mittlerweile waren zwölf Jahre vergangen, und entlang der Küstenstraße waren keine Kriegsspuren mehr sichtbar. Die Touristen waren zurückgekehrt, das Meer und die Sonne zogen verfrorene Nordländer und Deutsche an, überall sah man Schilder mit den Hinweisen *apartmani – Zimmer*. Äußerlich betrachtet schien alles wieder in normalen Bahnen zu verlaufen. Elina erreichte Šibenik am frühen Abend. Sie hatte für die erste Nacht ein Zimmer in einem Dreisternehotel im Yachthafen reserviert. Danach würde sie sich nach etwas Billigerem umschauen. Der Rückflug war in einer Woche ausgestellt, allerdings hatte sie eine Umbuchungsoption. Wenn es erforderlich sein sollte, würde sie länger bleiben können, zumindest ein paar Tage länger.

Nachdem sie eingecheckt hatte, spazierte sie die Hafenpromenade hinunter. Die Frühlingsluft war noch relativ frisch, die Dunkelheit hatte sich über die Stadt gesenkt, und am Horizont war nur noch ein letzter, hauchdünner Streifen des Tages zu sehen, der nun zu Ende ging. Sie betrachtete die Menschen, die ihr entgegenkamen; ein hübsches Mädchen lachte in ihr Handy, eine alte Frau mit krummen Beinen sammelte leere Dosen ein. Einige hundert Meter weiter veränderte sich die Bebauung. Dort standen alte Häuser aus Stein mit Fensterläden aus Holz und einfachen Werkstätten im Erdgeschoss. Am Kai waren kleine Fischerboote vertäut. Sie entdeckte eine kleine Kneipe und ging die vier Stufen hinunter. Seit Minas Geburt war sie zum ersten Mal wieder allein in einem Lokal. Sie bestellte ein Glas Wein an der Theke. Der Wirt mit ergrautem Bart stellte es mit geübter Geste vor sie hin. Der Wein weckte in ihr Gefühle von Wohlbehagen und Wehmut. Im hinteren Teil der Kneipe erhob sich ein Mann von seinem Platz, kam zu ihr an die Bar und ließ sich neben ihr auf einem der Barhocker nieder. Er war Mitte dreißig, hatte schwarzes Haar, war sorgfältig frisiert. Seine Augen waren dunkel und verrieten seine Absichten.

»Sind Sie allein, Madame?«, fragte er sie auf Englisch.

»Im Augenblick schon!«, erwiderte sie. »Wie Sie sehen können!«

»Eine so schöne Frau wie Sie sollte nicht allein sein«, sagte er. »Ich hoffe, Sie nehmen es mir nicht übel, dass ich mich für eine Weile neben Sie setze?«

Elina nahm es ihm nicht übel. Schließlich hatte sie sich in eine vollkommen fremde Welt begeben. Ein bisschen Gesellschaft würde die Umgebung weniger unheimlich und fremd erscheinen lassen.

»Nein, überhaupt nicht«, antwortete sie. »Erzählen Sie mir ein bisschen von Ihrer Stadt.«

»Ach«, stöhnte er auf. »Da kann man nicht so viel erzählen. Die Gegend ist wunderschön, aber weil wir das gewohnt sind, sehen wir es gar nicht mehr. Viele von uns reisen in Gedanken weit weg. Aber wenn wir verreisen, sehnen wir uns doch zurück nach Hause.«

Elina lächelte. »Dann sind Sie ja wie alle anderen Menschen auch«, sagte sie.

Der Mann erwiderte ihr Lächeln. Er hatte weiße, schiefe Zähne. »Ja, vielleicht.« Er nickte. »Sehnen Sie sich zurück nach Hause?«

»Ich bin ja gerade erst angekommen. Ich treffe hier einen Mann.«

»Ach ja? Meinen Sie hier in der Bar oder in der Stadt?«

»Ich bin auf der Suche nach ihm«, erklärte Elina. »Ich hoffe, dass ich ihn finden werde.«

»Vielleicht bin ich dieser Mann.«

»Ich bedauere sehr, dass ich Sie da enttäuschen muss«, tröstete Elina ihn. »Er heißt Alexander Kupalo. Er stammt aus Šibenik. Kennen Sie ihn?«

»Alexander Kupalo«, wiederholte der Mann und schien ernsthaft zu überlegen. »Den Namen habe ich noch nie gehört. Wer ist er?«

»Genau das möchte ich ja herausbekommen«, sagte Elina.

Der Mann lächelte erneut. »Ich mag Sie«, er lehnte sich zurück. »Was Sie sagen, klingt wie aus einem Märchenbuch.«

Elina trank ihr Glas aus. »Jetzt muss ich weitersuchen«, entschuldigte sie sich. »Vielen Dank für das nette Gespräch.«

»Möchten Sie, dass ich Sie begleite? An meiner Seite weiß man nie, was man findet.«

»Nein danke, aber das ist ein sehr nettes Angebot.« Sie erhob sich. Er griff ihre Hand und küsste sie zart.

»Ich bin häufig hier«, fügte er hinzu. »Wenn Sie Ihre Meinung ändern sollten.«

»Leben Sie wohl«, sagte Elina und verließ die Kneipe.

Sie lag in der Dunkelheit und dachte nach. Der Mann in der Bar war äußerst sympathisch und höflich gewesen und überhaupt nicht aufdringlich. Zwei Jahre war es schon her, dass sie mit einem Mann geschlafen hatte. Ihr Körper hatte sich in der langen Zeit der Trauer zurückgezogen, Winterschlaf gemacht. Aber seit ein paar Monaten war er wieder zum Leben erwacht. Er war hungrig. Doch die Zeit war noch nicht reif. Allerdings war sie erst achtunddreißig. Bald müsste sie sich wieder gestatten, ein Leben zu führen.

18. KAPITEL

Am nächsten Morgen bat Elina den Hotelportier, ihr das Polizeirevier und das Rathaus auf der Karte zu zeigen. Vielleicht hatte die Behörde Unterlagen und Kenntnis darüber, wo die Familie Kupalo gewohnt hatte? Und wenn sie erst sein Elternhaus gefunden hatte, würde sie Nachbarn befragen können.

Sie ging zuerst zum Rathaus, das aus mehreren Gebäuden bestand, in denen die verschiedenen lokalen Verwaltungen untergebracht waren. Es lag auf der anderen Seite des Marktplatzes, der von einer riesigen, verglasten Bibliothek dominiert wurde. Elina trat an die Informationstheke, hinter der eine scheinbar sehr gelangweilte Frau saß. Sie schüttelte nur den Kopf, als Elina fragte, ob sie Englisch spreche, machte aber auch keine Anstalten, jemanden zu Hilfe zu holen. Nach einigen vergeblichen Versuchen mit Zeichensprache wandte sich Elina ab und lief den Flur hinunter. In einem Büro saßen zwei Frauen vor ihren Rechnern. Auch sie schüttelten den Kopf, als Elina sie auf Englisch ansprach. Aber die eine stand immerhin auf und machte eine Geste mit der Hand, die Elina aufforderte zu warten. Nach einer Weile kehrte sie in Begleitung eines Mannes zurück.

»Kann ich Ihnen behilflich sein?«, fragte der Mann auf Deutsch, eine Sprache, die Elina etwa so gut verstand wie ein durchschnittlicher Hofhund aus Bayern. Aber der Mann zeigte Ehrgeiz, und nach vielen Versuchen und Anläufen hatte er schließlich verstanden, was Elina wissen wollte: Ob jemand mit dem Nachnamen Kupalo in Šibenik gewohnt hat oder noch wohnt und wenn ja, wo? Der Mitarbeiter führte sie in einen Raum mit Archivschränken und zog eine Schublade auf. Auf der Karteikarte stand ein Name: Ivica Kupalo.

»Ist das ein Mann?«, fragte Elina und zeigte auf den Vornamen. Der Hilfsbereite nickte.

Unter dem Eintrag stand auch ein Datum: 11.02.1943. Elina ging davon aus, dass es sich um Ivica Kupalos Geburtsdatum handelte. Er konnte also durchaus Alex' verstorbener Vater sein, allerdings war auf der Karteikarte kein Todestag eingetragen. Vielleicht doch nur ein ferner Verwandter?

»Anschrift?«, sagte der Mann und tippte auf eine Zeile.

»*Address?*«, riet Elina.

»*Ja, ja!*«, rief der Mann.

»*They live there now?*«, fragte Elina und zeigte auf die Adresse.

Der Mann schien sie verstanden zu haben, da er mit den Armen fuchtelte, um anzudeuten, dass sie weggezogen seien. Elina hob die Hand an die Stirn und sah sich suchend im Raum um; »*where*« sagte sie und sah ihn fragend an. Die Zeichensprache war das erfolgreichste Kommunikationsmittel. Auch diese Frage hatte ihr Gegenüber sofort verstanden, denn er hob die Schultern und breitete die Arme aus.

»*Keine Ahnung*!«, sagte er bedauernd und benutzte dann ein Wort, das Elina kannte: »*Krieg.*«

Elina notierte sich die Adresse, und der Hilfsbereite zeigte ihr den Ort auf dem Stadtplan. Sie bedankte sich in drei Sprachen, alles außer Kroatisch. Der Mann lächelte angesichts dieser unbeholfenen Konversation, die nur dank großen Wohlwollens zwei Unbekannte für eine kurze Zeit miteinander verbunden hatte.

Wieder draußen vor dem Rathaus blieb sie stehen, verunsichert. Natürlich könnte sie sofort zu der Adresse fahren. Aber wie groß waren die Chancen, dass sie sich ohne Dolmetscher würde verständlich machen können, wenn sie nun tatsächlich einen Nachbarn antreffen sollte? Sie benötigte dringend einen Dolmetscher. Sie sah sich um, als würde das ihr Problem lösen können. Vielleicht könnte ihr eine Touristeninformation weiterhelfen und jemanden empfehlen? Aber das würde nicht nur teuer werden, sondern auch eine Weile dauern, bis es organisiert war.

Elina schlenderte ohne Ziel durch die Straßen, um in Ruhe nachdenken und die Stadt besser kennenlernen zu können. Sie bog in eine Seitenstraße, da fiel ihr Blick auf ein weißes Plakat, das in eine Fensterscheibe geklebt worden war. »*Respect Human Rights*« stand in großen roten Lettern darauf. Auf der Wand daneben standen Graffiti, die sie nicht lesen konnte.

Es war vielmehr die englische Sprache als die Worte, die Elina dazu bewegten, das Haus durch die Tür neben dem Fenster zu betreten. Ein heruntergekommenes Treppenhaus. Zur Rechten ging eine Tür ab, die in ein Büro führte. Darin stand ein Schreibtisch, auf dem sich ein alter Computer und Berge von Papier befanden. In einem Regal dahinter lagen weitere unübersichtliche Papierstapel. Auf dem Boden türmten sich Bücher und Broschüren, und an den Wänden hingen propagandistische Plakate und ein Gemälde mit einem Liebesmotiv in Rosa. Das Zimmer war in einem Maße unordentlich, das ihm Raum für Interpretationen gab. Hier paarte sich große politische Aktivität mit unterentwickeltem Ordnungssinn. Elina blieb ein wenig unschlüssig stehen. Eine junge Frau mit blonden Haaren steckte ihren Kopf durch den Türspalt eines Nebenzimmers und sagte etwas auf Kroatisch.

»Sprechen Sie Englisch?«, fragte Elina.

»Natürlich«, erwiderte die junge Frau und nahm einen Zug

von ihrer Zigarette. Sie strich sich die Haare aus dem Gesicht. Ihre Augen waren schwarz umrandet, ansonsten trug sie keine Schminke.

»Ich benötige Hilfe«, begann Elina. »Einen Dolmetscher. Ich kann kein Kroatisch, muss mich aber mit einigen Leuten unterhalten.«

»Wie lange?«, war die knappe Gegenfrage.

»Für ein paar Tage«, antwortete Elina. »Vielleicht eine Woche. Ich weiß es noch nicht genau. Das kommt darauf an.«

»Kommt worauf an?«

»Auf die Antworten, die ich erhalte.«

»Worum geht es denn?«

In knappen Sätzen erläutert Elina ihr Anliegen.

»Hat das was mit dem Krieg zu tun?«, fragte die junge Frau.

»Auch das weiß ich nicht. Vielleicht.«

»Wenn es mit dem Krieg zu tun hat, dann könnte es Probleme geben.«

»Warum?«

Die junge Frau sah Elina eine Weile schweigend an. »Sie wissen nicht wirklich Bescheid, oder?«

»Nein, das tue ich nicht.«

Ihr Gegenüber zuckte mit den Schultern. »Ich helfe Ihnen«, verkündete sie. »Hundert Euro am Tag.«

Elina rechnete im Kopf. Das würde sie siebentausend Kronen für die eine Woche kosten.

»Ich habe nicht so viel Geld«, sagte sie. »Könnten Sie sich auch weniger vorstellen?«

»Haben Sie kein Geld im wortwörtlichen Sinne? Oder wollen Sie nur nicht so viel bezahlen?«

Elina entschied sich, nicht zu handeln. »Gut, dann machen wir das so, wie Sie sagen!«, lenkte sie ein. »Hundert Euro am Tag. Könnten Sie jetzt sofort anfangen?«

Die Frau verschwand im Nebenzimmer. Sekunden später war sie mit einer Jacke im Arm zurück.

»Steht Ihr Wagen vor der Tür?«, fragte sie. »Zeigen Sie mir mal die Adresse. Ich heiße übrigens Danica.«

»*Dannitsa*«, wiederholte Elina. »Wie schreibt sich das denn?«

Danica buchstabierte ihren Namen. »Und wie heißen Sie?«

»Elina. Und mein Auto steht beim Hotel.«

»Sie können bei mir einziehen«, bot Danica ihr an, sobald sie draußen auf der Straße standen. »Ich habe eine Zweizimmer-Wohnung und habe vor einem Monat meinen Typen rausgeschmissen. So könnten Sie fünfzig Euro von meinem Lohn sparen, *poor thing*, Sie arme Kleine.«

Sie grinste Elina an und zündete sich eine neue Zigarette an. Elina musste lachen.

Sie fuhren zu einer Reihe von heruntergekommenen Mietskasernen am südlichen Stadtrand. Die Gebäude waren aus grauem Beton. Einige der Fassaden hatten Schusslöcher, und vor allen Fenstern hingen schmutziggelbe Jalousien. Danica fand sofort den richtigen Eingang.

»Wissen Sie in welchem Stockwerk?«, fragte sie Elina. Die schüttelte den Kopf. Das Haus hatte fünf Stockwerke. Sie gingen hinauf in den obersten Stock. Auf jeder Ebene befanden sich vier Wohnungen.

»In welchem Jahr haben die hier gewohnt, sagten Sie?« Danica drehte sich zu Elina um.

»Anfang der Siebziger«, antwortete sie. »Fragen Sie nur, ob die Bewohner die Familie Kupalo kennen.«

Danica klingelte an der ersten Tür. Ein Mann öffnete. Er war mittleren Alters und trug einen rotweißen Trainingsanzug. In seinem Mundwinkel steckte ein Zigarettenstummel. Danica stellte ihm Fragen, und er antwortete bereitwillig.

»*Hvala*, danke«, nickte sie ihm zu, nachdem sie sich einige Minuten lang unterhalten hatten. »*Molim*«, erwiderte der Mann und schloss die Tür.

»Er ist erst 1995 hierher gezogen«, berichtete Danica und klingelte bereits an der nächsten Tür. »Von einer Familie Kupalo hat er noch nie gehört.«

Eine halbe Stunde später standen sie unten im Hof. Bei der Hälfte der Wohnungen hatten sie jemanden angetroffen. Meistens hatten ihnen Frauen geöffnet, aber auch Kinder und Männer. Alle hatten Danica bereitwillig geantwortet, keiner hatte sich gesträubt.

»Ich verstehe das nicht«, wunderte sich Elina. »Wie kann es sein, dass beinahe die Hälfte der Bewohner 1995 dort eingezogen ist?«

»Das erkläre ich Ihnen gleich. Lassen Sie uns erst einmal zur Polizei fahren. Die haben in der Regel den Überblick, wer sich wo aufhält.«

Danica ging auf den Wagen zu, ohne auf eine Antwort zu warten. Elina wurde deutlich, dass sie mit einem schwer zu navigierenden Schiff unterwegs war, und folgte ihr ergeben wie ein zahlender Passagier.

Danica dirigierte sie zurück ins Zentrum und ging voraus ins Polizeirevier, einem gelben einstöckigen Gebäude mit den obligatorischen Jalousien vor den Fenstern. Sie wurden von einem Polizisten in ein größeres Büro geführt. Hinter einem Schreibtisch mit vier Telefonen saß ein Mann in einer stramm sitzenden Uniform, die ihn umgab wie eine steife Hülle. Er sprang auf und küsste Elinas Hand. »*No inglese, sorry*«, sagte er mit bedauerndem Lächeln. Dann wandte er sich Danica zu, ohne jedoch ihre Hand auch nur zu berühren. Die Höflichkeiten hatten offensichtlich ihre Grenzen, Elina konnte ganz deutlich die angespannte Atmosphäre zwischen Danica und dem Polizisten spüren. »*Miss Cizek*«, waren seine einleitenden Worte, denen ein paar kroatische Sätze folgten.

»Kommissar Petrovic ist so liebenswürdig und hat uns seine Hilfe angeboten«, übersetzte Danica und betonte jedes Wort überdeutlich. Dann wandte sie sich erneut dem Kommissar zu, sie wechselten ein paar Sätze, er notierte etwas auf einem Stück Papier und hob einen der Telefonhörer ab. Elina verstand die Worte ›Alexander Kupalo‹, dann noch einmal ›Kupalo‹. Er legte wieder auf und sah Elina an.

»Moment«, sagte er. Schweigend standen sie nebeneinander und warteten, wenige Minuten später klingelte das Telefon. Der Polizist hob ab, hörte schweigend zu. Dann schüttelte er den Kopf und wendete sich an Danica.

»Sie haben keine Informationen über diese Familie«, übersetzte sie. »Kommen Sie, wir gehen.«

»Was genau ist da gerade passiert?«, fragte Elina, als sie unten im Foyer standen.

»Warten Sie, bis wir im Auto sitzen«, erwiderte Danica kurz angebunden.

»Aber jetzt«, nahm Elina den Faden wieder auf, als sie die Autotür zugezogen hatte.

»Die Leute in dem Wohnblock«, begann Danica. »Ich meine die, die alle 1995 dort eingezogen sind. Sie haben die Wohnungen von den Serben übernommen, die vorher darin gelebt haben. Ich war damals erst sieben Jahre alt und kann mich kaum erinnern, aber Anfang August 1995 wurde die militärische Großoffensive gegen die RSK eingeleitet. Wissen Sie, worum es da ging?«

»Ich habe ein bisschen darüber gelesen, bevor ich hierher gefahren bin. Aber bitte, erzählen Sie es mir!«

»RSK ist die Abkürzung für die Serbische Republik Krajina.

Die wurde 1991 im Jugoslawienkrieg in den serbisch dominierten Regionen ausgerufen und erstreckte sich durchs nördliche Bosnien und tief nach Kroatien. Das wahnwitzige Ziel dieser Vereinigung war es, alle Serben in einem ethnischen Reich zu vereinen. Dafür töteten oder vertrieben sie alle Muslime und Kroaten aus dieser Gegend. In der kroatischen Gegenoffensive 1995 wurde mit gleicher Münze heimgezahlt. Die Serben wurden fast restlos aus den kroatischen Teilen der Krajina vertrieben, lediglich neuntausend blieben zurück. Die Menschen flohen in großer Panik Hals über Kopf, viele wurden ermordet. Und so entstanden diese Wohnleerstände, wie man das so nennt.«

Danica verzog die Lippen zu einem schiefen Lächeln. »Die Menschen, denen wir in dem Wohnblock begegnet sind, gehörten dazu. Sie sind damals in die zurückgelassenen Wohnungen der Serben eingezogen. Die Serben haben über uns Kroaten unglaubliches Leid gebracht, aber das rechtfertigt in keiner Weise, dass wir ihnen das Gleiche angetan haben. Diesem Sachverhalt hat sich unsere Organisation verschrieben. Wir wollen, dass Kroatien den Serben die Menschenrechte zuerkennt. Nicht nur ihretwegen, auch unseretwegen.«

»Und der Polizist von eben?«, hakte Elina nach.

»Die Armee und die Polizei waren damals verantwortlich für die Säuberungen«, erläuterte Danica. »Wir hatten schon häufiger mit ihnen zu tun. Kommissar Petrovic wird mir bestimmt keine Medaille für meine Arbeit verleihen, in der alten, schmutzigen Wäsche zu wühlen.«

»Glauben Sie ihm denn das, was er über Alex und seine Familie gesagt hat? Dass es keine Informationen gibt?«

Danica zuckte mit den Schultern. »Das hängt davon ab, wann und unter welchen Umständen seine Familie Šibenik verlassen hat. Ihr Alex war Kroate, nicht wahr? Es handelt sich also nicht um einen der vielen deportierten Serben. Aber ich traue diesem Petrovic nicht über den Weg. Er lügt garantiert, wenn es etwas zu verbergen gibt.«

»Und was machen wir jetzt?«

»*You're the boss*«, erwiderte Danica. »Aber ich würde vorschlagen, wir fahren noch einmal zu dem Hochhaus, wo wir vorhin waren. Es muss jemanden geben, der lange genug dort gewohnt hat und sich an die Familie Kupalo erinnert.«

Sie parkten auf demselben Platz wie zuvor. Eine Frau beobachtete sie am Fenster, Elina erkannte sie wieder, auch bei ihr hatten sie geklingelt. Auch sie war 1995 dort eingezogen. Elina fragte sich, wie es sich anfühlte, in einer gestohlenen Wohnung zu leben, unter Umständen sogar mit den Möbeln und Erinnerungsstücken der Vertriebenen. Ob sich diese Frau jemals fragte, was wohl aus dem vorherigen Besitzer geworden war?

»Manche der ursprünglichen Eigentümer rufen in ihrer alten Wohnung an und fordern von den neuen Mietern Geld für die Möbel«, sagte Danica, als hätte sie Elinas Gedanken gelesen.

»Woher wussten Sie, dass ich daran gerade gedacht habe?«, fragte Elina überrascht.

»Ich habe es an Ihrem Blick gesehen. Keine Frage, es ist unbegreiflich, sich so zu verhalten wie diese Leute in den Wohnungen. Gleichzeitig ist es die verständlichste Sache der Welt. Gier ist ja nicht gerade eine neuzeitliche Erfindung.«

»Bezahlen sie denn für die Sachen?«

»Das kommt vor, ja. Aber viele von ihnen haben auch alles verloren, was sie besaßen. Die Häuser, in denen sie vorher gelebt haben, wurden von den Serben in Brand gesteckt oder zerschossen. Darum sind sie der Meinung, dass es ihr gutes Recht sei, auf diese Art eine kleine Wiedergutmachung zu erfahren, auch wenn dadurch wieder eine unschuldige Familie leidtragend ist.«

Danica betrat ein Treppenhaus. »Wollen wir anfangen?«, sagte sie zu Elina gewandt.

Zwei Stunden später hatten sie an der Hälfte aller Türen geklingelt. Sie hatten tatsächlich Familien gefunden, die bereits seit den Siebzigern dort gewohnt hatten. Aber niemand von ihnen kannte die Familie Kupalo.

Auf einer Bank vor einem kleinen Geschäft in der Wohnanlage saßen ein älterer Mann mit einem gebogenen Stock und eine Frau mit Kopftuch. Sie sahen aus wie ein Ehepaar, ihre Gesichter schienen jahrzehntelang demselben Wind und Wetter ausgesetzt gewesen zu sein, und ihre Augen hatten denselben wachsamen Blick. Danica setzte sich zu ihnen.

»Guten Tag, ich wünsche Ihnen das Beste«, begrüßte sie die beiden. Die alte Frau griff nach Danicas Hand und hielt sie fest. So saßen sie einen Augenblick lang schweigend nebeneinander. »Kannten Sie die Familie Kupalo?«, fragte sie dann.

»Ivica«, antwortete die Frau. »Und Vesna. Gott sei ihnen gnädig.«

Danica nickte Elina zu. »Volltreffer«, sagte sie und wandte sich dann erneut der alten Frau zu. »Sie sind fortgezogen, nicht wahr? Wissen Sie wohin, gute Frau?«

»Das war in dem Jahr, als ich noch bei Jugoimpex gearbeitet habe«, warf der Mann plötzlich ein. »1975? Erinnerst du dich noch, meine Liebe?«

»Ja, du hast Recht«, bestätigte seine Frau.

»Oder war es doch 1980?«, der Mann zögerte. »Als Tito starb?«

»Wo sind sie denn hingezogen?«, fragte Danica dazwischen.

»Nach Knin«, gab die Frau an. »Stellen Sie sich das vor, was für ein Wahnsinn. Wer würde wohl dort leben wollen?«

»Ivica war Lehrer«, erklärte der Mann. »Er unterrichtete Mathematik. Er konnte alles ausrechnen. Sein Heimatland hatte ihn nach Knin versetzt. Was hätte er dagegen tun können? Er musste umziehen.«

»Er hätte nein sagen können«, schlug die Frau vor. »Zu Titos Zeiten ist es uns gut gegangen. Und Vesna war so schön«, fügte sie hinzu. »So schön wie ihr Name.«

»Ich glaube, die Familie stammte aus dieser Gegend«, murmelte der Alte. »Vielleicht hatten sie dort noch Verwandte. Sie haben sich dort bestimmt wohl gefühlt.«

Danica übersetzte Elina das Gespräch. »Und Alex?«, warf Elina ein. »Können Sie sich an ihn erinnern?« Danica gab die Frage weiter. Die Alten antworteten, dass Ivica und Vesna Kinder gehabt hatten, sie sich aber nicht mehr genau an sie erinnern konnten. Es sei schon so lange her. Und es war so viel geschehen seitdem. Früher sei vieles besser gewesen, doch, doch.

»Alexander«, korrigierte sich Elina. »Er hieß Alexander Kupalo.«

Die Frau lächelte. »Ja, richtig, so hieß ihr Ältester.«

»Knin«, wiederholte Danica und sah Elina an. »Ist Ihr Auto vollgetankt?« Sie sah auf die Uhr. »Ach was, es ist zu spät, jetzt noch loszufahren. Wir brechen morgen früh auf. Wir holen Ihre Sachen aus dem Hotel und fahren rüber zu mir.«

Elina nickte. Widerstand war zwecklos.

»Knin liegt oben in den Bergen«, erklärte Danica. »Ein Zentrum für jede Art von Abartigkeit, die in dieser Region geschieht und geschehen ist.«

19. KAPITEL

Knin war von Šibenik weniger als sechzig Kilometer entfernt. Aber schon auf der Hälfte der Strecke veränderte sich die Landschaft. Die zerstörerische Kraft des Menschen hatte die Ortschaften heimgesucht. Sie fuhren durch eine Stadt, in der fast alle Häuser ausgebombt waren. Elina verlangsamte die Geschwindigkeit und betrachtete fassungslos das Ausmaß der Zerstörung.

»Im Laufe des Krieges ist die Front hier verlaufen«, kommentierte Danica lakonisch. »Aber das ist erst der Anfang, warten Sie, bis wir in den Bergen sind.«

»Der Krieg ist doch seit zwölf Jahren beendet?«, sagte Elina. »Warum hat hier niemand aufgeräumt?«

»Die Hausbesitzer hatten entweder Angst oder keine Lust zurückzukehren«, erklärte Danica. »Die Regierung versucht, die Leute zu zwingen, die Häuser abzureißen oder zu reparieren. Aber das geht nur schleppend voran.«

Sie sahen die Stadt schon von weitem, am Ende des Tals. Sie tauchte langsam aus dem Nebel auf. Ein letzter Bergpass, dann hatten sie ihr Ziel erreicht. Um Knin schlängelte sich ein Flusslauf wie ein Wallgraben. Die Häuser duckten sich im Schatten eines hohen Berges. Auf dessen Spitze thronte eine mittelalterliche Burg. Die Vergangenheit dominierte hier das Bild.

»Da ist sie«, Danica streckte den Arm aus. »Die Stadt, die Gott vergessen hat.«

Elina sah hinauf zum Berggipfel. »Schnee«, flüsterte sie. »Schnee unter Alex' Füßen.«

»Was haben Sie gesagt?«

»Hier schneit es doch bestimmt im Winter?«, fragte Elina, anstatt Antwort zu geben.

»Ja, natürlich.«

Elina fuhr den Mietwagen, Danica saß auf dem Beifahrersitz, hatte das Fenster heruntergekurbelt und rauchte. Auf der Fahrt von Šibenik hatten sie nicht viel miteinander gesprochen. Danica gehörte zu der Sorte Menschen, die morgens Kaffee und Zigaretten frühstückten und deren gesellige Talente meist erst später am Abend zum Vorschein kamen.

Sie hielten vor einer gesenkten Bahnschranke. Ein Güterzug rollte auf seinem Weg nach Süden langsam vorbei. Das dunkle Dröhnen setzte sich von den Schienen bis ins Wageninnere fort. Elina fühlte sich unbehaglich. Sie hatte Sehnsucht nach Mina und zweifelte am Sinn ihres Vorhabens.

Die Verlängerung der Landstraße führte sie mitten ins Zentrum. Sie hielten an einem menschenleeren Marktplatz an, den ein besonders hässlicher Springbrunnen zierte.

»Warten Sie hier«, bat Danica und verschwand in einem Kaufhaus an der Stirnseite des Platzes. *Konzum* hieß es. Wenige Minuten später war sie zurück.

»Offenbar liegt dort drüben ein halbwegs bewohnbares Hotel«, sagte sie und ließ sich auf den Beifahrersitz fallen. Elina machte einen U-Turn und hielt vor einem Schild mit der Aufschrift Hotel Centar an. Danica drehte sich zu ihr. »Ist das in Ordnung für Sie?«

»Das wird schon gehen«, sagte Elina.

»Es muss«, erwiderte Danica. »Es ist nämlich das einzige in der Stadt.«

Nach einer kurzen Diskussion mit dem Mann an der Rezeption klapperte Danica mit einem Schlüssel, der an einem Metallplättchen hing. »Wir teilen uns ein Zimmer«, bestimmte sie. »Ich kann damit leben, und für Sie ist es billiger. Außerdem ist es dann leichter, sich die Kerle vom Leib zu halten.«

»Sind die hier gefährlicher als anderswo?«, fragte Elina mit einem Grinsen.

Danica schnaubte. »Jagen hungrige Wölfe?«, erwiderte sie kühl. »Die kroatische Armee hat einige Quartiere in Knin belegt, und alle Mädchen mit ein bisschen *brains and looks* sind von hier abgehauen. Glauben Sie mir, wenn die Jungs die Gelegenheit bekommen, verspeisen die mich als Vorspeise und Sie als Hauptgang!«

»Und ich kann diese Wölfe nicht mit meinem Polizeiausweis abschrecken?«, schlug Elina vor und lachte.

Danica warf ihr einen fragenden Blick zu, aufgebracht und voller Misstrauen.

»Sie sind Polizistin?«

»Entschuldigung«, sagte Elina zerknirscht. »Ich hätte Ihnen sagen müssen, dass ich für die schwedische Polizei arbeite. Aber das hier ist eine Ermittlung in eigener Sache.«

»Gerade haben wir von Wölfen geredet, und jetzt scheint es offensichtlich Zeit für das Märchen von Rotkäppchen zu sein. Ermittlung in eigener Sache? Wollen Sie nur mich täuschen oder auch sich selbst?«

»Ich stelle doch nur Fragen über Alex«, verteidigte sich Elina. »Ich habe überhaupt nicht vor, eine Ermittlung wegen Mordes durchzuführen.«

»Erklären Sie das mal unserer Polizei. Und schicken Sie ein stilles Gebet, dass die Sie nicht wegen Spionage verhaften.« Schweigend sah sie Elina eine Weile an. »Ich hoffe, Sie wissen, was Sie da tun«, sagte sie schließlich.

Das hoffe ich auch, dachte Elina. »Ich brauche Sie!«,

sagte sie. »Aber ich verstehe auch, wenn Sie abspringen wollen.«

»Waren Sie wirklich so sehr in diesen Alex verliebt?«, fragte Danica. »Das haben Sie sich nicht einfach nur so ausgedacht? Es geht nicht eigentlich um etwas anderes?«

Elina zog ein Foto aus ihrem Portemonnaie. »Sie heißt Mina. Alex hat sie nie gesehen.«

Danica betrachtete das Bild eingehend. »Wir verschwenden unsere Zeit«, sagte sie und gab das Foto zurück. »Es ist kurz vor elf, wir müssen aufbrechen.«

»Danke«, flüsterte Elina. »Ich vermute, wir gehen wie in Šibenik vor und fragen zuerst bei den Behörden nach.«

»Ich schlage vor, wir beginnen im Rathaus und danach gehen wir zur Polizei«, sagte Danica. »Das wird bestimmt lustig!«

Das Rathaus lag nicht weit vom Marktplatz entfernt. Ein grauweißes zweistöckiges Haus mit einem imposanten Eingangsbereich. Darüber befand sich ein Balkon mit abgeblättertem Putz, auf dem zwei große Flaggen angebracht waren. Im Foyer saß ein Wachposten, oder war er vielleicht nur ein Aufseher? Danica fragte nach dem Weg zum Einwohnermeldeamt, das sich im Erdgeschoss am Ende eines langen Korridors mit unzähligen Türen befand. Sie fanden eine Frau in den gehobenen Vierzigern mit einer kunstvoll drapierten Frisur vor, die ganz offensichtlich großen Wert auf ihr Äußeres legte. In ihrem Büro standen mehrere Archivschränke, der Raum war penibel aufgeräumt. Elina spürte sofort, dass sie die Verwaltung der Dokumente mit Verantwortungsbewusstsein und großer Sorgfalt betrieb. Ohne sie würde dort das Chaos herrschen.

Die Frau notierte sich gewissenhaft den Namen und versicherte sich, dass er richtig buchstabiert war. »Alexander Kupalo«, wiederholte sie. »Wenn er hier gelebt hat, dann werden wir ihn auch finden, obwohl viele der Unterlagen verschwunden sind. Sie wissen ja, wie das ist«, fügte sie mit einem entschuldigenden Lächeln hinzu, so als würde sie allein die Verantwortung für die Unordnung tragen, die der Krieg verursacht hatte.

Sie begleitete Danica und Elina zum Haupteingang. »Kommen Sie heute Nachmittag wieder, dann wird das erledigt sein«, versprach sie und gab ihnen die Hand. »Nach zwei Uhr, dann öffnen wir wieder.«

»Nach wem sollen wir denn fragen?«, hakte Danica nach.

»Mein Name ist Matošević.«

Danica dankte Frau Matošević für ihre Hilfsbereitschaft.

»Wollen wir uns inzwischen ein bisschen umsehen?«, schlug Danica vor. »Hier gibt es Touristenattraktionen der eher ungewöhnlichen Sorte.«

Sie liefen die Hauptstraße hinunter, um die sich die gesamte Stadt anzuordnen schien.

»Die heißt Franjo-Tuðjman-Straße«, erzählte Danica. »Er war nach dem Zusammenbruch von Jugoslawien der erste Präsident Kroatiens. War nicht besonders demokratisch gesinnt. Aber in Knin wird er als Landesvater betrachtet, der die Nation befreit und die Stadt den Kroaten geschenkt hat. Vor dem Krieg stellten die Serben fast neunzig Prozent, der Gemeinde. Jetzt sind es nur noch zwanzig Prozent und die Serben, die gewagt haben zurückzukehren, bekommen keinen Job. Mittlerweile wohnen nicht mehr als zehntausend Menschen in Knin. Wenn sich nicht mehrere tausende kroatische Flüchtlinge hier angesiedelt hätten, wäre das eine Geisterstadt.«

»Wie konnte das alles nur so schlimm ausgehen?«, fragte Elina erschüttert. »Ich meine den Krieg. Warum nur?«

»Auf dem Balkan haben die Völker sich schon immer bekämpft. Und jeder Krieg hat neue Opfer gefordert und neue

Mythen erschaffen. Die Serben haben sich schon immer als Einzelkämpfer betrachtet, ein aufrechtes Volk, das alle gegen sich hat. Für jeden Krieg wurde die serbische Nation wiedergeboren, gereinigt in der Niederlage.«

Elina begriff, dass Danica diese Frage schon häufiger gehört hatte, ihre Antwort klang durchdacht und präzise formuliert, wie aus einem Buch.

»Die Ursache ist die Opfermentalität«, fuhr sie fort. »Und dann rächen wir uns, so wie auch im letzten Krieg, als wir die Serben vertrieben haben. Der Kreislauf wird niemals enden. Auch die Mythen brachten den Tod. Und die Mordgier natürlich. Sie haben keine Vorstellung, was geschehen kann, wenn die einen Menschen überkommt...«

Danica schwieg. Sie bogen von der Tuðjmanstraße in eine Seitenstraße ab. Auf den Balkonen hingen Wäschestücke und Parabolantennen. Die Häuser waren das kommunistische Gegenstück zu dem ehemaligen schwedischen Millionenprogramm, im Rahmen dessen in kürzester Zeit riesige Betonkolosse hochgezogen worden waren. Allerdings waren diese Häuser hier weniger gepflegt worden und hatten wesentlich mehr Einschusslöcher. Die Bebauung von Knin war in einem desolaten Zustand.

Die Burgansicht auf dem Berggipfel hingegen stand im direkten Gegensatz zu der Hässlichkeit der Stadt. Das Tal streckte sich wie eine laszive Schönheit, und an dessen Ende erhob sich der Berg bis zur bosnischen Grenze. In dem Spiel der weißen Lichtstrahlen verschwammen die Berggipfel mit dem Himmel.

Danica deutete auf ein neueres Gebäude inmitten der Burganlage, das sich deutlich von der übrigen, mittelalterlichen Bebauung abhob.

»In diesem Haus haben sie gesessen«, erzählte sie. »Die führenden Köpfe der RSK-Regierung. Das Reich der Krajinaserben wurde in den Neunzigern von einer mittelalterlichen Burg aus gelenkt! Stellen Sie sich das mal vor! Die Anführer aber waren so verblendet und so in ihren Mythen verhaftet, dass sie das Parodistische darin gar nicht gesehen haben!«

Sie kehrten der Burg den Rücken und liefen zurück in die Stadt. Nachdem sie mehrere Imbisse verschmäht hatten, entdeckten sie am Ende doch noch ein Restaurant, das Salat mit sonnengereiften Tomaten, frisch gebackenes Brot und gutes Wasser auf der Karte hatte. Elina aß zwar mit großem Appetit, spürte aber, wie die Ungeduld in ihr wuchs. Sie hatte den Eindruck, alles würde furchtbar viel Zeit kosten, nichts würde sich auf die Schnelle regeln lassen. In ihr stieg eine Vorahnung auf, dass die Wahrheit sich als schwer greifbar und schemenhaft herausstellen würde.

Kurz vor halb drei kehrten sie ins Rathaus zurück. Danica klopfte an der verschlossenen Bürotür von Frau Matošević an. Als niemand antwortete, drückte sie die Klinke herunter. Die Tür war verschlossen. Sie versuchte es ein paar Türen weiter. Eine Frau, die etwas älter aussah als Frau Matošević, öffnete. Sie war klein, zierlich und wirkte verängstigt.

»Wir wollen zu Frau Matošević«, erklärte Danica. »Wir waren mit ihr verabredet.«

»Ich weiß nicht, wo sie ist«, erwiderte die Frau. »Kommen Sie später wieder.«

»Vielleicht ist sie ja im Haus unterwegs?«, schlug Danica vor. »Sie wollte etwas für uns recherchieren.«

»Dann kommt sie bestimmt bald zurück«, sagte die Frau. »Kommen Sie einfach später wieder.«

Danica zuckte mit den Schultern. »Wollen wir hier auf sie warten oder in der Zwischenzeit zur Polizei gehen?«, fragte Danica Elina.

»Wir haben ja nichts zu verlieren«, entgegnete diese.

Das Polizeipräsidium lag in unmittelbarer Nähe vom Rathaus, ebenfalls an der Hauptstraße.

»Erwähnen Sie bloß nicht, dass ich von der Polizei bin«, ermahnte Elina Danica vor dem Eingang.

»Wie kommen Sie denn auf die Idee?«, Danica klang irritiert. Elina verstummte augenblicklich. Sie war nicht aufrichtig zu ihrer Dolmetscherin gewesen, und natürlich basierte ihre Zusammenarbeit auf Vertrauen. Außerdem musste sie Danica in ihrem Zweifel Recht geben. Elinas Verhalten bewegte sich in einem Grenzbereich zwischen privatem und beruflichem Interesse. Die indirekte Zustimmung zu ihren Ermittlungen von Hauptkommissar Morelli würde ihr nicht im Geringsten von Nutzen sein, wenn die kroatische Polizei ihre wahre Identität herausfinden würde. Und auch die schwedische Polizei wäre nicht davon begeistert, dass sie vor Ort private Ermittlungen durchführte. Sie riskierte ernsthafte Schwierigkeiten, das war ihr durchaus bewusst. Aber im Augenblick zählte nur, dass sie unbedingt Danica an ihrer Seite behalten musste.

»Ich bin Ihnen für Ihre Hilfe so unendlich dankbar«, sagte sie mit sanfter Stimme. »Ich würde das alles ohne Sie gar nicht bewältigen können.«

»Ich sollte das Honorar erhöhen«, murmelte Danica. »Kommen Sie.« Ohne Elina in die Augen zu sehen, betrat sie das Präsidium.

Kaum hatten sie der Frau hinter der Glasscheibe ihr Anliegen unterbreitet, wurden sie an einen zuständigen Mitarbeiter weitervermittelt, wie am Tag zuvor in Šibenik. Ihnen kam ein schlanker Mann um die fünfundvierzig mit einem breiten Lächeln entgegen. Er küsste Elina die Hand und schüttelte Danicas. Er war die Liebenswürdigkeit in Person.

»Herzlich willkommen«, begrüßte er sie auf Kroatisch. Danica übersetzte. »Mein Name ist Milan Rakh, ich bin Hauptkommissar. Sie sind auf der Suche nach einer Familie Kupalo, wurde mir gerade mitgeteilt?«

»Die Eltern hießen Ivica und Vesna, und einer der Söhne hieß Alexander«, gab Elina an. »Die Familie hatte einen weiteren Sohn und eine Tochter, aber wir kennen ihre Namen leider nicht.«

»Selbstverständlich werden wir Ihnen behilflich sein. Wir haben viele Anfragen nach Vermissten, die Gründe dafür kennen Sie ja sicher. Darf ich fragen, aus welchem Grund Sie sich gerade für diese Familie interessieren?«

Elina musste nachdenken, auf diese Frage war sie nicht vorbereitet gewesen. Sollte sie die Wahrheit sagen, oder war es ratsam, wenigstens Teile des tatsächlichen Beweggrundes geheim zu halten? Der Polizist wirkte äußerst hilfsbereit, das Beste wäre bestimmt, die Wahrheit zu sagen, ohne ihm jedoch alles zu offenbaren.

»Alexander Kupalo war ein guter Freund von mir«, unsicher, ob sie sich für die richtige Taktik entschieden hatte. »Er wurde ermordet. Ich würde für meinen inneren Frieden gerne mehr über seine Vergangenheit erfahren.«

»Ich bedauere ausdrücklich Ihren Verlust«, erwiderte Milan Rakh. »Unser Heimatland hat viel zu viele Söhne verloren. Wir werden tun, was wir können, um Ihnen mehr Informationen zukommen zu lassen.«

Er lächelte Elina herzlich an.

»Geben Sie uns nur ein bisschen Zeit. Kommen Sie doch morgen Vormittag wieder.«

Er streckte seine Hand aus und zog die Hacken zusammen, als würde er sie gleich aneinanderschlagen. Elina ergriff seine Hand. Keinen Kuss zum Abschied?, registrierte sie verwundert.

Sie kehrten zum Rathaus zurück. Frau Matoševićs Bürotür

war nach wie vor verschlossen. Auch die Kollegin im benachbarten Raum schien nicht an ihrem Platz zu sein.

»Es scheint, dass wir gezwungen sind, bis morgen zu warten.«

Den Abend verbrachten die beiden Frauen auf ihrem Hotelzimmer. Elina hatte ihre Mutter angerufen, die Mina den Hörer ans Ohr gehalten hatte. Das Mädchen lauschte den Liebeserklärungen ihrer Mutter und ihrem Versprechen, ganz bald nach Hause zu kommen. Danica lag auf dem Bett und las einen Roman von Nikolaj Gogol. Der Fernseher lief leise im Hintergrund, eine junge Sängerin interpretierte eine Ballade. Danica legte das Buch zur Seite und betrachtete Elina eine Weile, die gedankenverloren in einem Sessel saß.

»Wie lange waren Sie eigentlich mit diesem Alex zusammen?«, fragte sie.

»Nicht einmal einen Monat«, antwortete Elina.

»Und trotzdem haben Sie ihn so sehr geliebt? Kann man das überhaupt? Verwechseln Sie da nicht vielleicht die anfängliche große Verliebtheit mit tief empfundener Liebe?«

»Für mich ist das kein Widerspruch«, Elina schüttelte den Kopf. »Zwei Jahre ist das jetzt her, und ich liebe ihn so sehr, als wäre er noch am Leben.«

»Erzählen Sie mir bitte ein wenig von ihm.«

»Er war so ungeheuer ernst. Alles, was er sagte, meinte er genau so, wie er es sagte. Als er das erste Mal sagte, er würde mich lieben, wusste ich, dass es aufrichtig war. Und wenn er mich ansah oder mich berührte, fühlte ich mich wie der Mittelpunkt der Erde. Er war so gegenwärtig, wie ich es noch nie zuvor bei einem Menschen erlebt habe. Gleichzeitig hatte er eine träumerische Seite, zu der ich nie richtig vordringen konnte. Er wandte seinen Blick auf die Berggipfel oder in den Himmel und tauchte in sein eigenes Universum. Ich glaube, er hat sich viele Gedanken über das Menschsein gemacht. Wir haben oft, im Zusammenhang mit ganz unterschiedlichen Themen, darüber gesprochen. Über Politik allerdings haben wir wenig geredet, nur einmal hat er eine Sache kommentiert. Ich weiß leider nicht mehr, was das war, aber ich erinnere mich noch genau an seine Worte. *Das Recht auf freie Meinungsäußerung ist das Recht, man selbst zu sein.* Er hielt nichts von Oberflächlichkeit.«

»Ich kann verstehen, dass Sie ihn sehr gerne mochten«, sagte Danica. »Aber Sie müssen Ihre Trauer überwinden, Ihretwegen. Das wissen Sie doch?«

Danica war unerbittlich. Immer geradeheraus, mit der selbstverständlichen Sicherheit der Jugend. Elina musste daran denken, wie sie mit neunzehn gewesen war. Ein eingebildetes, aber dennoch unsicheres Mädchen auf dem Weg zur Frau. Dann war sie bei einem Mann hängen geblieben, der zwar erwachsen, aber nicht reif gewesen war. Ein Mensch, der jedes Detail in ihrem Leben kontrollieren wollte. Und sie hatte es zugelassen, fast bis zur Selbstverleugnung. Im letzten Augenblick, bevor er versuchte, endgültig mit Gewalt die Herrschaft zu übernehmen, war es ihr gelungen sich loszureißen. Die Zeit danach war gezeichnet von dem langen Kampf, ihr Selbstwertgefühl zurückzuerlangen. Die Scham darüber, sich freiwillig so erniedrigt zu haben, war das Schlimmste.

Alle folgenden Beziehungen waren davon geprägt. Martin zum Beispiel, der sich nie von seiner Frau trennen, aber auch nicht ohne Elina leben wollte. Ihr Verhältnis war eine sechsjährige Fahrt in eine Sackgasse. Bei Alex hatte sie endlich ihr Ziel erreicht. Ein Monat war zwar nur so kurz wie ein Windhauch, aber Elina wusste, dass sie angekommen war. Und als er starb, blieb die Zeit stehen, ihre Gefühle wurden eingeschlossen und hatten sich seitdem nicht verändert. Danica aber war der Auffassung, damit müsste Schluss sein.

»Ich weiß, was Sie meinen«, Elina nickte. »Aber die Erinnerung hält mich am Leben.«

Danica sah die unendliche Trauer in Elinas Augen. Sie setzte sich auf.

»Verzeihen Sie mir, ich wollte Sie nicht verletzen.«

»Glauben Sie, wir werden die Familie finden?«, fragte Elina, um sich abzulenken.

»In diesem Land weiß man nie genau!«, antwortete Danica geheimnisvoll.

20. KAPITEL

Punkt neun Uhr morgens standen sie erneut vor den Türen des Rathauses. Ein Wachmann öffnete ihnen, und sie hasteten den Gang hinunter zu Matoševićs Tür. Aber die Tür war verschlossen, und niemand reagierte auf ihr Klopfen. Sie blieben im Korridor stehen und warteten. Zwanzig Minuten vergingen, aber niemand kam.

»Ich verstehe das nicht«, rief Danica aufgebracht. »Wo ist diese Frau nur hin?«

Sie lief den Gang entlang und öffnete wahllos Türen und fragte die Angestellten nach Frau Matošević. Aber alle schüttelten den Kopf, keiner wusste, wo sie war. Nach weiteren zwanzig Minuten kam eine Frau aus dem ersten Stock die Treppe hinunter. Sie war sehr klein, ein Kopf kürzer als Elina. Und sie sah sehr niedergeschlagen aus.

»Sie warten auf Frau Matošević, nicht wahr?«, fragte sie mit vorsichtigem Tonfall.

»Um genau zu sein«, antwortete Danica.

»Frau Matošević kommt heute nicht mehr rein«, erläuterte die Frau. »Ich bedauere das sehr.«

»Wo ist sie denn?«, fragte Danica.

»Sie musste gestern Nachmittag wegfahren. Da ging es offenbar um eine private Angelegenheit, die nicht aufgeschoben werden konnte.«

»Kommt sie morgen zurück?«

»Das glaube ich nicht. Soweit ich das verstanden habe, hat sie sich auf unbestimmte Zeit Urlaub genommen.«

»Darüber hat sie gestern kein Wort verloren«, wunderte sich Danica.

»Wie schon gesagt, handelte es sich um eine wichtige private Angelegenheit.« Das Gesicht der Frau verriet: Ich bin nur die Überbringerin der Botschaft, erschießt mich nicht.

»Und ganz offensichtlich eine sehr unvorhergesehene!« Danica klang wütend.

»Ich bedauere das sehr«, wiederholte die Frau und sah dabei sehr unglücklich aus.

»Können Sie uns denn stattdessen weiterhelfen?«, fragte Elina. »Es geht um Informationen über eine Person namens Alexander Kupalo.«

»Leider nein«, bedauerte sie. »Nur Frau Matošević hat Zugang zu den Personenakten der Gemeinde.«

»Das kann doch wohl nicht wahr sein!«, rief Danica. »Es geht doch nur darum, ein paar alte Unterlagen hervorzuholen.«

Elina merkte, dass Danica immer aufgebrachter wurde. Offenbar hatte sie nur wenig Übung darin, ein Nein zu akzeptieren.

»So sind die Vorschriften«, sagte die Frau kleinlaut und sah noch unglücklicher aus. »Mir tut das ganz furchtbar leid.«

Elina zupfte Danica am Ärmel. Es hatte keinen Sinn weiterzubohren.

»Unfassbar!«, brach es aus Danica hervor, als sie wieder auf der Straße standen. »Die Bürokratie ist ja noch schlimmer als zu Zeiten des Kommunismus.«

»Und diese Zeiten waren schon vorbei, als Sie auf die Welt kamen«, sagte Elina beruhigend und lachte. »Aber ich finde auch, dass es ein bisschen sonderbar ist. Was meinen Sie?«

»Frau Matošević ist einfach abgehauen«, sagte Danica noch immer empört. »Sie hätte uns doch wenigstens eine Notiz hinterlassen können, dass sie es leider nicht geschafft hat, uns weiterzuhelfen!«

»Dieser Hauptkommissar hieß Milan Rakh, oder?«, warf Elina ein. »Hoffentlich hat er sich nicht auch in Luft aufgelöst.«

Als Elina und Danica sich im Präsidium anmeldeten, hob die Frau hinter der Glasscheibe wortlos einen Telefonhörer ans Ohr. Kurz darauf erschien ein junger Polizist, der mit Danica ein paar Worte wechselte.

»Er möchte, dass wir ihm folgen«, übersetzte Danica. »Was das jetzt wohl werden wird?«

Sie seufzte tief, folgte aber dem Beamten hinaus auf die Straße. Elina lief hinterher. Der Polizist ging voran und führte sie in den ersten Stock eines anderen Gebäudes, das wenige hundert Meter entfernt lag. Er bat sie, sich auf ein ausrangiertes Sofa zu setzen, das in dem Flur stand, und verschwand. Vor ihnen befand sich eine geschlossene Tür. Die Wände, die abgewetzte Auslegware und das Sofa stanken nach Zigarettenrauch. Es roch, als würde jemand mit feuchtem Heu heizen. Elina öffnete ein Fenster am Ende des Ganges, Danica zündete sich eine Zigarette an.

Etwa eine Viertelstunde später schaute Elina das erste Mal auf die Uhr. Danica sah ungeduldig zu ihr hinüber.

»Auf wen warten wir eigentlich?«, fragte Elina.

»Das hat er nicht gesagt«, antwortete Danica. »Er hat nur gesagt *Kommen Sie mit!*«

Eine halbe Stunde später kam eine Frau die Treppe hinauf. Ohne ein Wort zu sagen, öffnete sie die geschlossene Tür und wies die beiden mit einer Geste an einzutreten. Elina und Danica folgten der Aufforderung. Hinter einem Schreibtisch saß ein Mann und rauchte. Elina erkannte den Geruch, der auch im Flur aus den Möbeln strömte, allerdings roch der frische Rauch nicht besser. Vor ihm stand ein Aschenbecher, aus dem einige Zigarettenstummel aus Platzmangel auf die Tischplatte gefallen waren. Der Raum war eine Räucherei. Elina schnappte nach Luft, bekam aber nur noch mehr Rauch in die Lunge und musste husten. Danica schien unbeeindruckt zu sein, schließlich war sie selbst starke Raucherin. Der Mann nahm einen weiteren Zug von seiner Zigarette, den er scheinbar bis zu den Zehenspitzen einsog. Seine Gesichtshaut war so aschgrau wie sein Haar. Unter den dichten Brauen schauten zwei wachsame Augen auf Elina und Danica, weder freundlich noch feindselig. Er machte keinerlei Anstalten, seinen mächtigen Körper aus dem Sessel zu erheben oder gar ein Wort an seine Besucher zu richten. Danica ergriff das Wort, aber Elina konnte lediglich ihre Namen ›Danica‹ und ›Elina Wiik‹ verstehen. Der Mann gab nur einsilbige Antworten.

»Sein Name ist Lupis Jurak«, übersetzte Danica.

»Wer ist er?«, fragte Elina.

»Das weiß ich nicht. Offensichtlich eine Art Chef für irgendetwas. Er wollte hören, was wir für ein Anliegen haben.«

»Na das wissen Sie doch. Es geht um die Familie Kupalo«, wiederholte Elina. »Ivica, Vesna, ihr Sohn Alexander und die beiden Geschwister. Sie sind irgendwann Ende der Siebziger nach Knin gezogen. Wir nehmen an, dass sie sogar ursprünglich aus dieser Gegend stammen. Und wir möchten so viel wie möglich über diese Menschen in Erfahrung bringen.«

»Warum?«, warf der Mann unerwartet auf Englisch ein.

»Wie ich schon Ihrem Kollegen Milan Rakh gegenüber geäußert habe, handelt es sich um eine private Angelegenheit. Alexander Kupalo war mein Freund.«

Lupis Jurak musterte Elina lange. Dann hob er den Telefonhörer.

»Ich werde mich mal umhören«, versprach er dann. »Warten Sie doch bitte freundlicherweise so lange draußen.«

Elina und Danica verließen das Zimmer und sanken erneut in das stinkende Sofa. Kein Mensch war weit und breit zu sehen, allerdings hörten sie aus dem Erdgeschoss leises Stimmengewirr. Fast eine ganze Stunde später erschien dieselbe Frau wie zuvor am Treppenabsatz und öffnete erneut die Tür zu Juraks Zimmer, so wortlos wie beim ersten Mal. Elina und Danica traten ein und blieben in der Mitte des Raumes stehen.

»Die Familie Kupalo hat tatsächlich hier gewohnt, so wie Sie gesagt haben«, begann der riesige Koloss von Mann hinter dem Schreibtisch. »Aber wie Sie wissen, herrschte Krieg in unserem Land. Die Familie wurde 1991 von den Serben vertrieben, so wie alle anderen Kroaten dieser Region. Aber im Gegensatz zu den meisten anderen ist Familie Kupalo nach der Befreiung nicht zurückgekehrt. Leider haben wir keine Angaben, wohin es sie verschlagen hat.«

Dann verstummte er, mehr gab es ganz offensichtlich nicht zu sagen.

»Was genau wissen Sie über diese Familie?«, fragte Elina, als sie begriff, dass sein Part beendet war.

»Nichts!«, antwortete Jurak knapp.

»Verzeihen Sie«, fing Elina vorsichtig an. »Aber das kann unmöglich sein. Wo zum Beispiel haben sie gewohnt, welche Adresse?«

»Das weiß ich nicht.«

»Wie können Sie dann wissen, dass die Familie hier gelebt hat und 1991 von hier vertrieben wurde?«

Lupis Jurak saß regungslos in seinem Stuhl, kein einziger Muskel in seinem fleischigen Gesicht bewegte sich. Elina fragte sich, ob er verschiedene Antworten erwog oder sich nur auf einen Wutausbruch vorbereitete. Ganz deutlich war jedenfalls, dass er das kritische Hinterfragen seiner Antwort nicht besonders schätzte. Sie kannte diesen Typ von Mensch aus unzähligen Polizeiverhören. Wie aus Stein gehauen, aber auch dort gab es Risse und Spalten. Meistens kapitulierten sie vor ihrer unerbittlichen Logik und ihrer überlegenen Position. Aber Verhöre waren für sie ein Heimspiel, da hatte sie die Situation unter Kontrolle. Das hier war etwas vollkommen anderes. Sie befand sich auf seinem Terrain und war seinem Wohlwollen auf Gedeih und Verderb ausgeliefert. Er müsste keine einzige Frage beantworten, wenn er nicht wollte.

»*Miss Wiik*«, begann er. »Sie scheinen die Gepflogenheiten unseres Landes nicht zu kennen.«

Das war alles. Keine weitere Erläuterung, kein Versuch, ihr entgegenzukommen. Nur diese kühle Zurechtweisung.

»Wen könnten wir denn fragen?«, hakte Elina mutig nach. »Wer hat Ihnen denn zum Beispiel die Informationen über Familie Kupalo gegeben?«

»Meine Mitarbeiter wissen auch nicht mehr als ich«, lautete die geheimnisvolle Antwort. »Und jetzt habe ich zu tun.«

Er sagte noch etwas auf Kroatisch zu Danica.

»Wir gehen«, sagte diese zu Elina.

Erst als sie auf der Straße standen, fragte Elina, was Jurak ihr gesagt hatte.

»Wortgetreu sagte er: ›Miss Cizek, nehmen Sie Ihre neugierige Freundin und gehen Sie jetzt‹.«

Sie gingen zurück zum Auto. »Neugierig?«, wiederholte Elina und blieb mitten auf der Straße stehen. »Neugierige Freundin! Hat er das gesagt? Dieses fette Arschloch! Es geht um Alex! Wer glaubt der eigentlich, wer er ist?«

»Ich hatte ja schon angedeutet, dass es schwierig werden könnte«, verteidigte sich Danica.

Elina begann plötzlich zu schwitzen, sie ballte ihre Hände

zu Fäusten. Ihre Augen glühten vor Wut. »Worum geht es hier eigentlich, los, erklären Sie es mir endlich!«

»Elina, ich weiß es doch auch nicht! Alle haben etwas zu verbergen, Dinge, über die sie nicht reden wollen. Alle, die im Krieg waren, haben Geheimnisse. Worum es hier geht, weiß ich aber nicht. Keine Ahnung! Woher sollte ich das wissen?«

Danica sah verzweifelt aus. Elina wurde bewusst, dass sie ihre Wut an einem Menschen ausließ, der ihre Tochter sein könnte. Ihre Tochter ... die plötzliche Erkenntnis erschreckte sie zutiefst. Danica war erst neunzehn.

»Das müssen Sie auch nicht ...«, beruhigte sie Elina. »Denken Sie mal nach, Danica. Geheimnisse. Worum könnte es gehen. Zum Beispiel?«

Danica schluckte. »Geld«, begann sie. »Also ... vielleicht hat sich ein hohes Tier an der Flucht der Kupalos bereichert. Vielleicht liegt ein Verbrechen vor. Bestechungsgelder. Diese Kriegsjahre waren anarchistisch, da galten keine Gesetze. Krieg bringt das Schlimmste im Menschen hervor. Jetzt geben sie sich gegenseitig Deckung. Worum es aber im Detail geht, kann ich nicht sagen!«

»Alex ist *ermordet* worden«, betonte Elina. »Ihm wurde ein Messer ins Herz gerammt! Ist das nicht ein Zeichen für etwas?«

»Doch, aber ob das unbedingt was mit Knin zu tun haben muss? Oder mit seinem früheren Leben in Kroatien oder mit dem Krieg? Elina, das wissen Sie doch gar nicht!« Danica sah Elina beinahe flehend an. »Obwohl eine Sache feststeht«, sagte sie dann, schnippte ihre Zigarette weg und trat sie mit der Schuhspitze aus.

Danica hatte ihre Sicherheit wieder zurückgewonnen. »Mit Lupis Jurak ist nicht zu spaßen. Er hat Miss Cizek zu mir gesagt.«

»Was meinen Sie damit?«, fragte Elina.

»Ich habe Sie als Elina Wiik aus Schweden vorgestellt und mich als Danica. Nur den Vornamen. Bei dieser Sorte von Männern ist es manchmal besser, das unschuldige kleine Mädchen zu spielen. Darum habe ich mit Absicht nicht meinen vollen Namen genannt. Als er uns aber rauswarf, wusste er, dass ich Cizek heiße!«

»Er wusste also, wer Sie sind?«, stellte Elina erstaunt fest. »Aber er könnte doch den Namen von Kommissar Rakh erfahren haben.«

»Das kann natürlich sein, ich weiß nicht mehr genau, was ich ihm gegenüber gesagt habe.«

»Wollen wir diesen Rakh noch einmal wegen Alex fragen? Der schien doch ganz freundlich gewesen zu sein.«

»Nun ja, immerhin hat er uns zu diesem Grobian da oben geschickt«, sagte Danica.

»Vielleicht hatte er keine Wahl, vielleicht ist der Grobian sein Chef?«

Danica zuckte mit den Schultern; Chef, Untergebener, für sie spielte nicht der Rang eine Rolle, die Moral zählte.

»Wenn die uns wirklich überprüft haben, was bedeutet das für uns?«

»Das muss nicht zwangsläufig etwas bedeuten«, sagte Danica. »Es gibt in der Polizei genug Paranoide, die alles und jeden überprüfen lassen. Das ist ein wertvolles Erbe aus dem Kommunismus.«

»Wir haben eine neue Information dazubekommen«, stellte Elina fest. »Die Familie Kupalo hat Knin 1991 verlassen. Da war Alex einundzwanzig oder zweiundzwanzig Jahre alt. Obwohl er natürlich auch früher weggezogen sein könnte.«

»Wissen Sie, ob er im Ausland studiert hat?«, fragte Danica.

»Ja, ich weiß, dass er Ende der Neunziger in England studiert hat, aber mehr auch nicht.«

»Wenn er vorher nicht auch schon im Ausland studiert hat, muss er eingezogen worden sein. In diesem Alter konnte man sich dem nicht entziehen.«

»Wollen wir uns bei der Armee erkundigen?«

Danica ließ ihren Blick zu Juraks Fenster wandern. »Wir sind nicht gerade mit Blasorchester und Fanfaren empfangen worden. Die Leute verschwinden einfach oder werfen uns vor die Tür. Zur Armee zu gehen, könnte bedeuten, auf eine weitere Mine zu treten.«

»Ich sehe nur eine Möglichkeit«, schlug Elina vor. »Wir laufen mit Alex Bild herum und fragen, ob ihn jemand wiedererkennt. Vielleicht landen wir so einen Treffer.«

Danica seufzte. »Die Stadt hat zehntausend Einwohner!«, stöhnte sie.

»Dann befragen wir nur die, die vor 1991 geboren sind!«

Sie aßen schweigend. Ihre Füße schmerzten. Die Dunkelheit hatte sich bereits über die Stadt gesenkt. Wo sie auch gefragt hatten, waren sie auf unwissende Menschen gestoßen. Einige davon ablehnend, misstrauisch. Andere wandten nur wortlos den Kopf ab. Niemand wollte etwas wissen, hören oder gar antworten. Es war, als hätten Alex und seine Familie nie in Knin gelebt. Aber sie hatten ja auch nur Lupis Juraks Wort darauf, dass sie bis kurz vor Kriegsausbruch dort gelebt hatten. Vielleicht war das auch eine Lüge gewesen? Aus welchem Grund allerdings konnte sich Elina beim besten Willen nicht vorstellen. Das Einzige, was sie sicher wusste, war, dass Alex ein realer Mensch gewesen war. Für sie existierte er wirklich. Aber sie fühlte sich entmutigt. Lustlos rührte sie mit ihrem Löffel in der Suppe herum. Auch Danica aß ohne großen Appetit.

»Mir ist da so ein Gedanke gekommen«, setzte Danica an, ohne jedoch den Satz zu beenden.

»Ja, bitte?«, sagte Elina und sah auf.

»Erinnern Sie sich an den Mann in der Bäckerei? Diesen vertrockneten alten Mann?«

»Sie meinen den Besitzer?«

»Nein, der Bäcker war doch dick. Ich meine einen der Kunden. Der alte Bauer.«

Elina nickte. Sie sah ihn vor sich. Seine Haut hatte einem ausgetrockneten Flussbett geglichen.

»Er hat etwas Merkwürdiges gesagt«, erzählte Danica. »Er murmelte so was wie ›andere wissen besser Bescheid‹. Dann hat er sich ja sofort umgedreht und ist rausgegangen. Ich dachte, er hatte keine Lust, befragt zu werden. Dass ihn das Schicksal anderer Menschen nicht im Geringsten interessierte und wir ihn in Ruhe lassen sollten. Aber dann ist mir der Gedanke gekommen, dass er selbst etwas wusste. Dass es tatsächlich etwas Wissenswertes gab und *er* nur nicht die Absicht hatte, uns zu helfen.«

»Wir müssen ihn finden«, sagte Elina.

»Wie sollen wir das denn tun?«, fragte Danica.

»Vielleicht weiß der Bäcker, wie der Mann heißt. Unter Umständen ist er ein Stammkunde. Einer, der ihm Mehl verkauft, wenn er wirklich ein Bauer gewesen ist.« Auf einmal spürte sie, wie neue Energie in ihr aufkeimte. »Gleich morgen früh gehen wir hin und fragen ihn!«, beschloss sie.

Elina bezahlte die Rechnung, und sie spazierten zurück ins Hotel. Es war kurz nach neun Uhr, und in den meisten Fenstern flimmerte das blaue Licht der Fernsehapparate. Die Straßen waren wie ausgestorben, und zum Glück zeigten sich auch keine hungrigen Wölfe. Als sie ins Hotelfoyer kamen, erhoben sich zwei Männer aus der Sitzecke.

»Guten Abend«, begrüßte sie Milan Rakh und schüttelte Elina die Hand. Sein Griff war bewusst so fest, sie war schon vielen Männern seines Schlags begegnet. Solche, die ihre Stärke unter Beweis stellen und ihre Position unterstreichen wollten. Schnell ließ sie seine Hand wieder los.

»Guten Abend, Herr Kommissar«, erwiderte Elina.

Danica nickte nur zur Begrüßung.

Elina kannte seinen Begleiter nicht, er war etwas jünger als Rakh. Sein Gesicht war glatt und nichtssagend, seine Körperhaltung ließ einen arbeitsscheuen Charakter vermuten.

»Das ist Herr Šimić«, stellte Rakh ihn vor. »Ich habe den Eindruck, Sie würden sich gerne einmal mit ihm unterhalten.«

Rakh lächelte Elina an. »Ich habe von Ihrem Gespräch mit Lupis Jurak gehört«, fuhr er fort. »Jurak kann ab und zu ein bisschen kantig im Umgang mit seiner Umwelt sein. Aber sowohl er als auch ich und alle anderen Behörden möchten Ihnen behilflich sein, wo wir nur können.«

»Ausgezeichnet«, bedankte sich Elina. »Zweifellos begrüßen wir das sehr.«

Milan Rakh schien den ironischen Unterton nicht gehört zu haben, denn er sprach ungerührt weiter. »Sie haben bestimmt schon die Leute in den Geschäften und auf den Plätzen befragt, nicht wahr? Ihre Energie ist wirklich bemerkenswert. Darf ich mich erkundigen, ob Sie Erfolg hatten?«

»Nein, überhaupt keinen«, antwortete Elina kurz angebunden. »Hier scheint niemand etwas zu wissen.«

»Das tut mir sehr leid«, bedauerte Rakh. »Aber Herr Šimić hier kann unter Umständen ein bisschen Licht in Ihre Angelegenheit bringen. Darum habe ich ihn für Sie aufgespürt, auch wenn mich das einige Zeit gekostet hat, das muss ich zugeben.«

Er lächelte und erwartete offensichtlich Beifall.

»Wir sind Ihnen dafür sehr dankbar«, sagte Elina und versuchte so den vorherigen Sarkasmus wiedergutzumachen. Dann wandte sie sich an Šimić. »Was können Sie uns erzählen, Herr Šimić?«

Danica übersetzte Elinas Worte. »Ich kannte Ivica«, begann er zu berichten. »Er war Lehrer an verschiedenen Schulen in Knin. Ein sehr guter und hoch geschätzter Lehrer, ja, das war er. Ich war damals verantwortlich für den Einkauf von Schulbüchern in einer Realschule, an der er unterrichtet hat. Das war lang bevor alles anders wurde. Seine Kinder habe ich nicht kennengelernt, aber ich weiß, dass er zwei Söhne und eine Tochter hatte. Und ich weiß, dass einer von den Jungs bei Ausbruch des Krieges in Split studiert hat.«

»War das Alexander?«, unterbrach ihn Elina.

»Ja, so hieß er, glaube ich, aber hundertprozentig sicher bin ich mir nicht«, sagte Šimić. »Damals lebten circa dreitausend Kroaten in der Stadt, inmitten der vielen Serben. Wir lebten friedlich nebeneinander, die Nachbarn halfen sich, aber dann kam der Krieg. Knin wurde die Hauptstadt der Abtrünnigen, die eine eigene Republik gründen wollten, und wir Kroaten wurden vertrieben, ermordet oder in die Konzentrationslager der Tschetniks in Bosnien verschleppt.«

»Tschetnik ist ein Schimpfwort für Serbe«, erläuterte Danica.

Herr Šimić erhob sich, ging auf die Rezeption zu und brachte dem Concierge sein Anliegen vor. Dieser drehte sich gemächlich um und nahm eine Flasche aus dem Regal hinter ihm. Šimić bedeutete ihm mit einer kleinen Geste, dass er das Glas vollfüllen sollte.

Milan Rakh lächelte Elina entschuldigend an. »Herr Šimićs Nerven liegen ein bisschen blank«, erklärte er. »Ein paar Tropfen Slibowitz helfen da immer.«

Šimić trank die Hälfte bereits an der Rezeption aus und den Rest, als er wieder neben Elina stand. Erst danach fuhr er mit seiner Geschichte fort.

»Sie können sich nicht vorstellen, wie schrecklich das damals war«, erzählte er weiter. »Meine Familie und auch die

Kupalos waren gezwungen fortzugehen, so wie alle anderen Kroaten in Knin. Ich landete in einem Flüchtlingslager in Karlovac.«

»Das ist eine kroatische Stadt«, erläuterte Danica. »Die liegt im Norden, in der Nähe von Zagreb, der Hauptstadt.«

»Eines Tages, ich glaube, es war im Frühjahr 1993«, fuhr Šimić fort, »begegnete ich Vesna Kupalo in Karlovac. Vesna war die Frau von Ivica, aber das wissen Sie sicher? Eine beeindruckende Frau war das. Stattlich und klug. Sie erzählte mir ihre traurige Geschichte. Ihr Mann wäre einem Herzinfarkt erlegen, und sie sei mit ihrer Tochter in einem Flüchtlingslager in Karlovac untergekommen. Das Lager war in einer ehemaligen Schule untergebracht, und sie waren genötigt, das Zimmer mit einer fremden Familie zu teilen. Ihre Söhne seien ins Ausland gegangen und hätten auch nicht vor zurückzukommen. Sie würde, so bald es ginge, zu ihrem jüngeren Sohn ziehen.«

»Sagte sie etwas über ihren Ältesten, Alexander?«, fragte Elina.

»Nicht viel, aber sie erwähnte, dass er sein Studium wiederaufgenommen hätte. Aber ich weiß nicht wo.«

»Und was ist dann geschehen?«, ermunterte Elina ihn.

»Ich bin nach der Befreiung nach Knin zurückgekehrt. Ich habe auch meinen alten Job in der Schule wiederbekommen. Es gab zwar nicht mehr so viele Schüler, aber die serbischen Schulbücher mussten wir selbstverständlich austauschen, es gab genug zu tun… Ja und eines Tages hörte ich, dass auch Vesna gestorben sei. Einer der Lehrer erzählte es, wann genau das war, weiß ich nicht mehr, aber ein paar Jahre nach Kriegsende. Sie hatte Selbstmord begangen. Ich glaube, ihr Herz ist in diesem Krieg zerbrochen. Was aus ihren Kindern geworden ist, weiß ich leider nicht.«

»Wo hat die Familie eigentlich gewohnt, bevor sie vertrieben wurde?«, fragte Danica.

»Sie haben in einer kleinen Stadt außerhalb von Knin gewohnt. Die Serben haben alle unsere Häuser zerstört, nachdem sie uns aus dem Land gejagt haben, damit wir niemals wiederkommen.«

»Und wie heißt die Stadt?«, hakte Elina nach.

»Ja, die hatte gar keinen Namen, es war nur eine kleine Ansiedlung von Häusern«, sagte Šimić schulterzuckend. »Einige der Häuser wurden mithilfe einer deutschen Hilfsorganisation wieder aufgebaut, aber dort sind Kroaten aus Bosnien eingezogen. Von den ursprünglichen Bewohnern ist kaum einer zurückgekehrt.«

»Wo liegt diese Ansiedlung denn?«, Elina ließ nicht locker.

»Auf dem Weg nach Padjene, glaube ich. Genau weiß ich es nicht mehr.«

Elina versuchte zu sortieren, welche neuen Erkenntnisse sie aus diesem Gespräch gezogen hatte. Kaum etwas Neues über Alex. Nichts, was seinen grausamen Tod erklären könnte, obwohl auch die Geschichte seiner Familie sehr dramatisch klang.

»Herr Šimić«, sagte sie. »Der älteste Sohn, Alexander also, wurde vor zwei Jahren ermordet. Haben Sie Informationen über seine Vergangenheit, die dieses Verbrechen erklären könnten?«

Danica warf Elina einen vielsagenden Blick zu, ehe sie übersetzte. Elina begriff: Sie war einen Schritt zu weit gegangen. Sie klang wie eine Polizistin in einer Mordermittlung und nicht wie eine Frau, die ihren Geliebten verloren hatte.

»Nein«, antwortete Šimić. »Ist er wirklich ermordet worden? Das wusste ich nicht. In unserem Land?«

»Nein, im Ausland«, antwortete Elina vage.

»Aber der Krieg ist ja schon lange vorbei«, warf Milan Rakh ein. »Vielleicht hat der Mord an ihm mit einer ganz anderen Sache zu tun?«

»Leider kann ich Ihnen nicht mehr dazu sagen«, bedauerte Šimić. »Auch von Ivicas alten Freunden und Nachbarn ist keiner mehr da. Ich bin wahrscheinlich der Einzige in dieser Stadt, der sich an sie erinnern kann.«

Elina streckte ihm die Hand entgegen. »Vielen Dank, Herr Šimić«, sagte sie. Ausdruckslos erwiderte er ihren Händedruck.

Die Gedanken wirbelten nur so in Elinas Kopf herum. Sie lag im Bett, es war dunkel. Neben ihr hörte sie Danicas ruhige Atemzüge. Sie schlief tief und fest. Elina hatte begonnen, fürsorgliche Gefühle für das Mädchen zu entwickeln. Danica war eigensinnig und widerspenstig, stark und doch flexibel. Elina arbeitete gerne mit ihr zusammen, obwohl sich ihre Laune blitzschnell ändern konnte, von mürrisch zu vergnügt. Danica war wie Aprilwetter.

Elina versuchte einzuschlafen, aber es gelang ihr nicht, die Maschine in ihrem Kopf auszuschalten. Sie arbeitete unablässig unter Hochdruck, angetrieben von großer Frustration. Das Gespräch mit Herrn Šimić wurde wieder und wieder abgespult, sie hörte seine Stimme und sah seinen alkoholverhangenen Blick. Sein Bericht von der Flucht, seiner eigenen und der von Alex' Familie, hatte glaubwürdig geklungen. Viele hatten dieses Schicksal mit ihnen geteilt, ohnmächtig den unkontrollierbaren Kräften des Krieges ausgeliefert. Also warum lag sie mit aufgerissenen Augen im Bett und suchte verzweifelt nach verborgenen Hinweisen? Nach einer Botschaft zwischen den Zeilen, einer unbeabsichtigten Nachricht?

Die Polizistin in ihr gab keine Ruhe, gleichzeitig aber fehlte es an allen notwendigen Voraussetzungen, um die Ereignisse zu rekonstruieren. Sie war dem Wohlwollen der Einheimischen ausgeliefert. Der Fehlschlag ihrer Mission war offensichtlich, die Reise ein einziges Fiasko. Mina hatte teuer bezahlen müssen für das Minimale an Information, das Elina erhalten hatte. Und in Elinas Augen war dieser Preis viel zu hoch.

Den Bauern noch, sagte sie sich. Danach gebe ich auf.

21. KAPITEL

Elina erwachte in den frühen Morgenstunden, obwohl der Schlaf lange hatte auf sich warten lassen. Vorsichtig schloss sie die Badezimmertür hinter sich, um Danica nicht zu wecken. Unter den Fußsohlen spürte sie die Risse in den Fliesen. Aus dem Duschkopf schoss ein harter Strahl auf ihre Haut. Vor langer Zeit schon war alle Weichheit aus dem Handtuch herausgewaschen worden, es trocknete nicht ab, es riss die Nässe von der Haut. Im Spiegel begegnete ihr ein Gesicht, das sich sehr verändert hatte, seit jenem Ostertag vor zwei Jahren. Magerer, schärfer konturiert. Die Augen hatten ihren Glanz verloren, feine Linien umspielten die Augen bis zu den Schläfen. In ihrem dunklen Haar schimmerten vereinzelte graue Strähnen. Und der Mund... nein, er sah nicht bitter aus, im Gegenteil, er wirkte viel weicher, verletzlicher als früher. Er entsprach ihrem Innersten. Ein großer Schmerz hatte sie gezeichnet, aber nicht verbittert werden lassen.

Sie hörte, dass Danica sich im Zimmer hin und her bewegte, und zog sich den Morgenmantel an.

»Sie sind schon wach?«, fragte Elina, in der geöffneten Tür stehend.

Danica stand im Nachthemd in der Mitte des Raumes. Sie kam auf Elina zu und schlang ihre Arme um sie. »Ich hatte einen so fürchterlichen Albtraum«, flüsterte sie. Elina hielt das

Mädchen fest, das auf einmal so hilflos wirkte. Ihr wurde bewusst, wie egozentrisch sie sich die ganze Zeit verhalten und immer nur an *ihre Sache* gedacht hatte. Mit keiner einzigen Frage hatte sie zu erfahren versucht, was Danica in ihrem kurzen Leben schon widerfahren war. Der Krieg hatte auf alles und alle Einfluss genommen. Lebten ihre Eltern überhaupt noch? Ihre Geschwister? Was hatten ihre Augen sehen müssen?

»Na komm«, Elina streichelte Danicas Rücken und schob sie vorsichtig ein Stück von sich. »Erzähl mir, was du geträumt hast, dann verpufft es einfach.«

»Ich erinnere mich nicht mehr genau«, schluchzte Danica und befreite sich ein wenig verlegen aus Elinas Armen. »Weißt du, wie spät es ist?«, versuchte sie abzulenken.

»Viertel vor sieben«, sagte Elina.

»Die Bäckerei«, erinnerte Danica. »Die macht bestimmt bald auf.«

Sie öffnete das Fenster und zündete sich eine Zigarette an. Sie war wieder die erwachsene Danica.

In dem Geschäft stand derselbe Mann wie beim ersten Mal. Der Bäcker hatte mitten auf der Nase einen Mehlfleck, von dem er offensichtlich nichts wusste. Das Geschäft befand sich im Erdgeschoss eines Hochhauses und war gut gefüllt. Es duftete nach Ofen, Hefe, Kümmel und Vanille.

Eine Frau in einem geblümten Kleid kaufte vier große Brotlaibe. Ein kleines Mädchen legte das passende Kleingeld für zwei Brote auf den Verkaufstresen. Ein anderer Kunde unterhielt sich unterdessen mit dem Bäcker. Die Ladentür öffnete sich, ein magerer Mann betrat das Geschäft und stellte sich hinter Elina und Danica in die Schlange.

Der Bäcker sah aufgequollen aus, wie sein Teig, den er jeden Tag knetete. Er war andauernd in Bewegung; zog Backbleche aus dem Ofen, unterhielt sich mit seinen Kunden, warf die Geldscheine und das Kleingeld in eine Schublade und rief einem Unsichtbaren hinter der Wand Befehle zu. Das Geschäft schien gut zu laufen.

Elina wählte ein Brot aus und bezahlte fünf kroatische Kuna.

»Können Sie sich an uns erinnern?«, fragte Danica den Bäcker.

Der sah sie überrascht an. »Ob ich mich an Sie erinnern kann? Sie waren doch gestern hier. Meine Erinnerung reicht viele hundert Jahre in der Geschichte zurück, umfasst die ganze stolze kroatische Geschichte!«

Er lachte laut über seinen gelungenen Witz, und prompt ertönte zustimmendes Gelächter von Kunden, die sich weiter hinten im Verkaufsraum aufhielten.

»Wie schön«, sagte Danica. »Dann erinnern Sie sich bestimmt noch an diesen Mann, einen alten Bauern, der zeitgleich mit uns hier war. Mit ihm haben wir uns kurz unterhalten.«

»Ich erinnere mich an alle meine Kunden!« Der Bäcker klopfte sich stolz auf die Brust und deutete dann auf ein gerahmtes Foto an der Wand. »An diesen Tag erinnere ich mich sogar so genau, als sei er erst gestern gewesen!« Eigentlich hätte Danica gar nicht übersetzen müssen, die Geste genügte, damit Elina das Gesagte verstand.

Sie betrachteten das Foto. »Das Gesicht gehört Franjo Tuðjman, dem ehemaligen, kroatischen Präsidenten, der mit der Straße, du weißt schon. Er hatte wohl ein Faible für Brötchen!«, Danica grinste.

Auf dem Foto war der Präsident zu sehen, wie er seine Arme um die breiten Schultern des Bäckers schlang. Danica wandte sich wieder dem Geehrten zu. »Wie heißt dieser Bauer eigentlich? Und ich meine nicht Herrn Tuðjman!«

Der Bäcker lachte auch über diesen Witz, scheinbar nahm

er einen ironischen Kommentar über seinen berühmten Kunden nicht weiter übel.

»Dieser alte Bauer heißt Bogdan. Er verkauft mir ab und zu Mehl. Aber meistens kommt er vorbei, um ein wenig zu reden. Einmal die Woche schneit er hier rein, nachdem er auf dem Markt Gemüse verkauft hat.«

»Bogdan, wie weiter?«, fragte Danica.

»Bogdan Wie weiter? Nein, so heißt er nicht!«, äffte sie der Bäcker nach und brüllte vor Lachen.

»Wie heißt Bogdan mit Nachnamen?«, versuchte Danica es noch einmal.

Der Mann, der hinter ihnen in der Schlange stand, wurde ungeduldig.

»Könntet ihr vielleicht einkaufen, anstatt zu quatschen?«, fragte er. Sein Tonfall war schroff. Elina drehte sich um und warf ihm einen wütenden Blick zu. Er war so groß wie sie, schlank, und auf seinem Hals prangte eine hässliche Narbe, die aussah wie eine Schusswunde. Er wich ihrem Blick aus, sie war nicht mehr als ein störendes Moment für ihn.

»Ruhig bleiben!«, rief der Bäcker fröhlich. »Es ist genug Brot für alle da! Also, mein liebes Mädchen, er heißt Bogdan Zir. Bogdan, dieser harmlose, alte Knochen!«

Plötzlich stutzte er.

»Aber was wollen Sie eigentlich von ihm? Wer sind Sie?«

Sein Tonfall hatte sich mit einem Mal verändert. Der ursprünglich joviale Bäcker blinzelte sie, die Fremde, auf einmal feindlich an. Der Mann hinter ihr knallte ein paar Münzen auf den Tresen.

»Zwei Brote bitte, wenn ihr jetzt endlich fertig seid!«

Danica zog Elina mit sich hinaus auf die Straße.

»Den finden wir«, sagte sie. »Sein Nachname ist eher selten. Zir, Bogdan Zir.«

22. KAPITEL

Sie fuhren erneut zum Rathaus und versuchten ihr Glück bei Frau Matošević. Danica drückte die Klinke herunter, aber die Tür war noch immer verschlossen. Daraufhin betrat sie das benachbarte Büro. Die ältere Kollegin von Frau Matošević saß dicht an ihren Schreibtisch gedrängt, ein ängstliches Vögelchen in seinem Nest.

»Frau Matošević ist leider noch nicht zurückgekehrt«, sagte sie reflexhaft, als Danica sich vor ihr aufbaute.

»Verraten Sie mir doch bitte eine Sache«, begann Danica. »Ist es üblich, dass Mitarbeiter unangekündigt für eine längere Zeit der Arbeit fernbleiben, wenn es doch so viel zu tun gibt?«

»Ich muss Sie an meinen Chef verweisen«, entgegnete die verängstigte Frau. »Ich habe nicht die Befugnis, Ihnen solche Informationen auszuhändigen.«

»Das war nur eine ganz einfache Frage«, zischte Danica wütend. »Ich verlange von Ihnen schließlich nicht den Geheimcode Ihrer Atomwaffenanlagen.«

»Wir haben keine Atomwaffen in Kroatien«, erwiderte die Frau und sah Danica verwirrt an.

»Da sehen Sie«, rief diese. »Keine Atomwaffen! Endlich eine geheim gehaltene Information!«

Sie beugte sich zu der Frau hinunter, die sich eingeschüchtert gegen ihre Stuhllehne presste.

»Reg dich nicht auf, Danica«, sagte Elina, die sah, wie sich ihre junge Dolmetscherin in etwas hineinsteigerte.

Danica richtete sich auf und trat einen Schritt zur Seite. Sie schüttelte den Kopf.

»Meine Liebe, bitte wenden Sie sich an meinen Vorgesetzten«, bat die verzweifelte Frau. »Lupis Jurak.«

»Jurak?«, wiederholte Elina. »Ist er auch der Vorgesetzte von Frau Matošević?«

»Er ist unser aller Vorgesetzter!«

»Mir wird schlecht!«, meinte Danica und wandte sich erneut der Rathausangestellten zu. »Sprechen wir doch kurz über die einfachste Sache der Welt«, sagte sie betont langsam. »In dieser Stadt, oder vielleicht auch in einer benachbarten Stadt, lebt ein Mann namens Bogdan Zir. Bitte seien Sie doch so freundlich und geben uns seine Adresse.«

Die Frau holte ein dickes Buch hervor und begann darin zu blättern, erleichtert, behilflich sein zu können. »So eine Information ist selbstverständlich für jedermann zugänglich«, sagte sie und lächelte nervös. »Wo steht es denn?«, murmelte sie, während sie so sorgfältig weiterblätterte, als würde sie Studien für ein Abschlussexamen betreiben. »Hier haben wir ihn! Laut Einwohnermeldeamt lebt er in Andeoska Gora.«

»Haben Sie herzlichen Dank«, Danica lächelte. »Bitte verzeihen Sie, dass mir vorhin die Nerven ein bisschen durchgegangen sind.«

»Ach was, das macht doch nichts«, die Frau nickte verständnisvoll.

»Liegt diese Stadt in der Nähe?«, ließ Elina fragen. »Ja, in den Bergen, weiter nach Nordosten, fast an der Grenze zu Bosnien. Es ist ein kleines Stück von hier.«

»Kannst du dorthin finden?«, fragte Elina.

»Wenn es sich nicht um weitere Staatsgeheimnisse handelt,

werde ich mich durchfragen können!«, erwiderte Danica und grinste verschmitzt.

Elina nickte. »Wir essen erst etwas, und dann fahren wir los.«

Es war kurz nach elf Uhr am Vormittag, als Elina das Auto an der letzten Tankstelle vor der Stadtgrenze volltankte und sie Knin hinter sich ließen. Bereits wenige Kilometer hinter Knin tauchten die ersten völlig zerstörten Häuser am Wegesrand auf. Zerschossene Einfamilienhäuser standen neben nahezu unversehrten, denen allerdings Dachterrasse und Dachstuhl fehlten. Auch die Fenster und Türen waren nicht mehr vorhanden, die Wände gähnten ihnen leer entgegen. Elina konnte ihren Blick nicht von den Häusern abwenden, fassungslos starrte sie die stummen Zeugen jener fürchterlichen Raserei an, durch die dies alles zerstört worden war.

»Hier wohnten die Serben«, erklärte ihr Danica. »Die Häuser, die nicht der Zerstörung zum Opfer gefallen sind, dienen den Menschen ohne Moral als Gratisersatzteillager für Baumaterial. Ohne ein schützendes Dach setzen Regen und Wind den Häusern zu, und sie zerfallen allmählich. Dann müssen die ursprünglichen Besitzer gar nicht erst zurückkehren.«

Sie schüttelte bestürzt den Kopf. »Manchmal will ich einfach nur fort von hier!«

Vereinzelt sahen sie Menschen in der Nähe der Häuser, meistens ältere. »Das sind Serben, die zurückgekommen sind, um in ihrer Heimat zu sterben!«, erklärte Danica bewegt. »Allerdings ist es auf der anderen Seite noch schlimmer.«

Sie zeigte auf den Berg, der sich wie eine Wand vor ihnen erhob. »Dort drüben liegt Bosnien«, sagte sie. »Die erste Stadt hinter der Landesgrenze heißt Bosansko Grahovo. Dort leben die Serben jetzt in ihrem ethnisch gesäuberten, glückseligen Reich, ohne Kroaten und Muslime. Alle größeren Häuser sind zerstört, alle Fabriken verwüstet. Für jene, die geblieben sind, bedeutet das ein Leben in Trümmern.«

Die Steigung nahm zu, der Wagen kämpfte sich bergauf. Bis sie Andeoska Gora erreicht hatten, begegnete ihnen weder ein Mensch noch ein Fahrzeug. In einem Busch am Straßenrand steckte ein verrostetes Schild.

»Halt mal an«, bat Danica. Elina bremste, Danica kletterte aus dem Wagen und bog die Blätter beiseite, um den Text lesen zu können. Die oberste Zeile konnte Elina nicht entziffern, und die zweite Zeile war zum Teil mit weißer Farbe übersprüht worden. »Andeoska Gora«, las Danica. »Früher war die Stadt von verschiedenen Bevölkerungsgruppen bewohnt.«

»Woher weißt du das?«, fragte Elina erstaunt.

Danica warf ihr einen ungläubigen Blick zu.

»Meine süße Elina«, hob sie an. »Die obere Zeile ist in kyrillischen Buchstaben geschrieben. Die Sprache der Serben! Darunter sehen wir lateinische Buchstaben. Die verwenden wir. Verstehst du?«

»Ich kann ja nicht alles wissen«, Elina zuckte mit den Schultern. »Wie schön, dann sind wir also da.«

Sie rollten langsam die holprige Hauptstraße hinunter. Das erste Haus, an dem sie vorbeifuhren, war unwiederbringlich zerstört. Nur drei weiße Wände standen noch, die vierte war eingerissen und bestand nur noch aus einem Haufen Mörtel und Brettern. Der Boden des ersten Stockes drohte jeden Augenblick nachzugeben und würde ein Sofa mit sich reißen, das in der Zimmerecke stand. Das Dach war bereits eingestürzt.

»Wir sollten diesen Häusern nicht zu nahe kommen. Die Auffahrten könnten vermint sein.«

Das nächste Haus war in ähnlicher Verfassung wie das erste. In unmittelbarer Nähe standen noch die Reste eines Kuhstalls oder eines Schuppens, nicht mehr als ein verkohltes Skelett.

Jedes einzelne Haus war zerstört. Keine Menschenseele war zu sehen, die Stadt war zugrunde gerichtet und ausgestorben. Noch nicht einmal die Alten hätten zurückkehren können.

»Weißt du, wann das hier geschehen ist?«, fragte Elina.

»Entweder Anfang oder Ende des Krieges«, antwortete Danica. »Bei Kriegsausbruch haben die Serben die Häuser der Kroaten zerstört, und kurz vor Kriegsende haben sich die Kroaten an den Serben gerächt. Ein wirklich gut funktionierendes nachbarschaftliches Verhältnis. Alle haben sich gleichermaßen angestrengt, den Ort *für die anderen* unbewohnbar zu hinterlassen.«

»Aber ein paar Häuser wurden doch wieder errichtet, oder nicht?«, sagte Elina.

Danica schnaubte. »Und einige davon gingen auch wieder in Flammen auf. Ein kleiner, dezenter Hinweis: Hier wird niemand von einem Partykomitee willkommen geheißen.«

Schweigend sah sich Elina um, während sie langsam durch den Ort rollten. Der Tornado des Krieges hatte alle Zeichen von Menschlichkeit davongefegt. Die fast unbefahrbare Straße wand sich den Berg hinauf bis zu einem kleinen Plateau. Dort oben stand ein weißes Haus. Abgesehen von ein paar vereinzelten Einschusslöchern war seine Fassade beinahe gespenstisch unversehrt, obwohl es im Zentrum der Zerstörung gestanden hatte. Vor dem Haus stand eine Kuh und graste, völlig unberührt von all der Verwüstung, die sie umgab.

Sie hielten an und stiegen aus dem Wagen. »Hallo!«, rief Danica. Als niemand antwortete, ging sie die Treppe hinauf und öffnete die Tür. Sie steckte den Kopf in den Spalt und rief erneut. Dann verschwand sie im Haus, Elina folgte ihr. Sie betraten die Küche, die erst vor kurzem benutzt worden war, auf dem Herd stand ein Topf, darin lagen Becher und

Teller. Eine Katze strich um Elinas Bein. Aber ansonsten war niemand zu Hause.

Sie gingen in den ersten Stock. Drei Zimmer gingen vom Flur ab, allerdings schien nur eines davon benutzt zu werden. Das Bettlaken war schmutzig, ein Paar Hosen nachlässig über eine Stuhllehne geworfen. Eines der anderen beiden Zimmer war wohl früher ein Kinderzimmer gewesen, aber jetzt sah es leer und verlassen aus. Hatte die einzige in der Stadt verbliebene Familie eine Tochter gehabt?

Sie traten wieder auf die Hofeinfahrt hinaus. Die Nachmittagssonne brannte, die Fliegen surrten. Ein Vogel sang sein Lied auf der Wiese. Es duftete nach Maiglöckchen, obwohl es erst Ende April war. Elina und Danica gingen ums Haus herum. Sie sprangen über einen kleinen Graben und standen auf einem Acker. Ein Stück entfernt stand ein roter Traktor mit abgeplatztem Lack. Das Getreide stand schon hoch und strich im Wind sanft um ihre Beine. Es dauerte einen Moment, bis sie ihn entdeckten. Er lag vor dem Traktor, das Gesicht zur Seite gedreht. Ein Ohr war in die Erde gedrückt, als würde er dem Leben dort unten lauschen.

Schweigend betrachteten sie den Körper, der in zerschlissene Lumpen gehüllt war, und den blutüberströmten Kopf. Elina kniete sich neben ihn und legte den Finger an seinen Hals. Dann drehte sie ihn vorsichtig um.

»Das ist er«, sagte Danica. Elina war überrascht, wie gefasst die junge Frau war, kaum verstört von dem Anblick. Vielleicht hatte sie schon zu viele Leichen gesehen?

Die eine Hälfte seines Schädels war eingedrückt, die andere Seite unverletzt, abgesehen von einigen getrockneten Erdklumpen, die sich in seine trockene Haut gepresst hatten. Elina wandte den Blick ab und ging zum Traktor.

»Das sieht aus wie Blut«, stellte sie nüchtern fest und zeigte auf den linken Hinterreifen. Sie zog sich auf den Fahrersitz, im Armaturenbrett steckte nur ein Schlüssel. Sie ruckelte am Schalthebel, ohne den Knauf zu berühren. Das Getriebe war im Leerlauf. Sie kletterte wieder hinunter und suchte nach Blutspuren zwischen dem Hinterreifen und Bogdan Zirs Leichnam. Direkt vor seinem Kopf befand sich ein größerer Fleck, von dem aus sich eine kaum sichtbare rote Spur entfernte. Der lehmige Boden hatte bereits das meiste Blut aufgesogen. Der Acker hatte schon begonnen, seinen Bauern zu begraben.

Etwa eine Stunde später kam Milan Rakh in Begleitung dreier junger Polizisten angefahren. Hinter ihnen tauchte ein Notarztwagen aus Knin auf. Elina und Danica hatten im Schatten in der Hofeinfahrt gewartet. Wortlos führte Elina die Ermittler auf das Feld zu dem Toten. Einer der Polizisten beugte sich über den Leichnam, wahrscheinlich war er ein Kriminaltechniker in Uniform. Milan Rakh stand schweigend da, die Arme hinterm Rücken verschränkt. Dann legte er den Kopf in den Nacken und sah in den Himmel. Die Wolken zogen ungerührt über sie hinweg, hoch über der schwarzen Erde, dem sich wiegenden Getreide, dem roten Traktor, den sechs Lebenden und dem einen Toten auf dem Acker.

»Was wollten Sie hier?«, fragte er beiläufig. Langsam ließ er seinen Blick zu Elina wandern, demonstrativ langsam; das Spiel war hier und jetzt beendet. Danica begann, die Situation zu erklären, aber Elina unterbrach sie: »Bitte übersetze nur das, was ich jetzt sage, und zwar wortwörtlich. Ansonsten kein Wort.«

Elina sah Milan Rakh in die Augen. »Wir sind aus einem einzigen Grund hierher gefahren«, sagte sie. »Wir wollten in Erfahrung bringen, was Bogdan Zir über Alexander Kupalo wusste.«

Milan Rakh blieb regungslos stehen, als würde er auf eine Fortsetzung warten. Aber das war schon alles. Elina hielt seinem Blick stand.

»Was hat Sie glauben lassen, dass dieser Mann etwas über die Familie Kupalo wissen könnte?«, fragte er.

»Wie Sie ja wissen, habe ich Fragen gestellt, und eine der Antworten hat uns zu Bogdan Zir geführt.«

»Was *genau* haben Sie über ihn erfahren?«, hakte Milan Rakh nach. Das war keine harmlose Frage. Er forderte von ihr eine *Aussage*.

»Wie gesagt, haben wir uns mit vielen Leuten unterhalten«, wich Elina aus. »Und es war gar nicht so einfach, Antworten zu bekommen. Ich verstehe nicht, worauf diese zögerliche Bereitschaft, Auskunft zu geben, beruht. Vielleicht ist das eine Frage von Vertrauen. Vielleicht denken sie, dass ich herumschnüffele, und davon haben die Leute die Nase voll.«

Milan Rakh kam einen kleinen Schritt auf Elina zu.

»Sie wollen mir also nicht antworten, *Miss* Wiik?« Seine Stimme war zwar so sanft wie zuvor, aber es hatte sich ein bedrohlicher Unterton hinzugesellt. »Das ist sehr unklug. Und das überrascht mich sehr, denn Sie scheinen mir keineswegs dumm zu sein, ganz im Gegenteil. Versetzen Sie sich doch bitte einmal in meine Position. Ich bin Polizist, und auch wenn Sie keine Vorstellung davon haben, was das bedeutet, bemühen Sie sich bitte. Ich habe bis zum jetzigen Zeitpunkt folgenden Eindruck der Situation gewonnen: Sie, Miss Wiik, sind herumgelaufen und haben Fragen bezüglich einer ermordeten Person mit Namen Alexander Kupalo gestellt. Das hat Sie zu diesem Mann hier geführt, Bogdan Zir. Einen Tag später jedoch wird er tot aufgefunden. Und dann sind Sie es auch noch selbst, die den Toten entdeckt. Ohne Zweifel scheint das alles zusammenzuhängen, sind Sie da meiner Meinung?«

Er erwartete auf diese rhetorische Frage keine Antwort. »Nun ist es meine Aufgabe, eben diesen Zusammenhang aufzuklären.« Seine Stimme klang jetzt geradezu autoritär. »Wenn Sie mir Ihre Mithilfe verweigern, bin ich natürlich gezwungen, mich zu fragen warum. Was haben Sie zu verbergen?«

»Herr Kommissar Rakh«, erwiderte Elina. »Bogdan Zir ist tot, aber wissen Sie, wie es dazu kam? Mord, Selbstmord, ein Unfall, im Augenblick ist doch alles denkbar. Es könnte sich um eine Kette unglücklicher Zufälle handeln.«

»Sie weichen weiterhin meiner ursprünglichen Frage aus, Miss Wiik«, sagte Rakh. »Aber ich kann Ihnen versichern, auf lange Sicht ist das eine unkluge Entscheidung.«

»Wie *unklug* genau wäre diese Entscheidung denn, Kommissar Rakh?«, fragte Elina.

»Elina...«, wollte Danica sie bremsen. Der viel zu leise Wortwechsel der beiden fühlte sich irgendwie falsch an. Als würde es jeden Augenblick zu einer Explosion kommen.

Elina hob die Hand, Danica verstand das Stoppzeichen. »Und, Herr Kommissar?«

Milan Rakh sah Elina eine gefühlte Ewigkeit unverwandt an, dann hob er erneut den Blick hinauf in die Wolken.

»Kommen Sie morgen Abend um sechs ins Revier«, sagte er. »Zu einem formellen Verhör. Dann werden Sie mir meine Fragen bestimmt beantworten.«

Elina drehte sich um und ging wortlos zurück zu ihrem Mietwagen. Danica trottete ihr hinterher.

Schweigend saßen sie nebeneinander, während der Wagen langsam den Berg hinunterrollte.

»Ist es unsere Schuld?«, brach Danica schließlich das Schweigen.

»Was denn?«

»Dass der Bauer tot ist.«

Elina drehte sich zu ihr. »Nein«, sagte sie mit fester Stimme. »Natürlich ist es nicht unsere Schuld. Wie kommst du darauf?«

»Wenn wir nicht nach Alexander gefragt hätten...«

Elina schob den Gedanken weit von sich. »Im Augenblick wissen wir doch gar nicht, was geschehen ist«, sagte sie. »Nichts wissen wir, hörst du? Milan Rakh redet von Zusammenhängen, aber wir wissen überhaupt nicht, warum und wie er starb. Wir können uns doch nicht vorwerfen, dass wir eine einfache Frage gestellt haben. Und woher sollte der Bauer gewusst haben, dass wir nach ihm gesucht haben?«

Danica starrte aus dem Fenster, mied Elinas Blick. Der Wagen holperte von Schlagloch zu Schlagloch.

»Man muss sich immer auch die eigene Verantwortung bewusst machen«, sagte sie beinahe lautlos.

23. KAPITEL

Der Portier klopfte laut an die Tür. Ivan Zir trat ihm in offenem Hemd entgegen.

»Heute«, sagte der Portier knapp.

»Ja, natürlich, heute«, wiederholte Ivan Zir. »Ich habe es gestern nur vergessen. Wie viele Nächte waren das jetzt insgesamt?«

»Gestern waren es sieben«, antwortete der Mann. »Mit heute sind es also acht, richtig? Es ist schon nach zwölf!«

»Ich muss nur eben das Geld holen.«

»Für acht Tage!«

»Bisher habe ich doch immer zeitig gezahlt. Machen Sie sich keine Sorgen«, beruhigte ihn Zir.

»Sehen Sie einfach nur zu, dass es erledigt wird. Und in Zukunft will ich das Geld im Voraus. Sonst müssen Sie ausziehen.«

Ohne auf irgendwelche Einwände zu warten, drehte er sich um. Ivan Zir schloss die Tür und setzte sich aufs Bett. Er zündete sich eine Zigarette an. Seine vorletzte. Er leerte seine Hosentaschen. Nur ein paar Münzen besaß er noch, das war alles. Acht Nächte ... und mindestens eine Nacht als Vorschuss. Wie sollte er das bloß machen?

Er knöpfte sein Hemd zu und zog sich die Schuhe an. Seit Tagen hatte er keinen Job mehr an Land ziehen können. Bei allen seinen Kontakten hatte er schon nachgefragt, jetzt musste er aufs Geratewohl suchen. Nur ein glücklicher Zufall konnte ihn retten. Aber diese Zeichen am Himmel…

Er vermied, dem Portier in die Augen zu sehen, und verließ das Hotel wie ein ängstlicher Hund, dem Prügel drohten. Darum bemerkte er auch nicht die junge Frau, die im gegenüberliegenden Hauseingang stand.

Stella gab ihm etwa fünfzig Meter Vorsprung und folgte ihm dann auf dem Bürgersteig der anderen Straßenseite.

Zwei Tage zuvor hatte sie ihn gefunden, wie zufällig, aber genau genommen war es der Lohn für ihre Ausdauer. Sie hatte gesucht und gesucht und gesucht. Zwischendurch hatte sie, manchmal sogar für Monate, die Suche unterbrochen. Sich ausgeruht, ein fast gewöhnliches Leben geführt. Und dann die Suche wiederaufgenommen. Jetzt würde sie ihn nicht mehr aus den Augen lassen.

Er lief die Straße hinunter, seine Körpersprache signalisierte Resignation. Ab morgen würde er obdachlos sein. Das Hotel würde seine erbärmlichen Habseligkeiten behalten, obwohl sie vollkommen wertlos waren. Aber sie würden das aus Prinzip tun. Unter Umständen würden sie ihn sogar anzeigen, aus Rache für die unbezahlten Nächte! Nicht, um so an ihr Geld zu kommen, das würden sie sehr schnell begreifen. Schließlich lässt sich aus einem Stein kein Wasser pressen. Aber aus Prinzip!

Wahllos sah er in die Schaufenster der Geschäfte. Sollte er einen Überfall wagen? Irgendetwas stehlen, was sich schnell zu Geld machen ließ? Und hoffen, dass ihm niemand auf der Flucht ein Bein stellte? Die Chancen standen gut. In einem Laden zum Beispiel, in dem es nur eine Angestellte gab, ein zwanzigjähriges Mädchen, was sollte sie schon gegen ihn ausrichten können? Aber er wollte nicht. Das war unter seiner Würde. Lieber schleppte er Kartons. Aber leider benötigte niemand seine Kraft und Ausdauer in dem Moment, wo es am dringendsten wäre.

Sie achtete darauf, ihm in sicherem Abstand zu folgen. Er schien ziellos umherzuirren. Sie wusste nicht, was er sonst tagsüber so tat. Gestern war er nur ein paar Stunden unterwegs gewesen, hatte einen Kebab gegessen, ununterbrochen geraucht, aber niemanden getroffen und nicht gearbeitet. Es sah aus, als würde er ein tristes und armseliges Leben führen.

Er führte ein tristes und armseliges Leben. Bedeutungslos. Nach Bremerhaven? Die letzten Euros in seiner Tasche würden gerade so für eine Busfahrkarte reichen. Vielleicht war der Zeitpunkt gekommen, allem ein Ende zu setzen? Er grub in der Hosentasche nach den Münzen. Ein Bus fuhr vorbei, er sah ihm lange nach. Der Hafen... Wasser einatmen? Seine Schultern sanken noch tiefer.

Stella war ein bisschen näher gekommen, allerdings stand sie nach wie vor auf der anderen Straßenseite. Einmal hatte Ivan Zir die Straße überquert, kurz darauf hatte sie es ihm gleichgetan. Sie liefen parallel zueinander, wie Eisenbahnschienen. Dann hatte er mitten in der Bewegung innegehalten, unentschlossen. Auch sie hielt an und betrachtete sein Gesicht. Bisher hatte sie hauptsächlich seinen Rücken gesehen, seinen Nacken, seinen schlaksigen Gang, die ungeputzten Schuhe. Und sein Gesicht... es war so ausdruckslos. Wie ein Fleck auf einer Wand.

Er wusste nicht wohin. Menschen gingen an ihm vorbei, einer nach dem anderen, alle hatten ein Ziel. Für ihn war der Weg hier zu Ende. Wer hätte das gedacht? Dass es an diesem Ort sein würde? Auf einem Bürgersteig irgendwo in Bremen!

Sie standen sich praktisch gegenüber. Sie sah ihn, aber er sie nicht.

Da hielt auf einmal ein Auto am Straßenrand. Eine Frau in einem kurzen Kleid stieg aus und rannte in eines der Geschäfte. Der Motor lief. Ivan Zir sah sich um, die Fahrerin war außer Sichtweite. Sein Blick heftete sich wieder auf den Wagen, dann auf das Geschäft, in dem die Frau verschwunden war. Mit wenigen Schritten hatte er das Auto erreicht, öffnete die Tür und setzte sich hinein. Er legte einen Gang ein und fuhr los, nicht besonders schnell, denn quietschende Reifen erzeugten nur Aufmerksamkeit.

Auf dem Beifahrersitz stand eine Handtasche, vielleicht war da sogar Geld drin? Er sah in den Rückspiegel, es schien ihm keiner zu folgen. Die Frau war nicht aus dem Geschäft gerannt, hatte wild mit den Armen gefuchtelt und verzweifelt versucht, den Dieb zu halten.

Ivan Zir konzentrierte sich auf die Straße. Das Ende seines Weges schien offensichtlich doch nicht ein Bürgersteig in Bremen zu sein, sondern sich weiter weg zu befinden, wo genau war unklar, aber irgendwo in Fahrtrichtung.

Stella streckte den Hals. Bevor der Wagen an der nächsten Kreuzung abbog, hatte sie sich das Kennzeichen gemerkt.

24. KAPITEL

Wir müssen los.«
»Aber Milan Rakh hat doch sechs gesagt«, widersprach Danica. »Wir haben noch über eine halbe Stunde Zeit.«
»Das weiß ich«, sagte Elina. »Aber wir gehen jetzt schon los.«
»Und warum?«
»Wegen des Verkehrs!«, behauptete Elina.
»Wie bitte? Die Straßen sind praktisch leer.«
»Ich meine nicht den Straßenverkehr.«
Danica verließ das Hotelzimmer, ohne weitere Fragen zu stellen, Elina schloss hinter ihnen ab. Fünf Minuten später parkte sie schräg gegenüber vom Polizeipräsidium. Es war eine Minute nach halb sechs. Schweigend saßen sie im Wagen. Elina machte keine Anstalten auszusteigen, Danica wartete ab.

Zwei Polizisten kamen aus dem Gebäude und gingen in unterschiedlichen Richtungen davon. Eine Frau humpelte angestrengt die Treppe hoch, zog die Tür auf und betrat das Haus. Sechs Minuten vergingen danach, ohne dass jemand das Präsidium verließ oder betrat.

Dann öffnete sich die Tür, und ein korpulenter Mann kam heraus.
»Lupis Jurak«, stöhnte Danica.

Elina warf einen Blick auf ihre Uhr. »Zwanzig vor«, sagte sie. »*Ohne Zweifel scheint das alles zusammenzuhängen, sind Sie da meiner Meinung?*«, ahmte sie Milan Rakhs sanfte Stimme nach.

»Vielleicht will er sich nur auf dem Laufenden halten?«, schlug Danica vor.

»Oder Anweisungen geben«, entgegnete Elina.

Sie blieben im Wagen sitzen, bis es eine Minute vor sechs war. Danica meldete ihren Besuch an, und ein Polizeibeamter brachte sie in das Büro des Hauptkommissars. Dieser überraschte Elina mit einer nachdenklichen Miene. Sie hatte einen zielstrebigeren Gesichtsausdruck erwartet.

Neben ihm saß ein junger Mann in Uniform, der offizielle Dolmetscher. Milan Rakh gab diesem ein Zeichen, und der Mann schaltete das Aufnahmegerät ein.

»Miss Wiik«, begann Rakh. »Dies hier ist ein offizielles Verhör. Aber in Anbetracht der Tatsache, was sich im Laufe des Nachmittags herausgestellt hat, handelt es sich lediglich um eine Formalie und ist nicht Teil einer Mordermittlung.«

Elina erwiderte nichts, sondern wartete ab.

»Es gibt gewissermaßen keinen Mordverdacht«, fuhr er fort. »Sie müssen sich also für nichts verantworten, aber ich bitte Sie dennoch darum, mir drei Fragen zu beantworten.«

»Natürlich, gerne.«

»Die erste ist dieselbe, die ich Ihnen bereits heute Vormittag gestellt habe. Was hat Sie zu der Annahme veranlasst, dass Ihnen Bogdan Zir etwas über Alexander Kupalo sagen könnte?«

Elina hatte diese Frage erwartet und sich bereits eine Antwort zurechtgelegt. Es gab keinen Grund, ihm gegenüber den Eindruck zu vermitteln, sie wüsste mehr, als tatsächlich der Fall war. Sie würde ihm eine klare und knappe Antwort geben.

»Der Bauer Bogdan Zir war einer der Menschen, denen wir gestern begegnet waren. Seine Antwort hatte etwas Ausweichendes, was uns stutzig gemacht hatte. Darum wollten wir ihn aufsuchen. Aber wir sind da nur einem Gefühl gefolgt, wir hatten keine weiteren Anhaltspunkte.«

Unschlüssig sah Milan Rakh ihr in die Augen, wahrscheinlich versuchte er, den Wahrheitsgehalt ihrer Aussage einzuschätzen.

»Ich verstehe«, sagte er schließlich. »Wie haben Sie ihn denn gefunden?«

»Ein Bäcker erzählte uns, wie er hieß. Und im Einwohnermeldeamt haben wir erfahren, wo er wohnt.«

»Sie wurden also von niemandem hierher begleitet?«

»Nein, wir haben das alleine geschafft.«

»Meine dritte Frage lautet, ob Sie im Vorfeld Kontakt zu Bogdan Zir aufgenommen haben und ihn über Ihr Kommen in Kenntnis gesetzt haben«, sagte Milan Rakh. »Die Telefonleitungen nach Andeoska Gora sind zwar defekt, aber ist es Ihnen dennoch gelungen, ihm das über andere Wege mitzuteilen?«

»Wir haben in keiner Form Kontakt mit ihm aufgenommen.« Elina zuckte mit den Schultern. »Wir sind einfach auf gut Glück zu ihm gefahren.«

»Na besonders viel Glück hat das Bogdan Zir nicht gebracht!«, war die zynische Antwort. »Aber das gehört, wie schon gesagt, nicht mehr hierher. Könnte denn dieser Bäcker oder der Mitarbeiter vom Einwohnermeldeamt oder ein anderer Mitbürger ihm von Ihrem Vorhaben erzählt haben?«

»Jetzt sind wir schon bei Frage Nummer fünf«, sagte Elina. »Und diese kann ich beim besten Willen nicht beantworten.«

»Ich danke Ihnen aufrichtig für Ihre Geduld«, versicherte ihr Rakh in leicht ätzendem Tonfall. »Lassen Sie mich die Frage anders formulieren. Hätte es theoretisch betrachtet genügend Zeit gegeben, Bogdan Zir zu informieren? Ich meine von dem Zeitpunkt an, als Sie seinen Namen und seinen Aufenthaltsort erfuhren, bis zu dem Zeitpunkt, als Sie ihn tot auffanden?«

Er betonte etwas stärker als notwendig das Wort »tot«, um alle daran zu erinnern, worum es hier ging. Milan Rakh wollte den Druck erhöhen, Elina konnte das förmlich auf der Haut spüren.

»Wir haben uns gestern Vormittag schon ein bisschen Zeit gelassen, bevor wir losgefahren sind«, sagte sie. »Also unmöglich ist es darum nicht. Aber Sie sollten diese Frage wohl eher dem Bäcker und der Mitarbeiterin im Einwohnermeldeamt stellen.«

Der Polizeibeamte neben Rakh reichte Elina ein Blatt Papier und einen Stift. Elina nickte Danica zu. »Schreib Ihnen doch bitte die Adresse der Bäckerei auf.« Und zu Rakh gewandt, »den Namen der Frau aus dem Rathaus kenne ich nicht, aber sie arbeitet im Büro neben dem einer anderen Mitarbeiterin. Und diese heißt Frau Matošević.«

»Theoretisch ist es also möglich, dass jemand mit dem Bauern gesprochen hat«, fasste Milan Rakh zusammen. »Aber ziemlich unwahrscheinlich. Ich meine, in Anbetracht der doch relativ kurzen Zeitspanne, dem Fehlen eines Telefonanschlusses und der Tatsache, dass die betreffenden Personen keinen Grund gehabt hätten, sich in diese Angelegenheit einzumischen. Teilen Sie diese Ansicht, Miss Wiik?«

»Was ich glaube, spielt an dieser Stelle überhaupt keine Rolle«, sagte Elina.

»Die angemessene Schlussfolgerung lautet also, dass Bogdan Zir keine Ahnung von Ihrem Wunsch hatte, mit ihm zu sprechen«, stellte Rakh fest und sah Elina an.

»Das erscheint auch mir angemessen, ja. Aber wie ich schon sagte, kann ich mich nur zu dem äußern, was wir getan haben.

Und wir haben keinen Kontakt mit Herrn Zir aufgenommen, bevor wir uns auf den Weg zu ihm gemacht haben.«

»Ihre Aussage bestätigt unsere These, dass hier der Zufall mitgespielt hat«, sagte Milan Rakh. »Es besteht kein Zusammenhang mit Ihren eigenen Nachforschungen. Bogdan Zir hat Selbstmord begangen, und die Tat scheint unglücklicherweise zeitlich mit Ihrem Besuch zusammengefallen zu sein.«

»Wie können Sie so sicher sein, dass es Selbstmord war?«, fragte Elina.

Rakh erhob sich und lief im Zimmer auf und ab. »Bogdan Zir war einer jener Patrioten, die fast alles im Krieg verloren haben. Einer von vielen. Seine Angehörigen, seine Freunde, sein Eigentum. Leider ist Selbstmord eine viel zu häufige Reaktion darauf. Auch wenn Sie selbst noch nie einen Krieg erlebt haben, werden Sie das sicher verstehen können, Miss Wiik. Zir hat sich das Leben genommen, indem er sich von seinem eigenen Traktor hat überrollen lassen. Das hat unser Kriminaltechniker mit großer Sicherheit festgestellt.«

Elina hatte genau auf seinen Tonfall geachtet, aber keine Dissonanz heraushören können. »Aha«, erwiderte sie zurückhaltend. »Und wie genau ist es passiert?«

»Vielleicht sparen wir uns die Details, Kriminaltechnik wird jemanden wie Sie bestimmt nicht weiter interessieren.«

»Jemanden wie mich?«, wiederholte Elina. »Was für ein Jemand bin ich denn, Herr Hauptkommissar?«

Er lächelte sie nachsichtig an. »Sie vermitteln den Eindruck, als wären Sie Lehrerin oder Trainerin. Zweifellos sind Sie eine Person mit Autorität und Kultiviertheit.«

»Das ist ein sehr interessanter Standpunkt«, sagte Elina.

Milan Rakh nickte zustimmend. »Habe ich denn Recht? Darf ich Sie fragen, welcher Arbeit Sie nachgehen, Miss Wiik?«

»Zurzeit bin ich beurlaubt«, antwortete Elina. »Aber ansonsten bin ich Polizistin.«

Milan Rakhs Lächeln gefror wie bei einem Gipsabguss. Seine ganze Körperhaltung änderte sich. Er sah aus, als würde er in der nächsten Sekunde ein Kruzifix hervorholen, um Vampire und böse Geister zu vertreiben. Sekunden später bekam die erstarrte Maske Risse, und sein Mund öffnete sich, aber kein Laut entwich seinen Lippen.

Elina erhob sich und streckte ihm die Hand entgegen. »Dann möchte ich mich gerne verabschieden«, sagte sie. Aber Rakh machte keine Anstalten, ihren Gruß zu erwidern. Auch Danica stand auf, und gemeinsam verließen sie das Verhörzimmer.

Als sie auf der Straße standen und sich außer Hörweite des Präsidiums befanden, brach Danica in lautes Gelächter aus. »Das war das Dümmste und gleichzeitig Genialste, was du hättest machen können!«

Elina hatte sich von Danicas Lachen anstecken lassen. »*Sehr unklug*, um es mit Milan Rakh zu sagen«, lachte sie.

»Es war das erste Mal, dass ich jemanden gesehen habe, dem buchstäblich das Kinn runterklappt. Dieser Gesichtsausdruck ist das gesamte Gold in Fort Knox wert.«

Plötzlich schlug sie die Hände vors Gesicht und schluchzte. Elina legte tröstend die Arme um sie.

»Er hat sich umgebracht«, flüsterte Danica. »Das ist unsere Schuld.«

»Wenn jemand daran Schuld hat, dann bin ich das«, beruhigte Elina sie. »Du hast damit gar nichts zu tun.«

»Mein Papa ist gestorben, als er mich retten wollte«, schluchzte sie weiter.

Ihre Tränen erstickten die Worte.

»Du Arme«, Elina strich ihr über den Rücken. »Ist das im Krieg passiert?«

Danica nickte.

»Sieh mich an«, sagte Elina. »Du bist jetzt erwachsen. Du

weißt, dass du dir keine Vorwürfe für etwas machen musst, was du nicht beeinflussen kannst. Lass deinen Verstand dein Herz erreichen, Danica.«

»Verzeih mir, aber das fällt mir so schwer.«

»Danica«, beschwor sie Elina. »Wir müssen versuchen, einen klaren Kopf zu bewahren. Natürlich war das kein Zufall, dass Bogdan Zir ausgerechnet heute ums Leben kam. Solche Zufälle kommen praktisch nicht vor, obwohl sie theoretisch natürlich möglich sind. Die einzige sinnvolle Schlussfolgerung ist, dass sein Tod mit meiner Recherche nach Alex zu tun hat. *Ich* habe gefragt, Danica, nicht du. Du hast nur übersetzt. Aber auch ich mache mir keine Vorwürfe, das war eine so unschuldige Frage, dass ich deren Konsequenzen unmöglich voraussehen konnte. Die nächste Frage, die wir uns stellen müssen, lautet darum, warum er starb. Darauf habe ich aber auch keine Antwort. Vielleicht hatte es mit Alex zu tun, vielleicht hat das alles etwas ausgelöst und zu diesem Ende geführt. Vielleicht hat ihn das an seinen großen Verlust erinnert, den er durch den Krieg erlitten hat.«

Danicas Atem hatte sich wieder beruhigt. »Hatte er denn Recht?«, fragte sie. »Ich meine Milan Rakh. Hat er Selbstmord begangen?«

»Ich weiß es nicht«, antwortete Elina. »Vielleicht. Allerdings war kein Gang eingelegt. Wenn ich …«

Sie verstummte. Sollte sie Danica wirklich einer kriminaltechnischen Erörterung über den Tod eines Menschen aussetzen, für den sie sich verantwortlich fühlte? Das Mädchen war zu zart besaitet, sie hatte praktisch keine Distanz zu ihren Gefühlen.

»Ja?«, forderte Danica sie auf. »Wenn du es gewesen wärst und dich mit dem Traktor umbringen wolltest, wie hättest du es denn dann gemacht?«

Sie hatte sich wieder gefasst und klang vernünftig.

»Okay«, fing Elina an. »Dann hätte ich wahrscheinlich den Rückwärtsgang eingelegt, Gas gegeben, wäre in voller Fahrt abgesprungen und hätte mich vor den Hinterreifen geworfen. Um sicherzugehen, dass es gelingt.«

»Aber was genau bedeutet das? Dass er gar nicht Selbstmord begangen hat?«

»Wenn ich Ermittler in diesem Fall wäre, würde ich Mord nicht ausschließen«, erklärte Elina. »Aber möglich ist alles. Der Gang kann auch rausgesprungen sein, als der Traktor zum Stehen kam.«

»Der Traktor stand am Fuß eines Abhangs, als wir ihn fanden«, gab Danica zu Bedenken. »Vielleicht hat er ihn einfach nur oben an den Hang gestellt und die Bremsen gelöst, bevor er abgesprungen ist. Er hat gar nicht so effektiv gedacht wie du.«

»Ja, vielleicht«, nickte Elina. »Ein Abhang... es kann natürlich auch einfach ein Unfall gewesen sein. Wenn der Traktor ins Rollen kam, nachdem er abgestiegen war. Vielleicht hat Milan Rakh ja doch Recht. Ein absurder Zufall...«

»Was machen wir denn jetzt?«, fragte Danica.

Elina sah sich um. Die Geschäfte waren geschlossen, die Bewohner waren in ihren Häusern verschwunden. Sie standen allein auf dem Bürgersteig, von allen verlassen.

»Wir fahren«, fasste Elina einen Entschluss. »Jetzt gleich.«

25. KAPITEL

Es war gegen halb neun, als Elina in ihrem alten Hotelzimmer in Šibenik eincheckte. Sie hatte Danicas Angebot abgelehnt, in ihrer Wohnung unterzukommen. Für ihren Geschmack hatte sie schon genug Ärger bereitet, außerdem wollte sie ein paar Stunden allein sein. Sie warf ihre Reisetasche aufs Bett und setzte sich. Die Gedanken an Mina überkamen sie ohne Vorwarnung, die Sehnsucht nach ihr war nahezu physisch spürbar. Es war höchste Zeit, nach Hause zurückzukehren, schon morgen früh würde sie ihren Flug umbuchen. Sie hatte sich auf eine unmögliche Expedition gewagt, eine Suche ohne konkretes Ziel. Alex war ihr ein paar Zentimeter näher gekommen, aber mehr hatte sie nicht herausbekommen. Wenigstens hatte sie versucht, mehr zu erfahren. Das würde sie ihrer Tochter sagen können, so dass Mina nicht selbst diese Reise unternehmen musste.

Und Danica... auf der Rückfahrt von Knin hatte das Mädchen von ihrem Vater erzählt. Von ihrem Elternhaus, das von einer Granate der Armee der Serbischen Republik getroffen wurde, als sie vier Jahre alt war. Es hatte sofort Feuer gefangen. Der Angriff hatte alle aus heiterem Himmel überrascht, ohne jede Vorwarnung. Kurz zuvor hatte Danica mit ihrem Vater draußen gestanden. Danica war ins Haus gerannt, um ihre Lieblingspuppe aus ihrem Zimmer im zweiten Stock zu holen, obwohl der Vater sie gebeten hatte, unten bei ihm zu bleiben.

Als die Granate einschlug und alles in Brand steckte, war er ihr hinterhergerannt. Mit einer fast unmenschlichen und kühlen Klarheit in dem heißen Inferno tränkte er ein Handtuch mit Wasser und wickelte es um sie. Dann stürmte er mit ihr in den Armen die Treppen hinunter.

Danica überlebte, unverletzt. Ihr Vater starb drei Tage später an den Folgen seiner Verbrennungen.

Obwohl Danica natürlich wusste, dass ein vierjähriges Kind keine Schuld an diesem Unglück tragen konnte, hatte dieses Ereignis seine Krallen tief in ihre Seele geschlagen. Als Teenager hatte sie unter einem fürchterlichen Chaos unkontrollierbarer Schuldgefühle gelitten, dann hatte sich daraus ein vernünftiger Entschluss entwickelt. Aus dem ursprünglich unermesslichen Hass gegen den gesichtslosen serbischen Mörder ihres Vaters sollte etwas Gutes entstehen: Keiner sollte mehr den Tod finden. Darum hatte sie sich sehr für das Leid der Serben in dem neuen kroatischen Staat interessiert und sich für sie eingesetzt. Sie kämpfte für ihre Menschenrechte und für das Recht der Vertriebenen, in die Krajina zurückkehren zu dürfen. Das Grenzland durfte nicht zum Territorium der Unmenschlichkeit werden.

Als ihr Selbsthass sie zu zerstören drohte, war es ihr dennoch gelungen, sich wieder aufzurichten, so stark der Druck auch war. Aber die Angst, anderen Schaden zuzufügen, prägte ihr Handeln. Sie fühlte sich für jedes Lebewesen verantwortlich, bis hin zum kleinsten Käfer. Immer wieder kehrte sie im Gespräch auf ihre mögliche Mitschuld am Tod von Bogdan Zir zurück, obgleich sie nur wenige Stunden zuvor noch sehr klar und vernünftig über den Vorfall gesprochen hatte.

Elina hatte ihr zugehört und mit ihr diskutiert, aber bald

begriffen, dass sie nicht in der Lage sein würde, Danica von ihren Dämonen zu befreien. Sie hatte versprochen, in Kontakt zu bleiben, jederzeit für Danica zur Verfügung zu stehen, wenn sie wollte. Die Zeit würde zeigen, was dieses Versprechen wert war.

Elina ging ans Fenster und sah hinaus. Unter der Straßenlaterne schlenderte ein junges Pärchen vorbei. Sie drehte sich um und betrachtete das Mobiliar des Hotelzimmers: einen Sessel, einen kleinen Tisch, einen Stuhl, einen Fernseher, einen kleinen Nachttisch und ein Bett. Nichts deutete auf einen individuellen Geschmack eines Menschen hin, es war auf pure Funktionalität reduziert.

Sie verließ das Zimmer, lief die Straße entlang und ging hinunter zur Strandpromenade. Ein lauwarmer Wind strich ihr übers Gesicht. Ihre Füße führten sie in die Bar, die sie an ihrem ersten Abend besucht hatte. Der Mann von damals saß auf demselben Stuhl, als hätte er auf sie gewartet. Er streckte ihr die Hand entgegen, und sie nahm sie an.

»Das ist ein schöner Abend«, begrüßte er sie.

»Ja«, sagte Elina. »Sehr schön.«

»Haben Sie gefunden, wonach Sie gesucht haben?«

»Nein. Ich hatte eine Spur, aber die führte ins Leere.«

»Das tut mir leid«, meinte der Mann. »Aber seien Sie nicht traurig. Es gibt immer noch einen zweiten Weg. Glauben Sie mir, ich weiß das.«

Der Kellner schenkte ihr ein Glas Rotwein ein. Sie nahm einen Schluck und stellte das Glas auf den Tresen.

»Heute Abend glaube ich Ihnen«, sagte Elina.

Am nächsten Morgen fragte er sie, wo sie in den vergangenen Tagen gewesen sei.

»In Knin«, antwortete Elina. »Und in einer Stadt, die Andeoska Gora heißt.«

»Knin kenne ich«, sagte er. »Eine menschliche Sackgasse. Aber auf dem Engelsberg bin ich noch nie gewesen.«

Elina erwachte mit einem Ruck aus dem leichten Morgenschlaf.

»Engelsberg? Was meinst du damit?«

Der Mann lächelte sie an. »Andeoska Gora bedeutet Engelsberg.«

Andeoska Gora, Monte Sant'Angelo, Engelsberg. Alex hatte sich zu einem neuen Engelsberg aufgemacht, getrieben von einer unwiderstehlichen Kraft. Andeoska Gora war der Ausgangspunkt dieser Geschichte, zwischen Bogdan Zir und Alexander Kupalo existierte eine ihr noch unbekannte Verbindung, und der Tod hatte sie vereint.

Elina zog sich schnell an. »Ich muss los«, sagte sie.

Der Mann nickte ihr zu. »Leb wohl.«

Aus dem Auto rief sie bei der Fluggesellschaft an. Eine junge Frau war am Apparat.

»Es tut mir leid«, sagte sie. »Der Flug ist ausgebucht, und wir haben eine lange Warteliste. Aber für morgen habe ich noch freie Plätze.«

Elina stöhnte auf, sie hatte in ihren Gedanken Mina schon im Arm gehalten. »Lässt sich da denn gar nichts machen?«, bettelte sie.

»Morgen früh um zehn ist der früheste Termin, den ich anbieten kann. Aber wenn ich den Platz nicht sofort buche, ist er womöglich auch weg.«

»Dann tun Sie das meinetwegen.«

Elina sah auf die Uhr. Noch siebundzwanzig Stunden bis zu ihrer Abreise, das Warten würde eine Qual werden. Sie legte die Hände aufs Steuer und bettete ihren Kopf darauf. Engelsberg... Sie war verwirrt. Siebenundzwanzig Stunden... jetzt war es zu spät, einen Zusammenhang herzustellen, die Antwort würde sich entziehen, im Schatten verschwinden. Alex, Bogdan Zir, nein, sie hatte keine Kraft mehr.

Als sie aufsah, erblickte sie eine Frau, die ihr auf dem Bürgersteig entgegenkam. Die Frau ging langsam am Auto vorbei, ihr Körper wippte leicht, der Blick war geradeaus gerichtet. Elina drehte sich um und sah ihr nach. Dann sprang sie schnell aus dem Wagen.

»Frau Matošević!«, rief sie ihr hinterher. »Frau Matošević!«

Die Mitarbeiterin des Einwohnermeldeamtes von Knin drehte sich um und warf Elina einen kurzen Blick zu, dann beschleunigte sie ihre Schritte. Elina rannte ihr hinterher und legte ihr eine Hand auf die Schulter.

»*Stopp*!«, rief sie scharf. Die Frau riss sich aus Elinas Berührung los und hastete weiter. Elina blieb einen Augenblick verdutzt auf dem Bürgersteig stehen.

»Frau Matošević!«, brüllte sie der fliehenden Frau hinterher. »Andeoska Gora! Andeoska Gora!« Die letzten Worte hallten zwischen den Häuserwänden hin und her.

Frau Matošević hielt abrupt an. Zögernd blieb sie zunächst mit dem Rücken zu Elina gewandt stehen, dann drehte sie sich langsam um und kam auf sie zu. Ihre Augen irrten unruhig umher, als sich ihre Blicke trafen. »Dodola«, flüsterte sie. »Dodola!«

»Wie bitte? Ich verstehe Sie nicht!«, rief Elina auf Englisch.

»Dodola!«, wiederholte die Frau. Elina kramte nach einem Stift und fand das einzige Stück Papier, das sie bei sich hatte, die Visitenkarte des Hotels Centar. Sie streckte ihr die Karte und den Stift hin, und Frau Matošević kritzelte nervös ein Wort auf die Rückseite. Wortlos reichte sie das beschriebene Papier zurück und eilte davon. Elina sah ihr nach, bis sie hinter der nächsten Straßenecke verschwand.

»Dodola?«, wiederholte Elina immer wieder. Eine Weile stand sie unschlüssig auf dem Bürgersteig, bis sie endlich zum Wagen zurückkehrte und sich hineinsetzte. Langsam fuhr sie zurück ins Hotel.

Der Portier stand hinter der Rezeption und kommentierte mit keinem Wort, dass Elina die Nacht nicht im Hotel verbracht hatte.

»Ich hätte eine Frage«, sagte sie.

»Womit kann ich Ihnen behilflich sein?«

Elina zeigte ihm die Visitenkarte. »Was bedeutet das?«, fragte sie.

Der Portier las das Wort mit konzentriertem Gesichtsausdruck. Dann schüttelte er den Kopf. »Dodola? Ich habe keine Ahnung«, sagte er dann. »Ein Name vielleicht?«

»Was kann sie damit nur gemeint haben?«, fragte sich Elina.

»Wie bitte?«

»Seien Sie so gut und schreiben Sie doch bitte den Namen in kyrillischen Buchstaben darunter«, bat ihn Elina.

Der Portier schrieb Додла auf die Vorderseite der Visitenkarte und gab sie Elina zurück. Unschlüssig betrachtete sie die Buchstaben. Dann schloss sie die Augen, so als würde sie ein kurzes Zwiegespräch mit sich führen, und wählte dann Danicas Handynummer. Nach sechs Rufzeichen unterbrach sie den Rufaufbau wieder. Sie bedankte sich beim Portier und machte sich auf den Weg zum Zentrum für Menschlichkeit im Stadtzentrum, wo sie Danica zum ersten Mal begegnet war. Die Tür war verschlossen. Sie klopfte an, aber niemand öffnete. Ihr nächstes Ziel war Danicas Wohnung. Sie setzte sich auf eine Bank vor ihrem Haus und wartete. Eine halbe Stunde später ging sie hinein und schob Danica einen Zettel unter dem Türschlitz durch: »Ruf mich bitte so schnell wie möglich an«, daneben stand ihre Handynummer. Dann kehrte sie zu ihrem Wagen zurück und fuhr, ohne nur einen Moment zu zögern, los. Bei der ersten Kreuzung hinter der Stadtgrenze bog sie ab. Sie war erneut auf dem Weg nach Knin und nach Andeoska Gora.

26. KAPITEL

Stella klopfte an die Tür. Eine Frau öffnete. Sie war Anfang dreißig und trug ein hellblaues Kleid. Ihr Make-up saß tadellos, und ihre Frisur war aufwändig. Ihre Erscheinung ließ einen an zwanghaftes Shopping denken.
»Entschuldigen Sie bitte die Störung«, sagte Stella.
»Ja bitte?«, fragte die Frau.
»Ich habe gesehen, was gestern geschehen ist. Der Autodiebstahl!«
Die Frau kam einen Schritt näher. »Tatsächlich? Mein Mann hat sich ziemlich geärgert, er hatte den Wagen gerade erst gekauft. Der war nagelneu. Er hat mich ausgeschimpft, dass ich den Schlüssel habe stecken lassen. Gestern war kein guter Tag. Und der Wagen ist noch immer spurlos verschwunden. Aber wie haben Sie zu uns gefunden, wenn ich fragen darf?«
»Das Kennzeichen«, antwortete Stella. »Es war nicht so schwer, Ihre Adresse herauszubekommen. Ich bin ganz gut in solchen Sachen.«
»Sie wissen also, wer den Wagen gestohlen hat?«, fragte die Frau.
»Ja«, sagte Stella. »Darum bin ich hier. Der Dieb war ein Mann um die vierzig.«
»Das hilft uns nicht besonders viel weiter.«
»Doch. Ich weiß nämlich, wie er heißt.«

»Oh«, meinte die Frau. »Das ist ja großartig. Dann kann die Polizei ihn vielleicht gleich festnehmen.«

»Er heißt Ivan Zir«, sagte Stella. »Z-I-R. Er ist kroatischer Staatsbürger.«

»Ich rufe gleich die Polizei an und teile ihnen das mit. Ich danke Ihnen vielmals.«

»Darf ich Sie um einen Gefallen bitten?«, fragte Stella.

»Aber natürlich.« Die Frau nickte ihr zu.

»Könnten Sie mir eine SMS schicken, wenn sie ihn gefasst oder das Auto gefunden haben? Ich würde dann gerne mit der Polizei vor Ort sprechen. Diesem Ivan Zir bin ich nämlich auch zum Opfer gefallen.«

»Was für ein Mistkerl!«, rief die Frau. »Diesen Menschen fehlt jeder Respekt vor dem Eigentum anderer. Natürlich gebe ich Ihnen Bescheid! Geben Sie mir ruhig Ihre Handynummer.«

Stella reichte der Frau einen Zettel.

»Bitte melden Sie sich sofort, wenn Sie davon erfahren, damit er nicht gleich wieder abhauen kann, wenn er auf freien Fuß gesetzt wird. Sie wissen ja, wie das heutzutage ist. Die Gefängnisse haben Drehtüren.«

»Ist das wirklich so? Das ist ja ungeheuerlich! Nochmals vielen Dank! Wie heißen Sie eigentlich?«

»Ich heiße Vili«, sagte Stella und lächelte sie an. »Das ist ein ausländischer Name. Ja, dann hören wir bald voneinander, wenn alles gut geht. Auf Wiedersehen.«

»Auf Wiedersehen«, sagte die Frau. Stella drehte sich um und ging davon. Jetzt müsste sie nur noch ein bisschen Glück haben.

Er hatte Glück gehabt. Über dreihundertundfünfzig Euro lagen in der Handtasche, und der Wagen war vollgetankt. Die Kreditkarten hatte sie wahrscheinlich sofort sperren lassen, aber das machte nichts, er hätte es so und so nicht gewagt, die Karten der Frau zu benutzen. Angelika Hohn hieß sie, die Arme! Wie sie wohl geschaut haben mochte, als der Wagen plötzlich weg war. 1300 Kilometer hatte der erst runtergehabt. Und dann war es auch noch ein BMW, so einen Wagen hatte er sich immer gewünscht. Zu Hause bevorzugten die meisten ja Mercedes, er aber nicht.

Nach dem Auto wurde bestimmt schon gefahndet, weil sie es vermutlich umgehend als gestohlen gemeldet hatte. Es ging also darum, bloß nicht die Aufmerksamkeit der Polizei auf sich zu ziehen. Eine einzige Kontrolle und er wäre aufgeflogen. Zwei Möglichkeiten hatte er: Entweder er verkaufte den Wagen gleich an jemanden, der ihn ausschlachten konnte, oder er fuhr in ein Land, in dem keiner danach suchte. In Deutschland mit dem Wagen herumzufahren, würde über kurz oder lang zu einer Festnahme führen. Das war ganz klar.

Ivan Zir entschied sich für die zweite Alternative. Sie war zwar erst einmal ein bisschen riskanter, aber fühlte sich richtig an. Ein neues Land, eine Gelegenheit, noch einmal von vorne anzufangen. Das schicke Auto könnte vielleicht sogar das Eintrittsticket für einen guten Job sein, die Menschen ließen sich gerne von einem eleganten Äußeren blenden. Später würde er den Wagen verkaufen und sich ein legales und günstigeres Fahrzeug besorgen. Aber in welches Land sollte er fahren? Polen war eine Möglichkeit, aber er hatte die Nase voll von den alten osteuropäischen Staaten. Stattdessen nahm er die Autobahn nach Hamburg, fuhr weiter nach Puttgarden und setzte mit der Fähre nach Dänemark über. Die Überfahrt riss ein beträchtliches Loch in seine Kasse, aber hatte er eine Wahl? Von dort folgte er dem Strom der anderen Autos. Ein Wegweiser nach Kopenhagen tauchte auf, und einen Augenblick zögerte er, ob das nicht auch ein guter Ort sei, entschied sich dann aber, den Abstand zwischen sich und Deutschland so groß wie möglich werden zu lassen. Er überquerte die Öresundbrücke und fuhr weiter Richtung Norden. In einer Stadt namens Ljungby an der E4 hielt er an, um etwas zu essen, Hamburger und Pommes frites. Ein paar junge Typen beobachten ihn. Sie musterten erst das Auto mit den deutschen Kennzeichen und dem blitzenden Lack und dann ihn. Da wurde ihm klar, dass er in seinen zerschlissenen Klamotten nicht so recht in den Wagen passte. Beim erstbesten Kaufhaus hielt er an und kaufte sich die billigsten Kleidungsstücke und Schuhe, die er finden konnte. Billig waren sie zwar, doch für ihn dennoch kostbar. Hundertundfünfzig Euro, weg waren sie... in ein paar Tagen schon würde das Geld aufgebraucht sein. Auch der Tank leerte sich zusehends. Er musste so schnell wie möglich einen Job finden.

Er wollte weiter nach Norden fahren, hielt aber zunächst an einer Tankstelle kurz hinter Ljungby an.

»*Sprechen Sie Deutsch?*«, fragte er den Tankwart. Der Mann schüttelte den Kopf.

»*Arbeit!*«, sagte Ivan Zir und gestikulierte wild mit den Armen. Erneut schüttelte der Mann den Kopf. Ivan Zir sah sich im Laden um. In einer Ecke stand ein Stapel mit Kartons. Er nahm den obersten herunter, trug ihn zum Verkaufstresen und begann ihn auszupacken. Dann zeigte er auf sich und wiederholte das Wort »*Arbeit!*« und fügte hinzu: »*Ich suche Arbeit!*« Dann piekte er mit dem Finger wahllos auf der Landkarte im südlichen Schweden herum. »Ach so«, sagte der Tankwart schließlich und summte vor sich hin, so als würde er ein bisschen Zeit zum Nachdenken benötigen, wie dieses Problem wohl am besten zu lösen sei.

»*Here maybe*«, sagte er. »*Much small industry. Many people work here.*« Er nahm einen Stift und umkreise die Orte Gnosjö, Gislaved und Värnamo.

Ivan Zir konnte so wenig Englisch verstehen, wie der Tankwart Deutsch sprach, aber das Wort *industry* zeigte ihm, dass er zumindest seine Frage begriffen hatte.

Der Tankwart machte ein großes Kreuz nördlich von Ljungby. »*We are here*«, sagte er. »*Drive this way.*« Er zeichnete einen Strich entlang der E4 nach Norden und zeigte aus dem Fenster in Fahrtrichtung.

»*Vielen Dank*«, sagte Ivan Zir und stieg in den Wagen.

Etwa eine halbe Stunde später erreichte er Värnamo. Nach mehreren Anläufen in einer Tankstelle gelang es ihm schließlich, sich verständlich zu machen. Eine Frau, die der etwas stockenden Unterhaltung beigewohnt hatte, bot sich an vorauszufahren und ihm den Weg »bis zum Jönköpingsvägen« zu zeigen. An dieser Straße würde er bestimmt Möglichkeiten finden, einen Job zu bekommen.

Am späten Nachmittag desselben Tages betrat Ivan Zir einen kleinen Container, der auf einem eingezäunten Gewerbegebiet stand. Er schwitzte und war müde. Mindestens zwanzig Mal war er in den vergangenen Stunden von Leuten abgewiesen worden, die sich zum Teil noch nicht einmal die Mühe gemacht hatten, sein Anliegen verstehen zu wollen.

Ein Mann um die sechzig saß auf einem kaputten Bürostuhl. Er hatte eine Brille auf, die aus einzelnen Glasteilen bestand, und aus seinem Mundwinkel tropfte etwas Tabak-Snus. Ivan Zir spulte seinen mittlerweile einstudierten Vortrag ab, der aus einem wilden Kauderwelsch auf Deutsch bestand, versehen mit ein paar englischen und schwedischen Ausdrücken, die er aufgeschnappt hatte. Kaum hatte er die Worte »Arbeit, work, arbeta« aufgezählt, hob der Mann die Hand, um ihn zum Schweigen zu bringen. »Komm morgen früh um sieben wieder«, sagte er und zeigte auf die Uhr. »Sieben. Hier. Morgen.«

Die Sonne war bereits aufgegangen, als sich am nächsten Morgen sechs Personen vor der Hütte versammelten. Sie zwängten sich in einen Minibus und wurden zu einem Abrisshaus gefahren. Im Laderaum lagen Brechstangen, Hammer und anderes Werkzeug. Der Abriss des zweistöckigen Gebäudes würde eine staubige Angelegenheit und mühevolle Arbeit sein, aber für 110 Kronen die Stunde, schwarz auf die Hand, war das fürs Erste genau das Richtige für ihn.

Sein BMW hatte zweifellos die Aufmerksamkeit der anderen Tagelöhner auf sich gezogen. Deren Fahrzeuge konnte man beim besten Willen nicht als Luxusschlitten bezeichnen, die hatten seit langer Zeit keinen neuen Lack mehr gesehen. Aber niemand stellte Fragen. Schweigend waren sie alle in den Bus gestiegen, gewohnt, sich nicht einzumischen.

Im Laufe des Tages stellte sich heraus, dass einer der Kollegen der siebenunddreißigjährige Sohn eines Jugoslawen war, der in den Sechzigern nach Schweden ausgewandert war. Der Mann beherrschte zwar die Landessprache seiner Eltern, stammte allerdings aus einer anderen Gegend und sprach mit einem fremden Dialekt. Aber das spielte keine Rolle, sie verstanden sich ohne Schwierigkeiten. Außerdem hatte hoch oben im Norden, fern der Heimat, niemand großes Interesse daran, in alten ethnischen Wunden des ehemaligen Jugoslawien herumzustochern. Der Mann versprach, Ivan Zir bei der Suche nach einer Bleibe zu helfen. Er dürfe nur nicht allzu anspruchsvoll sein.

Die Umstände hatten sich vollkommen unerwartet zum Positiven gekehrt. Ivan Zir hatte wirklich Glück gehabt.

27. KAPITEL

Die Strecke, die sie noch vor zwei Tagen voller Erwartung zurückgelegt hatte, wurde dieses Mal zu einer Höllenfahrt. Mehrmals war sie kurz davor, wieder umzukehren. Aber sie musste einfach weiterfahren, so als würde sie von einer höheren Macht gelenkt. Hatte sich Alex so gefühlt, als er sich damals auf den Weg zu einem neuen Engelsberg gemacht hatte?

Sie fuhr ohne Rast durch Knin hindurch und kam eine halbe Stunde später an das verrostete, zweisprachige Schild. Sie war zurück in Andeoska Gora.

Der Ort war so menschenverlassen wie bei ihrem ersten Besuch. Sogar die einzige Kuh von Bogdan Zir war nicht mehr da. Sie fuhr auf die Einfahrt und stieg aus. Der Traktor stand noch auf dem Feld am Tatort. Elina drückte vorsichtig die Klinke der Haustür herunter. Abgeschlossen. Sie umrundete das Haus auf der Suche nach einer geeigneten Öffnung. Auf der Rückseite entdeckte sie ein kaputtes Fenster im Erdgeschoss. Sie schob einen Sägebock unter das Fenster, kletterte hinauf, steckte den Arm durch die zerbrochene Scheibe, löste den Fensterhaken und zog sich hoch.

Im Inneren sah alles vollkommen unberührt aus. Entweder waren Milan Rakhs Männer äußerst sorgfältig vorgegangen, oder sie hatten sich überhaupt nicht für Bogdan Zirs Hinterlassenschaften interessiert.

Elina begann, das Haus systematisch zu durchsuchen, vom zweiten Stock bis hinunter in den Keller. Sie überprüfte jede Schublade, sah sich jedes einzelne Stück Papier genauestens an. Das meiste war wertloser Kram, sowohl für sie als auch für andere. Das alles würde sich mit der Zeit auflösen, von Mäusen zerfressen oder von den Naturgewalten zerstört werden, die mit dem zunehmenden Zerfall des Hauses Raum erobern würden.

Im Erdgeschoss stand in einem Zimmer, das man mit viel gutem Willen als Wohnzimmer bezeichnen konnte, ein grotesk großer Schreibtisch. In der obersten Schublade lag ein großes Blatt aus dünnem Papier. In der Mitte des Blattes prangte ein großes schwarzes Kreuz, darunter war das Foto eines jungen Mannes abgedruckt. Es war eine jener Todesanzeigen, die von vielen Bewohnern des Mittelmeerraumes an die Wände gehängt werden, um so ihrer Toten zu gedenken. Der Mann auf dem Foto hieß Goran Zir, und seine Lebensspanne hatte nur von 1970 bis 2002 gereicht. Elina fragte sich, ob das Bogdan Zirs einziger Sohn gewesen war.

Unter der Todesanzeige lagen verschiedene Dokumente, die alle auf Bogdan Zir ausgestellt waren, ein Führerschein, eine Art Bescheinigung und eine Genehmigungsurkunde. Er war 1947 geboren und nur zwei Tage vor seinem sechzigsten Geburtstag gestorben, den er wahrscheinlich allein gefeiert hätte, wenn er nicht vor seinem Jubiläum umgekommen wäre. Elina wühlte weiter in dem Papierstapel, fand aber nur noch einige alte Zeitungsausschnitte von leicht bekleideten Frauen.

Im Keller hatte der Müll bereits vor langer Zeit die Herrschaft übernommen. Vorsichtig bewegte sich Elina in dem Durcheinander, hob hier und da rostiges Werkzeug und von Ratten zerfressene Kleidungsstücke hoch. Es roch nach Schimmel und Dreck. Da entdeckte sie auf einmal einen alten Schuhkarton in einer Ecke. Sie hob den Deckel hoch und fand eine zerbrochene, versilberte Taschenuhr. Die Zeiger waren zehn vor zwei stehen geblieben, der fröhlichsten aller Uhrzeiten, weil die Zeiger dann einen lächelnden Mund beschreiben. Unter der Uhr lag ein Foto. Abgebildet war eine Familie, die vor einem Traktor stand. Der sah nagelneu aus. Es war derselbe Traktor oder zumindest dasselbe Fabrikat, das Bogdan Zirs Leben ein Ende gesetzt hatte. Aber der Mann auf dem Foto, der Familienvater, war ein anderer. Dieser hatte seinen Arm um eine Frau gelegt, wahrscheinlich seine Ehefrau. Auf dem Hinterreifen thronte ein Junge, der in die Sonne blinzelte. Auf dem Vorderreifen saß ein kleines Mädchen. Sie hielt Blumen in den Händen, die sie in den Schoß gelegt hatte. Alle lachten oder lächelten, nur der Mann sah besorgt aus.

Elina sah auf die Rückseite des Fotos, aber dort stand nichts. Sie ging zurück in die Küche und betrachtete die Gesichter auf der Abbildung im Licht genauer. Der Junge... nein, das war nicht Alex. Konnten das Alex' Bruder und Schwester sein? Und waren dann der Mann und die Frau seine Eltern? Gab es eine Verbindung zwischen Bogdan Zir und der Familie Kupalo? War die Frau vielleicht Bogdans Schwester?

Sie ließ das Foto in ihre Jackentasche gleiten und ignorierte die Tatsache, dass sie juristisch betrachtet soeben Diebstahl begangen hatte. An einem Haken hinter der Eingangstür hing ein Schlüssel. Sie steckte ihn in die Haustür, die sich damit aufschließen ließ. Sie hängte den Schlüssel zurück an den Haken und zog die Tür hinter sich zu.

Die Stille, die sich zwischen den zerbombten Häusern gesenkt hatte, verstärkte die Atmosphäre von Tod und Verderben. Am Hang unterhalb des Hauses befanden sich einige kleine Höfe. Sie fragte sich, ob wohl einer davon der Familie Kupalo gehört hatte. Kurz streifte sie der Gedanke, auch diese Häuser zu durchsuchen, sie entschied sich jedoch dagegen. Sie erinnerte sich an Danicas Worte: Die Auffahrten können alle vermint sein.

Entmutigt setzte sie sich ins Auto und fuhr langsam durch den Ort. Am Rand der zerstörten Siedlung sah sie durch die Bäume einen Kirchturm hervorscheinen. Er stand auf einer kleinen Anhöhe. Eine Auffahrt führte zwar auf den Kirchturm zu, endete dann aber abrupt vor einem zugewachsenen Weg. Sie ging das letzte Stück zu Fuß. Die Kirche war so zerbombt wie die Häuser. Durch ein großes Loch in der Wand konnte man ein Himmelsgewölbe mit Engeln darauf sehen, das in die Kuppel gemalt worden war.

Der Friedhof sah verwildert aus, einige Grabsteine waren in den Boden gesunken, als hätten auch sie sich zur Ruhe gebettet. Sie durchfuhr der Gedanke, dass sie vielleicht einen Stein mit dem Namen Kupalo finden könnte. Aber die Familie war kroatisch und katholisch, und dies war ein Gotteshaus der serbisch-orthodoxen Glaubensgemeinschaft. Trotzdem lief sie durch die Reihen und versuchte, die Namen zu entziffern. Die kyrillischen Buchstaben waren für sie wie eine Geheimschrift, die sie gerade erst kennengelernt hatte. Dort lag ein Dakic, dort eine Govedarica…

Da erblickte sie das Kreuz. Es war aus Holz und stand auf einem Grab, das von einfachen Steinen gesäumt war. Keine Blumen, nur Unkraut wucherte darauf. Mühsam buchstabierte sie mehrmals die Inschrift, verglich sie mit der Visitenkarte, auf die der Portier das Wort geschrieben hatte. Dann war sie sich sicher:… Додла. Sie ging vor dem Holzkreuz in die Hocke, wie aus Ehrfurcht vor einem ungewöhnlichen Zeichen. Dodola war also ein Nachname. Sie kramte einen Stift aus der Tasche und notierte sich die fünf Vornamen auf dem Kreuz: Miodrag, Dusanka, Zoran, Sonia, Gabriel.

Unschlüssig blieb Elina noch einen Augenblick vor dem Grab stehen. Verwirrt von einem wahrscheinlich tieferen Zusammenhang der vielen Namen: Zir, Kupalo, Dodola. Krieg und Tod hatte die drei miteinander verbunden, aber sie wusste nicht wie.

Sie ließ die Kirche mit dem schönen Himmelsgewölbe hinter sich. Der Weg schlängelte sich hinunter ins Tal. Sie fuhr fast ein bisschen zu schnell. Die Kurven verschwammen wie in einem Tanz miteinander, das Fahrzeug drohte jederzeit aus der Bahn zu brechen. Da wurde sie plötzlich gezwungen, in die Bremsen zu steigen. Hinter einer Kurve stand ein Jeep quer auf der Fahrbahn. Elina gelang es, in letzter Sekunde einen Zusammenprall zu verhindern. Ihr Wagen hielt nur fünf Meter von dem Jeep entfernt. Der uniformierte Fahrer zuckte heftig zusammen.

Er öffnete die Tür, stellte einen Fuß auf die Fahrbahn, ließ den anderen jedoch im Wagen. Auf der anderen Seite des weißen Polizeifahrzeugs öffnete sich die Beifahrertür, und Milan Rakh stieg aus. Langsam näherte er sich Elinas Wagen. Sein Fahrer folgte ihm.

»Sie befolgen gute Ratschläge nicht, Miss Wiik«, ließ Rakh ihr mithilfe des gebrochenen Englischs seines Fahrers mitteilen. »Sagte ich nicht, dass es unklug sei?«

Elina verhielt sich still, unsicher, worauf er hinauswollte. Er kam immer näher. Sie stieg aus und bereitete sich auf einen Angriff vor. Er hatte nicht erwartet, dass sie Polizistin ist, damit hatte sie ihn überrumpelt. Ganz bestimmt unterschätzte er auch ihre Fähigkeit, sich physisch zur Wehr zu setzen. Zwar hatte sie in den letzten zwei Jahren kaum trainiert, und die Kunst des Karate war auf das tägliche Üben angewiesen, aber schließlich hatte sie nicht umsonst den schwarzen Gürtel erworben.

Er war nur noch zwei Armlängen von ihr entfernt. Vielleicht spürte er die Kraft, die sie entwickelte, weil sie sich bedroht fühlte. Vielleicht strahlte sie diese Energie aus. Zumindest zog er sich zurück.

»Meinetwegen«, er zuckte mit den Schultern. »Es ist Ihre Entscheidung.« Er drehte sich um und ging zurück zu seinem Jeep. »Folgen Sie uns«, wies er sie an.

Eine halbe Stunde später saß Elina in Milan Rakhs Büro in Knin. Sie schwieg, wartete darauf, dass er den ersten Zug machte. Ein Dolmetscher war auf dem Weg.

»Erst vorgestern sind Sie von hier aufgebrochen und heute schon wieder da«, begann Rakh. »Sie geben einfach nicht auf!« Er seufzte. »Wir haben versucht, Sie vor der hässlichen Wahrheit zu schützen, aber jetzt habe ich, so scheint es mir, keine andere Wahl.«

»Welche Wahrheit?«, fragte Elina. »Wovon sprechen Sie?«

»Ich meine die Wahrheit, die ich Ihnen jetzt erzählen werde. Sie ist weder schön, noch werden Sie sie mögen.«

Elina spürte, wie sie ein Unbehagen befiel. Aber es war viel zu spät, um einen Rückzieher zu machen. Sie nickte Milan Rakh zu, gab ihm grünes Licht.

»Sie waren auf dem Friedhof, am Grab der Familie Dodola.«

»Ja«, bejahte Elina. »Und offensichtlich wurde ich dabei von Ihnen beobachtet!«

»Ich werde Sie nicht fragen, wie Sie an den Namen Dodola gekommen sind, denn das spielt jetzt keine Rolle«, entgegnete Rakh.

Er erhob sich und begann, im Raum auf und ab zu gehen. »Die Familie Dodola besaß das Haus, in dem Bogdan Zir wohnte. Die Familie gehörte zu den wenigen Serben, die nicht aus der Krajina flohen, als die kroatische Armee die Region befreite. Sie haben sicherlich schon von unserer erfolgreichen Offensive ›Operation Sturm‹ gehört?«

»Ich habe gehört, was geschehen ist«, sagte Elina.

»Es war zu keinem Zeitpunkt der Wunsch der kroatischen Regierung, dass die Serben verschwinden sollen, auch wenn die feindliche Propaganda das Gegenteil behauptet«, fuhr Rakh fort. »Die Serben haben die Krajina aus freien Stücken verlassen, ihre Anführer hatten sie dazu aufgefordert. Sie zogen es vor, bei ihren Verwandten in Bosnien und Serbien zu leben. Leider können wir nicht leugnen, dass einige emotional überengagierte Individuen die Möglichkeit genutzt haben, sich für älteres Unrecht zu rächen. Und das war auch das Todesurteil der Familie Dodola. Eines Tages, ein paar Wochen nach der Befreiung, wurde sie von Kroaten überfallen und ausgelöscht, alle fünf Familienmitglieder.«

Milan Rakh setzte sich wieder und starrte Elina an.

»Selbstverständlich hat die Polizei in dieser Sache ermittelt. Aber es gelang nicht, die Verdächtigen zu überführen.«

»Und wer waren die Verdächtigen?«

»Die beiden Söhne von Bogdan Zir, Ivan und Goran, waren an den Morden beteiligt. Goran ist mittlerweile ebenfalls tot, er fiel vor einigen Jahren einer kriminellen Tat zum Opfer. Ihm wurde ins Gesicht geschossen. Ivan ist ins Ausland gezogen, wohin weiß ich aber nicht. Von ihm hat seit langem keiner mehr etwas gehört.«

»Goran und Ivan...? Und Bogdan Zir ist in das Haus der Familie Dodola gezogen? Wie können Sie denn etwas so Unmoralisches zulassen?«

»Bogdan Zir war Kroate und hatte zu Beginn des Krieges sein Haus in Andeoska Gora durch die Hand von Serben verloren. Das Haus der Familie Dodola ist, wie Sie sehen konnten, das einzige, das verschont blieb. Und obwohl wir die Söhne von Bogdan Zir des Mordes verdächtigten, gab es keinen Grund, den Vater daran zu hindern, dort einzuziehen.«

»Die Söhne bringen eine ganze Familie um, und Sie schenken dem Vater der Mörder das Haus der Getöteten?«

»Ich verstehe, dass Ihnen das unmoralisch erscheinen muss. Aber das ist die Kriegsrealität. Wir müssen an die Zukunft glauben.«

Fassungslos schüttelte Elina den Kopf. Er sprach von der

Herrschaft des Mobs statt von Demokratie. Was für einen Wert hatte diese Befreiung dann?

»Und was hatte Alex Kupalo mit der Sache zu tun?«, fragte sie voller Verachtung.

»Er ist der Grund, warum wir Sie davon abhalten wollten, in der Sache herumzuwühlen«, lautete die kryptische Antwort.

»Was zum Teufel meinen Sie damit?«, brach es aus Elina heraus. Ihre Geduld war am Ende. »Ich habe genug von Ihrem unsinnigen Gerede gehört, was klug ist und was nicht!«

Milan Rakh sah sie schweigend an, bevor er antwortete. »Ivan und Goran Zir haben die Tat nicht alleine begangen. Es gab einen dritten Mörder.«

»Wen denn?«, fragte Elina wütend.

»Alexander Kupalo.«

Elina gefror das Blut in den Adern. Das Leben legte sich wie ein Strick um ihren Hals. Sie wollte etwas sagen, aber ihre Zunge gehorchte ihr nicht.

»Es tut mir leid«, sagte Milan Rakh.

Elina sprang auf, beinahe hätte sie dabei Rakhs Schreibtisch umgeworfen.

»Das ist eine Lüge!«, schrie sie ihn an. »Sie lügen!«

»Auch er wurde nie verurteilt!«, erwiderte Rakh leise. »So betrachtet ist er also auch unschuldig. Aber wenn Sie sich bitte wieder hinsetzen, dann werde ich Ihnen erzählen, was ich weiß.«

Elina sank auf den Stuhl zurück, die aufbrausende Wut hatte ihr alle Kraft geraubt, sie fühlte sich vollkommen leer, der klägliche Überrest ihrer selbst.

»Mehrere Personen, auch dort patrouillierende Soldaten, haben seinen Wagen kurz vor der Tat gesehen. Er war auf dem Weg nach Andeoska Gora, und er saß nicht allein in dem Auto. Andere Zeugen haben seinen Wagen kurz nach der

Tat gesehen. Eine Person ist sich außerdem sicher, Alexander Kupalo vor dem Haus der Familie Dodola zum betreffenden Zeitpunkt gesehen zu haben. Und wir wissen aufgrund einer Tatrekonstruktion, dass es sich um drei Mörder gehandelt haben muss.«

»Gibt es Zeugen für die Morde?«, flüsterte Elina.

»Nein, dann hätten wir sie verurteilen können. Wir sind sehr darauf bedacht, in dem neuen kroatischen Staat für Recht und Ordnung zu sorgen, ob Sie das glauben oder nicht. Obwohl wir keine Anklage erheben konnten, besteht unserer Ansicht nach kein Zweifel daran, wer die drei Täter waren. Und Bogdan Zir wusste es auch. Darum ist es nur allzu wahrscheinlich, natürlich ohne Ihre Absicht, dass ihn Ihre Frage nach Alexander Kupalo in den Selbstmord getrieben hat.«

Elina verließ das Büro ohne ein weiteres Wort. Kaum war sie auf der Straße, fiel sie auf die Knie und musste sich übergeben. Eine Frau kam auf sie zugestürzt, um ihr zu helfen. Aber Elina wehrte die ausgestreckten Arme ab, richtete sich mühsam auf und rannte zu ihrem Wagen.

Als sie eine Stunde später vollkommen erschöpft auf ihr Hotelbett in Šibenik sank, konnte sie sich nicht mehr erinnern, wie sie dorthin gekommen war. Am nächsten Morgen nahm sie den Flieger nach Stockholm.

DRITTER TEIL

Das Mädchen unter der Straßenlaterne

28. KAPITEL

Da, da!«

Elina sah in den Himmel und folgte dem flatternden Flug des Schmetterlings. Mina hatte ihren kleinen, dicken Finger in die Luft gestreckt und war ganz erstaunt über ihre sonderbare Entdeckung.

»Das ist ein Schmetterling!«, sagte Elina.

Sie war in Minas Welt. Ihre Tochter hatte sie gerettet. Ohne sie wäre sie nach ihrer Rückkehr wieder in einem unendlichen schwarzen Loch versunken. Kaum hatte sie Mina in den Armen, war es ihr gelungen, das Böse aus der anderen Welt von sich fernzuhalten.

Eine Woche war seit ihrer Rückkehr aus Kroatien vergangen. Die Maisonne lachte am Himmel. Sie saßen auf einer Decke am Spielplatz im Djäknebergpark. Eine Woche war eine kurze Zeit, aber Elina wusste, dass sie es schaffen würde. Eine wichtige Entscheidung stand ihr bevor, die sie aus Angst immer wieder aufgeschoben hatte. Aber bald würde sie getroffen werden müssen.

Am Abend darauf kam Nadia zu Besuch. Sie kannten sich seit über fünf Jahren. Als sie sich kennenlernten, war Elina ein Gast in dem Restaurant, in dem Nadia kellnerte. Wenige Tage später hatten sie sich verabredet. Ihre Freundschaft war so unmittelbar und unerklärlich entstanden, wie einen manchmal die Liebe überfällt. Elina mochte Nadia sehr.

Nadia absolvierte gerade ihr fünftes Semester in Psychologie. Elina wusste, dass es der perfekte Beruf für Nadia sein würde. Nadia war angstfrei und scheute sich nicht vor Konflikten. War das nicht die wichtigste Eigenschaft, die ein Psychologe mitbringen sollte?

In den vergangenen zwei Jahren nach Elinas Rückkehr aus Italien hatte Nadia keine einzige Erklärung von ihr eingefordert. Stattdessen hatte sie zugehört, wenn Elina das Bedürfnis gehabt hatte zu reden. Das war auch der Grund, warum Elina sie zu sich gerufen hatte.

»Ich möchte dich um einen Rat bitten«, sagte Elina und lächelte. »Das klang jetzt eben furchtbar feierlich!«

»Frag, was du möchtest!«, ermunterte sie Nadia. »Ich bin Expertin für alles!«

Sie putzte den Salat, während Elina Risotto kochte. Ihre Küche war ein geeigneter Ort für ernste Gespräche.

»Ich muss eine schwerwiegende Entscheidung treffen«, begann Elina zögerlich. »Entweder versuche ich, alles zu vergessen, oder ich versuche zu verstehen. Verdrängen oder akzeptieren, so schwer es auch fällt.«

»Die beste Methode, das Grübeln zu überwinden, ist, sich mit der Sache auseinanderzusetzen«, stellte Nadia nüchtern fest. »Sonst wird man die Geschichten nie los, ganz egal, was es ist.«

»Vermutlich hast du Recht«, nickte Elina.

Nadia schnitt eine Tomate auf. »Willst du erzählen, worum es geht?«

Elina erzählte ihr die ganze Geschichte. Von Šibenik, Knin, Danica, Milan Rakh, Bogdan Zir, Familie Dodola, den beiden Engelsbergen. Von dem Grenzland, in dem sich die Nachbarn gegenseitig totschlagen. Von einem Hass, den sie sich weigerte zu verstehen. Als sie das Ende ihrer Ausführungen erreicht hatte, zitterte sie am ganzen Körper, als wäre ihr eiskalt: Alex war ein Mörder.

Atemlos hörte Nadia die Worte ihrer Freundin. Dann schlang sie ihre Arme um den zitternden Körper.

»Das ist ja grauenhaft«, sagte sie. »Wie erbarmungslos!«

»Was soll ich nur tun?«, fragte Elina verzweifelt. »Was kann ich bloß tun?«

»Was willst du tun?«

»Ich wünsche mir, dass ich niemals versucht hätte, mehr über Alex herauszufinden«, schluchzte Elina. »Dann hätte ich mit meiner Erinnerung aus Monte Sant'Angelo weiterleben können. Aber jetzt ist es zu spät, das zu bereuen.«

»Darum musst du dich auch entscheiden«, sagte Nadia und schob Elina ein Stück von sich weg. »Du hast die Wahl, es zu vergessen oder es auf eine sinnvolle Art und Weise zu verarbeiten.«

Elina rührte im Topf, während sie langsam Weißwein und Brühe hineingoss. »Ich werde das niemals vergessen können. Außerdem wird mich Mina später danach fragen.«

»Was ist dir denn durch den Kopf gegangen?«, fragte Nadia und bereitete die Vinaigrette zu.

»Ich habe versucht mir einzureden, dass Milan Rakh gelogen hat«, gestand Elina. »An einem Tag bin ich überzeugt, dass das alles eine große Lüge ist. Doch schon am nächsten Tag zweifele ich daran. Warum sollte er lügen, frage ich mich dann. Dann sage ich mir, dass solche schrecklichen Dinge in Kriegen an der Tagesordnung sind. In diesem Land war nichts normal. Als Jugoslawien zusammenbrach, sind auch die Menschen zerbrochen. Der Alex, den ich kennengelernt habe, war zehn Jahre älter. Ich habe keine Ahnung, was er in der damaligen Zeit erlebt hat, was oder wer ihn geprägt hat. Ich kannte ihn zu dem Zeitpunkt noch nicht. Ich versuche, Realistin zu sein.«

»Du musst auf jeden Fall einen Weg finden, damit zurechtzukommen«, sagte Nadia. »Du hast es ja schon selbst gesagt. Eines Tages wird dich Mina nach ihrem Vater fragen und alles über ihn erfahren wollen. Dann musst du ihr in die Augen sehen können.«

»Aber wie soll ich das schaffen?«

»Okay«, Nadia ging an den Küchenschrank und holte Teller heraus. »Jetzt muss ich dich mal eine Sache fragen.«

»Was immer du willst«, entgegnete Elina.

»Was hast du mit deinem ganzen Wissen angefangen, seit du wieder hier bist?«

»Wie meinst du das?«

»Elina, vergisst du nicht ein wichtiges Detail? Du bist Polizistin. Und Alex wurde ermordet. Hast du deine neuen Informationen der italienischen Polizei weitergegeben?«

»Das bedeutet aber auch, dass ich Alex als Mörder bezeichnen muss«, stöhnte Elina. »Das wäre, als würde ich Minas Vater anzeigen.«

»Du hast also nichts gesagt?«

»Ich weiß, dass ich es hätte tun müssen«, Elina wand sich und rührte dabei mechanisch im Kochtopf. Nadia hatte in kürzester Zeit den Kern der Diskussion getroffen. Den Moment der Entscheidung, ihren persönlichen Scheideweg.

»Das fällt mir so furchtbar schwer«, sagte sie. »Ich liebe ihn doch, und ich kann ihn nicht befragen, ihn zu den vielen Anklagen Stellung nehmen lassen. Und er kann sich nicht verteidigen. Soll meine letzte Tat wirklich dazu führen, ihn schuldig zu sprechen, das Schlimmste aller Verbrechen begangen zu haben?«

»Was Alex auch immer verbrochen haben mag, du willst doch aber bestimmt nicht, dass *seine* Mörder ungeschoren davonkommen?«, Nadia riss ihre Augen auf. »Verzeih mir meine harten Worte, aber hast du aufgehört, selbst zu denken? Hast du deinen Verstand verloren?«

Elina musste gegen ihren Willen lachen. Nadia, die Unvergleichliche. Sie ließ die Sonne sogar für den hässlichsten aller Trolle aufgehen.

»Nehmen wir mal an, dass alles, was du in Kroatien gehört hast, wahr ist«, hob Nadia erneut an. »Die Wirklichkeit ist viel schmutziger als nur schwarz. Welche Schlussfolgerungen ziehst du dann aus dem Mord an Alex?«

»Dass sich jemand für seine Taten in Andeoska Gora gerächt hat«, sagte Elina. »Entweder ein Verwandter der Familie Dodola oder irgendein verrückt gewordener serbischer Nationalist, der seinen privaten Krieg weiterführt.«

»Du hast mich um Rat gebeten. Den sollst du bekommen. Schreib alles auf, was du weißt, und schick es deinem italienischen Hauptkommissar. Wie hieß der noch gleich?«

»Morelli. Hauptkommissar Morelli.«

»Wenn Mina dich eines Tages fragen sollte, dann kannst du ihr sagen, dass du alles dafür getan hast, dass die Mörder ihres Vaters gefasst werden. Einfach alles!«

Am nächsten Tag, Mina machte gerade ihren Mittagsschlaf, setzte sich Elina hin und schrieb an Morelli. Als sie vor dem Briefkasten stand, zögerte sie einen Moment lang. Aber dann öffnete sie die Luke und ließ den Briefkasten ihren Bericht verschlingen.

29. KAPITEL

Ivan Zir hatte ein Zimmer zur Untermiete in Kärda gefunden, einem kleinen Ort westlich von Värnamo. Es lag im Souterrain eines Einfamilienhauses mit grauer Eternitfassade. Der separate Eingang zu seiner Bleibe befand sich an der Stirnseite des Gebäudes, fünf Stufen einer Betontreppe führten hinunter zur Kellertür. Am Ende des Flures gab es ein Badezimmer, das er benutzen durfte. Nach den Kalkablagerungen in der Toilette und im Waschbecken zu urteilen, stammten die aus den Anfängen der Zeitrechnung. Der Hauseigentümer, ein älterer Herr, der seine Pension aufbessern wollte, hatte einen alten Kühlschrank und eine Kochplatte bereitgestellt. Die Miete belief sich auf 2.200 schwedische Kronen im Monat. Ivan Zir hatte diese Summe glücklicherweise schon nach zwei Arbeitstagen und ein paar Überstunden erwirtschaftet.

Der Job war schweißtreibend und unregelmäßig, die Abrissgruppe wurde zu den dreckigsten und schwierigsten Stellen geschickt. Die meisten Einsätze waren schwarz, der Lohn wurde sofort nach Ende der Schicht bar auf die Hand ausgezahlt. Für ihn war das ideal, er hatte keinerlei Interesse daran, Steuern zu zahlen. Weder an den schwedischen noch an irgendeinen anderen Staat.

Nach einer Woche hatte er genug Geld, um sich einen gebrauchten 17-Zoll-Fernseher mit integriertem VHS-Player zu kaufen. Beim Kauf erhielt er eine Kiste mit alten Filmen dazu. Er kramte einen Porno hervor und legte ihn ein. Das Leben war kein Zuckerschlecken, aber es ging!

Das Auto bereitete ihm noch einige Sorgen. Kärda war winzig, die Menschen wussten über alles Bescheid, das konnte er an ihren Blicken sehen. Ein neuer BMW mit deutschen Kennzeichen störte das Bild, vor allem weil sein Besitzer wie eine Ratte im Keller hauste. Er hatte sich vorsichtig nach potentiellen Käufern umgehört, aber es war schwierig, sich ohne seinen serbisch-schwedischen Arbeitskollegen verständlich zu machen. Schließlich konnte er auch nicht offen darüber sprechen, dass es sich um einen heißen Wagen handelte. Aber am Ende war es ihm gelungen, er hatte eine Adresse genannt bekommen und würde am nächsten Tag dort vorbeifahren.

Unter Umständen würde er ein Drittel des Kaufpreises dafür erhalten. Das wären zehn- oder fünfzehntausend Euro. Er lag auf seinem Bett und feierte in seiner Phantasie seinen zukünftigen Reichtum.

30. KAPITEL

Hauptkommissar Morelli rief am selben Tag an, als er den Brief erhielt. Er wollte sich versichern, ob tatsächlich Elina die Absenderin des Berichts gewesen war, und hatte darüber hinaus ein paar Fragen zu dessen Inhalt. Wie beim letzten Mal erkundigte er sich aber zuerst nach Elinas Wohlbefinden. Er beendete das Gespräch mit dem erneuten Versprechen, alle Kräfte bei der Ergreifung von Alex Kupalos Mörder zu bündeln.

Mittlerweile waren fünf Tage vergangen, es war ein Dienstagmorgen. Elina hatte Mina für einen Vormittagsspaziergang angezogen und ihr soeben die Schuhe zugebunden, als das Telefon klingelte. John Rosén war am Apparat. Er bat sie, im Polizeipräsidium vorbeizukommen.

Sie zog sich ihre neue Frühlingsjacke über und machte sich auf den Weg. Mit dem Buggy voran lief sie den Oxbacken hinunter zu ihrem alten Arbeitsplatz. Es dauerte seine Zeit, bis die beiden John Roséns Büro erreicht hatten, viele Kollegen hielten sie auf, wollten Elina begrüßen und mit Mina Babysprache sprechen. Die begeisterten Äußerungen über das süße Kind plätscherten nur so auf sie herab. Elina wusste natürlich, dass das eine ganz normale Reaktion auf ein Kleinkind war, aber es freute sie trotzdem. Viele fragten sie, wann sie denn wieder anfangen würde.

»Im August«, antwortete sie. »Wenn ich einen Kindergartenplatz für Mina bekomme.«

Zum ersten Mal seit über zwei Jahren sehnte sie sich nach ihrem Büro zurück. Zu einem geordneten Leben mit fester Routine, netten Arbeitskollegen und spannenden Einsätzen. Zu einer Tätigkeit, die vorhersehbar war und ihr Geborgenheit schenkte, etwas, das sie gut kannte und überblicken konnte. Gleichzeitig aber wusste sie, dass sie sich verändert hatte, obwohl sie selbst gar nicht hätte beschreiben können, worin die Veränderung bestand. Ihre Perspektive hatte sich verschoben. Als hätte sie neue Linsen eingesetzt bekommen, die das Licht anders brachen.

John Rosén nahm ihre Hand und begrüßte sie lächelnd. Sie umarmte ihn.

»Du siehst fit aus«, sagte er anerkennend.

»Ach John, es ist so viel passiert«, sagte Elina. »Ich kämpfe.«

Er stellte keine weiteren Fragen, und Elina war dankbar, dass sie nichts über Alex und Andeoska Gora erzählen musste.

»Wir freuen uns darauf, dich wieder in unseren Reihen begrüßen zu können«, lachte er. »Du kommst doch zurück, oder?«

»Bisher habe ich keine anderen Pläne. Am 1. August läuft meine Elternzeit aus.«

»Ich muss dir zwei Sachen erzählen«, platzte es aus ihm heraus. »Die eine Neuigkeit ist, dass Egon Jönsson seinen Posten als Dezernatsleiter verlässt.«

Elina hob eine Augenbraue.

»Ihm wurde der Posten als Hauptkommissar in der Stockholmer Polizeibehörde angeboten. Ab Herbst«, fuhr Rosén fort.

»Wie toll!«, rief Elina laut. »Ich meine das wirklich, wie schön für ihn!«

Es war merkwürdig, aber alle Animositäten ihrem früheren Antagonisten Jönsson gegenüber waren wie weggeblasen. Elina war überrascht über ihre herzliche, spontane Reaktion.

»Ja«, nickte Rosén. »Er freut sich auch sehr, klar!«

»Wer wird denn sein Nachfolger?«, fragte Elina neugierig.

»Die Bewerbungsfrist läuft bis Ende August«, antwortete Rosén.

»Du solltest dich dafür bewerben«, schlug Elina vor. »Wer wäre besser geeignet als du?«

»Vielen Dank«, sagte Rosén. »Aber ich weiß nicht recht. Ich bin lieber draußen im Revier. Außerdem sehe ich in mir nicht den Cheftyp.«

Mina kletterte aus ihrem Buggy und wollte zu Elina auf den Schoß.

»Was wolltest du mir sonst noch erzählen?«, fragte sie.

John Rosén hob einen Zettel hoch. »Dieser Mann hat nach dir gefragt. Er möchte, dass du ihn so schnell wie möglich zurückrufst.«

Elina las den Namen auf dem Zettel. »Ruud van der Kerk«, sagte sie laut. »Das klingt wie ein Eiskunstläufer. Wer ist das?«

»Er rief vom UN- Kriegsverbrechertribunal aus Den Haag an. Er sagte mir, er sei ein Sonderermittler, was das auch immer bedeuten mag. Seine Telefonnummer steht daneben.«

Elina schwieg, es lag auf der Hand, worum es ging.

»Hast du eine Vorstellung, was er will?«, fragte Rosén.

Elina schüttelte den Kopf. Sie wollte nicht von ihrem Verdacht gegenüber Alex berichten. »Ich gehe in mein Büro und rufe von dort aus an«, sagte sie und stand auf. Mit Mina im Arm schob sie den Buggy hinaus in den Gang.

»Ich schaue noch mal rein, bevor ich gehe«, rief sie John Rosén über die Schulter zu.

Ruud van der Kerk nahm nach dem ersten Klingelzeichen ab. Sie sprachen Englisch miteinander, und er bedankte sich für den schnellen Rückruf. Seine Stimme war warm und freundlich und vertrauenerweckend. Sie stellte sich einen Mann um die fünfundfünfzig vor, mit schmalem, offenen Gesicht und ehrgeizigem Blick.

»Uns sind Informationen zugespielt worden über eine Begebenheit, die sich in Andeoska Gora in Kroatien ereignet haben soll«, erläuterte er. »Sie stammen von einem Hauptkommissar Morelli aus Italien. Er bezog sich da auf einen Bericht, den Sie ihm geschickt haben sollen. Zuerst muss ich nachprüfen, ob diese Angaben stimmen. Hatten Sie Kontakt zu Hauptkommissar Morelli?«

»Ja, und ich habe ihm auch diesen Bericht über Andeoska Gora zukommen lassen«, antwortete Elina.

»Diese Details sind hochinteressant für uns, wir bereiten gerade eine Anzahl von Anklagen vor, die sich auf Kriegsverbrechen während der Operation Sturm im Jahr 1995 beziehen. Vielleicht haben Sie vor ein paar Jahren mitbekommen, dass der kroatische General Ante Gotovina gefasst wurde?«

»Ja, habe ich«, sagte Elina und versuchte Mina daran zu hindern, an der Telefonschnur zu reißen.

»Unsere Aufklärungsarbeit ist aus verständlichen Gründen geheim«, fuhr van der Kerk fort. »Aber über eine Angabe von Hauptkommissar Morelli würde ich mich gerne kurz mit Ihnen unterhalten. Ist das möglich?«

»Doch, das glaube ich schon«, meinte Elina. »Aber ich wusste gar nicht, dass Morelli mit Ihnen Kontakt aufgenommen hat. Ich hatte nur die Absicht, ihm bei der Aufklärung des Mordes an Alexander Kupalo zu helfen. Er wurde 2005 in Italien erstochen.«

»Meine Fragen beziehen sich auch ausschließlich auf diesen Alexander Kupalo«, sagte van der Kerk. »Die Polizei von Knin verdächtigt Kupalo, einer der drei Mörder von Andeoska Gora gewesen zu sein. Morelli hat mir alle Details vorgelegt. Meine Frage lautet nun, ob Sie noch etwas hinzuzufügen hätten?«

»Alles, was ich weiß, habe ich Morelli erzählt.«

»Um weiterzukommen, müssten wir uns also direkt an die Behörden in Knin wenden?«

»Ich kann Ihnen leider nicht weiterhelfen«, bedauerte Elina. Mina hatte zu einer neuen Attacke auf die Telefonschnur angesetzt und war dieses Mal erfolgreicher. Elina flog der Hörer aus der Hand und zu Boden.

»Hallo?«, hörte sie van der Kerk rufen.

»Verzeihen Sie bitte«, sagte Elina. »Ich habe meine Tochter auf dem Schoß. Und sie findet, eine Telefonschnur ist das tollste Spielzeug auf der Welt. Sie gewöhnt es sich bestimmt ab, wenn sie erst einmal ein eigenes Handy hat.«

»Ja, ich weiß, wie das bei Ihnen in Schweden ist. Die Kinder werden wie Erwachsene behandelt und dürfen auch mit zur Arbeit kommen, wenn sie wollen.«

»Genau, so ist es hier bei uns im Norden«, schmunzelte Elina.

»Nun sind Sie ja auch Polizistin«, nahm van der Kerk den Faden wieder auf. »Zweifeln Sie an den Informationen über Alexander Kupalo?«

»Ich kannte ihn persönlich«, erklärte Elina. »Und in meiner wildesten Phantasie kann ich mir nicht vorstellen, dass er so etwas getan haben soll.«

Am anderen Ende der Leitung herrschte Schweigen.

»Warum fragen Sie«, Elina wurde unruhig.

»Die Sache ist die«, begann Ruud van der Kerk und zögerte fortzufahren. »Bereits 1996 haben wir eine Information über dieses schreckliche Verbrechen erhalten. Es war ein anonymer, handschriftlicher Vermerk und auch nicht besonders detailliert. Wir haben uns dennoch gleich an die kroatischen Behörden gewandt, aber dort konnte uns niemand helfen.«

»Ach ja?«, unterbrach Elina. »Das überrascht mich jetzt aber. Mir gegenüber hat die Polizei in Knin geäußert, sie hätten versucht, den Fall zu lösen. Leider erfolglos.«

»Uns gegenüber sind sie leider nur selten hilfsbereit«, beklagte sich van der Kerk. »Wir hatten leider zu viele Fälle zu behandeln, um das weiter zu verfolgen. Außerdem waren die Angaben viel zu lückenhaft und spärlich. Aber da wir jetzt die Namen der Verdächtigen haben, könnten wir eventuell weiterkommen.«

»Haben Sie noch mehr?«, fragte Elina. Sie war enttäuscht, alles, was sie bisher bewerkstelligt hatte, war, den Verdacht gegen Alex zu verhärten.

Ruud van der Kerk summte leise vor sich hin, als würde er über eine Sache nachdenken.

»Ihre Angaben unterscheiden sich in einem wichtigen Detail von den Informationen, die uns vorliegen«, sagte er schließlich. »Ich würde gerne wissen, was Sie darüber denken!«

»Worum geht es denn?«

»Über die Rolle von Alexander Kupalo.«

Instinktiv drückte Elina den Hörer fester ans Ohr.

»Ja?«

»Sie behaupten, er sei einer der drei Mörder gewesen«, wiederholte van der Kerk. »Aber laut unserer Quelle von 1996 war er nur ein Zeuge.«

Elina schloss die Augen. Hatte sie richtig gehört? Mina hatte sich von ihrem Schoß gleiten lassen und begann, Papiere aus einem Bücherregal zu reißen.

»Kommissarin Wiik«, rief van der Kerk, »können Sie mir diesen äußerst signifikanten Unterschied erklären?«

»Nein«, platzte es aus Elina heraus. Sie versuchte sich zu konzentrieren. »Wer hat diesen Brief 1996 denn geschrieben?«

»Der Brief ist, wie ich schon sagte, anonym. Er ist auf Kroatisch verfasst. Der Verfasser forderte uns auf, mit Alexander Kupalo Kontakt aufzunehmen, da er der einzige Zeuge für die Morde an der Familie Dodola in Andeoska Gora sei. So steht es da. Wir haben es versucht, aber es ist uns damals nicht gelungen, ihn ausfindig zu machen. Und als dann auch die kroatischen Behörden nicht helfen konnten oder wollten, geriet die Angelegenheit leider ein bisschen in Vergessenheit.«

»Könnte ich eine Kopie des Briefes bekommen?«, bat Elina.

»Ich weiß nicht...«, van der Kerk zögerte.

Gib mir bitte diesen Brief, dachte sie. Dann kann ich ihn später Mina zeigen! »Den Inhalt haben Sie mir doch ohnehin schon verraten«, versuchte sie, ihn zu überzeugen. »Vielleicht fällt mir noch etwas ein, wenn ich ihn vor mir sehe!«

»Ich werde das veranlassen«, versprach van der Kerk. »Bitte melden Sie sich bei mir, wenn Ihnen noch etwas einfällt. Auf Wiederhören.«

»Ich danke Ihnen vielmals«, sagte Elina und gab ihm schnell ihre Anschrift durch, bevor sie auflegte.

Regungslos blieb sie auf dem Stuhl sitzen und starrte aus dem Fenster. »Nur ein Zeuge«, flüsterte sie. »Bitte lass es um alles in der Welt so gewesen sein. Lass das die Wahrheit sein!« Sie kniete vor Mina und umarmte ihre Tochter so fest, dass das Mädchen sich beschwerte und freistrampelte.

Elina setzte Mina zurück in den Buggy und ging hinaus in den Flur. Im gleichen Augenblick öffnete John Rosén seine Zimmertür. »Was wollte der Herr aus Den Haag denn von dir?«, fragte er.

»John«, rief Elina fröhlich. »Es ist etwas Phantastisches geschehen!«

Verblüfft sah Rosén seine Mitarbeiterin an. Sie umarmte ihn stürmisch und lachte mit Tränen in den Augen.

»Ich melde mich bald!«, versprach sie. »Tschüss, John. Mach´s gut!«

Er sah ihr hinterher, wie sie eilig zum Aufzug lief. Fast sah es so aus, als würde sie tanzen.

31. KAPITEL

Nachdem sich die erste Euphorie gelegt hatte, zwang sie sich dazu, ihren Verstand einzuschalten. Ihre Annahme, der Mord an Alex sei ein Racheakt gewesen, wurde auf einmal unwahrscheinlich. Wenn er jedoch nur ein Zeuge gewesen war und zwar der einzige Zeuge bei der Auslöschung einer ganzen Familie, wäre die logische Schlussfolgerung, dass die wirklichen Mörder ihn getötet hatten, um sich selbst zu schützen.

Ivan Zir und Goran Zir... Goran war bereits 2002 ums Leben gekommen, sie hatte in der Schublade seines Vaters mit eigenen Augen das Dokument gesehen, das seinen Tod bezeugte. Milan Rakh hatte ihr erzählt, er sei erschossen worden. Und Ivan... der war vor Jahren schon ins Ausland geflüchtet.

Elina versuchte sich an den genauen Wortlaut von Rakh zu erinnern, als er den Tathergang geschildert hatte: Soldaten, die auf Patrouille waren, hatten die Mörder im Auto heranfahren sehen. Sie hatten Alex' Wagen erkannt, als er aus der Stadt kommend den Berg hochfuhr, und Alex wurde außerdem vor dem Haus der Familie Dodola gesichtet. Die Kriminaltechniker haben später rekonstruiert, dass es sich um drei Täter gehandelt haben musste.

Wenn das stimmte und Alex nur ein Zeuge der Tat gewesen war, dann musste eine weitere Person am Tatort gewesen sein: der dritte Mörder.

Elina versuchte sich die Szenerie vorzustellen. Drei Kroaten kehren nach Kriegsende zurück in ihr Heimatdorf. Alex kennt sie von früher. Er hat ein Auto und bietet ihnen an, sie zu fahren. Die drei drehen durch, als sie ihre zerstörten Elternhäuser sehen. Ihr Hass wendet sich gegen die einzige serbische Familie, die noch in Andeoska Gora lebt, Familie Dodola. Es kommt zum Streit, die Situation eskaliert, das Töten beginnt erneut, des Krieges bittere Nachlese. Alex versucht sie aufzuhalten, aber was kann er ausrichten gegen drei Männer, blind vor Hass?

So könnte es gewesen sein, dachte Elina. Und was geschah dann? Alex versucht die Tat zu melden, aber die Kroaten haben soeben den größten Sieg errungen, niemand will ihm zuhören, und was sind schon ein paar tote Serben, nur Tropfen in einem Meer aus Blut. Die Mörder drohen ihm, damit er den Mund hält, und er verlässt das Land. Ihm fehlen Beweise, und wie soll er die anderen davon überzeugen, dass er, der Fahrer, als Einziger unschuldig ist? Aber für die wahren Mörder stellt er eine Bedrohung dar. Darum ändert er seinen Namen, wird zu Alex Niro. Er zieht nach Monte Sant'Angelo, zieht sich zurück in die vermeintliche Sicherheit. Aber sie finden ihn dennoch und bringen ihn um.

Ja, so könnte das alles zusammenhängen. Aber der Gedanke war noch nicht zu Ende gedacht: Wenn Alex nur Zeuge gewesen ist, wer war dann der dritte Mann? War es womöglich Bogdan Zir, der die Tat mit seinen Söhnen begangen hat? Elinas Fragen nach Alex in der Bäckerei von Knin müssen wie Nadeln in ihn eingedrungen sein. Zwölf Jahre nachdem er im Blutrausch getötet und sich für jedes Unrecht gerächt hatte, kam die Erinnerung in Gestalt einer schwedischen Frau zu ihm zurück. Da erst beendete er sein erbärmliches Leben und legte Hand an sich.

Aber der alte Bauer konnte unmöglich Alex' Mörder gewesen sein, der ihn dort in den Bergen aufgespürt und ihm das Messer ins Herz gestoßen hatte. Und Goran war tot... dann blieb nur Ivan Zir übrig. War er der Mann, dessen Schatten der Nachbar in jener Nacht vor Alex' Haus gesehen hatte? Ivan Zir?

Elina sprang auf, überzeugt davon, dass sie die Lösung gefunden hatte. Aber Sekunden später meldeten sich wieder Zweifel. Das Ganze war so verwirrend und unklar... Wer hatte den Brief an das Tribunal in Den Haag geschrieben? Wer wusste, dass Alex nur Zeuge gewesen war?

Sie stellte sich ans Fenster. Die Bäume hatten Blätter bekommen. Vielleicht hatte Alex den Brief geschrieben, in einem verzweifelten Versuch, sein Schicksal anderen in die Hände zu legen. Aber warum hatte er dann nicht dafür gesorgt, dass die Ermittler ihn finden konnten?

Plötzlich spürte sie, dass Alex dicht hinter ihr stand. Sie hatte ihn fast verloren, aber in diesem Moment war er zurückgekehrt zu ihr.

Es war Zeit, sich um Mina zu kümmern, die aus ihrem Mittagsschlaf aufgewacht war. Später würde sie John Rosén anrufen und ihn bitten, Ivan Zir via Interpol suchen zu lassen.

32. KAPITEL

Am nächsten Morgen rief John Rosén bei Elina an.

»Ivan Zir wird bereits gesucht«, erzählte er. »Er hat vor drei Wochen in Bremen einen nagelneuen BMW gestohlen. Außerdem hat er in einem Hotel die Zeche geprellt.«

»Bremen!«, wiederholte Elina erstaunt. »Hat er da schon lange gelebt?«

»Das habe ich nicht herausbekommen«, erwiderte Rosén. »Aber er hat eine unbefristete Aufenthaltsgenehmigung für Deutschland.«

»Haben die das Auto schon gefunden?«

»Nein. Du weißt doch, wie das läuft. Aktiv wird da nicht ermittelt. Der Zufall entscheidet, ob er gefasst wird.«

»Wenn der Zufall uns gnädig ist, könntest du dafür sorgen, dass uns das automatisch mitgeteilt wird?«, bat Elina.

»Und von welchem Automaten, bitte sehr?«, fragte Rosén spöttisch.

»Ach, gibt es so einen gar nicht?«, lachte Elina. »Okay, ich werde die Polizei in Bremen anrufen und sie um den Gefallen bitten. Wenn ich dort jemanden finde, der mich versteht!«

»Elina! Worum geht es hier eigentlich?«

»Ich verspreche dir, dass ich dir alles erzählen werde. Aber jetzt noch nicht.«

Danach leitete sie einige Dinge in die Wege, in der Hoffnung, so früh wie möglich über die Ergreifung von Ivan Zir informiert zu werden. Schließlich informierte sie Hauptkommissar Morelli in einer E-Mail über ihre Schlussfolgerungen im Fall Alexander Kupalo, obwohl sie wusste, dass er in dieselbe Richtung dachte. Das alles war nur ein theoretisches Gedankengebäude, nichts Handfestes, um Ivan Zir wegen Mordes suchen zu lassen. Aber wenn man ihn erst einmal gefasst hatte, würde man die richtigen Fragen stellen können.

Als das erledigt war, widmete sie sich ganz ihrer kleinen Tochter. Ein Besuch des Eskilstuna Zoos stand auf dem Programm.

33. KAPITEL

Ivan Zir und der Mann in der Autowerkstatt konnten sich nicht durch eine gemeinsame Sprache verständigen. Sie verkehrten über das einzige universelle Kommunikationsmittel: Geld. Als Ivan Zir die Werkstatt verließ, hatte er 75.000 Kronen in der Tasche. Er hatte versucht, mit dem Käufer zu handeln. Erst alle zehn Finger in die Luft und danach noch zwei extra. Der Mann hatte mit sieben Fingern gekontert. Fluchend hatte sich Ivan Zir umgedreht und die Werkstatt verlassen; das reinste Preisdumping war das. Aber es dauerte nicht lange und er hatte es sich wieder anders überlegt. Die Alternative, den Wagen zu behalten und nach einem anderen Käufer zu suchen, war wesentlich schlechter. Er kehrte um, und zum Schluss einigten sie sich auf die fünf Finger der linken Hand und den Daumen, Zeigefinger und Mittelfinger der rechten Hand. Achttausend Euro.

Am Abend ließ er sich mit einer ganzen Flasche Slibowitz volllaufen, die er drei Tage zuvor einem serbischen LKW-Fahrer abgekauft hatte. Sein eigentlicher Plan, in einer Kneipe in Värnamo zu feiern, fiel zeitgleich mit ihm ins Bett und in einen Tiefschlaf.

Am nächsten Morgen wachte er in zerknitterten Klamotten und mit einem zentnerschweren Kopf auf. Es war Viertel vor sieben. Eine weitere Bruchbude wartete an diesem Tag auf ihn. Stöhnend drehte er sich zur Seite und schlief augenblicklich wieder ein.

Drei Stunden später wurde er von zwei Männern geweckt. Langsam hob er den Kopf in das gleißende Licht, das durch die Kellerfenster fiel, und sah, dass die Männer Uniformen trugen.

»Kommen Sie mit«, sagte der eine Polizist.

Obwohl Ivan Zir die Worte nicht verstand, wusste er, was er zu tun hatte. Der andere Polizist griff ihm unter die Arme und zog ihn auf die Füße. Seine Beine fühlten sich an wie gekochte Spaghetti, als sie ihn aus dem Haus führten. Im Türrahmen tauchte ein dritter Mann auf, der sich Gummihandschuhe überstreifte. Würde es länger als fünf Minuten dauern, bis sie das Geld hinter der Luke zum Lüftungsschacht gefunden hatten?

Ivan Zir ließ sich widerstandslos in den Streifenwagen bugsieren. Kurz bevor sie losfahren wollten, klopfte der alte Vermieter an die Scheibe.

»Die Miete«, sagte er zum Fahrer. »Was wird daraus?«

»Schuldet er Ihnen noch Geld?«, fragte der Polizist.

»Nein, aber er hat eine zweimonatige Kündigungsfrist.«

»Wir notieren das in der Akte«, beruhigte ihn der Beamte und legte den Gang ein.

Am selben Abend piepste Stellas Handy. Sie öffnete die eingegangene SMS: »Wagen wurde gefunden, der Dieb festgenommen! Von der Polizei in Värnamo, Schweden. Vielen Dank! Liebe Grüße, Angelika Hohn.«

Im Ausland also. Stella hatte das erwartet. Sie rief die Auslandsauskunft an und ließ sich mit der Polizeistation in jener schwedischen Stadt verbinden, deren Namen sie noch nie zuvor gehört hatte. Ein Mann nahm den Hörer ab und sagte etwas in einer Sprache, die sie nicht verstand.

»Sprechen Sie Englisch?«, fragte sie zaghaft.

»Ja, natürlich«, erwiderte der Gefragte. »Ich bin der wachhabende Beamte im Revier von Värnamo.«

»Ich rufe aus der Polizeibehörde in Bremen an«, sagte Stella. »Es geht um eine Festnahme, die Sie auf unseren Wunsch durchgeführt haben. Es handelt sich um Autodiebstahl.«

»Ja, ich weiß Bescheid«, antwortete der Beamte. Er klang regelrecht vergnügt, Englisch sprechen zu müssen, und dann auch noch mit einer ausländischen Kollegin. Stella wusste dieses Verhalten zu deuten und zu nutzen. Dieses Gefühl, an einer großen, internationalen Sache teilzunehmen, übte auf jeden einen großen Reiz aus. Dadurch fühlte man sich wichtiger.

»Die Sache ist die«, erläuterte Stella, »ich habe die Anzeige hier gerade vor mir liegen. Nun benötige ich noch ein paar Informationen über den gesuchten Täter… lassen Sie mich mal sehen…« Sie tat so, als würde sie in den Unterlagen nach seinem Namen suchen. »Ach, da hab ich es, Ivan Zir heißt er.«

»Was wollen Sie denn wissen?«

»Wo er sich zurzeit befindet. Haben Sie ihn in Untersuchungshaft genommen?«

»Ich sollte Sie eigentlich an den zuständigen Kommissar weiterleiten, aber ich habe den Bericht über die Festnahme soeben auf den Tisch bekommen, da kann ich genauso gut…«

»Ich wäre Ihnen sehr dankbar für Ihre Hilfe, damit ich jetzt gleich diesen lästigen Papierkram beenden kann«, sagte Stella so sanft wie möglich, eine Tonlage, die sie sich während der vielen Abende in den verschiedenen Hotelbars angeeignet hatte.

»Natürlich, das kann ich gut verstehen«, lautete auch prompt die Antwort. »Er wurde nach sechs Stunden wieder freigelassen. Wir halten Autodiebe nicht länger fest.«

»Ich verstehe«, murmelte Stella. »Er ist also wieder freigelassen worden... das könnte uns selbstverständlich einige Schwierigkeiten bereiten. Wir müssen hoffen, dass er nicht untertaucht. Lassen Sie ihn überwachen?«

»Nein, dafür haben wir nicht genug Leute. Wenn eine Ausweisung aktuell wird, werden wir ihn wieder festnehmen.«

Stella ließ es sein, sich auf eine Diskussion einzulassen. Aber sie konnte nicht begreifen, wie naiv die schwedische Polizei war, dass sie tatsächlich annahm, Ivan Zir würde artig wie ein Schuljunge auf seinen Gerichtstermin warten. »Welchen Wohnort hat er denn angegeben?«, fragte sie stattdessen.

Der Polizist summte in den Hörer. »Er wohnt in Kärda, einem Vorort von Värnamo.«

»Könnten Sie mir noch bitte den Straßennamen geben, dann trage ich das gleich im Computer ein.«

Der Polizist buchstabierte ihr die Postanschrift des alten Vermieters. »Er wohnt aller Wahrscheinlichkeit nach im Keller«, fügte er hinzu. »Zumindest haben wir ihn dort festgenommen.«

»Im Keller«, wiederholte Stella. »Wie passend!«

»Ja, das ist ein lichtscheues Gesindel!«

»Ich danke Ihnen vielmals«, Stella beendete zügig das Gespräch und schaltete das Handy aus. Dann winkte sie ein Taxi zu sich und ließ sich an den Bremer Hauptbahnhof fahren. In einem Zeitungskiosk kaufte sie sich eine Landkarte. Värnamo... ihr Finger glitt über die Karte. Die Stadt lag im Süden von Schweden. Der am nächsten gelegene Eisenbahnknotenpunkt war in Alvesta. Dort würde sie umsteigen müssen.

Am Schalter kaufte sie sich ein Zugticket nach Stockholm. »Der nächste Zug geht heute Abend um 20 Uhr 09 ab«, sagte die Frau hinter der Glasscheibe.

Stella warf einen Blick auf die Uhr. Sie hatte noch anderthalb Stunden Zeit. Das müsste reichen.

Wenige Stunden später ratterten die Schienen unter ihrem

Sitz. Sie schlummerte, draußen war es dunkel. Über ihr im Gepäckfach lag ihre Reisetasche. Sie hatte es geschafft, in ihr Zimmer zu fahren, die Sachen zu packen und war pünktlich zur Abfahrt des Zuges am Bahnhof zurück. Sie hatte alles dabei, was sie benötigte.

34. KAPITEL

Zwei Tage später, an einem Sonntagmorgen, klingelte bei Elina das Telefon. Sie hatte Mina gerade gebadet, zusammen mit ihrer neuen gelben Gummiente und einem Feuerwehrlöschboot, das sogar Wasser spritzen konnte.

John Rosén war am Apparat. »Die Polizei in Värnamo hat Ivan Zir festgenommen«, erzählte er, ohne zu erläutern, wie ihn die Information erreicht hatte.

»In Värnamo?«, wiederholte Elina erstaunt. »Dann ist er also in Schweden?«

»Das können wir nur hoffen. Sie haben ihn vor zwei Tagen verhaftet, ihn aber nach ein paar Stunden wieder auf freien Fuß gesetzt.«

Leise fluchte Elina vor sich hin. Die Bremer Polizei hatte sich nicht bei ihr gemeldet, obwohl sie unmittelbar nach dem Ergreifen von Zir darüber informiert worden sein mussten und ihr versprochen hatten, sich sofort zu melden. Zwei Tage! Ivan Zir saß doch schon längst in einem Café in Buenos Aires oder in einem Bordell in Pattaya.

»So, und jetzt erzählst du mir bitte, worum es hier geht!«, forderte John Rosén sie auf. Elina riss sich zusammen und berichtete so knapp und kurz, wie es ging. Mina hatte keine Lust, dass ihre Mutter telefonierte, wenn sie nicht mitspielen und zuhören durfte. John Rosén bekam die Grundzüge der

Geschichte geschildert, allerdings ließ Elina ein wichtiges Detail aus: dass das Mordopfer Alex Minas Vater war. Stattdessen bezeichnete sie ihn als guten Freund. Die Reise nach Kroatien war ursprünglich als Urlaub gedacht. Da sie aber nun schon einmal da gewesen sei, habe sie ein paar Fragen gestellt. Schließlich sei Alex auch Kroate gewesen, und sie habe sich so ihren Teil gedacht ... John sollte seine eigenen Schlüsse ziehen. Sie wusste, dass er das auch tun würde, schließlich hatte er ihre Freude nach dem Gespräch mit dem Ermittler aus Den Haag gesehen. Aber er war feinfühlig genug, sie nicht danach zu fragen.

»Du verdächtigst also diesen Ivan Zir des Mordes?«, fasste Rosén zusammen. »Das hättest du vielleicht ein bisschen früher andeuten sollen.«

»Ich hatte doch keine Ahnung, dass er sich in Schweden aufhält. Aber das verändert alles, das stimmt. Plötzlich sieht es so aus, als könnten wir den Fall selbst lösen.«

»Du bist beurlaubt!«, wurde Elina erinnert. »Ich rufe mal in Värnamo an und bitte darum, Ivan Zir eine Weile in Untersuchungshaft zu nehmen.«

Elina versuchte, ihre Aufregung zu verbergen. Erneut agierte sie in dem Grenzland zwischen privatem und beruflichem Interesse, weil sie über ihr tatsächliches Verhältnis zum Mordopfer schwieg. Aber sie hatte gute Gründe. Als Angehörige würde sie sofort von den Ermittlungen ausgeschlossen werden, aber sie wollte unbedingt dabei sein. Natürlich hatte sie keine Kenntnis über die Sachverständigkeit der Polizei in Värnamo, aber sie wollte unter keinen Umständen irgendeine Nachlässigkeit in der Ermittlungsarbeit zulassen.

»Ich will bei dem Verhör von Ivan Zir dabei sein!«, sagte sie forsch.

»Das klingt nicht besonders vernünftig!«, widersprach Rosén.

»Ruf in Värnamo an«, überging Elina den Einwand. »Sag denen, dass eine Kollegin aus Västerås mit dem Fall betraut wurde und unterwegs zu ihnen ist.«

»Ich melde mich wieder«, sagte Rosén und legte auf.

Der Auftrag, den Verdächtigen Ivan Zir erneut festzunehmen, ging an die beiden Streifenpolizisten Hallberg und Grön. Hallberg war ein leicht reizbarer, aufbrausender Typ, Grön hingegen war so gemächlich, wie es den Småländern nachgesagt wird. Als Team waren sie die ganz normale, wenn auch wesentlich bescheidenere Ausgabe des amerikanischen Modells »good cop, bad cop«.

»Gilt er als gefährlich?«, fragte Grön.

»Na er wird immerhin des Mordes verdächtigt!«, sagte Hallberg. »Wir sollten also auf das eine oder andere vorbereitet sein.«

»Aha, das sind wir dann auch.«

Sie fuhren auf die Landstraße Richtung Borås und bogen nach ein paar Kilometern nach Kärda ab. Bei dem Haus angekommen, klopfte Hallberg an die Tür. Der Vermieter öffnete.

»Ist Ihr Untermieter zu Hause?«, fragte Hallberg.

»Der hat einen separaten Eingang«, antwortete der Mann. »Vorgestern kam er mit dem Schwanz zwischen den Beinen zurück, nachdem ihr ihn wieder habt laufen lassen. Das war doch wohl so was von unnötig, oder? Hättet ihr den nicht gleich dortbehalten können, wenn ihr jetzt schon wieder hier seid, um ihn abzuholen? Ich habe ihm schon Beschied gesagt, bis Monatsende kann er noch bleiben, dann muss er seine Sachen packen und verschwinden! Ich habe keine Lust auf Polizeikunden!«

Er drohte den Polizisten mit der Faust, als hätten sie Schuld daran, dass er an einen Autodieb vermietet hatte.

»Wir würden gerne mit dem Delinquenten ein paar Worte

wechseln«, sagte Grön mit sanfter Stimme. »Wenn sich das machen ließe?«

»Dann kommen Sie schon mit!«, sagte der aufgebrachte Vermieter. Er führte sie zur Kellertreppe. Die Tür zu Ivan Zirs Zimmer war geschlossen. Hallberg öffnete sie, ohne anzuklopfen.

Abrupt blieb er auf der Türschwelle stehen.

»O mein Gott!«, stöhnte der Vermieter, der hinter dem Polizisten ins Zimmer schielte.

Auf dem Boden lag Ivan Zir. Der Größe der Blutlache nach zu urteilen, hatte er keinen Tropfen mehr in seinem Körper.

35. KAPITEL

Elina wollte es zuerst nicht glauben, als John ihr mitteilte, dass Ivan Zir ermordet aufgefunden worden war. Das war wie ein Fluch: Die Mitglieder der Familie Zir starben, sobald sie mit ihnen Kontakt aufnehmen wollte.

Sie bereitete alles vor, damit ihre Mutter Mina übernehmen und sie sich auf den Weg nach Värnamo machen konnte. Gegen sieben Uhr abends hatte sie den Ort erreicht und checkte in einem Hotel ein, dessen Fassade sie an eine gigantische, blaukarierte Tischdecke erinnerte. John Rosén hatte dafür gesorgt, dass die Reise auf Kosten der Behörde ging, obwohl er große Einwände gegen ihr zweifelhaftes Vorgehen angemeldet hatte.

Elina brachte nur schnell ihre Tasche ins Zimmer und lief hinunter ins Foyer. Der Portier zeigte ihr den Weg zur Polizeistation; den Hügel hinunter, über den Fluss, gleich neben der Kirche. Zu Fuß erreichbar. Das Hotel lag im Stadtzentrum, als sie aber in der Fußgängerzone stand, war sie ganz allein. Niemand war draußen unterwegs. Es fühlte sich an, als wäre sie in die zerbombten Städte Kroatiens zurückgekehrt, die Straßen waren menschenleer. Obwohl noch so früh am Abend, war die Stadt wie ausgestorben. Värnamo schien nicht besonders belebt zu sein.

In der Polizeistation, einem massiven Backsteingebäude mit

Vordach, kam ihr ein kräftiger Mann um die fünfzig mit gepflegtem, leicht angegrauten Bart und wachsamem Blick entgegen. Er stellte sich als »Kommissar Valdemar Karlsson« vor und ließ verlauten, dass er »die Sache mit dem Mord an Zir« betreue. Die Worte sprach er vorne im Mund, irgendwie klangen sie zart, was im starken Kontrast zu seiner Körperfülle stand. Elina war keine Spezialistin für lokale Dialekte, aber sie hatte dennoch den Eindruck, dass sie es mit einem echten Sohn der Stadt zu tun hatte.

Das Polizeigebäude erschien ihr so menschenleer wie die Straßen zuvor. Karlsson führte sie in einen Konferenzraum mit einem langen Tisch und Dutzenden von Stühlen. Er bot ihr einen Platz an und holte zwei Becher Kaffee und zwei Zimtschnecken.

»Wir haben sechs Mann eingesetzt«, berichtete Karlsson, nachdem er sich zu ihr gesetzt hatte. »Zwei davon kommen aus Jönköping, die anderen aus umliegenden Dienststellen. Die meiste Zeit haben wir bisher mit der Befragung der Nachbarschaft in Kärda verbracht und mit Nachforschungen über die Tätigkeitsfelder des Opfers in dieser Gegend.«

»Und was haben Sie herausbekommen?«, fragte Elina.

»Offenbar hat er schwarz für eine Abrissfirma gearbeitet. Diese Art von Firmen, die ausschließlich solche Wildpferde beschäftigen. Uns bleibt wohl nichts anderes übrig, als die alle einzeln vorzuladen und zu verhören, um herauszufinden, ob einer von ihnen mit Zir ein Hühnchen zu rupfen hatte. Spielschulden, Drogengeschäfte, wer weiß das schon so genau?«

Wildpferde und Hühnchen, das ist ja der reinste Bauernhof, dachte Elina abfällig. »Und was hat die Befragung ergeben?«

»Niemand hat etwas gesehen«, fasste Karlsson zusammen.

»Wann genau ist er gestorben?«, fragte Elina.

»Der Rechtsmediziner hat gesagt, dass er gestern Abend

seinen letzten Atemzug getan hat, irgendwann zwischen zehn und zwölf.«

»Kärda ist noch kleiner als Värnamo«, stellte Elina fest. »Wenn ich mir die menschenleeren Straßen hier ansehe, dann gehe ich davon aus, dass auch in Kärda niemand draußen unterwegs war.«

»Die Leute sehen fern oder schlafen um diese Uhrzeit schon. Nicht leicht, Zeugen zu finden. Wollen Sie die Leiche sehen?«

Die Frage kam völlig unerwartet. Sie könnte Ivan Zir sehen, den potentiellen Mörder von Alex? Das wollte Elina um jeden Preis.

Sie fuhren mit einem Streifenwagen zum Leichenschauhaus, das am südlichen Stadtrand, auf dem Weg nach Hånger, in einem Krankenhaus untergebracht war. Valdemar Karlsson schien sich dort gut auszukennen. Eine Frau in einem weißen Kittel und markanter schwarzer Brille zeigte ihnen den Leichnam. Ivan Zir lag auf dem Rücken, die Augen waren geschlossen, der Mund war leicht geöffnet und entblößte eine Reihe nikotingelber Zähne. Seine Gesichtshaut war bläulich rot und sah sehr ungesund aus. Sein Hinterkopf war flach, wie eingedrückt und hatte eine unnatürliche Form. Abgesehen von der Tatsache, dass er tot war, sah er ansonsten ganz normal aus. Elina versuchte, einen bösartigen Zug in seinem Gesicht zu entdecken. Aber sollte er einen solchen jemals gehabt haben, hatte der Tod, der übermächtige Gleichmacher, alles ausgelöscht.

Sie fühlte sich merkwürdig leer, aller Gefühle beraubt, die sie eigentlich haben müsste angesichts dieses Mannes, der wehrlose Menschen abgeschlachtet hatte, und den sie auch aus ganz persönlichen Gründen hassen müsste. Aber es war so schwer, jemanden zu hassen, den es nicht mehr gab; wenn die eigenen Rachegelüste keinen Gegenspieler mehr hatten.

Plötzlich fiel ihr auf, dass sie die genaue Todesursache gar nicht kannte. »Wie ist es passiert?«, fragte sie Karlsson.

»Schädel eingeschlagen«, sagte dieser. »Mit einem runden und länglichen Gegenstand. Wir haben die Tatwaffe noch nicht gefunden.«

»Wie hängt das zusammen?«, dachte Elina laut.

»Wie bitte? Wie hängt was zusammen?«

»Ich werde versuchen, es Ihnen zu erklären. Aber könnten wir zuerst nach Kärda fahren? Ich würde mir gerne seine Unterkunft ansehen.«

Valdemar Karlsson machte eine undefinierbare Kopfbewegung und ging voran, zurück zum Wagen. Elina warf einen letzten Blick auf den Toten, bevor die Frau mit dem schwarzen Brillengestell sein Gesicht mit einem Tuch verdeckte.

Kärda, so stellte sich heraus, bestand aus einer Durchfahrtsstraße, an der sich die Häuser aneinanderreihten. Beinahe so wie in Knin, dachte Elina, als sie vor dem Haus des alten Rentners anhielten. Sie stieg aus und betrachtete das Anwesen. Die Fassade war aus Eternit, dem Asbestzement, der bis in alle Ewigkeit halten soll. Das Haus war zu unvergänglicher Hässlichkeit verdammt.

»Er hat im Keller gewohnt«, sagte Karlsson und hob mit einer höflichen Geste das Absperrband für Elina hoch. Sie ging die Treppe hinunter und betrat den Keller. Das Blut auf dem Boden war getrocknet.

»Was haben Sie gefunden?«, fragte sie.

»Nur Kleidungsstücke, Videos, leere Flaschen und Geld«, zählte Karlsson auf. »Wir hatten den Autoschlachter seit einiger Zeit im Visier, ist ein alter Stammkunde von uns. Zir ist zu ihm gegangen, um das Auto aus Bremen zu verkaufen. So ist er uns ins Netz gegangen. Hinter dem Lüftungsschacht hatte er die fünfundsiebzigtausend Kronen versteckt.«

Er klopfte gegen eine Luke an der Außenwand.

»Wir gehen davon aus, dass das Geld auch das Motiv gewesen ist. Irgendjemand hat mitbekommen, dass er den Wagen verkauft hat, und wollte ihn ausrauben oder seine Schulden beglichen haben. Aber wir waren besser, das Geld haben wir konfisziert.«

»Nein«, wandte Elina ein. »Ich glaube nicht, dass das der Grund war.«

»Aha, dann wissen Sie mehr als ich.«

Elina sah ihn lange an. Sein Gesichtsausdruck war neugierig, nicht unfreundlich. Sie würde ihn nicht unterschätzen, schließlich war seine Schlussfolgerung aufgrund seines Wissensstandes mehr als angemessen. Den großen Zusammenhang kannte er ja noch nicht. Sie würde ihn bald ins Bild setzen, allerdings auch ihm gegenüber die privaten Details aussparen.

Sie verließen den Keller und blieben noch einen Augenblick auf der Auffahrt stehen. Der Vermieter war nicht zu Hause. Die Sonne senkte sich über den Häuserdächern. Sie wollten gerade ins Auto steigen, als ein Junge auf seinem Moped um die Ecke bog und mit quietschenden Bremsen zum Stehen kam. Er riss sich den Helm vom Kopf.

»Hallo«, rief er.

Er sah aus, als hätte er gerade das Mopedalter erreicht und war in jeder freien Minute draußen unterwegs, um die Reifen glühen zu lassen.

»Hallo«, erwiderte Elina. »Schönes Moped!«

»Das ist ein Jet Force!«, sagte der Junge voller Stolz. »Das könnte locker siebzig schaffen, wenn ich da ein bisschen dran herumfeile.« Er grinste verlegen und blinzelte vorsichtig zu Valdemar Karlsson. »Aber das würde ich natürlich niemals machen, das schwöre ich!«

»Nein, klar, auf diesen Gedanke wärst du im Leben nicht gekommen!«, Valdemar Karlsson sah ihn streng an.

»Sie sind wegen dem da hier, oder? Dem Toten?«, fragte der Junge und nickte Richtung Kellertreppe.

»Ja«, sagte Elina, obwohl sie eigentlich Karlsson die Befragungen überlassen müsste.

»Stimmt es, dass die ihn totgeschlagen haben?«

Elina sah ihren Kollegen fragend an. Sie wusste nicht, was in den Medien veröffentlicht worden war.

»Ja, das stimmt«, antwortete Karlsson.

»Verdammt, ist das krass«, sagte der Junge.

»Wir müssen los«, sagte Karlsson und öffnete die Wagentür.

»Nein, warten Sie!«, hielt der Junge ihn zurück. »Ich hab gesehen, wer es war!«

Valdemar Karlsson drehte sich zu ihm. »Das hast du also. Wie heißt du überhaupt?«

»Jens.«

»Wohnst du hier in Kärda, Jens?«

Der Junge zeigte die Straße hinauf. »In dem Haus hinter dem gelben.«

»Setz den Helm auf und folge uns. Wir fahren zu dir nach Hause. Deine Eltern sind doch da, oder?«

Jens nickte und zog sich den Helm mit routinierten Bewegungen an. Der folgende Kickstart ließ erneut ein paar Millimeter Reifengummi zurück.

Jens' Eltern sahen besorgt aus, als sie ihren Sohn mit zwei Polizisten im Schlepptau kommen sahen.

»Was hat er jetzt schon wieder angestellt?«, fragte der Vater.

Valdemar Karlsson und Elina stellten sich vor, wiesen sich aus und erklärten, dass nichts gegen Jens vorläge, sondern sie sich nur gerne mit ihm in Anwesenheit seiner Eltern unterhalten würden. Die Mutter fragte sie, ob sie einen Kaffee wollten. Die Polizisten sollten sehen, dass sie in einem freundlichen und geordneten Haushalt waren. Sie setzten sich auf das geblümte Sofa im Wohnzimmer, in dem ein bisschen zu viel Krimskrams herumstand.

»Jens hat angegeben, er habe im Zusammenhang mit dem Mord vor zwei Tagen etwas beobachtet«, begann Karlsson.

Die Mutter sah ihn besorgt an. »Jetzt bekomme ich aber Angst. Der Mörder läuft doch noch frei herum? Stellen Sie sich mal vor, er erfährt, dass Jens...«

Valdemar Karlsson hob die Hand. »Ein jeder Bürger ist dazu verpflichtet, eine Zeugenaussage zu machen«, sagte er gebieterisch. »Lassen Sie uns doch erst einmal hören, was Jens zu erzählen hat, bevor wir uns Sorgen machen.«

Ergeben nickte sie und sah ihren Sohn flehend an, als wäre ihr größter Wunsch, dass sich seine Beobachtung als vollkommen harmlos herausstellen würde.

»Ich habe überhaupt kein bisschen Angst«, sagte Jens großspurig. »Gestern Abend war ich gegen elf Uhr unterwegs.«

»Und bist Moped gefahren?«, fügte Karlsson hinzu.

»Genau.«

»Habe ich mir doch gedacht! Bitte Jens, erzähl weiter.«

»Ich bin hier hin und her gefahren, um die Höchstgeschwindigkeit zu testen. Und dabei habe ich den Mörder vor dem Haus stehen sehen.«

»Er hat es am Wochenende bekommen«, erklärte Jens' Vater. »Ich meine das Moped.«

»Der Mord ist im Haus geschehen«, hakte Karlsson nach. »Wie kommst du darauf, dass es der Mörder war, der vor dem Haus gestanden hat?«

»Wer würde sonst so spät abends draußen herumstehen und einfach nur glotzen, ohne was zu machen?«, gab Jens die Frage zurück. »Hier, in Kärda?«

Elf Uhr abends, dachte Elina. Zumindest stimmt es mit

dem Todeszeitpunkt überein, den der Rechtsmediziner ermittelt hat.

»Wo genau stand er denn?«

»Sie«, korrigierte Jens.

»Wie bitte?«, Valdemar Karlsson klang irritiert.

»Sie«, wiederholte Jens. »Es war ein Mädchen.«

»Ein Mädchen?«

»Oder eben eine sehr junge Frau. Sie war so zwischen zwanzig und dreißig oder so. Ich konnte sie nicht so genau sehen, es war ja dunkel. Aber ich kann ein Mädchen von weitem erkennen. Echt!«

Jens' Mutter sah erleichtert aus. Eine Mörderin erschien ihr nicht so bedrohlich.

»Okay«, sagte Karlsson. »Ein Mädchen also. Wo hat sie denn gestanden?«

»Vor dem Haus, so dass sie die Auffahrt einsehen konnte. Sie stand unter einer Straßenlaterne.«

Als sie zur Polizeistation zurückgekehrt waren, löste Elina ihr Versprechen ein und erzählte die Geschichte zum vierten Mal. Nadia hatte sie zuerst gehört, dann Hauptkommissar Morelli und John Rosén. Jetzt war der småländische Kommissar an der Reihe.

Karlsson hörte ihr die meiste Zeit schweigend zu und stellte nur vereinzelt Fragen. Als sie mit ihrem Bericht fertig war, stützte er seinen Kopf in die Hände, und es dauerte lange, bis er das Wort ergriff.

»Die beiden teilten also eine gemeinsame, gewalttätige Vergangenheit«, sagte er schließlich. »Und jetzt sind beide ermordet worden, Alexander Kupalo und Ivan Zir. Aber zwischen den Morden liegen zwei Jahre. Der Zusammenhang könnte auch ein Zufall sein. Ich tendiere da eher zu Raubmord.«

»Meine Hypothese ist nur eine Alternative«, sagte Elina. »Aber auch die sollte man verfolgen.«

»Solange wir so wenig wissen, muss selbstverständlich jede Spur verfolgt werden«, nickte Karlsson. »Es stimmt, dass die Verbindung zwischen diesen beiden Herren auf einen gleichen Täter hindeuten könnte.«

Elina wollte protestieren. Sie mochte es nicht, dass Alex mit Ivan Zir in einen Topf geworfen wurde und zu »diesen beiden Herren« gehörte.

Karlsson sah Elina in die Augen. »Aber zum jetzigen Zeitpunkt ist jene Person die Hauptverdächtige, die Jens an dem Abend gesehen hat«, fuhr er fort. »Könnte dieses Mädchen unter der Straßenlaterne auch die Mörderin von Alexander Kupalo sein?«

Seine Worte katapultierten sie für den Bruchteil einer Sekunde zurück nach Monte Sant'Angelo. Es war an diesem Abend, es war schon spät... Alex schlief in ihrem Bett, sie hatten miteinander geschlafen, wie jeden Abend, seit sie sich kannten, bis auf den allerletzten. Ein Nieselregen fiel auf den Marktplatz. Unter einer Straßenlaterne stand ein Mädchen, ihre Blicke waren sich begegnet. Dann hatte sich das Mädchen in die Dunkelheit zurückgezogen. Elina versuchte, sich an ihre Gesichtszüge zu erinnern, aber sie sah nur ein Gesicht ohne Konturen vor sich.

Valdemar Karlsson beugte sich vor. Sein Gesicht war so scharf und klar wie sein Argument.

»Und bitte wie in aller Welt soll der Mörder aus Italien, wer es auch immer sein mag, herausbekommen haben, dass Ivan Zir in Kärda wohnt?« Er schüttelte den Kopf. »Nein, es ist wohl doch nur ein schäbiger Raubmord.«

Elina spürte, dass er zu zweifeln begann, ihr nicht mehr recht Glauben schenken wollte. Sie verlor sich in Vermutungen und kühnen Hypothesen. Es war allerhöchste Zeit, sich zusammenzureißen. Noch wollte sie nicht aufgeben, noch nicht. Sie wollte sich nicht seiner Überzeugung anschließen, dass der Mord nur mit dem Geld für das gestohlene Auto zu tun hatte.

»Nur eine Frage!«, begann Elina. »Ganz unabhängig vom Motiv, wie hat die Mörderin Ivan Zir gefunden?«

Karlsson zuckte mit den Schultern. »Vielleicht kannte sie ihn ja. Das wäre ja nicht besonders ungewöhnlich.«

Elina schwieg und dachte nach. Sie wollte ihren eigenen Gedanken folgen. Welche Wege hatte die Erkenntnis über die Festnahme von Ivan Zir genommen? Sie hatte es von John Rosén erfahren, und er wird wahrscheinlich von Interpol informiert worden sein. Und Interpol hatte es von … Värnamo?

»Sie haben Ivan Zir vor zweieinhalb Tagen festgenommen«, sagte Elina und sah auf die Uhr. »Laut Rechtsmediziner ist es etwa einen Tag her, dass er ermordet wurde. Dazwischen liegen vierzig Stunden. Wen haben Sie alles in der Zwischenzeit über die Festnahme informiert?«

»Den Staatsanwalt, der dann entschieden hat, ihn laufen zu lassen«, gab Karlsson an. »Und Interpol, weil Ivan Zir international gesucht wurde.«

»Haben Sie auch der Polizei in Bremen Bescheid gegeben?«

»Nein, aber ich gehe davon aus, dass Interpol das getan hat. Ivan Zir war ja von Anfang an deren Fall. So etwas läuft dann wohl automatisch.«

Dann gibt es vielleicht doch Polizeiautomaten, dachte Elina. Das muss ich John erzählen, wenn ich nach Hause komme.

Sie lächelte Valdemar Karlsson an. »Ihre Theorie mit dem Raubmord ist mehr als wahrscheinlich«, gab sie zu. »Ich gebe Ihnen da Recht. Aber ich würde trotzdem zu gerne wissen, was die Bremer gemacht haben, nachdem sie von Ihrer Festnahme erfahren haben.«

»Fragen kostet ja nichts«, erwiderte Karlsson, ging aus dem Zimmer und kam kurz darauf mit zwei dampfenden Kaffeebechern zurück. Dieses Mal ohne Zimtschnecken.

»Gehen wir einmal davon aus, nur als Gedankenspiel, dass die Morde zusammenhängen und wir es mit ein und demselben Täter zu tun haben. Wer könnte das gewesen sein?«

Sehr gut, dachte Elina. Er verschanzt sich nicht hinter seiner Raubmordhypothese.

»Der gemeinsame Nenner zwischen Alexander Kupalo und Ivan Zir ist der Mord an der Familie Dodola«, fasste Elina zusammen und fügte hinzu, »obwohl Kupalo nur Zeuge der Tat war.« Niemand sollte das für sie wichtigste Detail in der ganzen Geschichte vergessen.

»So weit kann ich Ihnen folgen«, sagte Karlsson.

»Wenn es derselbe Mörder ist, sehe ich nur zwei Motive: Rache oder Angst.«

»Dann fangen wir gleich mit Rache an«, sagte Karlsson. »Warum sollte sich jemand an einem Zeugen rächen?«

»In diesem Fall muss ein Missverständnis vorliegen. Die Polizei in Knin glaubt, dass Alexander Kupalo an dem Massaker gegen die Familie Dodola aktiv teilgenommen hat. Daraus könnten viele die falschen Schlüsse gezogen haben.«

»*Wissen* Sie, dass er nur Zeuge war?«

»Das Kriegstribunal in Den Haag behauptet das«, antwortete Elina ausweichend und verheimlichte, dass der Hinweis von einem unbestätigten und anonymen Brief stammte. Sie bewegte sich auf dem dünnen Eis von Halbwahrheiten und musste sich beeilen, schnell weiterzukommen.

»Ein Rachsüchtiger, der Menschen aufgrund eines Missverständnisses tötet? Ich bitte Sie!«, Valdemar Karlsson zog die Augenbraue hoch. Elina hörte, dass seine Skepsis zurückgekehrt war. »Von welcher Art von Mörder sprechen wir hier eigentlich?«

»Ein Verwandter der Familie Dodola. Oder ein politischer Fanatiker von der serbischen Seite. Davon gibt es noch genügend.«

»Okay, das war das eine Motiv. Jetzt zum anderen, der Angst. Erzählen Sie.«

»Es könnte ein Mitschuldiger sein, der alle Beteiligten am Fall Dodola beseitigen will. Jemand, der sich durch deren Wissen bedroht fühlt.«

Sie breitete die Arme aus. »Der dritte Mörder von Andeoska Gora zum Beispiel.«

Valdemar Karlsson unterbrach sie. »Das ist alles zwölf Jahre her«, erinnerte er sie. »Wenn wir Jens' Aussage Glauben schenken, wurde Zir von einer Frau um die dreißig getötet. Sieht so Ihr dritter Kriegsmörder aus dem ehemaligen Jugoslawien aus?«

Elina sah sich gezwungen, ihm Recht zu geben. Das war praktisch unmöglich. »Der dritte Mörder von Andeoska Gora war aller Wahrscheinlichkeit nach ein Mann«, gab sie zu. »Außerdem habe ich ja den Vater der Brüder Zir in Verdacht. Aber der ist jetzt auch tot.«

Karlsson rieb sich das Kinn. »Es ist eine ausgesprochene Seltenheit, dass ein toter Mann seinen eigenen Sohn umbringt«, stellte er ironisch fest.

»Es könnte jemand anderes gewesen sein als Bogdan Zir«, verteidigte sich Elina.

»Haben Sie einen Vorschlag zu machen?«

»Nein«, Elina seufzte. »Ich habe keinen Vorschlag.«

Auch Karlsson seufzte. »Wie wir uns auch drehen und wenden, wir rennen immer wieder gegen eine Wand. Wir müssen von dem ausgehen, was wir haben. Und das ist leider nur der scharfsichtige Mopedfahrer mit seiner Beobachtung. Meine Kollegen werden morgen die Befragungen bei den Nachbarn fortsetzen. Die anderen müssen versuchen herauszubekommen, wer von dem Verkauf des Autos wusste. Wenn wir Glück haben, wird uns vielleicht der Name einer Frau um die fünfundzwanzig genannt.«

Mit Valdemar Karlsson würde sie nicht weiterkommen, das wusste Elina. Er hörte ihr zwar zu, wurde aber immer skeptischer und kritischer. Sie musste sich auch eingestehen, dass es ihm gelang, alle Schwachpunkte ihrer Argumentation zu finden. Ergeben stand sie auf. »Ich werde langsam müde«, sagte sie. »Ich lass morgen früh von mir hören, bevor ich fahre. Wenn Sie wollen. Und außerdem ist es ja gar nicht mein Fall, und ich bin noch in Elternzeit.«

Auch Karlsson erhob sich. »Ich werde mich mal in Bremen erkundigen, wegen dieser Information da«, verabschiedete er sich. »Nur zur Sicherheit.«

Elina nickte. Zur Sicherheit. Sie hatte schon verstanden.

Kurze Zeit später lag sie in ihrem Hotelbett und starrte an die Decke. Der Schlaf schien unendlich weit weg. War das möglich? Alex' Schwester...? Elina wusste, wie absurd dieser Gedanke war. Serbische Fanatiker, Andeoska Gora, die Gedanken wirbelten im Dunkel der Nacht umher. Wahrscheinlich hatte Valdemar Karlsson Recht. Sie war von ihrer Phantasie davongetragen worden. Die Liebe zu Alex minderte ihr Vermögen, klar zu denken.

Fragen ohne Antworten hielten sie wach. Morgen würde sie wieder zu Hause bei Mina sein. Aber wer war das Mädchen unter der Straßenlaterne?

36. KAPITEL

Stella saß auf einem Barhocker. Heute Nacht würde sie ein bisschen Geld verdienen. Sie freute sich darauf, das brachte sie auf andere Gedanken. Leicht war es ihr nicht gefallen zu töten, es hatte sie fast unmenschliche Kräfte gekostet.

Sie dachte an den Tag zurück. Ihr halbes Leben war seitdem vergangen. Sie stehen auf dem Hof und unterhalten sich, Papa und der Mann, der mit dem Wagen gekommen ist. Papa ist nervös, das kann sie von weitem sehen. Er erzählt dem anderen, dass die Familie im Begriff ist, den Ort zu verlassen. Ivan lacht heiser und bietet Papa eine Zigarette an. Er gibt ihm auch Feuer. Mit der anderen Hand zieht er eine Pistole aus der Tasche. Der Schuss trifft Papa in den Mund, er fällt rückwärts um, die Zigarette verschwindet in dem vielen Blut. Gabriel kommt angerannt. Goran tritt ihm mit einem Messer entgegen und sticht ihm damit ins Herz. Mama schreit. Irgendjemand, sie kann sich nicht erinnern, wer es war, schlägt so lange mit einer Eisenstange auf Mama ein, bis sie still ist. Zusammen gehen die Männer zu dem Wagen, der auf dem Hof steht. Sie zerren Oma vom Rücksitz, packen sie an Armen und Beinen wie eine Schaukel und werfen sie in den Schuppen auf den Stapel Brennholz. Einer der Männer kippt Benzin gegen die Außenwand und zündet ein Streichholz an. Das sommertrockene Holz fängt augenblicklich Feuer. Noch heute kann sie das Knistern der Flammen hören.

Dann entdecken sie das letzte Familienmitglied. Sie steht im Eingang. Ihre Hände halten die kleine Reisetasche fest umklammert. Darin liegen das Buch über das Wolkenmädchen und Bella, ihr Tagebuch. Die kleine Porzellankatze von Katja hat sie in Kleidungsstücke eingewickelt, damit sie während der Fahrt nicht kaputtgehen kann. Sie kommen auf sie zu, sie sieht ihre Blicke, aber sie kann sich nicht rühren. Dann wird alles um sie herum schwarz.

Sie drehte sich auf dem Barhocker hin und her. Es ist spät am Abend. Vor ein paar Stunden erst ist sie mit dem Zug in Stockholm angekommen. Sie hatte überlegt, nach Bremen zurückzukehren, sich aber dafür entschieden weiterzumachen, die Spur zu verfolgen. Sie hatte bereits ein neues Ticket gekauft.

Eine Person fehlte noch. Bald war es so weit. Es war Zeit für sie, das alles endlich abzuschließen. Sie wusste, wo er sich aufhielt. Er war der Meinung, sie sei tot.

Aber Stella Dodola hatte überlebt.

37. KAPITEL

Am nächsten Morgen ging Elina vor ihrer Abreise noch einmal bei Valdemar Karlsson vorbei. Sie trafen sich im Foyer.
»Fahren Sie jetzt gleich los?«, fragte er.
»Ja.«
»Für Sie, Herr Karlsson!«
Die Frau am Empfang rief ihn. Sie hielt einen Telefonhörer in der ausgestreckten Hand. Er nahm ihn entgegen und hörte nickend zu. Dann notierte er ein paar Worte auf einem Stück Papier.
»*Thank you*«, verabschiedete er sich und gab der Empfangsdame den Hörer zurück.
»Das war Bremen«, berichtete er. »Sie haben offenbar der Besitzerin des gestohlenen Fahrzeugs gemeldet, dass Ivan Zir gefasst worden ist. Die Frau heißt ...« Er warf einen Blick auf seinen Zettel. »Angelika Hohn. Sie werden sie heute Nachmittag erneut befragen.«
»Rufen Sie mich bitte an, wenn Sie mehr in Erfahrung bringen«, bat Elina. »Ich wäre sehr dankbar für eine kurze Nachricht, falls sich herausstellen sollte, dass...«
Sie verstummte, bevor sie *ich Recht hatte* sagen konnte.
»Gerne«, sagte Karlsson. »Das sollte kein Problem sein. Fahren Sie vorsichtig und langsam, wir haben gerade eine Radarkontrolle aufgestellt.«

Sie gaben sich die Hand. Elina stieg in ihr Auto und machte sich auf den Heimweg, in der gesetzlich vorgeschriebenen Geschwindigkeit.

Am frühen Abend klingelte das Telefon. Es war Valdemar Karlsson.

»Es hat keinen Zweck, es zu verleugnen«, begann er das Gespräch. »Es sieht leider so aus, dass Sie Recht hatten und ich mich geirrt habe. Aber ich trage das mit Würde. Viel schlimmer ist es, dass wir wahrscheinlich dem Mörder dabei geholfen haben, Ivan Zir ausfindig zu machen.«

Dann rekonstruierte er die Informationskette: Die Bremer Polizei informiert Angelika Hohn darüber, dass man ihren Wagen in Värnamo gefunden hat. Hohn schickt eine SMS an die junge Frau, die ihr den Hinweis zugesteckt hatte, dass Ivan Zir der Dieb gewesen war. Kurz darauf ruft eine junge Frau in Värnamo bei der Polizei an, gibt sich als eine Kollegin aus Bremen aus und erkundigt sich nach Ivan Zirs Anschrift.

»Der wachhabende Beamte ist auf den Bluff reingefallen«, gestand Valdemar Karlsson. »Der fühlt sich miserabel, das kann ich Ihnen versichern.«

»Eine Frau also«, sagte Elina. »Und eine SMS, sagten Sie. Wurde der Beamte von demselben Handy aus angerufen, an das auch die SMS ging?«

»Ja«, bestätigte Karlsson. »Die Nummer haben wir. Aber die SIM-Karte ist eine Prepaid-Karte. Namenlos. *Surprise, surprise!*«

Elina verzog den Mund, als sie ihn Englisch sprechen hörte, das passte nicht zu dem Bild, das sie von ihm bekommen hatte.

»Wurde sie ...«

»Nein«, unterbrach Karlsson sie. »Die Prepaid-Karte wurde nicht erneut benutzt. Sie weiß offenbar, dass man sie dann orten kann.«

»Wie sah die Frau denn aus?«, fragte Elina.

»Angelika Hohn beschrieb sie als blond, ziemlich hübsch und niedlich, etwas über mittelgroß, circa fünfundzwanzig. Sie hatte sich bei ihr als Vili vorgestellt, merkwürdiger Name. Die Kollegen in Bremen wollen versuchen, noch mehr aus Frau Hohn herauszubekommen.«

»Dann hätten wir wenigstens eine detailliertere Personenbeschreibung von unserer Tatverdächtigen. Haben Sie erwogen, ein Fahndung nach ihr auszuschreiben?«

»Zuerst beenden wir unsere Befragung. Ich lass von mir hören, wenn wir etwas Neues haben.«

Das wiederholte Verhör von Angelika Hohn erwies sich leider als unergiebig. Nur in einem Punkt ergab es einen neuen Sachverhalt: Nach einer langen Reihe von Fragen erinnerte sich die Frau plötzlich daran, dass diese Vili Englisch gesprochen hatte. Ansonsten konnte sie nichts von Belang zu den Ermittlungen beisteuern. Die Analyse des Verbindungsnachweises der Prepaid-Karte führte zu einem ähnlichen Ergebnis: Die Karte war an einem Kiosk im Stadtzentrum von Bremen gekauft worden und zwar am selben Tag, als der Autodiebstahl stattgefunden hatte. Sie wurde nur zweimal benutzt, um Angelika Hohns SMS zu empfangen und für das Gespräch mit der Polizei in Värnamo. Wahrscheinlich wurde sie danach entsorgt. Der Verkäufer in dem besagten Kiosk konnte sich nicht mehr an die Kundin erinnern.

Die Überprüfung von Ivan Zir ergab, dass er 1996 nach Deutschland eingereist war und seitdem über eine unbefristete Aufenthaltsgenehmigung verfügte. Er war bisher auch nicht straffällig geworden, hatte sich als Gelegenheitsarbeiter auf dem Bau, in Lagerhallen und als Erntehelfer durchgeschlagen. Auch seinen Aufenthaltsort hatte er häufig gewechselt, offenbar war er den Jobs hinterhergezogen. Die Unterkünfte, in denen er gewohnt hatte, waren entweder kleine und billige Wohnungen, oder er mietete sich als Untermieter irgendwo ein, und ab und zu war er in einfachen Hotels abgestiegen. Ende der Neunziger hatte er etwa ein halbes Jahr lang mit einer Frau zusammengelebt, einem kroatischen Flüchtling aus Vukovar, die nach dem Balkankrieg in Deutschland geblieben war. Die Frau gab gegenüber der deutschen Polizei an, dass Ivan Zir kaum Interessen gehabt hätte. In seiner Freizeit habe er fast ausschließlich Fernsehen gesehen, meistens Sportsendungen. Er habe sie kein einziges Mal geschlagen und sei, ohne Schwierigkeiten zu machen, ausgezogen, nachdem sie Schluss gemacht hatte. »Er war noch nicht einmal traurig, er hat einfach seine Sachen genommen und ist gegangen«, erzählte die Frau.

Das Paar hatte praktisch nie über den Krieg gesprochen, nur einmal hatte er angegeben, dass er sich als Freiwilliger in der Herzegowina, dem kroatisch dominierten Teil von Bosnien gemeldet hatte. Aber mehr Details hatte sie nicht erfahren. Sie dachte, er habe diese Zeit hinter sich lassen wollen. Allerdings hatte er auch keine Zukunftspläne, sie habe sich nie ein Bild davon machen können, was er mit seinem Leben anfangen wollte. Seine Phantasie schien nicht weiter gereicht zu haben als bis zum Ende des Tages.

Auch sein Hotelzimmer in Bremen wurde zwar sorgfältig untersucht, aber das ergab ebenfalls keine ermittlungsrelevanten Ergebnisse. Folglich erhielt Valdemar Karlsson keine weitere Unterstützung bei seiner Suche nach der unbekannten Frau aus Kärda. Und auch die Befragung in der Nachbarschaft führte nicht weiter. Niemand außer Jens schien etwas Auffälliges gesehen zu haben.

Aus Deutschland erfuhr Karlsson, dass von Bremen kein

einfaches Zugticket nach Värnamo gelöst worden war. Es wurden insgesamt nur drei Fahrkarten nach Schweden gelöst, zwei nach Stockholm, die andere nach Sundsvall. Leider konnte sich keiner der Mitarbeiter an den Fahrkartenschaltern an einen der Käufer erinnern. Karlsson schloss aus diesen Angaben, dass die Mörderin durchaus eine der drei Reisenden gewesen sein könnte. Sie hätte den Zug nach Stockholm in Alvesta verlassen und weiter nach Värnamo fahren können. Von dort fuhren bis abends um neun Uhr Busse nach Kärda. Aber es gab keine öffentlichen Verkehrsmittel, mit denen man *nach* neun Uhr Kärda wieder verlassen konnte. Wenn die Verdächtige Schweden mit dem Zug bereist hatte, war die entscheidende Frage, wie sie den Tatort nach dem Mord wieder verlassen hatte. Keines der Taxiunternehmen hatte in der betreffenden Nacht oder am darauffolgenden Vormittag eine Fahrt aus Kärda gemeldet. Auch hatte kein Hotel in der Umgebung so spät am Abend noch einen einzelnen weiblichen Gast aufgenommen. Nur ein Hotel in Värnamo meldete das Einchecken einer Frau ohne Begleitung am Abend nach dem Mord. Es zeigte sich, dass diese Person Kommissarin Elina Wiik gewesen war.

Der Mangel an öffentlichen Verkehrsmitteln deutete darauf hin, dass die Frau mit dem Wagen gefahren war. Aber niemandem in Kärda war ein Fahrzeug mit ausländischem Kennzeichen aufgefallen, nachdem der in Deutschland registrierte BMW des Mordopfers konfisziert worden war. Und auch Jens hatte keinen unbekannten Wagen gesehen, obwohl er an dem besagten Tag nicht nur den Nachtschlaf der Bewohner von Kärda gestört hatte. Den ganzen Tag über hatte er einen Großteil des Kindergeldes in Benzin für sein neues Mopedglück umgesetzt.

Die ganze Geschichte war ein einziges Rätsel. Die Frau schien sich in Luft aufgelöst zu haben.

Fünf Tage nach dem Mord an Ivan Zir wandte sich Valdemar Karlsson mit einem Phantombild der Verdächtigen an die Medien. Da es sich um eine junge blonde Frau handelte, stürzten sich die Zeitungen mit Begeisterung darauf. Sogar die deutschen Zeitungen schluckten den Köder der gut verkäuflichen Mordkandidatin. Der Fall fand internationales Interesse. Dadurch jedoch stieg der Druck enorm, ihn schnell lösen zu müssen. Ivan Zirs Tod wurde auf einmal eine Bedeutung zugemessen, die in keiner Weise mit dem Bild übereinstimmte, das seine Umgebung vorher von seinem Leben hatte.

Einen Tag später wurde Elina ins Polizeipräsidium auf Kungsholmen in Stockholm beordert. Mit diesem Ort verband sie nur wenige erfreuliche Erinnerungen. Vor fünf Jahren hatte sie einen Kommissar des Nachrichtendienstes grob beleidigt, weil dieser ihr Ermittlungshilfe bei der Aufklärung des Mordes an Kommunalrat Wiljam Åkesson mit dem Hinweis auf die Staatssicherheit verweigert hatte. Das hatte Elina so sehr aufgeregt, dass sie ihn mit einer Reihe unziemlicher Schimpfwörter überhäuft hatte. Nur wenige Jahre später geschah etwas ähnlich Unangenehmes. Hauptkommissar Steve Klinga vom Stab im Reichspolizeiamt nutzte ihr Engagement im Mordfall Ylva Malmberg schmählich aus, um sich bei einem internen Machtkampf einen Vorteil zu verschaffen. Elina traute in diesem Haus niemandem mehr über den Weg, der eine höhere Position bekleidete.

Dieses Mal wünschte ein Kollege von Interpol Schweden mit ihr zu sprechen, ein Erland Wallensten. Für seine etwa fünfundvierzig Jahre sah er sehr durchtrainiert aus. Sein Blick war geradeheraus, und er hatte eine energische Ausstrahlung; er brachte alle Eigenschaften eines Mannes mit, der sich auf dem steilen Weg nach oben befand. Und das minderte keineswegs Elinas wachsame Haltung. Sie wusste nicht, worauf er hinauswollte, und hatte keine Lust, über ihre Rolle im Mordfall Ivan Zir ausgefragt zu werden.

Erland Wallensten kam nach den Begrüßungsfloskeln auch sofort zu Sache.

»Da es mehr als offensichtlich ist, dass wir es bei dem Mord an Ivan Zir mit einem internationalen Hintergrund zu tun haben, wurde Interpol sowohl von der Polizei in Bremen als auch von den Kollegen in Värnamo kontaktiert. Wir haben darum bei den kroatischen Behörden eingefordert, dass sie Schritte unternehmen sollen, um uns bei den Ermittlungen behilflich zu sein.«

Er nahm ein Blatt Papier aus einem Ablagefach auf seinem Schreibtisch und hielt es hoch.

»Die Polizeibehörde der Kommune von Šibenik«, sagte Wallensten und warf einen Bick auf das Schriftstück, »umfasst sowohl die Stadt Knin als auch die Ortschaft Andeoska Gora und hat uns Unterstützung zugesichert.«

Er legte den Brief zurück. Elina fragte sich, ob er seine Ansprache auswendig gelernt hatte oder ausschließlich in dieser Beamtensprache redete, eine typische Unart nach zu vielen Jahren in einem Schreibtischjob.

»Wir haben bereits unser ausdrückliches Interesse an der Beantwortung bestimmter Fragen formuliert«, fuhr er fort. »Aber Sie wissen ja, wie das ist, jede Frage erzeugt nur eine neue Frage. Eine Ermittlung ist ein organischer Prozess und eine Teamleistung, kein Marsch in Reih und Glied.«

Elina nickte. Der schien ja doch nicht so dämlich zu sein, dieser Wallensten.

»Ja«, pflichtete sie bei. »Und wie kann ich dazu beitragen?«

»Wir haben zwei Verfahrensweisen«, sagte Wallensten. »Nein, genau genommen sind es drei. Die erste ist, den Dingen ihren Lauf zu lassen und das Beste zu hoffen. Das ist auch die Strategie, mit der so ein Fall am liebsten behandelt wird. Auf Antworten warten und sich überraschen lassen. Die zweite Vorgehensweise wäre, aktiv zu sein und am laufenden Band Fragen zu stellen, kaum sind die alten beantwortet. So würde ich am liebsten arbeiten.«

»Das klingt auch um einiges sinnvoller und besser«, stimmte Elina zu. »Und wie sieht der dritte Weg aus?«

»Wir könnten einen schwedischen Ermittler dorthin schicken, der den Fall vor Ort untersucht. Und diese Lösung favorisiere ich zurzeit sehr.«

»Sie überlegen also ernsthaft, nach Kroatien zu fahren?«, fragte Elina.

»Nein«, Wallensten schüttelte energisch den Kopf. »Das kommt im Augenblick nicht in Frage. Ich bin an sie hier gebunden.«

Er streichelte zärtlich die Oberfläche seines Schreibtisches.

»Er ist also eine Sie?« Elina schmunzelte. »Damit es sich alles leichter ertragen lässt?«

Erland Wallensten lächelte niedergeschlagen. »Pathetisch, nicht wahr? Aber wie kann man sonst jahrelang ein Schreibtischtäter bei der Polizei sein?«

Er stand auf. Vielleicht wollte er ein wenig Distanz zwischen sich und den Gegenstand bringen, der zur Diskussion stand. Elina fand, dass er fast ein wenig verlegen aussah. Er ist wirklich ein sehr sonderbarer Kauz, dachte sie. Aber vielleicht würde es der Polizei ganz guttun, wenn dort mehr Leute arbeiten würden, die über ein gewisses Maß an Distanz zu sich selbst verfügten.

»Schluss jetzt mit dem dämlichen Gequatsche«, brach es plötzlich aus ihm hervor, und er war mit einem Schlag Kilometer weit von seiner Beamtensprache entfernt. »Ich will jemanden dorthin schicken, der unseren sogenannten Kollegen da unten auf die Finger schaut. Ich traue denen keinen Millimeter über den Weg, wenn es um Verbrechen aus Kriegstagen geht. Und dieser Fall scheint eindeutig in diese Zeit zu weisen.«

»Da bin ich ganz Ihrer Meinung«, pflichtete Elina ihm bei.

»Wann können Sie fahren?«

Elina sah ihn mit offenem Mund an. Dieser Mann war nicht nur sonderbar, sondern auch vollkommen verrückt.

»Ich? Ich arbeite nicht für Interpol! Sie haben doch Ihre eigenen Leute!«

»Ich weiß, wer Sie sind«, sagte Wallensten. »Sie sind hier im Haus berühmter, als Sie es sich vorstellen können. Mich langweilen diese Aktenstapler und Konferenztouristen, von denen es viele in unserer Organisation gibt. Wenn Sie die Wahrheit hören wollen, finde ich auch mich selbst furchtbar langweilig. Im Gegensatz zu uns allen können Sie da unten wenigstens etwas bewirken!«

Elina war verstummt. Dieser Typ war total übergeschnappt.

Er ließ sich wieder auf seinen Sessel fallen, verschwitzt von dem unerwarteten Gefühlsausbruch. »Es ist gar nicht so sonderbar, wie es vielleicht klingen mag. Wir senden häufig Polizisten aus anderen Abteilungen, die vor Ort arbeiten. Kollegen, die wissen, was zu tun ist.«

»Ich bin in Elternzeit«, stammelte Elina. »Ich habe eine kleine Tochter zu Hause, die knapp über ein Jahr alt ist und sich leider noch kein Essen machen oder den Müll rausbringen kann!«

»Der Vater kann doch mal einspringen«, schlug Wallensten vor.

»Nein«, Elinas Stimme gewann an Schärfe. »Der Vater kann sich nicht um sie kümmern. Denn er ist leider tot.«

»Ließe sich das irgendwie anders lösen?«, hakte Wallensten nach.

Elina schüttelte aus Trotz den Kopf. Auf diesem Haus musste ein Fluch liegen, von unbekannten Mächten, die tief unter der Erde ihr Unheil trieben. Zuerst begegnete sie einem Paragrafenreiter, der einem Betonkopf ein Gesicht verlieh, dann einem Karrieristen, der eiskalt über Leichen ging, und jetzt einem verhaltensgestörten Idealisten im Beamtenkostüm!

Er hob die Hände, um die aufgeheizte Diskussion zu beruhigen.

»Ich meine das ganz ernst«, sagte er. »Könnten Sie bitte in Erwägung ziehen, Ihre Elternzeit ein paar Wochen früher als geplant zu beenden und wieder in den Dienst zurückzukehren? Würden Sie das wollen, wenn sich das Problem mit der Betreuung Ihrer Tochter lösen könnte?«

Er klang wieder wie ein ganz normaler Mensch. Elina stand auf.

»Ich ruf Sie morgen an«, erwiderte sie und streckte ihm die Hand entgegen.

38. KAPITEL

Elina wurde wach, als das Flugzeug die Landebahn berührte. Sie sah aus dem Fenster. Der Frühling war zum Sommer geworden, das Grün der Berge war dunkler und saftiger. Trotzdem spürte sie ein Unbehagen in ihr aufsteigen. Hinter all der Schönheit verbarg sich etwas Unheilverkündendes. Bang fragte sie sich, ob bei dieser zweiten Reise in die Krajina etwas Gutes herauskommen würde.

Sie hatte noch von zu Hause mit Danica telefoniert. Elina erzählte ihr, dass sie am Tag nach ihrer Rückkehr nach Šibenik nach ihr gesucht habe. Das war über einen Monat her. Danica antwortete, dass sie zwar zu Hause gewesen sei, aber sich für alle unsichtbar gemacht habe, nicht nur für Elina. Sie erklärte nicht warum, und Elina wagte nicht zu fragen, aus Angst, erneut unterdrückte Gefühle bei der jungen Frau zu wecken. Stattdessen berichtete sie von der kryptischen Notiz von Frau Matošević über »Dodola«, von ihrer Erkenntnis, dass Andeoska Gora Engelsberg heiße, und von den Neuigkeiten über Alex. Zum Schluss erwähnte sie den Mord an Ivan Zir in Schweden, was nun der Anlass für diese zweite, offizielle Reise sei.

Elina bat Danica, erneut als Dolmetscherin für sie zu arbeiten. Danica bedankte sich für das Angebot, lehnte es jedoch ab. Auch dafür gab sie keinen Grund an. Elina war niedergeschlagen und fühlte sich schuldig. Kurz bevor sie das Gespräch beendeten, wünschte Danica ihr dann aber viel Glück und gab ihr einen letzten Rat mit auf den Weg: »Vertraue niemandem!«

Die Polizeibehörde von Šibenik hatte mitgeteilt, dass der Sachverhalt von Hauptkommissar Milan Rakh betreut werden würde. Elina nahm die Nachricht von Interpol mit Unbehagen entgegen. Rakh war fraglos in den Fall eingearbeitet, aber Elina zweifelte massiv an seiner Kooperationsbereitschaft. Er würde sie wohl kaum mit offenen Armen empfangen.

Sie checkte wieder im Hotel Centar ein und bekam sogar dasselbe Zimmer wie beim letzten Mal. Dasselbe trostlose Zimmer... niemand konnte ihr den Vorwurf machen, sie wäre eine von Interpols Konferenztouristen.

Nach einem späten Abendessen machte sie einen ausgiebigen Spaziergang durch die Straßen der Stadt. Ein paar Einheimische saßen in den Cafés, die abends geöffnet hatten, ansonsten war es sehr still. Ein Militärfahrzeug mit drei Insassen fuhr an ihr vorbei. Sie hupten und starrten sie an, als wäre Elina die einzige Frau auf der Erde. Sie fragte sich, ob es eine gute Idee war, alleine durch die Stadt zu laufen. Die hungrigen Wölfe heulten ganz in der Nähe.

Aber die warme Dunkelheit schmiegte sich an sie, und ihre Beine wollten keine Rast. Sie bog in die stillen Seitenstraßen. Unerwartet tauchte er vor ihr auf. Ein Mann mit großer Leibesfülle und verrauchter Kleidung: Lupis Jurak. Er trat aus einem Tor, hinter dem sich ein Innenhof verbarg. Jurak, der sie unfreundlich abgefertigt hatte und sich geweigert hatte, ihre Fragen zu beantworten. Ein Mann, der eine Art Boss mit unklarem Auftrag war, aber ganz offensichtlich einen großen Einfluss auf die Geschicke der Stadt hatte. »Mit Lupis Jurak ist nicht zu spaßen«, hatte Danica sie gewarnt.

Er kam auf sie zu. Sie waren allein auf der Straße. Sie sah ihn an, aber er schien sie nicht einmal zu registrieren. Sein Blick war auf den Boden geheftet, sie war eine Unperson. Als er in nur wenigen Metern Entfernung an ihr vorbeiging, konnte sie seine Kleidung riechen. Verbranntes, feuchtes Heu. Erst nach zwanzig Metern wagte sie es, sich umzudrehen. Sie konnte gerade noch sehen, wie er um eine Ecke bog und verschwand. Sie kehrte um und ging durch das Tor in den Innenhof. Von dort führten zwei schwach beleuchtete Treppenhäuser ins Hausinnere. Unmittelbar hinter der Eingangstür des ersten Treppenhauses hingen alle Briefkästen nebeneinander an der Wand. Sie alle waren versehen mit dem Namen des Mieters und der Wohnungsnummer. Aber sie fand keinen Jurak, und auch keiner der anderen Namen kam ihr bekannt vor. Dann betrat sie das zweite Treppenhaus und suchte auch dort die Briefkästen ab. Der Kasten der Wohneinheit 3/2 gehörte Milan Rakh. Sie stellte sich in den Hof und sah hinauf in den dritten Stock. In einem der Fenster brannte ein Licht, und ein Schatten bewegte sich hinter der Gardine.

Kaum war sie ins Hotelzimmer zurückgekehrt, notierte sie sich Ort und Zeit ihrer Begegnung mit Lupis Jurak. Sie würde ab jetzt alles zu Papier bringen, was sie sah und hörte. Sie blätterte zu einer neuen Seite und schrieb alle Namen der Personen auf, mit denen sie bei ihrem ersten Besuch zu tun gehabt hatte: Kommissar Petrovic in Šibenik, Milan Rakh und Lupis Jurak in Knin und Frau Matošević im Rathaus. Daneben fügte sie in Klammern hinzu, dass sie die Frau ebenfalls in Šibenik getroffen hatte. Dann setzte sie Herrn Šimić darunter, der Mann, der Alex' Eltern gekannt hatte. Seinen Vornamen kannte sie leider nicht.

Von den anderen Menschen, denen sie begegnet war, kannte sie die Namen ebenfalls nicht: die verängstigte Frau aus dem Rathaus, der Bäcker, der ihnen Bogdan Zir genannt hatte, ein paar Polizisten in untergeordneten Positionen. Sie alle waren jedoch nur Personen an der Peripherie des Falles.

Dann stellte sie eine Liste zusammen von den Personen, um die es bei der ganzen Sache überhaupt ging: die Familie Dodola. Sie kramte ihre Notizen vom Friedhof hervor, der Zettel mit den Namen auf dem Grab: Miodrag, Dusanka, Zoran, Sonia, Gabriel. Darunter standen die Familienmitglieder Zir, Bogdan, Ivan und Goran. Mit langsamen Bewegungen fügte sie *Alexander Kupalo* hinzu, den Namen des Mannes, den sie liebte. Der Mann, der am Ende doch noch von den zerstörerischen Kräften des Krieges vernichtet worden war. Daneben die Namen seiner Eltern: Ivica und Vesna. Und darunter die namenlosen Angehörigen, *Alexanders Bruder (?), Alexanders Schwester (?)*. Und ans Ende der Liste setzte sie eine letzte Zeile: *der dritte Mörder (?)*.

In der Enge des Hotelzimmers machten diese Menschen Elinas Welt aus. Neunzehn Menschen. Dreizehn von ihnen waren bereits tot. Mindestens acht oder sogar neun von ihnen waren ermordet worden. Sie bewegte sich im Grenzland des Totenreiches.

39. KAPITEL

Milan Rakh empfing sie in seinem Dienstzimmer. Ein jüngerer Kollege saß neben ihm und wippte nervös in einem zerschlissenen Bürostuhl hin und her. Sie erkannte ihn wieder, es war Rakhs Dolmetscher, aber sie konnte sich nicht an seinen Namen erinnern. Er rauchte, die Luft im Raum war unerträglich. Elina bat Rakh, die Zigarette auszumachen. Der Polizist sah sie überrascht an, kam ihrer Bitte aber ohne Einwände nach.

Rakhs Anzug saß tadellos an seinem etwas gedrungenen Körper. Seit ihrer letzten Begegnung hatte er sich einen schmalen Schnurrbart zugelegt. »Wie schön, Sie wiederzusehen, Kommissarin Wiik«, begrüßte er sie lächelnd. »Und jetzt sind Sie zu allem Überfluss auch wieder im Dienst!« Aber seine Augen lächelten nicht.

»Ich hoffe sehr, dass wir so effektiv wie möglich an der Sache arbeiten können«, erwiderte Elina. »So wie ich es sehe, sollten wir zwei Schritte einleiten. Zum einen müssen wir versuchen, noch lebende Angehörige der Familie Dodola aufzuspüren. Zum anderen müssen wir den dritten Mörder von Andeoska Gora finden.«

Milan Rakh saß schweigend vor ihr, während seine Finger mit einem Stift spielten. »Die Familie Dodola hat keine Angehörigen mehr«, lautete seine Antwort. »Das habe ich sofort untersucht, als die Anfrage von Interpol kam. Denn sogar ich habe in Betracht gezogen, dass hinter dem Mord an Ivan Zir ein Rachemotiv stehen könnte. Aber in Bezug auf den dritten Mörder müssen wir uns gar nicht erst auf die Suche begeben. Ich habe Ihnen doch schon gesagt, dass es Alexander Kupalo gewesen ist. Und er ist tot, das wissen Sie besser als ich. Wenn Sie wegen dieser beiden Fragen extra die weite Reise unternommen haben, war sie leider umsonst.«

»Mir ist sehr bewusst, dass er tot ist«, sagte Elina und versuchte, ihre Stimme neutral klingen zu lassen. »Aber bei dem Massaker an der Familie Dodola ist nicht sauber ermittelt worden, Sie müssen entschuldigen, dass ich das so geradeheraus sage. Es gibt Anhaltspunkte, dass eine andere Person der dritte Mörder war.«

»Und welche Anhaltspunkte bitte?«

»Es gibt Unterlagen, die dokumentieren, dass Alexander Kupalo lediglich Zeuge des Massakers gewesen ist. Dem Tribunal in Den Haag liegt eine solche Zeugenaussage vor.«

»Von wem?«

»Ich weiß es nicht. Die Zeugenaussage ist anonym.«

»Unsere Zeugen sind nicht anonym«, entgegnete Rakh. »Und die beschwören, dass Kupalo einer der Mörder gewesen ist.«

»So haben Sie das beim letzten Mal aber nicht formuliert«, wandte Elina ein. »Sie haben mir gesagt, dass niemand die Morde mit eigenen Augen gesehen habe. Aber jetzt hat jemand einen Grund gehabt, Ivan Zir ausfindig zu machen und ihn umzubringen.«

Milan Rakh holte tief Luft und lehnte sich vor. Elina ahnte, dass er mit einem weiteren Einwand kommen würde, und kam ihm zuvor.

»Darf ich Sie fragen, wie Ivans Bruder Goran ums Leben gekommen ist? Sie hatten damals gesagt, er sei einer kriminellen Tat zum Opfer gefallen und erschossen worden. Haben Sie den Täter stellen können?«

Rakh ließ sich wieder in seinen Stuhl zurückfallen. »Nein«, erwiderte er. »Wir haben niemanden festgenommen.«

»Sie wissen also nicht, wer ihn erschossen hat?«

»Wir wissen, dass Goran Zir in Mafiageschäfte verwickelt war«, sagte Milan Rakh.

»Und dann haben Sie den Schluss daraus gezogen, dass...«

»Mafiamord ist in unseren Breiten leider eine nur allzu alltägliche Angelegenheit.«

»Aber Sie sind sich nicht sicher?«

Milan Rakh ließ den Stift erneut zwischen seinen Fingern wandern. Elina beobachtete ihn dabei. Er trug einen breiten Goldring am Ringfinger. Elina fragte sich, wie seine Frau wohl aussah und ob er Kinder hatte. War er ein guter Familienvater? Dann hob sie den Blick und sah ihm in die Augen. Nachdenklich sah er aus.

»Hauptkommissar Rakh«, drängte Elina. »Drei der Personen, die sich damals in Andeoska Gora aufgehalten haben, wurden ermordet. Wenn Alex Kupalo tatsächlich nur ein Zeuge gewesen ist, muss es laut Ihrer Untersuchung noch einen dritten Mörder geben. Meine Vermutung ist, dass dies Bogdan Zir war, aber das muss eine neue Ermittlung ergeben. Es kann genauso gut eine andere Person gewesen sein.«

»Warum ist das so wichtig?«, fragte Rakh.

»Wenn es nicht Bogdan Zir war, dann könnte diese dritte Person ihre Mitwisser zum Schweigen gebracht haben. Dann müssen wir nach ihr suchen. Die junge Frau aus Schweden könnte eine Art Helferin sein. Die Alternative ist, dass dieser dritte, namenlose Mörder das nächste Opfer wird.«

»Bogdan Zir hatte für den besagten Tag ein Alibi«, sagte Milan Rakh. »Er hat sich in Zagreb aufgehalten. Er kann unmöglich der dritte Mörder von Andeoska Gora gewesen sein.«

»Dann haben wir eine große Aufgabe vor uns. Wir müssen rekonstruieren, was wirklich geschehen ist am Tag des Massakers.«

»Und wie haben Sie sich das vorgestellt?«, fragte Rakh. Elina versuchte, seinen Gemütszustand zu ermessen. War er irritiert? Befangen? Interessiert? Neugierig? Feindlich? Aber es gelang ihr nicht herauszubekommen, was in Milan Rakhs Kopf vor sich ging. Er verzog keine Miene, er trug eine schützende Maske.

»Eigentlich ist das Ihre Aufgabe«, antwortete Elina. »Ich habe hier nur die Funktion einer Vermittlerin. Ich gehe davon aus, dass Sie alle ehemaligen Zeugen von damals erneut verhören müssen.«

»Das ist nicht machbar«, Rakh schüttelte den Kopf. »Die meisten waren Soldaten. Die sind alle seit zwölf Jahren aus dem Dienst entlassen und mittlerweile in der ganzen Welt versprengt.«

»Es geht darum, so viele Zeugen wie möglich aufzuspüren«, sagte Elina. »Darf ich die Ermittlungsakte einsehen?«

»Das ist alles auf Kroatisch.«

»Der Dolmetscher kann mir doch behilflich sein.«

Milan Rakh erhob sich aus seinem Stuhl. »Ich werde veranlassen, dass Sie eine Kopie der Unterlagen erhalten. Kommen Sie heute Nachmittag wieder vorbei.«

Er legte seinen Stift auf den Schreibtisch, mit dem er sich im Laufe ihres Gesprächs keine einzige Notiz gemacht hatte. Elina vereinbarte mit dem Dolmetscher Uhrzeit und Treffpunkt: um halb zwei im Foyer des Präsidiums.

Kaum war sie wieder im Hotel angekommen, stellte sie fest, dass sie ihre Jacke in Rakhs Büro liegen gelassen hatte. Darin steckte auch ihr Notizheft. Sie erwog kurz, die Jacke später abzuholen, entschied sich aber dann, sofort umzukehren. Die Entfernungen waren überschaubar.

Als sie das Polizeigebäude betrat, ging eine Gruppe von Polizisten an ihr vorbei. Im Augenwinkel registrierte sie ein bekanntes Gesicht. Sie drehte sich um. Einer der Männer hatte eine breite Narbe am Hals. Sie war rund und zu einem dicken Wulst zusammengewachsen.

Elina ging die Treppe hinauf und klopfte an Rakhs Tür. Als niemand antwortete, drückte sie die Klinke herunter und betrat das Büro. Ihre Jacke hing an einem Kleiderbügel. Sie nahm sie an sich und schlich sich schnell aus dem Zimmer. Das Notizheft war noch da.

Auf der Straße sah sie, wie die Polizisten in einen Wagen stiegen und in die entgegengesetzte Richtung davonfuhren. Plötzlich fiel ihr auch wieder ein, woher sie den Mann mit der Narbe kannte. Sie hatte ihn schon einmal gesehen, die Szene spielte sich vor ihrem inneren Auge ab. Danica und sie waren in der Bäckerei und hatten den Besitzer nach dem alten Bauern, Bogdan Zir, befragt. Ehe der Bäcker antworten konnte, hatte sich dieser Mann vorgedrängelt. Er war ärgerlich darüber, dass sie sich nur unterhielten und der Verkauf ins Stocken geriet. Aber der Bäcker hatte sich nicht unterbrechen lassen und ihnen in aller Ruhe den Namen genannt. Wütend hatte der Mann sie erneut aufgefordert, endlich den Einkauf zu beenden. An seinem Hals hatte er eine breite Narbe gehabt, sicher von einem Streifschuss.

Sie waren also beschattet worden. Einer von Milan Rakhs Männern war ihnen gefolgt, hatte ihre Fragen und die Antworten gehört. Sie hatte es nicht bemerkt, weil sie keinen Verdacht geschöpft hatte.

Langsam schlenderte sie zum Hotel zurück, um in Ruhe nachdenken zu können. Milan Rakh hatte sie über Bogdan Zir ausgefragt, wollte herausbekommen, wer noch davon wusste, dass sie sich für den alten Bauern interessierte. Zuerst hatte sie sich geziert, war ihm ausgewichen, hatte aber dann schließlich erzählt, dass sie mit dem Bäcker und der Frau im Rathaus gesprochen hatte. Jetzt aber zeigte sich, dass Rakh über alles bereits in Kenntnis gesetzt worden war. Ihre Schatten hatten es ihm ins Ohr geflüstert.

Elina setzte sich in ein Café auf der anderen Straßenseite und bestellte sich einen Tee. Sie versuchte, sich auf alles einen Reim zu machen. Warum hatte die Polizei Danica und sie observiert? Eine alte, paranoide, politische Unsitte, die Danica zufolge das Polizeiwesen des Landes auszeichnete? Wollten sie, einfach aus Sicherheitsgründen, immer einen Schritt voraus sein? In Anbetracht der Tatsache, dass Rakh die Ermittlung in Andeoska Gora geleitet hatte, war es vielleicht gar nicht so verwunderlich, dass er sie überwachen ließ. Außerdem lag auf der Hand, dass er niemals zugeben würde, dass sie beschattet wurde.

Aber warum hatte ihr Verfolger zu verhindern versucht, dass der Bäcker Bogdan Zirs Namen preisgab? Was bedeutete es, dass Milan Rakh von ihrem Interesse an Bogdan Zir wusste?

Ein Verdacht keimte in ihr auf: Vielleicht hatte die Polizei den alten Bauern zum Schweigen gebracht. Aus Angst, er könne etwas oder jemanden verraten. Rakh war sehr schnell von einem Selbstmord ausgegangen, viel zu schnell, während Elina auch einen Mordanschlag nicht ausschließen wollte.

Vertrau niemandem!, hatte Danica ihr als Rat mit auf den Weg gegeben.

Ihre Gedanken überschlugen sich, sie versuchte sich zu beruhigen. Das Ganze war vollkommen unlogisch. Die Polizei eines Landes, das sich so sehr um die Aufnahme in die EU bemühte, ermordete doch nicht einfach wahllos Zeugen. Es wäre einfacher gewesen, den Bauern wegen irgendeiner Lappalie festzunehmen und ihn so lange einzusperren, bis Elina das Land wieder verlassen hätte.

Sie sah sich um. Noch zwei weitere Personen saßen mit ihr in dem Café. Eine Frau mittleren Alters und ein älterer Herr. Keiner von ihnen wirkte, als hätten sie etwas mit der Polizei zu tun. Auf dem Bürgersteig liefen Menschen vorbei, die hauptsächlich mit sich selbst beschäftigt zu sein schienen. Sie sah auf die Uhr, das Treffen mit dem Dolmetscher war erst in drei Stunden. Spontan entschloss sie sich herauszufinden, ob sie noch immer beschattet wurde. Wenn jemand ihr folgte, würde sie das schnell bemerken.

Der Tee kostete fünf Kuna. Sie legte eine Münze auf den Tisch und ging die Hauptstraße hinunter. Gemütlich schlenderte sie an den Läden vorbei und blieb ab und zu vor einem Schaufenster stehen. Ein Verfolger würde sich auf der anderen Straßenseite zeigen. Sie versuchte herauszufiltern, ob sich jemand in ihrer Geschwindigkeit bewegte, im selben Takt vor Schaufenstern stehen blieb. Sie teilte verdächtigen Personen charakteristische Details zu: Dort ging der mit den dreckigen Schuhen. Einer mit blauer Jacke. Drüben einer in einem kurzärmligen Sommerhemd. Einer mit Baseballkappe ohne Aufdruck. Und ein großer Mann mit breitem Schnurrbart.

An einer Straßenecke bog sie ab. Auf halber Strecke drehte sie um und ging in die entgegengesetzte Richtung. Sie überquerte die Straße, betrat ein Geschäft und stellte sich verdeckt ans Fenster, um die Straße zu überblicken.

Er war leicht auszumachen. Die Baseballkappe. Nachdem sie ihn identifiziert hatte, hörte sie mit dem Versteckspiel auf und ging zurück zum Hotel. Bevor sie das Foyer betrat, warf sie einen Blick über ihre Schulter. Er stand auf der anderen Straßenseite und tat so, als würde er ein Auto aufschließen. Elina fragte sich, ob er wusste, dass sie ihn entdeckt hatte.

Ein erfahrener Beschatter hätte an ihrem Bewegungsmuster erkannt, dass sie eine Falle gestellt hatte. Dann hätte er augenblicklich einen Ersatz anfordern und abtauchen müssen. Natürlich nur, wenn er auf keinen Fall entdeckt werden darf. Aber davon ging Elina nicht aus. Er schien verunsichert, als sie plötzlich irrational handelte. Das dort war kein Profi.

Der Anlass für die Observation wird sich noch früh genug zeigen. Sie ging davon aus, dass Milan Rakh sie angeordnet hatte. Vielleicht sogar in Absprache mit Lupis Jurak? Schließlich hatten sie sich am Abend zuvor getroffen. Ob sie besprochen hatten, wie mit ihrer Anwesenheit umzugehen war?

Bis auf weiteres würde sie sich Milan Rakh gegenüber nicht anmerken lassen, dass sie davon wusste. Keine Klage würde über ihre Lippen kommen. Er würde ohnehin nur alles abstreiten und dann neue Beschatter einsetzen, die sich häufiger abwechselten, um nicht entdeckt zu werden. Und sie würde nur größere Schwierigkeiten haben, sie abzuschütteln, falls sich das als notwendig erweisen sollte.

40. KAPITEL

Elina blätterte in der Ermittlungsakte. Sie bestand aus einem Ordner mit etwa einem Dutzend Verhörprotokollen, einer kriminaltechnischen Untersuchung des Tatortes, einem technischen Protokoll über die Fundgegenstände vor Ort sowie drei Obduktionsberichten: für Zoran Dodola, Sonia Dodola und Gabriel Dodola.

»Gibt es nicht mehr Obduktionsberichte?«, fragte sie den Dolmetscher. »Ich dachte, es handelte sich um fünf Opfer.«

»Ich weiß nichts über diesen Fall«, erwiderte der verunsichert. Er war noch jung, keine dreißig und sehr eingeschüchtert. Ihm waren ihre kritischen Fragen an Milan Rakh geradezu körperlich unangenehm gewesen. Sie hatte sich wie eine Vorgesetzte benommen, obwohl Rakh nicht nur ranghöher, sondern auch der Leiter der Ermittlungen war. Dafür hatte sie Interpol im Rücken, und er gehörte lediglich einer Polizeibehörde in der Provinz eines vergessenen Landes an. Wenn man sie selbst allerdings mit einem solchen Verhalten konfrontierte, reagierte sie äußerst aggressiv. Sie konnte es nicht ausstehen, wenn andere versuchten, sie unter Druck zu setzen, und sie gegen ihren Willen zu etwas zwingen wollten. Aber die Zeit drängte. Sie wollte die Ermittlungen vorantreiben. Und Rakh sollte gar nicht erst versuchen, sie auszubremsen. Sie erhöhte den Druck und hoffte, dennoch zum Ziel zu gelangen.

Der Dolmetscher sprach ganz passabel Englisch, aber auch nicht mehr als das. Wie gut er ihre Fragen übersetzt hatte, konnte sie ohne Danicas Hilfe nicht beurteilen. Da aber Rakhs Antworten darauf hinwiesen, dass er sie verstanden hatte, ging sie davon aus, dass der Dolmetscher angemessen übersetzt hatte.

Elina schlug den Ordner mit den Verhören auf. Auf der ersten Seite jedes Protokolls stand der Name des Befragten. Ihr Herz schlug schneller. Gleich würde sie Alex' Aussage sehen, sie übersetzt bekommen und seine Stimme dabei hören können. Sie fand die Verhöre mit den Brüdern Ivan und Goran Zir, aber kein Verhör mit Alex.

»Warum existiert kein Verhör mit Alex Kupalo?«, fragte sie, und es fiel ihr schwer, die Enttäuschung zu unterdrücken.

»Vielleicht haben sie ihn nicht angetroffen«, antwortete der Dolmetscher. »Ich werde Hauptkommissar Rakh dazu befragen müssen.«

»Lassen Sie uns zuerst die Obduktionen ansehen«, bat sie. »Überprüfen Sie bitte die Namen der Opfer in der Untersuchung des Tatortes.«

Zügig überflog er die fünf Seiten des Protokolls. »Hier steht, dass es tatsächlich noch zwei weitere Opfer gegeben hat, wie Sie sagten, Frau Kommissarin. Die Familie hatte fünf Mitglieder, aber zwei waren so verkohlt, dass sie nicht mehr eindeutig identifiziert werden konnten.«

Er sah zu ihr hoch. »Darum gibt es keine weiteren Obduktionsberichte...« Dann verstummte er. Elina sah, dass ihn die nüchterne Sprache der Berichte erschütterte. Vielleicht war es ihm bisher gelungen, von den Folgen des Krieges verschont zu bleiben und nicht in Zynismus zu verfallen, wie es in ihrem Berufszweig so häufig geschah? Elina sah das Anwesen in Andeoska Gora vor sich. Sie erinnerte sich an die Ruinen zweier kleinerer Gebäude neben dem Wohnhaus. Zwei rußige

Fundamente, schwarze, zersprungene Glasscheiben, Blecheimer, verrostetes Werkzeug. Aber keine menschlichen Überreste. Ob sie schon tot gewesen waren, als sie verbrannten? Elina wusste, dass der Dolmetscher die Frage nicht beantworten konnte, darum stellte sie sie erst gar nicht. Sie wusste auch nicht, ob sie die Antwort ertragen hätte.

Sie reichte ihm die Obduktionsberichte. »Wie kamen diese drei Personen ums Leben?«, fragte sie stattdessen. Eine Weile las er konzentriert, dann schüttelte er den Kopf.

»Dafür benötigen Sie einen Spezialdolmetscher, um das zu verstehen«, sagte er. »Das ist Ärztelatein.«

»Könnten Sie jemanden auftreiben, der das kann?«, bat sie ihn. »Ich würde auch gerne die Tatortbegehung auf Englisch übersetzt haben. Interpol bezahlt.« Ihr war ein kleines Budget zur Verfügung gestellt worden, und sie hoffte sehr, dass es ausreichen würde. Er nickte zwar, sah aber dennoch skeptisch aus.

»Würden Sie jetzt bitte die Zeugenaussagen durchlesen und sie für mich zusammenfassen?« Elina lehnte sich zurück.

Drei Stunden später waren sie fertig. Es zeigte sich, dass der junge Polizist ein gutes Gespür für Details besaß, seine Inhaltsangabe der Aussagen war klar und präzise. Elina stellte fest, dass die Protokolle nicht wesentlich von Milan Rakhs Version des Handlungsablaufes abwichen, in der er Alex als den dritten Mörder bezeichnet hatte. An dem betreffenden Morgen vor zwölf Jahren hatten zwei Zeugen, beides junge Soldaten, mehrere Männer auf ihrem Weg nach Andeoska Gora gesehen. Einige Stunden später hatte eine Militärpatrouille einen Wagen am Ortsausgang an einer Kreuzung angehalten. Die Patrouille befand sich auf dem Weg nach Knin. Der Wagen war auf den Namen Alexander Kupalo registriert. Der Bericht war sehr kurz, und mit keinem Wort wurden die Insassen des Fahrzeugs weiter beschrieben. Neben Alex' Namen befand sich in der Akte eine handgeschriebene Notiz: *Kroate*.

Eine Zeugin, eine ältere kroatische Frau, die »seit der Befreiung der Krajina zum ersten Mal« in den Ort zurückgekehrt war, um das Grab ihres Mannes zu besuchen, konnte sich an einen Wagen erinnern. Sie wusste allerdings nicht mehr, ob er sich auf dem Weg in den Ort befand oder ihn verließ. Drei Insassen hatte sie angegeben, und zwei davon kannte sie auch mit Namen: Ivan und Goran Zir. Der dritte Mann war im selben Alter wie die Brüder, aber sie kannte ihn nicht.

Nur eine einzige Person hatte Alexander Kupalo explizit als Mörder genannt. In einem Sonderbericht von Milan Rakh vom September 1995 wurde es erwähnt. Laut Rakh basierte seine Notiz auf einer anonymen Zeugenaussage. Der Informant sagte aus, dass er Alexander Kupalo kennen würde und ihn an besagtem Tag in Andeoska Gora gesehen habe. Alexander Kupalo sei, so der Text, an »schrecklichen Taten« beteiligt gewesen. Allerdings fehlten detailliertere Angaben, um welche Taten genau es sich gehandelt hatte. Der Informant wollte sich »aus persönlichen Gründen« nicht zu erkennen geben.

Bereits der zweite anonyme Vermerk über Alex, dachte Elina. Laut Brief an das Tribunal in Den Haag war er nur Zeuge der Tat. Elina versuchte, die widersprüchlichen Angaben zu verknüpfen. Vielleicht handelte es sich bei den anonymen Angaben um ein und dieselbe Person? Ein Mensch, der den Polizisten in Knin etwas anderes sagt als dem Tribunal in Den Haag? Aber wer? Jemand, der eine Falschaussage gemacht hatte und diese dann bereute? Oder sind es doch zwei Personen; eine, die Alex anklagen will, und eine andere, die ihn freisprechen möchte? Und Milan Rakh… hatte er damals nicht behauptet, sein Zeuge sei nicht anonym?

Sie ließ den Dolmetscher in den technischen Protokollen nach einer Notiz suchen, die als Grundlage für Rakhs eigenen

Bericht gedient haben könnte. Aber es gab weder einen Brief noch einen schriftlichen Vermerk. Hatte die Person Rakh angerufen, oder hatten sie sich getroffen? Elina fragte sich, ob sie eine Antwort bekäme, wenn sie ihn das direkt fragen würde.

Der Fall war laut Polizeiunterlagen unmissverständlich klar. Sie sah sich gezwungen, Milan Rakh zuzustimmen, dass er die richtigen Schlussfolgerungen aus den vorliegenden Zeugenaussagen gezogen hatte. Die drei Mörder hießen: Ivan Zir, Goran Zir und Alexander Kupalo. Nur der entlastende Brief in Den Haag wies in eine andere Richtung. Nur er, sonst nichts. Aber für Elina genügte dieser Funken Hoffnung. Sie kam sich vor wie bei einer archäologischen Ausgrabung. Tief unten in der Finsternis lag die Antwort begraben.

Der Dolmetscher sah müde aus, er saß mit hängenden Schultern vor ihr. Es musste anstrengend sein, all die Dokumente zu übersetzen und Fragen zu beantworten. Es war Zeit, ihn gehen zu lassen.

»Morgen sehen wir uns die Verhöre der Brüder Zir genauer an«, sagte sie und verabschiedete sich. »Vielen Dank, wir sehen uns dann morgen.«

41. KAPITEL

Elina wachte schon früh auf. Ein schläfriger Kellner brachte ihr das dürftige Frühstück an den Tisch, und sie aß ohne großen Appetit. Sie war unruhig. Erst um acht Uhr war sie mit dem Dolmetscher verabredet, ihr blieb nichts anderes übrig, als einen ausgedehnten Morgenspaziergang zu machen. Sie fragte sich, ob ihr Schatten schon vor der Tür auf sie warten würde, aber ganz offensichtlich war er ein Langschläfer.

Zwanzig Minuten vor der verabredeten Zeit war sie im Polizeigebäude. Der Dolmetscher war auch schon da und beschwerte sich nicht, früher als geplant mit der Arbeit zu beginnen. Er sah aufgeräumt und regelrecht fröhlich aus. Elina hoffte, in ihm einen Verbündeten gefunden zu haben.

Die Verhöre der Brüder Zir waren zwar sehr ausführlich, aber nicht besonders aufschlussreich. Sie gaben zu, sich in der Woche, in der die Familie Dodola ums Leben kam, in Andeoska Gora aufgehalten zu haben. Allerdings behaupteten sie, dass es am Tag vor dem Massaker gewesen sei. Die Zeugen müssten sich geirrt haben. Sie seien in ihre alte Heimat gefahren, nachdem endlich wieder Frieden herrschte und die Krajina befreit war, um zu überprüfen, ob ihr Elternhaus wieder instand gesetzt werden könnte. Vorgefunden hätten sie aber nur ein unwiderruflich zerstörtes Gebäude, eine große Enttäuschung sei das gewesen. Bei ihrem Besuch hätten sie

Zoran Dodola in einiger Entfernung gesehen, aber weder mit ihm noch mit einem anderen Familienangehörigen gesprochen. Sie hätten schon Groll gegen die Serben empfunden, die ihr Geburtshaus zerstört haben, aber ihr Hass galt nicht der Familie Dodola, die schließlich viele Jahre lang ihre Nachbarn gewesen waren.

Über die Morde wussten sie nichts zu sagen. Die zwei Brüder traten auf wie die personifizierte Unschuld.

Elina konnte nicht einschätzen, wie hart Milan Rakh sie im Verhör unter Druck gesetzt hatte. Aber sie bekam den Eindruck, dass er einfache Fragen gestellt und nicht versucht hatte, sie in Widersprüche zu verwickeln. Aber sicher war sie sich nicht, der Dolmetscher hatte die Tendenz, das Geschriebene ganz nüchtern zusammenzufassen. Und die wenigen Male, bei denen sie ihn dazu brachte, wortgetreu zu übersetzen, verschwammen die Nuancen.

Gegen Nachmittag ging Elina in den ersten Stock und klopfte bei Milan Rakh an. Sie wollte wissen, wie es zu der Verdächtigung von Alex gekommen war, welchen Anlass es für seinen Sonderbericht gegeben hatte und warum Alex nicht verhört worden war. Aber Rakh war nicht da. Von seiner Sekretärin erfuhr sie, dass er nach Zagreb gefahren sei, um einen Zeugen in dem Fall zu verhören.

»Warum hat er mich denn nicht über seine Reise in Kenntnis gesetzt?« Elina wandte sich zu dem Dolmetscher, der neben ihr stand. Er zuckte mit den Schultern und warf die Hände in die Luft. Sie schüttelte den Kopf. »Sind Sie mit der Übersetzung weitergekommen?«, fragte sie.

»Ich habe leider niemanden gefunden, der sowohl Englisch als auch Ärztelatein kann, aber ich suche weiter. Vielleicht sollte ich mal nach Šibenik ins Krankenhaus fahren.«

»Da hätte ich gerne, dass Sie vorher noch eine andere Sache für mich erledigen«, bat Elina. »Alexander Kupalos ehemalige

Adresse in Knin. Seine Familie soll vor dem Krieg irgendwo in einem Ort außerhalb gewohnt haben. Zumindest hat das Herr Šimić angegeben. Das müsste ja irgendwo in den Unterlagen aufgeführt sein.«

Der Polizist nickte. Elina holte die Visitenkarte des Hotels aus der Tasche. »Rufen Sie mich doch bitte unter dieser Nummer an«, sagte sie und gab ihm die Nummer, die er sich auf seine Handfläche schrieb.

Es war bereits abends, als der Dolmetscher von sich hören ließ. »Die Familie Kupalo hatte ein Haus, das genau zwischen den beiden Ortschaften Mokro Polje und Radučić liegt, ungefähr fünf Kilometer westlich von Knin. Ich kann Ihnen leider nicht genau sagen, wo das Haus steht, aber in unmittelbarer Nachbarschaft soll ein Friedhof sein.«

»Ist Hauptkommissar Rakh aus Zagreb zurück?«, fragte Elina.

»Nein«, lautete die Antwort. »Ich weiß nicht, wann er zurückerwartet wird. Aber ich kann Sie sofort unterrichten, wenn ich etwas höre.«

»Bitte tun Sie das. Vielen Dank und Gute Nacht.«

Elina legte auf und sah auf die Uhr. Viertel nach acht. Ihr Magen verlangte nach etwas zu essen. Sie zog ihre Jacke über und verließ das Hotel. Unschlüssig stand sie einen Augenblick auf der Straße und überlegte, in welche Richtung sie gehen wollte. Dann entscheid sie sich für eine Seitenstraße und lief durch schmale Gassen den Berg hinauf. Wenige Minuten später war sie an derselben Stelle, wo ihr vor zwei Tagen Lupis Jurak auf der Straße begegnet war. Sie betrat den Innenhof und sah zu Milan Rakhs Wohnung hoch. Das Licht war an. Fünf Minuten wartete sie, aber es war kein Schatten zu sehen.

In einer kleinen Gasse um die Ecke entdeckte sie ein Lokal, das geöffnet hatte. Es war eine Mischung aus Restaurant und

Kneipe, der Tresen war aus lackiertem, dunklen Holz, die Tische ohne Tischdecken. Die Kellnerin war eine kräftige Frau, die sich überraschend geschmeidig bewegte. An dem ersten Tisch hinter dem Eingang saßen fünf junge Männer und tranken Bier. Sie unterhielten sich lautstark, Elina wollte zuerst das Lokal wechseln. Aber dann suchte sie sich einen Platz weiter hinten im Restaurant und bestellte *Pljeskavice*, eine Art Hamburger, und eine Flasche Mineralwasser. Das Essen war ihr eigentlich zu fett, aber sie hatte einen solchen Hunger, dass sie ein paar Bissen davon aß.

Die Männer grölten immer lauter, und sie bereute zutiefst, nicht bereits in der Tür kehrtgemacht zu haben. Sie bemerkte, dass sie zu ihr herübersahen, und den Blicken folgten Kommentare und Gelächter.

Die Tür wurde aufgestoßen, und ein Mann kam herein. Elina hoffte, dass er sich an einen Tisch zwischen sie und die johlenden Männer setzen würde, aber leider wählte er einen Platz auf der anderen Seite des Eingangs.

Eine neue Runde Bier wurde gebracht. Einer der Männer trank einen halben Liter in einem Zug aus, ohne Luft zu holen. Dann wischte er sich den Schaum mit dem Handrücken ab und brüllte etwas. Die Worte waren an Elina adressiert. Er unterstützte seine Worte mit einer Handbewegung, die sie als obszön deutete. Die anderen brachen in lautes Lachen aus.

Elina winkte die Kellnerin zu sich und bat um die Rechnung. Fünfunddreißig Kuna, das waren etwa fünfzig schwedische Kronen. Sie legte vier Zehnkunascheine auf den Tisch und stand auf. Gleichzeitig erhoben sich auch zwei der Männer am Eingang, die anderen drei blockierten mit den Stühlen Elinas Weg. Sie grinsten sie anzüglich an, der eine sagte etwas, das sie nicht verstand, sie konnte sich die Bedeutung seiner Worte aber denken.

Sie warf einen hilfesuchenden Blick zu dem Mann am anderen Tisch, aber der verschwand lautlos aus der Tür. Auch die Kellnerin war auf einmal unsichtbar geworden. Elina rief »*hello!*«, aber alle schienen wie vom Erdboden verschluckt.

Langsam kamen die beiden Männer auf sie zu. Der eine spielte mit seiner Zunge, er sah aus wie ein Wurm. Sie hob die Hand wie ein Stoppzeichen, allerdings auch, um einen Schlag abwehren zu können. Da niemand ihrer Aufforderung folgte, fasste sie einen Entschluss und stellte sich so hin, dass sie sich besser verteidigen konnte. Als der eine plötzlich auf sie zustürmte, sprang sie ein Stück zur Seite und trat ihm mit voller Wucht zwischen die Beine. Er schrie auf vor Schmerz, krümmte sich zusammen und drehte sich zweimal um seine Achse. Doch da attackierte sie der zweite. Es gelang ihr, ihm eine Rechte gegen sein Kinn zu verpassen. Das schlug ihn zwar nicht k.o., aber zumindest verlor er die Balance. Die drei Saufkumpanen sprangen gleichzeitig von ihren Stühlen auf. Einer stieß Elina so fest in die Seite, dass sie der Länge nach umfiel. Sofort setzte er sich rittlings auf ihren Brustkorb und versuchte, ihre Hände zu Boden zu drücken. Aber das gelang ihm nicht, im Gegenteil, er musste einen harten Schlag gegen den Kehlkopf einstecken. Er griff sich an den Hals, krümmte sich und fiel kerzengerade nach vorne. Seine Brust landete auf ihrem Gesicht, es gelang ihr nicht, ihn von sich zu schieben, er lag wie ein Toter auf ihr. Er stank nach Schweiß, sie hatte Schwierigkeiten zu atmen und konnte nichts sehen. Aber sie spürte, wie Hände an ihrer Hose zogen und rissen. In diesem Augenblick wusste sie, dass sie nicht davonkommen würde.

Der Knall eines Schusses zerschnitt die Luft. Die Hände hörten auf der Stelle auf, an ihr zu zerren. Sie legte die Handflächen auf die Brust des Mannes, der auf ihr lag, und drückte mit aller Kraft. Er war nicht bewusstlos und hob freiwillig den Kopf, so als wäre er von dem lauten Geräusch geweckt worden. Eine Hand griff seinen Kragen und zog ihn hoch.

Der erneute Druck gegen den Kehlkopf ließ ihn aufschreien, aber zu hören war nur ein gurgelnder Laut. Elina setzte sich auf. Einer der Männer, der vor kurzem noch versuchte hatte, ihr die Hose herunterzureißen, kniete vor ihr. Er stöhnte und hielt sich das Bein. Mit einem verwunderten Ausdruck im Gesicht starrte er zuerst den größer werdenden Blutfleck an seiner Wade an und dann hoch zu dem Mann, der mit einer Pistole in der Hand in der geöffneten Tür stand. Das Licht einer Straßenlaterne hinter ihm tauchte sein Gesicht in einen Schatten. Für einen Augenblick war alles totenstill. Dann machte der Mann ein Zeichen mit seiner Waffe: »*Verschwindet!*« Die zwei Unverwundeten hoben den am Boden liegenden Kumpel hoch. Sie griffen ihm unter die Arme, aber er wollte seinen schmerzenden Schritt nicht loslassen. Der Angeschossene humpelte stöhnend hinter ihnen her. Nur derjenige, dem Elina gegen den Kehlkopf geschlagen hatte, lag noch am Boden.

Elina stand mühsam auf und wollte ihre Hose zumachen, aber alle Knöpfe waren abgerissen. Der Mann im Türrahmen kam auf sie zu, und sie konnte sein Gesicht erkennen. Es war Lupis Jurak.

42. KAPITEL

Am nächsten Morgen verließ sie erneut früh das Hotel. Eine Kaltfront war herangezogen, es war bewölkt und kühler geworden. Sie sah sich um und wollte ihren Schatten ausfindig machen.

Lupis Jurak war äußerst wortkarg gewesen, als er sie am Abend zuvor zum Hotel begleitete, nachdem sie mehrfach versichert hatte, dass sie sich nicht im Krankenhaus untersuchen lassen wollte. Aber ihr wurde klar, dass ihr *neuer* Schatten, der einsame Mann am Tisch vor dem Eingang, ihn alarmiert hatte. Offensichtlich hatte er sofort gesehen, dass er sie kaum allein vor einer Horde betrunkener Männer würde retten können, und war zu Jurak gerannt, der nur wenige Blocks entfernt wohnte.

Wie es dann weiterging, wusste sie. Ohne Jurak wäre sie verloren gewesen. »Also sind Sie und Rakh es, die mich beschatten lassen?«, stellte sie fest.

»Vorher war es Rakh, jetzt nicht mehr«, lautete seine geheimnisvolle Antwort. Mehr konnte sie nicht aus ihm herausbekommen. Aber sein Tonfall... sie hatte das unbestimmte Gefühl, dass Jurak sie beschatten ließ, um sie vor allen, vor *allen* zu beschützen! Auch vor Milan Rakh?

An diesem Morgen war der Wachposten offenbar abgesetzt worden. Der Schatten war im Morgengrauen verschwunden. Warum? Er hatte am Abend zuvor große Dienste geleistet.

Würde so etwas noch einmal geschehen können, oder hatte Juraks Eingreifen sogar zukünftige Übergriffe abgewendet? Rechnete er damit, dass die Geschichte die Runde machte? Wer ihr etwas antat, bekam es mit ihm zu tun? *Mit Lupis Jurak ist nicht zu spaßen!* Das waren Danicas Worte gewesen. Hinter ihrem Rücken lief ganz offensichtlich ein Spiel, dessen Regeln sie nicht kannte und verstand. Lupis Jurak war ein Rätsel. Worauf der Konflikt zwischen Milan Rakh und ihm beruhte, wusste sie nicht, aber in diesem Augenblick war sie nur froh, dass er auf ihrer Seite stand.

Langsam machte sie sich auf den Weg zum Polizeigebäude. Natürlich hatte Rakh bereits einen Bericht über den Vorfall auf seinem Tisch liegen. Sie fragte sich, was er dazu zu sagen hatte. Sie würde Interpol ihre Version der Ereignisse schicken.

Der Dolmetscher begegnete ihr im Foyer. »Hauptkommissar Rakh ist noch nicht aus Zagreb zurück«, sagte er.

»Wie sollen wir denn eine Ermittlung führen, wenn er gar nicht da ist?«, bemerkte Elina, eher entmutigt als verärgert.

»Es tut mir leid«, der junge Mann sah zerknirscht aus. »Wie geht es Ihnen, Kommissarin Wiik?«

Sie musterte ihn aufmerksam. »Sie haben also schon gehört, was passiert ist?«

»Seien Sie vorsichtig. Diese Stadt ist nicht sicher.«

»Erzählen Sie mir bitte, was Sie von dem Vorfall gehört haben.«

»Ich kann gar nichts dazu sagen. Ich weiß nichts. Das ist die Wahrheit. Aber diese ganze Geschichte ist gefährlich. Alle sterben, oder etwa nicht? Versprechen Sie mir, vorsichtig zu sein?«

Elina nickte. Er klang aufrichtig besorgt. Aber sicher konnte sie sich dennoch nicht sein. Schließlich war er einer von Rakhs Männern. Vielleicht wollte er ihr auch nur Angst machen, sie aus dem Gleichgewicht bringen. *Vertraue niemandem!*

»Benötigen Sie mich im Moment?«, fragte er.

»Nein«, sagte Elina. »Bevor ich etwas unternehmen kann, muss ich auf Hauptkommissar Rakh warten. Könnten Sie mir Bescheid geben?«

»Das werde ich«, versprach der Dolmetscher.

»Dann sehen wir uns später«, verabschiedete sie sich und ging zurück zum Hotel.

Ihr Mietwagen stand in einer Seitenstraße geparkt. Statt zurück aufs Zimmer zu gehen, setzte sie sich in den Wagen und faltete die Karte auseinander. Sie suchte die Ortschaften, die ihr der Dolmetscher genannt hatte, Mokro Polje und Radučić. Aber hatte dieser Herr Šimić nicht erzählt, dass Ivica und Vesna Kupalo in einer Stadt zwischen Knin und Padjene gelebt hatten? Sie wurde unsicher.

Sie startete den Wagen und fand ohne Schwierigkeiten den Weg aus der Stadt. Dabei sah sie mehrfach in den Rückspiegel, aber es folgte ihr niemand. Nicht, dass es eine große Rolle für sie gespielt hätte, zumindest solange es nur ein einziger Verfolger war. Bei einem vollbesetzten Wagen hätte sie sofort umgedreht.

Der Weg führte steil nach oben, war breit und asphaltiert und gesäumt von Leitplanken. Sie fuhr an einer Anzahl von Häusern vorbei, die alle bewohnt aussahen. Zwanzig Minuten später hatte sie Padjene erreicht, ohne auf dem Weg ein einziges Schild gesehen zu haben, das auf die anderen beiden Ortschaften hinwies. Sie parkte am Ortsrand und stieg aus. Eine Frau fütterte die Hühner auf ihrem Hof. Sie trug ein schwarzes Kopftuch und sah uralt aus. Sie schenkte Elina ein zahnloses Lächeln und winkte mit der Hand. Dann ging sie mit eiligen Schritten zurück ins Haus. Elina blieb unschlüssig stehen. Kurze Zeit später erschien die alte Frau wieder, mit einem Tablett in den Händen. Sie stellte das Tablett auf einen verrosteten Metalltisch und wies auf einen Stuhl. Elina setzte sich hin, und die Frau schenkte ihr Kaffee in einen Porzellanbecher, der mit blauen Blumen verziert war. Elina lächelte und nahm einen Schluck, der Kaffee war frisch gebrüht und sehr stark. Die Frau lächelte ununterbrochen, ohne ein Wort zu sagen. Ihre Augen lagen tief in ihren Höhlen. Elina stellte sich vor, was sie schon alles hatten mit ansehen müssen.

»Radučić? Mokro Polje?«, fragte Elina. Die Frau aber schüttelte den Kopf.

Elina streckte den Finger in verschiedene Himmelsrichtungen und wiederholte den Namen der Ortschaften.

Die alte Frau nickte fröhlich und zeigte auf einen kleinen Weg, der von der Straße abging.

»Dong, dong!«, sagte sie und kicherte.

»*Church?*«, versuchte Elina und machte mit den Fingern ein Kreuzzeichen.

Die Frau lachte so laut, dass sie kaum Luft bekam. »*Crkva*«, verbesserte sie.

Die Frau setzte sich neben Elina und goss auch sich einen Becher Kaffee ein. Dann ergriff sie Elinas Hand und hielt sie fest, bis sie beide ihren Kaffee ausgetrunken hatten. Elina erhob sich, umarmte die gastfreundliche alte Frau und ging zurück zu ihrem Wagen. Als sie in den Weg einbog, den ihr die Frau gezeigt hatte, drehte sie sich um. Die alte Frau stand auf ihrem Hof und sah ihr nach.

Der Weg war sehr schmal und der Asphalt am Wegesrand zerbröckelt. Nach etwa fünf Kilometern verkündete ein Schild, dass sie in Radučić war. In einiger Entfernung sah sie einen Bauern, der einen Schubkarren vor sich herschob, ansonsten war der Ort menschenleer. Kurz darauf folgte ein Schild, das die Richtung nach Mokro Polje anzeigte. Die Straße führte auf ein Plateau mit verlassenen Äckern, alle umgeben von Mauern aus lose aufeinandergestapelten Steinen, die bis an den Horizont reichten. Nach einigen Kilometern entdeckte sie die weiß gekalkte, heruntergekommene Kapelle. Sie stand inmitten eines kleinen Friedhofs. Weiter weg befanden sich die Überreste zweier zerbombter Gebäude und zwei Häuser, die neu aussahen. Herr Šimićs Aussage, dass einige Häuser mithilfe einer deutschen Hilfsorganisation wieder aufgebaut worden waren, stimmte also. Sie hatte ihr Ziel erreicht.

Elina parkte auf dem Vorplatz der Kirche und stieg aus. Keine Menschenseele war zu sehen. Von einem Feld hinter der Friedhofsmauer wehte der Geruch von Kuhdung herüber. Eine Mücke stach sie in den Arm, sie schlug sie tot und wischte das Blut ab. Hinter dem Friedhof standen zwei zerstörte Wohnhäuser. Bei dem einen fehlten das Dach, und die Fenster und die Türen waren schwarze Löcher. Das andere war noch stärker zerstört, die Fassade war von Schüssen durchsiebt, und die Seitenwände waren eingestürzt. Hatte Alex in einem dieser Häuser gelebt? Elina hätte so gerne jemanden danach gefragt und auch in Erfahrung gebracht, ob sie die Häuser ohne Gefahr betreten konnte. Sie wusste gar nicht genau, wonach sie suchte. Nach einer Spur zu Alex oder nach einem Hinweis, der Licht in den Mordfall bringen könnte. Sie suchte nach einer Verbindung.

Dann wandte sie sich den Neubauten zu. Sie waren weiß verputzt und sahen hübsch und adrett aus. Niemand öffnete ihr, als sie anklopfte. Darum kehrte sie um und betrat den Friedhof durch eine rostige Tür. In Andeoska Gora hatte sie auf dem Friedhof das Grab der Familie Dodola entdeckt. Was würde sie hier finden? Der Friedhof war klein, er fasste nicht mehr als fünfzig Gräber. Das Gras überwucherte die meisten von ihnen, und einige Grabsteine neigten sich bereits bedenklich zur Seite. Auf vielen Gräbern standen neuere, schwarze Steine, unter denen ganze Familien in letzter Gemeinschaft nebeneinander ruhten. Die Gesichter der Toten waren zum Teil in die Steine geritzt, detailgenau wie Fotografien. Die meisten, aber nicht alle, waren Serben: Die Buchstaben waren kyrillisch. Viele der Jugendlichen waren 1991, 1992 und 1995 ums Leben gekommen. Der Friedhof war ein schweigsamer Zeuge des Krieges, seine Aussage in Stein gemeißelt.

Plötzlich hörte sie, wie eine Tür geöffnet wurde. Das Geräusch kam von der Kapelle. Vor der niedrigen Eisenpforte stand ein älterer Mann. Er trug Arbeitshosen und ein rotkariertes Hemd.

Sie ging auf ihn zu. »Verstehen Sie Englisch?«, fragte sie.

Er legte seinen Kopf auf die Seite. Elina sah, dass er in einem Ohr einen Hörapparat trug und wiederholte ihre Frage etwas lauter. »*English?*«

Er antwortete etwas auf Kroatisch. Er lächelte ein wenig, wohl um seine freundliche Gesinnung zu zeigen.

»Kupalo?«, fragte Elina.

Der Mann lächelte erneut und führte sie zu einem Grab am Rand des Friedhofes. Auf dem Grabstein stand Alexander Kupalo. Elina spürte, wie die Erde unter ihr nachgab. Sie griff nach dem Arm des Mannes, um nicht in die Dunkelheit zu stürzen. Sie kniete vor dem Grab nieder, unfähig, das alles zu begreifen. Dann erst sah sie die Jahreszahlen. Geboren 1908, gestorben 1943. Der Großvater…? Er war schon im Zweiten Weltkrieg aus dem Leben geschieden, in dem Geburtsjahr von Ivica Kupalo, Alexanders Vater.

Sie bemühte sich, ihr Gleichgewicht zurückzugewinnen. Die zerstörten Häuser… sie zeigte auf die Gebäude und wiederholte den Namen: *Kupalo?*

Der Küster schüttelte den Kopf. Er machte eine horizontale Geste. Elina wusste, was er meinte. *Dem Erdboden gleichgemacht.*

Er überließ sie ihren Gedanken und ging davon. Nach einer Weile richtete sie sich mühsam auf und lief langsam von Grab zu Grab. Viele von ihnen waren vernachlässigt, statt Blumen wuchs Unkraut. Einige der Steine hatten Einschusslöcher, als wäre es nicht genug, die Menschen einmal zu töten. In der Nähe der Kapelle fiel ihr Blick auf eine Grabstelle, die sich von den anderen unterschied. Das Grab war geradezu penibel gepflegt, Kerzen und frische Blumen steckten in einer Vase aus Stein. Sie beugte sich tiefer, um die Inschrift lesen zu können. Es traf sie wie ein Schlag. Der Name… konnte das möglich sein? Das Porträt eines Mannes war in den Stein geritzt. Die Ähnlichkeit war verblüffend.

Sie sah auf. Der alte Küster war nirgends zu sehen. Elina war allein auf dem Friedhof. Es waren nur wenige Schritte bis zu der Eisenpforte… doch sie war verschlossen oder von innen verriegelt. Sie schlug fest dagegen, aber niemand öffnete. Sie lief einmal um die Kapelle herum und versuchte, durch ein kleines Fenster auf der Rückseite zu sehen. Aber es war zu dunkel im Inneren der Kirche. Hatte der alte Mann den Friedhof einfach verlassen? Sie ärgerte sich, dass sie ihn nicht nach seinem Namen gefragt hatte.

Erneut ging Elina zu den Neubauten. Vielleicht wohnte der Küster in einem von ihnen. Aber sie wirkten so still und menschenleer wie zuvor. Darum ging sie wieder zum Wagen und fuhr zurück nach Knin.

Kaum war sie auf die Straße eingebogen, öffnete sich die Pforte der Kapelle. Der alte Mann mit dem Hörapparat kam heraus und sah dem Auto hinterher, das hinter einer Bergkuppe verschwand. Dann ging er zu dem gepflegten Grab und goss frisches Wasser in die steinerne Vase.

43. KAPITEL

Elina lag in ihrem Hotelbett und versuchte, den Zusammenhang zu begreifen, nachdem sie so gesucht hatte. Vielleicht hatte sie nun ein weiteres kleines Puzzlestück gefunden. Aber irgendwann war sie nicht mehr in der Lage nachzudenken, und eine große Unruhe trieb sie aus dem Bett. Auf dem Boden des Kleiderschrankes stand ein kleines schwarzes Täschchen. Das griff sie und lief hinunter zum Wagen.

Dafür werde ich früher oder später teuer bezahlen müssen, dachte Elina, als sie losfuhr.

Sie verließ die Stadt auf der Hauptstraße. Es war schon nach sieben Uhr abends und der Verkehr spärlich. Weiter oben in den Bergen fuhr sie streckenweise ganz allein auf der Straße. Die Dämmerung hatte bereits begonnen, das Licht verabschiedete sich vom Tag. Sie sah hinauf zu den Berggipfeln, über denen sich schwarze Wolken türmten. Ein Unwetter zog auf. Kurz zögerte sie, ob sie nicht doch umdrehen sollte, entschied sich jedoch für die Weiterfahrt.

Gegen halb acht erreichte sie Andeoska Gora. Sie parkte vor dem Haus der Familie Dodola, das Bogdan Zir über zehn Jahre lang bis zu seinem Tod unrechtmäßig bewohnt hatte. Die Gegend war so verlassen wie bei ihrem letzten Besuch. Weder Tier noch Mensch waren zu sehen. Noch stellte die Abenddämmerung kein Problem dar, sie würde ihr Vorhaben durchführen können, ehe es allzu dunkel wurde, wenn nur die bedrohliche Wolkenwand sich noch ein bisschen Zeit lassen könnte. Sie holte das schwarze Täschchen aus dem Wagen und lief zu dem alten Traktor, um den sich jetzt niemand mehr kümmerte. Mit Schwung zog sie sich in den Fahrersitz hoch, der Schlüssel steckte noch im Schloss. Sie holte einen Haarpinsel aus dem Täschchen und trug Kohlestaub auf den Schlüsselkopf sowie auf den Schaltknüppel. Dann legte sie ein Klebeband darauf und zog es wieder ab. Auf dem Schlüssel befand sich ein deutlicher Fingerabdruck.

Elina sprang vom Traktor und ging zum Haus. Dunkel und abweisend stand es auf der Bergkuppe. Sie entschied, zügig an den einschlägigen Stellen nach Fingerabdrücken zu suchen. Später könnte sie dann eine gründlichere Untersuchung veranlassen.

Sie stellte ihr Werkzeugtäschchen auf den Treppenabsatz und wollte den Türgriff einpinseln. Da fiel der erste schwere Tropfen auf ihre Hand, gefolgt von einem zweiten... ein kräftiger Windstoß rüttelte an den Fensterläden. Das Gewitter würde bald losbrechen. Sie musste sich beeilen.

Plötzlich hörte sie ein Motorengeräusch. Sie drehte sich um und sah die Straße hinunter. Ein Wagen mit eingeschalteten Scheinwerfern kam den Hügel hochgekrochen. Es war bereits zu dunkel, um auf diese Entfernung den Fahrer zu erkennen, außerdem blendeten sie die Lichter. Im Wageninnern konnte sie nur eine einzige Silhouette ausmachen, der Fahrer war allein. Mein Schatten, dachte Elina. Der darf gerne wissen, was ich hier mache, das spielt keine Rolle.

Der Wagen hielt in etwa fünfundzwanzig Metern Abstand. Ein Mann stieg aus. Er trug eine Baseballkappe, so wie ihr erster Beschatter. Dann hob er seinen Kopf, und Elina konnte sein Gesicht sehen. Obwohl die Scheinwerfer sie blendeten, erkannte sie ihn wieder. Unfreiwillig machte sie einen Schritt nach hinten, trat auf das Täschchen und kam ins Straucheln. Im letzten Augenblick fand sie ihr Gleichgewicht wieder.

Er hob den Arm ... fünfundzwanzig Meter ... nah genug, um zu treffen, aber zu weit, wenn seine Hand nur ein bisschen zitterte. Der Schuss schlug im Türrahmen ein, ein Splitter bohrte sich in ihre Wange. Sie drückte die Türklinke herunter, das Pulver klebte in ihrer Handfläche, aber die Tür sprang auf. Mit schnellen Schritten kam er auf sie zu, der Fluchtweg war abgeschnitten, viel zu riskant. Der nächste Schuss zerriss ihre Jacke. Mina! Der Name ihrer Tochter hallte durch Elinas Kopf. Doch in diesem Augenblick öffneten sich die Himmelsschleusen, und der Regen stürzte nieder. Ein Blitz erleuchtete das verzerrte Gesicht des Mannes, dann kam der Donner angerollt.

Elina floh ins Haus und warf die Tür hinter sich zu. Doch sie ließ sich nicht von innen abschließen, der Wind drückte sie wieder auf. Sie rannte ins Wohnzimmer, wo der große Schreibtisch stand. Von dort hörte sie seine Schritte im Eingang, er zögerte und überlegte, wo sie sich wohl versteckte. Elina blieb regungslos stehen. Das Zimmer hatte eine zweite Tür, die zum hinteren Teil des Hauses führte. Vorsichtig schlich Elina darauf zu. Dann sah sie seinen Kopf im Türrahmen. Der nächste Schuss wurde verschluckt von einem gewaltigen Donner. Diese Kugel schlug neben ihr in die Wand ein. Instinktiv duckte sie sich und kroch durch den Türspalt in den nächsten Raum, bevor er erneut zielen konnte, und zog die Tür hinter sich zu.

Der Raum war eine kleine Kammer mit einem vernagelten Fenster. Es war stockfinster darin. Elina wusste, dass nur eine Tür aus dieser Kammer wieder hinaus in den Eingangsbereich führte.

Elina saß in der Falle. Ihr Verfolger musste nur in der Diele stehen bleiben und warten. Sie hatte keine Fluchtmöglichkeit.

Die Treppe in den ersten Stock... wenn er weiter vorne an der Haustür stand, hätte sie eine kleine Chance. Am Fuß der Treppe würde sie nicht in der unmittelbaren Schusslinie sein.

Sie lauschte nach Schritten. Aber das einzige Geräusch war der prasselnde Regen, der aufs Dach fiel. Sie konnte nicht ausmachen, wo er sich befand. Sie fasste einen schnellen Entschluss, riss die Tür auf und stürzte auf die Treppe zu. Er stand am Eingang, die Pistole im Anschlag.

Sie hatte gerade den oberen Treppenabsatz erreicht und sich zur Seite geduckt, als der vierte Schuss in der Wand über ihr einschlug. Ein Blitz erhellte für den Bruchteil einer Sekunde einen Raum zu ihrer Linken. Es war das Schlafzimmer einer Zwölfjährigen, die dort einst mit ihrer Porzellankatze gelebt hatte. Elina lief ins Zimmer. Als er ihr hinterhergerannt kam, warf sie sich mit aller Kraft von innen gegen die Tür. Er wurde am Kopf getroffen und fiel nach hinten, prallte aber gegen das Treppengeländer und fing sich sofort wieder. Und auch die Waffe hatte er dabei nicht verloren.

Das Fenster... es stand einen Spalt offen. Elina trat es auf, war mit einem Satz auf dem Fenstersims und sprang hinunter, ohne sehen zu können, wohin sie fiel. Sie landete unsanft, der Fuß knickte um, und sie stöhnte vor Schmerz, der sich wie Messerstiche in ihr Bein bohrte. Gleich würde er am Fenster stehen. Und der Krieg hätte ein weiteres Opfer zu beklagen, aber warum ausgerechnet sie?

Elina versuchte sich aufzurappeln, aber in diesem Augenblick wurde sie von einer Sturmbö erfasst, hart und kalt wie Eis. Sie stolperte und fiel auf den Rücken. Über ihr rasten die schwarzen Wolken über den Himmel. Sie richtete sich taumelnd auf und versuchte zu fliehen, aber ihre Füße wollten sie nicht tragen. Als sie nach oben sah, stand er im Fenster und zielte mit der Pistole auf sie.

Der Knall war wie ein Hammerschlag. Fassungslos starrte sie auf das Ausmaß der Zerstörung, die er angerichtet hatte.

44. KAPITEL

Schweigend saßen sie sich gegenüber. Es war kurz vor Mitternacht. Nur eine kleine Tischlampe spendete Licht. Draußen war es dunkel und still. Außer ihnen war niemand im Haus, und die Straßen waren leer.
»Wie geht es Ihnen?«
»Ich habe Schmerzen, das können Sie sich ja denken.«
»Das ist eine üble Verletzung. Aber es hätte noch viel schlimmer enden können. Es hätte alles schiefgehen können.«
Elina erwiderte nichts. Lupis Jurak betrachtete sie mit seinen kleinen, tief liegenden Augen.
»Das ist eine sonderbare Geschichte«, fuhr er fort. »Habe ich Sie richtig verstanden? Er hat mehrfach auf Sie geschossen, Sie sind ins Haus geflohen und haben sich aus dem ersten Stock aus dem Fenster geworfen, und als er Sie mit einem letzten Schuss töten wollte, da...«
»Ja«, unterbrach ihn Elina. »Ich sehe es noch genau vor mir. Es war vollkommen unwirklich. Der Blitz... der traf seine Hand, als hätte das Metall der Pistole ihn angezogen. Und dann fing alles Feuer, das ganze Haus ging in Flammen auf. Ich hätte gar keine Chance gehabt, ihn zu retten.«
»Hätten Sie es denn versucht, wenn es möglich gewesen wäre?«

»Ich weiß nicht... man kann einen Menschen nicht einfach sterben lassen und dabei zusehen... er fand auch noch so einen schrecklichen Tod. Ich habe seine Schreie gehört, es war furchtbar.«

»Welche Schlussfolgerungen ziehen Sie daraus?«

»Er muss der dritte Mörder von Andeoska Gora gewesen sein. Die Vermutung hatte ich bereits, als ich heute Morgen seinen Familiennamen auf dem Grabstein gelesen hatte. Die Toten haben ihn verraten, ist das nicht Ironie des Schicksals?«

»Und jetzt ist er auch tot. Er ist im Haus der Familie Dodola verbrannt.«

»Ja«, Elina nickte. »Das ist sonderbar. Ich kannte nur seinen Nachnamen.«

»Sein Vorname war Jovan«, antwortete Jurak. »Er hieß Jovan Šimić.«

Elina rieb sich den geschwollenen Knöchel. Es juckte unter dem Verband.

»Kennengelernt habe ich ihn bei meinem letzten Besuch«, erzählte sie. »Hauptkommissar Rakh hat ihn mir im Hotelfoyer vorgestellt. *Herr Šimić hier kann unter Umständen ein bisschen Licht in Ihre Angelegenheit bringen*, hatte er gesagt. Šimić hatte behauptet, Alex' Eltern gekannt zu haben, wusste aber nichts über Alex. Dabei hatten sie in einem Ort gelebt. Šimić hatte gelogen, das wurde mir aber erst klar, als ich das Grab mit dem Porträt seines Vaters entdeckte. Er hat versucht, mich auf eine falsche Fährte zu locken und mich davon abzuhalten, jemanden zu finden, der mir mehr erzählen könnte. Vermutlich war er auch der Mörder von Bogdan Zir, um alle Spuren zu beseitigen, die eine Verbindung zwischen ihm und Andeoska Gora belegen konnten. Und jetzt... war auch noch Interpol eingeschaltet. Als ich nach meinem Besuch auf dem Friedhof noch einmal nach Andeoska Gora gefahren bin, hatte ich ihn in Verdacht. Ich glaube, das ahnte er. Er wusste, ich würde noch mehr Fragen stellen und eine neue Untersuchung des Falles veranlassen, ich würde niemals aufgeben. Er war verzweifelt und wollte mich deswegen aus dem Weg räumen... Šimić muss der dritte Mörder vom Engelsberg sein.«

Lupis Jurak hatte ihr schweigend zugehört.

»Was ich allerdings nicht verstehe«, fuhr Elina fort, »ist, woher Šimić wusste, dass ich ihn entlarvt hatte. Woher wusste er, dass ich an seinem Familiengrab gewesen bin? Ich bin mir sicher, dass mir auf dem Weg zum Friedhof niemand gefolgt ist.«

Lupis Jurak ging zum Fenster und sah hinaus. »Dort draußen gibt es Augen, die alles sehen«, sagte er. »Jovan Šimićs Onkel lebt noch im Ort. Ein alter Mann, der sein Leben den Toten verschrieben hat und immer auf dem Friedhof ist. Vielleicht hat er Sie dort gesehen.«

Elina sah Jurak verblüfft an. »Auf dem Friedhof war tatsächlich ein alter Mann. Er hat mir das Grab der Familie Kupalo gezeigt. Ich habe ja nicht ahnen können, dass er mit Šimić verwandt ist. Aber als ich das Familiengrab der Šimićs entdeckte, war er auf einmal wie vom Erdboden verschwunden.«

»Er hat Sie bestimmt beobachtet«, stellte Jurak fest. Er rieb die Hände aneinander. »Wir werden ihn befragen, aber wahrscheinlich hat er seinen Neffen angerufen und ihm von dem ungewöhnlichen Besuch erzählt. Eine ausländische Frau, die auf seinem Friedhof nach Gräbern sucht. Das war ein bemerkenswertes Ereignis in seinem einförmigen Dasein. Er konnte ja nicht wissen, was das für Konsequenzen haben würde.«

»Ich kann es noch gar nicht richtig fassen, dass ich das überlebt habe«, sagte Elina. »Dieser Blitz... das war unglaublich.«

Lupis Jurak drehte sich zu ihr um.

»Kommissarin Wiik«, sagte er. »Wir haben nach wie vor zwei Probleme, nicht wahr?«

»Ja«, sagte Elina. »Jovan Šimić war der dritte Mörder von Andeoska Gora. Aber hat er auch die Brüder Zir und Alex Kupalo auf dem Gewissen?«

»Was meinen Sie?«

Elina hob die Hände in die Luft. »Er hat uns gezeigt, wozu er fähig und bereit war, weil er sich bedroht gefühlt hat. Aber Jovan Šimić... wie ist es ihm gelungen, Alex in Italien aufzuspüren? Und wer ist dann die Frau, die in Värnamo angerufen hat, um Zirs Adresse herauszubekommen? Eine Freundin von Šimić? Das klingt alles so unwahrscheinlich.«

»Wenn wir seinen Pass in die Finger bekommen, lässt sich das leicht aufklären«, sagte Jurak. »Aber das andere Problem ist ein wenig delikater, würde ich sagen.«

»Milan Rakh«, stimmte Elina zu. »Er hat veranlasst, dass Šimić mich hinters Licht führt. Er muss in irgendeiner Weise mit Šimić verbündet sein. Ich kann keine andere Erklärung dafür finden. Diese Säuberungsaktionen im Rahmen der Operation Sturm, wurden die nicht von der Polizei und der Armee organisiert?«

Lupis Jurak saß mittlerweile hinter seinem Schreibtisch und trommelte mit den Fingern auf die Tischplatte. Elina lehnte sich vor.

»Herr Jurak«, sagte sie. »Wer sind Sie?«

Seine Augen verengten sich zu Schlitzen, sein Blick war stechend.

»Mein Ziel ist es, diesen Sumpf trockenzulegen. Sie haben keine andere Wahl. Sie müssen mir vertrauen.«

Er ging zur Tür und öffnete sie.

»Die Kriminaltechniker werden im Morgengrauen beginnen, das abgebrannte Haus in Andeoska Gora zu untersuchen.

Um zehn Uhr treffen wir uns wieder. Milan Rakh wird auch anwesend sein. Gute Nacht, Kommissarin Wiik.«

45. KAPITEL

Elina war überrascht, dass Milan Rakh in keiner Weise erschüttert wirkte. Sie hatte ein defensives oder auch aggressives Verhalten erwartet, aber nicht das: ein breites Lächeln.

»Oh, Kommissarin Wiik!«, rief er auf, als sie auf Krücken in Juraks Büro humpelte. »Wie froh ich bin, Sie bei einigermaßen wohlerhaltener Gesundheit zu sehen! Darf ich fragen, wie es Ihrem Fuß geht?«

Der Dolmetscher übersetzte ihre mürrische Antwort: »Die Ärzte sagen, dass es sich um eine schwere Verstauchung handelt, aber es ist nichts gebrochen.«

»Das freut mich zu hören«, sagte Rakh lächelnd. »Wollen wir uns setzen, Ihnen scheint das Stehen Schwierigkeiten zu bereiten.«

Er zog ihr einen Stuhl heran und setzte sich neben sie. Lupis Jurak hatte das Schauspiel schweigend hinterm Schreibtisch sitzend beobachtet.

»Ich habe mich gerade mit Herrn Jurak unterhalten«, fuhr Rakh fort. »Ich kann gut verstehen, dass Sie angenommen haben, ich hätte etwas mit Jovan Šimićs Angelegenheiten zu tun. Aber ich kann Ihnen versichern, dass Sie sich irren.«

»Angelegenheiten?«, wiederholte Elina und spürte, wie kalte Wut in ihr aufstieg. »Hier geht es um ein Massaker an einer unschuldigen Familie und einen Mordanschlag gegen mich!«

»Na, na!«, beschwichtigte sie Rakh. »Lassen Sie uns nicht über Wörter streiten. Folgendes steht fest, und darüber habe ich auch gerade mit Herrn Jurak gesprochen: Šimić hat uns alle reingelegt. Ja, er hat für mich gearbeitet, das gebe ich zu. Er war mein Informant. Wir benötigen diese Leute, um der Verbrechen in unserem Land Herr zu werden. Und ich gebe ebenfalls zu, dass ich ihn eingesetzt habe, um Sie daran zu hindern, weiter in diesem Fall vorzugehen. Er hat es auf meine Anweisung hin getan. Aber ich habe es nur veranlasst, um Sie vor der Wahrheit zu schützen.«

»Von welcher Wahrheit sprechen wir hier, Hauptkommissar Rakh?«, warf Elina sarkastisch ein.

»Selbstredend meine ich die Wahrheit, von der ich selbst überzeugt war, dass nämlich Alexander Kupalo der dritte Mörder gewesen ist. Jetzt, da es offensichtlich mehr oder weniger bestätigt ist, dass Jovan Šimić der dritte Mörder war – darauf komme ich gleich noch zurück –, muss ich feststellen, dass es ein Fehler von mir war, das anzunehmen. Das tut mir sehr leid. Aber meine Absichten waren die besten.«

Lupis Jurak unterbrach ihn. »Hauptkommissar Rakh behauptet, dass Šimićs Name zu keinem Zeitpunkt in den Ermittlungen um den Mord an der Familie Dodola aufgetaucht sei. Gegen ihn richtete sich bisher kein einziger Verdacht.«

»Das stimmt«, sagte Rakh. Er hob eine Aktenmappe vom Boden, zog ein Blatt Papier heraus und reichte es Elina. Am untersten Rand stand eine Unterschrift: Alexander Kupalo. Darunter wurde der Name in sauberen Buchstaben wiederholt. Zum ersten Mal sah sie seine Unterschrift, lange ließ sie ihren Blick darauf ruhen.

»Das ist die Mitschrift des Verhörs mit Kupalo«, erklärte Milan Rakh. »Er leugnete, der dritte Mörder gewesen zu sein, konnte aber keine Namen nennen und war überhaupt ungewöhnlich schweigsam. Ich ging natürlich davon aus, dass er uns nicht die Wahrheit sagte, alle Indizien sprachen ja eindeutig gegen ihn. Aber ich konnte auch ihn nicht überführen.«

»Ihre Notiz«, erinnerte sich Elina. »Wer hat damals Alexander Kupalo angezeigt?«

»Das war Ivan Zir«, erzählte Rakh. »Nachdem ich ihn bezüglich seiner Anwesenheit in Andeoska Gora unter Druck gesetzt hatte, behauptete er plötzlich, Alexander Kupalo hätte mit dem Massaker zu tun, ohne jedoch anzugeben, woher er das wüsste.«

»Ivan Zir hat versucht, jemand anderem die Schuld zuzuschieben«, sagte Elina.

»So habe ich das auch gesehen«, stimmte Rakh zu. »Und jetzt ist Jovan Šimić tot und…«

»Wie können Sie eigentlich so sicher sein, dass er tatsächlich der dritte Mörder ist?«, fragte Elina.

»Natürlich gibt es hier und da noch Fragezeichen«, entgegnete Rakh. »Aber er hat Bogdan Zir getötet. Wir haben seinen Fingerabdruck am Traktorschlüssel gefunden, dank des Klebestreifens, den Sie uns gestern liebenswürdigerweise überlassen haben. Sie hatten Recht, Kommissarin Wiik, ich verneige mich vor Ihrem Können. Es schmerzt mich zutiefst, eingestehen zu müssen, dass ich wohl ein gewisses Maß an Mitschuld trage. Mir ist zu Ohren gekommen, dass einer meiner Untergebenen Šimić davon erzählt hatte, dass Sie auf der Suche nach dem alten Bauern wären.«

»Der Mann mit der Narbe?«, fragte Elina.

»Sie haben auf jeden Fall Augen im Kopf, Kommissarin Wiik«, sagte Rakh anerkennend. »Ja, er war das, es gibt keinen Grund, das zu leugnen. Aber niemand konnte absehen, wozu das führen würde. Šimić war vor Ihnen da, bevor Sie den Bauern befragen konnten, was er über die Geschichte wusste.«

Lange sah Elina ihren Kollegen an. Der Mann entwich jedem Detail, das gegen ihn verwendet werden konnte, wie ein Fisch im Wasser.

»Hauptkommissar Rakh«, begann sie. »Als ich begann, Fragen über Alexander Kupalo zu stellen, wurde dadurch, ohne dass ich das ahnen konnte, ein Massaker berührt, das 1995 begangen wurde. In diesem Jahr wurde die serbische Minorität aus der Krajina vertrieben. Alle wissen, dass sich das Militär und die Polizei im Rahmen der Vertreibung vieler Gewalttaten schuldig gemacht haben. Nun stellt sich heraus, dass Jovan Šimić, einer der Schuldigen, für Sie gearbeitet hat. Sie haben ihn über meine Aktionen informiert und ihn darauf angesetzt, mich absichtlich in die Irre zu führen. Sie haben genau genommen die Initiative bei diesem Täuschungsmanöver ergriffen.«

Milan Rakhs Gesicht versteinerte sich. Aber Elina war unbarmherzig.

»Wie können wir sicher sein, dass Sie nicht auch an den Morden beteiligt gewesen sind?«

»Ich empfinde die Frage als zutiefst unanständig«, wehrte sich Rakh. »Aber ich werde sie dennoch beantworten. Ich habe mich zum Zeitpunkt des Massakers nicht in der Region befunden. In Wirklichkeit bin ich erst zur Lösung des Falles hierher geschickt worden. Das ist mir nicht gelungen, aber das ändert nichts an der Tatsache. Ich war nicht hier und kann folglich nicht jener Dinge schuldig gesprochen werden, derer Sie mich anklagen.«

Elina sah zu Lupis Jurak. Der nickte. Offenbar kannte er sich mit Rakhs Vergangenheit bestens aus. Sie konnte zur Sache nichts mehr beitragen und war gezwungen, Rakhs Version zu akzeptieren. Trotzdem wechselte sie ihre Taktik.

»Kann Jovan Šimić auch die Brüder Zir und Alexander Kupalo ermordet haben?«, fragte sie.

»Wohl kaum«, warf Jurak ein. »Diese Morde verlangten

ein großes Maß an Intelligenz und Planung. Šimić war ein schlichter Geselle. Außerdem hatte er Geldsorgen. Und seinem Pass nach zu urteilen, hat er Kroatien in den letzten acht Jahren nicht ein einziges Mal verlassen. Wir werden dem weiter nachgehen, aber ich habe große Zweifel, dass er unser Mann ist.«

»Das heißt, das Massaker und der Fall Bogdan Zir sind aufgeklärt, aber die drei anderen Morde nicht?«, fasste Elina zusammen. »Das liegt also noch an. Wir wissen auch noch immer nicht, warum sie sterben mussten.«

Sie wandte sich an Milan Rakh. »Ich hätte gerne eine Kopie von diesem Verhör mit Alexander Kupalo.«

Rakh nickte dem Dolmetscher zu. Elina reichte ihm das Protokoll und stand auf.

»Ich gehe zusammen mit ihm«, verabschiedete sie sich. »Ich habe noch etwas zu erledigen.«

Lupis Jurak und Milan Rakh erhoben sich gleichzeitig. Jurak ergriff Elinas Hand, sie sah die Andeutung eines Lächelns um seine Lippen spielen. Rakh blieb steif wie ein Zinnsoldat neben ihm stehen. Regungslos.

Elina legte die Kopie des Verhörprotokolls auf den kleinen Tisch in ihrem Hotelzimmer. Dann holte sie den Ordner mit all den Unterlagen hervor, die sie aus Schweden mitgebracht hatte. Darin lag das Foto der offensichtlich glücklichen Familie, die vor dem neuen Traktor posierte. Als sie es entdeckte, hatte sie sich gefragt, ob das Alex' Verwandte waren. Jetzt ging sie davon aus, dass die Familie Dodola darauf zu sehen war. Das Bild hatte bereits im Keller gelegen, als der Vater ihrer Mörder in das Haus gezogen war.

Lange betrachtete sie die Gesichter. Die Körperhaltung des Vaters war voll nachdenklichem Stolz, er hatte seine Familie um sich versammelt. Der Traktor war ihre Zukunft, so ähnlich musste er gedacht haben. Das Gefühl von Ohnmacht und Trauer überwältigte sie. Die Tatsache, dass sie wahrscheinlich den dritten Mörder gefunden hatte, spendete keinen Trost. Dann zog sie das zweite Dokument aus der Mappe, ihre Hände zitterten ein wenig. Es war die Kopie des handgeschriebenen Briefes an das Tribunal von Den Haag, in dem Alexander Kupalo nur als Zeuge des Mordes an der Familie Dodola bezeichnet wird. Sie legte den Brief neben das Verhörprotokoll.

Auf beiden Unterlagen stand der Name Alexander Kupalo. Die Handschriften... vielleicht hatte Alex selbst das Tribunal kontaktiert? Sie setzte sich an den Tisch und verglich die Namen. Sie waren unterschiedlich geschrieben. Beim Verhörprotokoll handelte es sich um eine Unterschrift und die leserliche Umschrift des Namens, während der Name im Brief in Schreibschrift war. Elina verglich Buchstabe für Buchstabe.

Erschöpft ließ sie sich gegen die Stuhllehne sinken. Sogar unter Berücksichtigung der verschiedenen Schreibweisen waren die Unterschiede zu groß. Es konnte unmöglich Alex' Handschrift sein. Der Verfasser des Briefes war und blieb ein Rätsel. Wer hatte in Den Haag Alarm geschlagen und versucht, auf diese Weise die Wiederaufnahme der Ermittlungen zu bewirken? Wer konnte wissen, dass Alex nur Zeuge der Schreckenstaten gewesen war?

Der Dolmetscher hatte ihr ein weiteres Dokument ausgehändigt. Ihm war es tatsächlich gelungen, einen Arzt ausfindig zu machen, der des Englischen mächtig war. Dieser hatte ihm den Inhalt der rechtsmedizinischen Berichte erklärt, und der Dolmetscher hatte dann Elina eine Zusammenfassung auf Englisch geschrieben. Die wimmelte zwar von orthografischen Fehlern, aber sie konnte alles verstehen.

Elina las den Text sorgfältig durch, dann noch einmal, um sich zu versichern, dass sie alles richtig verstanden hatte. Das war doch nicht möglich? Sie hob den Telefonhörer ab und wählte eine Nummer. Bereits nach dem ersten Klingelzeichen ging er ran.

»Herr Jurak«, sagte Elina. »Sind Sie sich darüber im Klaren, wie die Familie Dodola ums Leben kam?«

»Wie meinen Sie das?«, fragte Lupis Jurak verdutzt.

»Zoran Dodola wurde erschossen«, fing Elina an. »Genau wie sein Mörder Goran Zir. Der Sohn der Familie, Gabriel, wurde mit einem Messer erstochen. Auch Alex Kupalo starb auf dieselbe Weise. Die Mutter Sonia wurde totgeschlagen. Auch Ivan Zir wurde so getötet, mit einem harten Schlag gegen den Kopf.«

Schweigen in der Leitung.

»Herr Jurak?«, fragte Elina.

»Dann war es Rache!«, konstatierte Jurak schließlich.

»Danach sieht es aus.«

»Ich werde mit Milan Rakh darüber sprechen. Sie beide müssen trotz aller Widrigkeiten zusammenarbeiten.«

»Ja, das sehe ich ein«, sagte Elina. »Aber ich werde in Kürze abreisen. Ich habe hier nichts mehr zu tun.«

»Sie haben doch Großes bewirkt«, widersprach Jurak. »Ich möchte Ihnen aufrichtig für Ihr Engagement danken.«

Elina sammelte ihre Gedanken, bevor sie wieder das Wort ergriff. »Herr Jurak«, begann sie. »Da ist noch eine Sache, die ich irgendwie sehr sonderbar finde…«

In diesem Augenblick drückte ein Windstoß das Fenster mit einem Knall auf. Es hatte angefangen zu regnen, und die Tropfen fielen auf das Fensterbrett.

»Einen Moment bitte«, sagte Elina und legte das Telefon beiseite. Sie schloss das Fenster. »Jetzt bin ich zurück«, meldete sie sich.

»Was wollten Sie gerade sagen, Kommissarin Wiik?«, fragte Jurak.

»Ach, das war nichts Wichtiges«, wiegelte Elina ab.

»Ich würde Ihnen gerne Auf Wiedersehen sagen. Erlauben Sie mir, Sie auf ein Gläschen einzuladen, bevor Sie abreisen?«

»Da spricht nichts dagegen«, dankte Elina. »Ich muss nur erst in Erfahrung bringen, wann der nächste Flieger geht.«

»Ich rufe Sie heute Abend an«, versprach Jurak. »Nach wie vor im Hotel Centar, nicht wahr?«

Elina öffnete ihre Handtasche und holte die Visitenkarte des Hotels heraus. »Ich wohne in Zimmer zwölf, und die Nummer des Hotels lautet...«

»Vielen Dank, die habe ich. Ich melde mich. Bis später.«

»Bis später.«

Elina zog die Handtasche zu sich, hielt aber mitten in der Bewegung inne. Ihr Blick fiel auf das Wort, das auf die Rückseite der Visitenkarte geschrieben war. Sie hob ein zweites Mal den Telefonhörer ab und wählte erneut Juraks Nummer.

46. KAPITEL

Lupis Jurak stand vor dem großen Eingangsportal, als Elina eintraf. Er hielt ihr die Tür auf, und sie betraten das Gebäude. Sie gingen den Flur hinunter und blieben vor einer verschlossenen Tür stehen. Jurak öffnete sie, ohne anzuklopfen.

Frau Matošević sah überrascht zu dem unerwarteten Besuch hoch. Elina und Lupis Jurak setzten sich ihr gegenüber. Elina legte ein Stück Papier vor sie auf den Tisch. Frau Matošević beugte sich vor und las den Text. Sie bewegte lautlos die Lippen.

»Frau Matošević«, sprach Jurak sie an. »Haben Sie diesen Brief geschrieben?«

Elina sah, wie ihre Lippen zitterten. »Nein«, flüsterte sie als Antwort.

»Na, na, Frau Matošević«, sagte Jurak. »Es ist kein Verbrechen, ein Brief an das Tribunal für Kriegsverbrechen in Den Haag zu schreiben. Bitte antworten Sie wahrheitsgetreu.«

»Ich habe diesen Brief nicht geschrieben«, sagte sie.

Elina zog die Visitenkarte aus ihrer Jackentasche und legte sie neben das Wort ›Dodola‹ in dem handschriftlichen Brief.

»Aber das hier haben Sie geschrieben, Frau Matošević«, fragte Elina. »Sie haben mir das Wort Dodola auf diese Visitenkarte geschrieben, als wir uns in Šibenik begegnet sind.

Das ist Ihre Handschrift. Und sie ist identisch mit der in dem Brief an das Tribunal.«

»Aber warum....«, stotterte Frau Matošević, doch Jurak unterbrach sie.

»Was wir von Ihnen wissen wollen, ist ganz einfach«, sagte er. »Woher wissen Sie, dass Alexander Kupalo Zeuge des Massakers war?«

»Ich weiß gar nichts«, wehrte Frau Matošević ab. »Ich... ich.«

Sie verstummte. Ihre Augen baten um Gnade. Elina wartete einen Moment, aber sie blieb stumm. Schließlich legte Elina das Familienfoto aus Andeoska Gora auf die Dokumente. Frau Matošević schlug die Hände vors Gesicht und begann zu schluchzen.

»Bitte öffnen Sie Ihre Augen, Frau Matošević«, forderte Elina sie auf. »Sehen Sie sich die Menschen dort an. Sagen Sie mir bitte, wer das ist!«

Es klang wie ein Befehl. Jurak, der übersetzte, verstärkte den befehlenden Tonfall noch. Frau Matoševićs Hand zitterte, als sie wie in Trance auf die einzelnen Gesichter zeigte:

»Das ist Zoran. Sonia. Gabriel. Stella.«

Sie schüttelte den Kopf. »Sie haben mich in meinen Träumen verfolgt. Sie und Dusanka, die Großmutter.«

Die Tränen liefen ihr übers Gesicht. »Ich bin sie niemals losgeworden.«

Lupis Jurak holte sein Handy aus der Jacke. Er seufzte laut und wählte eine Nummer. Das Gespräch war kurz. Dann wandte er sich wieder Elina zu.

»Wir müssen sie laut Gesetz ordnungsgemäß verhören«, erklärte er. »Wir brechen hier ab.«

»Warten Sie«, bat Elina. »Ich möchte noch eine Sache fragen...«

Lupis Jurak sah Elina erwartungsvoll an.

»Woher wissen Sie überhaupt, dass Alexander Kupalo nur Zeuge war? Liebe Frau Matošević, ich flehe Sie an. Für mich ist diese Antwort wichtiger als alles andere!«

Jurak zögerte zunächst, aber dann übersetzte er die Frage. Vielleicht sah Frau Matošević ihr eigenes Unglück in Elinas Augen gespiegelt, denn sie riss sich zusammen, ehe sie antwortete.

»Er hat gesagt, dass Kupalo sie gesehen hätte. Er war zu mir gekommen und hat mir vorgeworfen, dass ich auch dafür verantwortlich sei. Er war verrückt…«

»Wer hat das gesagt?«

Lupis Jurak hatte sie unterbrochen. Seine Worte waren erneut ein Befehl, keine Frage. Erschreckt starrte Frau Matošević ihn an.

»Jovan Šimić«, sagte sie.

Elina sank in den Stuhl zurück. Endlich die Bestätigung… Alex war nur Zeuge, kein Mörder… sie konnte nicht verhindern, dass ihr Tränen über die Wangen liefen.

Wenige Minuten später kamen zwei uniformierte Polizisten herein. Widerstandslos ließ sich Frau Matošević abführen. Jurak legte die Dokumente und das Foto vom Schreibtisch in eine Plastikhülle.

»Kommissarin Wiik«, nickte er ihr zu. »Es wird Zeit zu gehen.«

Jurak half ihr beim Aufstehen und stützte sie unter den Armen.

Sie gingen in den kleinen Park neben dem Rathaus. Sie war dankbar. Schweigend standen sie so nebeneinander, der gewaltige Lupis Jurak und Elina, die sich bemitleidenswert auf ihre Krücken stützte.

»Alexander Kupalo«, sagte Jurak. »Sie und er. Ich glaube, ich habe das jetzt verstanden.«

Elina lächelte ihn zaghaft an. »Und Frau Matošević… was halten Sie von der ganzen Sache?«

»Sie haben es ja selbst gehört«, sagte Jurak. »Auch sie ist schuldig. Ich habe da so eine Ahnung in welchem Umfang, aber das Verhör wird uns Klarheit verschaffen. Wir werden ihr schon die Wahrheit entlocken.«

»Alex wurde von Rakh verhört. Er muss Jovan Šimić wiedererkannt haben, sie haben im selben Ort gewohnt. Warum hat er das nicht mit einem Wort in seinem Verhör erwähnt?«

»Vielleicht hat er das ja«, warf Jurak ein. »Ich weiß es nicht. Wir werden sehen.«

»Mein Flieger geht heute Abend, kurz nach neun«, sagte Elina.

»Dann schaffen wir das mit dem Drink wohl doch nicht?« Er streckte ihr seine Hand hin, und sie nahm sie.

»Sie haben mir auch misstraut, stimmt´s?«, fragte Jurak.

Elina nickte. »Ich habe mich geirrt«, entschuldigte sie sich. »Vielen Dank, dass Sie mich gerettet haben. Noch eine Sache, Herr Jurak… das Foto da… darf ich das noch einmal ansehen?«

Lupis Jurak holte es aus der Plastikhülle und reichte es ihr.

»Hat Frau Matošević nicht gesagt, das Mädchen hieße Stella?«, fragte sie.

»Ja, das stimmt«, bestätigte Jurak.

»Merkwürdig«, Elina runzelte die Stirn. »Ihr Name stand nicht auf der Grabinschrift.«

»Soweit ich weiß, ist sie auch ums Leben gekommen«, sagte Jurak. »Aber weder ihr Leichnam noch der ihrer Großmutter Dusanka wurden gefunden. Man ist davon ausgegangen, dass ihre Körper verbrannt sind. In einem der Schuppen hat man menschliche Knochen entdeckt.«

»Aber Dusanka steht auf dem Grabstein«, wandte Elina ein. »Warum nicht Stellas Name?«

»Das kann uns nur derjenige beantworten, der den Stein aufgestellt hat. Ich werde das untersuchen lassen.«

Elina sah das Mädchen auf dem Foto noch einmal genauer an. Irgendwie kam ihr etwas an ihrem Gesichtsausdruck bekannt vor.

Es war bereits nach fünf Uhr am Nachmittag, als Elina sich dem Stadtrand von Šibenik näherte. Bis zum Abflug ihres Fliegers vom Flughafen Split hatte sie noch genügend Zeit. Sie zögerte nur einen kurzen Augenblick lang, dann bog sie von der Landstraße ab.

Danica öffnete die Tür. »Komm rein«, sagte sie.

Elina nahm auf dem Sofa Platz. Danica setzte sich neben sie. Schweigend saßen sie eine Weile nebeneinander.

»Du kannst das vielleicht nicht verstehen«, begann Danica. »Aber du hast mir damals sehr geholfen.«

»Ich hatte eher den Eindruck, es war andersherum«, widersprach Elina überrascht. »Und ich war so auf meine Probleme fixiert, dass ich gar nicht bemerkt habe, wie schlecht es dir ging. Ich befürchte, ich habe viele alte Wunden in dir aufgerissen.«

»Das ist richtig«, gab Danica zu. »Der vergangene Monat, nach unserer Fahrt nach Knin, war eine schwere Zeit für mich. Aber ich habe von dir auch viel gelernt. Wir beide haben einen Menschen verloren, der uns unendlich viel bedeutet hat. Du hattest den Mut, dich damit auseinanderzusetzen. Und das habe ich jetzt auch versucht. Ich weiß nicht, ob es mir gelingen wird, aber ich will mich bemühen.«

»Danica, mir geht es genauso. Ich weiß auch nicht, ob es mir gelingen wird.«

Danica lächelte Elina an. »Ich werde wegziehen«, verriet sie. »Im Herbst fange ich an, in England zu studieren.«

»Oh, wie schön für dich!«

»Ich glaube, es wird mir leichter fallen, wenn ich in einer anderen Umgebung bin. Aber ich habe nicht vor, das Thema ›Menschenrechte‹ aufzugeben. Das werde ich niemals tun.«

»Was das anbetrifft, kann ich viel von dir lernen«, sagte Elina.

Danica hatte sich ans Fenster gestellt. »Ich glaube, es wird Generationen dauern, ehe wir erkennen, dass man gleichzeitig Opfer und Täter sein kann, ehe wir begreifen, dass der Mensch zwei Seiten in sich trägt. Eine schwarze und eine weiße, oder eine rote und eine weiße, wie in der kroatischen Fahne. Blut und Unschuld. Darum müssen wir jetzt anfangen, es verstehen zu wollen.«

47. KAPITEL

Mina begann sofort zu weinen, als sie ihre Mutter wiedersah.

»Merkwürdig«, sagte Maria Wiik. »Sie war kein einziges Mal traurig, seit du weggefahren bist!«

Elina umarmte ihre Tochter, die sich an ihren Hals klammerte.

Drei Tage später rief Lupis Jurak an. Sie erkannte seine Stimme gleich, ruiniert von zu vielen Zigaretten. Er hätte sich gar nicht mehr vorstellen müssen.

»Wir hatten ein ausführliches Verhör mit Frau Matošević«, erzählte er. »Es war so, wie ich es vermutet habe. Sie hat mit jenen Subjekten zusammengearbeitet, die sich der Aufgabe verschrieben hatten, die Serben aufzuspüren und zu verfolgen, die es gewagt hatten, nach dem Sieg der kroatischen Armee nach der Operation Sturm im August 1995 in ihrer Heimat zu bleiben. Jovan Šimić war einer dieser fanatischen Nationalisten. Frau Matošević hat dabei eine sehr wichtige Rolle gespielt, immerhin hatte sie den Überblick über die Daten des Einwohnermeldeamtes. Sie wusste genau, wer sich als Serbe, Muslim, Kroate oder Jugoslawe gemeldet hatte und wo die Leute wohnten. Und sie hatte keine Kraft, sich gegen die kollektive Psychose zu stemmen, die unsere Gesellschaft zerstört hat. Sie trat willig in den Dienst der ethnischen Säuberungen.«

»Sie hat also den Mördern geholfen?«, fragte Elina. »Und es später dann bereut und den Brief nach Den Haag geschickt?«

»Sieht ganz so aus«, bestätigte Jurak. »Allerdings dauerte es ein Jahr, bis sie aufwachte und erkannte, dass sie dazu beigetragen hatte, die Welt zu zerstören. Ihr wurde bewusst, dass ein gereinigtes Land, wonach sie alle gestrebt hatten, Verluste für alle Seiten bedeutete. Ihr erklärtes Ziel aber war es, die letzten Serben aus der Region zu vertreiben. Ich glaube nicht, dass sie den Tod der Familie Dodola gewollt hatte. Aber das ändert leider nichts an der Tatsache, dass sie alle an Jovan Šimić verraten hat. Das hat sie bereits gestanden. Er hat dann die Brüder Zir aufgetrieben, die sofort bereitwillig mitmachten. Ihre eigene Familie hatte zu Beginn des Krieges ebenfalls sehr unter dem serbischen Vorstoß in der Stadt leiden müssen. Gemeinsam haben sie das Massaker geplant.«

»Wird Frau Matošević angeklagt werden?«

»Das hoffe ich doch. Aber das ist eher eine Frage des politischen Willens.«

»Ich dachte, das sei lediglich eine Frage der Rechtsprechung!«

»Kommissarin Wiik«, seine Stimme klang wohlwollend. »Ich gebe Ihnen unumwunden Recht, dass es immer so sein müsste. Aber die kroatische Politik befindet sich an einem Scheideweg. Entweder räumen wir mit unserer Vergangenheit auf oder wir fahren fort, unsere Schuld an der Katastrophe zu verleugnen, die Jugoslawien zerrissen hat. Meiner Meinung nach müssen wir uns zu unserer Schuld bekennen. Das ist die einzige Möglichkeit, um zu verhindern, dass sich so etwas jemals wiederholen kann.«

»Und welche Rolle spielte nun Hauptkommissar Rakh in der ganzen Sache?«, fragte Elina. »Hat Alex in dem Verhör, das Rakh geführt hat, den Mörder preisgegeben?«

»Milan Rakh verneint das vehement. Die Verhörprotokolle seien vollständig und korrekt, Kupalo hätte zu keinem Zeitpunkt Jovan Šimićs Namen erwähnt.«

»Glauben Sie ihm das denn?«

Lupis Jurak seufzte tief. »Rakh ist auch ein Teil dieser nationalen Krankheit. Jemand, der den Mythos am Leben erhält. Er hat die Ermittlungen aus besagten politischen Gründen viel zu nachlässig geführt. Aber das ist unter Umständen schon sein einziges Vergehen. Die Antwort auf Ihre Frage lautet also, dass ich es nicht weiß.«

»Und was ist mit der Inschrift auf dem Grabkreuz?«, erinnerte Elina. »Stella Dodola?«

»Niemand konnte mir sagen, wer das Kreuz aufgestellt hat.«

»Vielleicht war es Stella selbst!«

Am kroatischen Ende der Leitung war es einen Moment lang still.

»Ich möchte, dass wir sie über Interpol suchen lassen«, fuhr Elina darum fort. »In erster Linie aus ermittlungstechnischen Beweggründen. Weil sie über Informationen verfügt, die uns den Ablauf der Geschehnisse erklären könnten.«

»Ich bezweifle, dass sie noch lebt«, sagte Jurak. »Aber eine Fahndung kann kaum Schaden anrichten.«

Elina veranlasste die Fahndung noch am gleichen Tag, nachdem sie sowohl mit Valdemar Karlsson aus Värnamo als auch mit Hauptkommissar Morelli in Monte Sant'Angelo gesprochen hatte. Morelli würde seinerseits die Neuigkeiten an das Tribunal in Den Haag weiterleiten.

Als sie mit Mina im Buggy das Polizeipräsidium verließ und

sich auf den Heimweg machte, spürte sie ihre Erschöpfung. Ihre Reise war lang und anstrengend gewesen. Aber eine letzte Etappe stand ihr noch bevor.

48. KAPITEL

Die verbleibenden Tage des Monats Juni und den gesamten Juli widmete Elina sich ganz ihrer Tochter, bevor sie im August ihren Dienst wieder antreten würde. Die Cafés und Restaurants im Zentrum von Västerås waren voller Touristen und Sommerurlauber, die ihre Getränke im Freien genossen. Auch Elina verbrachte die meiste Zeit in der Stadt, hatte aber auch eine kleine Reise mit Mina in der letzten Juliwoche geplant. Danach sollte Mina im Kindergarten der Oxbackener Vorschule eingewöhnt werden. Zu Anfang würde Elina nur halbtags arbeiten, und ab Mitte August hatte sie vor, wieder Vollzeit in ihren Beruf einzusteigen.

Es war eine schöne Zeit. Elina fühlte sich gut. Die Sehnsucht nach Alex war viel leichter zu ertragen, seit sie so viele Details über seine Vergangenheit und die Ereignisse erfahren hatte, die zu seinem Tod geführt hatten. Sie hatte es als erwiesen hingenommen, dass Alex einem Racheakt zum Opfer gefallen war. Vielleicht hatte ihn tatsächlich Stella Dodola wegen eines Missverständnisses umgebracht. Der Mörder war davon ausgegangen, dass Alex mitschuldig gewesen war.

Die Fahndung nach Stella Dodola war seit Wochen raus, hatte aber bisher zu keinem einzigen verwertbaren Hinweis geführt. Die Personenbeschreibung von Angelika Hohn aus Bremen war zu vage, und die Möglichkeit, im Haus von Andeoska Gora einen Fingerabdruck zu finden, hatte sich mit dem Brand buchstäblich in Rauch aufgelöst.

Elina dachte immer seltener an den Fall. Ihre Tochter war wie eine Gottesgabe für sie. Zum ersten Mal seit Jahrzehnten war sie zufrieden mit ihrem Leben, ohne rastlos durch die Welt zu hetzen. Vielleicht hatte sie sich genau nach diesem Zustand gesehnt, als sie sich auf den Weg nach Monte Sant'Angelo gemacht hatte. Das war über zwei Jahre her. Die sich überstürzenden Ereignisse des letzten Jahres hatten sie in die Gegenwart zurückgebracht.

Eines Abends, es war an einem Freitag Mitte Juli, war Elina mit Nadia und Susanne verabredet. Elinas Mutter war aus Märsta übers Wochenende angereist, um auf Mina aufzupassen. Die Freundinnen gingen in einer Tapas-Bar im Zentrum etwas essen. Es war das erste Mal seit dem einen Abend vor über zweieinhalb Jahren, dass sie sich verabredet hatten. Damals war Elina früh und überstürzt aufgebrochen. Dieses Mal hatte sie nicht vor, früher als notwendig nach Hause zu gehen.

Ihr Gespräch plätscherte zwischen Ausgelassenheit und Ernst hin und her, so wie sich die meisten Unterhaltungen im Laufe eines Abends verwandeln. Gegen zehn Uhr hatten sie die Fahndung nach Stella Dodola als Thema.

»Was fühlst du, wenn du an sie denkst?«, fragte Nadia. »Ich meine, ihr sind schreckliche Dinge widerfahren. Aber vielleicht war sie es, die ... dir, Alex und Mina das alles angetan hat.«

»Ich habe es weit von mir weggeschoben«, erklärte Elina. »Als wir sie als Verdächtige ermittelt hatten, habe ich die Polizistin in mir übernehmen lassen. Ich habe versucht, das professionell zu betrachten, um die Zusammenhänge besser erkennen zu können. Aber falls es zu einer Anklage kommen sollte und ich ihr im Gericht begegnen würde ... ehrlich gesagt, weiß ich nicht, was ich fühle.«

»Versuch, deine Gefühle nicht zu sehr zu unterdrücken«, riet ihr Nadia. »Du riskierst einen Rückfall.«

»Wie meinst du das?«

»Dass du wieder abstürzen könntest.«

Elina lächelte. »Ich glaube, Mina wird mich daran hindern.«

Elina war erst kurz nach zwei Uhr nachts im Bett. Sie hatte seit langem mal wieder ein bisschen mehr Wein getrunken und hoffte inständig, dass ihre Mutter Mina wenigstens bis um acht Uhr beschäftigen würde.

Der nächste Tag war herrlich und warm, Maria Wiik ging wie bei jedem Besuch mit Mina shoppen in den einschlägigen Boutiquen von Västerås und kaufte Anziehsachen und Spielzeug für ihr Enkelkind. Sie aßen im Einkaufscenter Gallerian zu Mittag, und abends kochte Elina zu Hause was für sie. Die beiden unterhielten sich lange miteinander. Als Maria Wiik gegen halb elf ins Bett ging, das bei Mina im Zimmer stand, wurde sich Elina bewusst, wie ihre Tochter sie und ihre Mutter einander nähergebracht hatte. Mittlerweile hatte sie mehr Gesprächsthemen mit ihrer Mutter als mit ihrem Vater.

Das Licht der Sommernacht verabschiedete sich langsam. Es war ein klarer Tag gewesen, am Horizont hingen nur ein paar glühend rote Schleierwolken. Elina stellte sich ans Fenster und sah hinaus auf die Stadt, die jetzt ihr Zuhause war. Hier würde Mina aufwachsen, es war eine gute Stadt, um darin groß zu werden.

Sie wollte sich gerade abwenden und ins Badezimmer gehen, als sie unten auf der Straße eine Gestalt erblickte. Eine junge Frau, oder auch nur ein Mädchen, die zum Fenster hochsah. Ihre Blicke begegneten sich.

Elinas Herz raste. Dieses Mal zögerte sie keine Sekunde lang. In wenigen Schritten war sie beim Telefon und wählte die Nummer der Notrufzentrale. Es dauerte ewig, bis jemand abnahm.

»Hier spricht Elina Wiik«, schrie sie beinahe in den Hörer. »Vor meiner Tür steht eine gesuchte Person. Es geht um Mord!«

»Wir haben heute Abend nur zwei Wagen draußen!«, entschuldigte sich der wachhabende Beamte. »Sie sind beide in den Randbezirken unterwegs. Aber ich schicke sie beide sofort zu Ihnen los. Lidmansvägen, stimmt's?«

»Ja. Und volle Montur!«

Sie warf den Hörer auf die Gabel und rannte zurück ans Fenster. Die Straße war menschenleer.

»Nein, nein«, stöhnte sie. Sie stürzte in die Diele, die Treppe hinunter und hinaus auf die Straße. Keine Menschenseele war zu sehen. Sie rannte hoch zum Oxbacken und sah sich suchend um. Einige Abendspaziergänger kamen ihr auf der Stora Gatan entgegen. Nein, falsch... Langsam rollte ein Auto den Berg hinunter. Ein älterer Herr saß am Steuer, sie drehte sich wieder um, sah in den Lidmansvägen, aber auch der war leer. Sie rannte auf die andere Straßenseite, Richtung Djäkneberg. Menschenleer. Ein kurzer Blick auf die Uhr sagte ihr, dass es fünf vor elf war. Sie blieb stehen und horchte. Die Geräusche der Stadt mischten sich mit dem Rauschen der Blätter, aber sie hörte weder Schritte noch Polizeisirenen. Die Streifenwagen schienen wirklich weit entfernt zu sein.

Langsam ging sie die Straße wieder hinunter. Sie würde im Hauseingang auf die Kollegen warten. Plötzlich erhellten zwei Scheinwerfer die Straße. Das Auto verließ seinen Parkplatz und fuhr auf sie zu. Elina blieb wie angewurzelt stehen und folgte dem Wagen mit den Augen. Hinter dem Steuer saß ein blondes Mädchen.

Elina tastete in ihrer Hosentasche... die Autoschlüssel. Sie rannte zu ihrem Wagen, der am anderen Ende des Lidmansvägen stand, betätigte schon von weitem die Zentralverriegelung und warf sich auf den Fahrersitz. Sie fuhr los, als der andere Wagen in die Kristinagatan einbog. Elina gab Gas und konnte gerade noch sehen, wie er auf die Ringstraße fuhr. Ihre Ampel schaltete auf Rot, und sie bremste an der Kreuzung, da aber der andere Wagen an Abstand gewonnen hatte und bereits einige hundert Meter zwischen ihnen lagen, drückte sie das Gaspedal durch, um ihn wieder einzuholen. Die Fahrerin beschleunigte ebenfalls und vergrößerte den Abstand wieder. Elina überlegte, ob sie versuchen sollte, sie einzuholen oder sogar zu überholen und von der Straße zu drängen, entschied sich aber dagegen. Die Frau hatte etwas vor, sie wollte gar nicht fliehen.

Das Handy... Das lag in der anderen Jacke in ihrer Wohnung. Sie war aus dem Haus gestürzt, ohne nachzudenken. Jetzt war sie auf sich allein gestellt und nicht in der Lage, Hilfe zu holen.

Sie fuhren auf die E 18 nach Westen, nahmen die Abfahrt nach Fagersta und fuhren weiter gen Norden. Das Mädchen fuhr konstant hundert Stundenkilometer.

So fuhren sie durch die Sommernacht. Elina konnte den Kopf der jungen Frau in dem dunklen Auto vor ihr sehen. Was hatte diese Reise für einen Zweck? Was hatte sie vor? Wohin fuhren sie? Etwa nach zwanzig Kilometern passierten sie Surahammar, es ging weiter nach Bergslagen. Die Gewerbegebiete folgten wie auf einer Perlenschnur aneinandergereiht. Ramnäs, Virsbo... bei Virsbo Bruk bog das Mädchen plötzlich ab, fuhr durch den kleinen Ort und in einen Wald hinein. Sie waren die Einzigen, die auf der Straße unterwegs waren. Das Mädchen hatte die Geschwindigkeit verringert. Elina spürte, dass sie sich dem Ziel näherten, hatte aber nach wie vor keine Ahnung, was es sein konnte. Vor ihr im Wagen fuhr Alex' Mörderin. Ob sie eine Waffe hatte? Adrenalin schoss durch Elinas Körper. Keinen Augenblick lang hatte sie nachgedacht, bevor sie sich auf diese Jagd begeben hatte. Oder war es gar andersherum – ein Katz-und-Maus-Spiel? Ihre Gefühle spielten verrückt, je näher sie dem Menschen vor sich kam. War das Hass, was sie empfand? Die Möglichkeit zur Rache hatte sich wie ein Wiedergänger aus der Vergangenheit gemeldet. Das Wichtigste war, dass sie die Stärkere von beiden war, wenn sie sich endlich Angesicht zu Angesicht gegenüberstehen würden.

Das Mädchen verringerte die Geschwindigkeit erneut. Der Wald lichtete sich, in der Dunkelheit zeichneten sich zwischen den Bäumen vereinzelte Gebäudeumrisse ab.

Dann sah Elina das Ortsschild. Und sie begriff. Stella war zurückgekehrt. Sie hatte Elina hierher gelockt, an diesem Ort würde die Abrechnung stattfinden.

Sie rollten langsam einen langen Berg hinunter und erreichten eine kleine Siedlung mit großen, freundlichen Holzhäusern. Elina schüttelte den Kopf. Darauf wäre sie niemals gekommen, wie merkwürdig eigentlich! In ihrer Heimat gab es nämlich auch einen Monte Sant'Angelo, ein Andeoska Gora, einen Engelsberg! Stella hatte sie nach Ängelsberg geführt, einer kleinen Ortschaft, die auch zum Weltkulturerbe der UNESCO zählte. Und nur etwa fünfzig Kilometer von ihrem Wohnort entfernt lag! Elina war blind gewesen, hatte es nicht sehen wollen. Aber der Engelsberg war ihr gemeinsames Schicksal, Stellas, Elinas und Alex'.

Das Mädchen hielt den Wagen am Fuße des Berges an und stieg aus. Elina bremste und blieb etwa zwanzig Meter entfernt stehen.

Dann plötzlich verschwand das Mädchen zwischen den Häusern. Elina sprang aus ihrem Wagen und folgte ihr. Aber die andere war wie vom Erdboden verschluckt, die Dunkelheit hatte zugenommen. Elina sah sich nervös nach allen Seiten um, sie wollte nicht überrumpelt werden. Kein einziger Mensch war zu sehen. Langsam ging Elina zum Auto zurück, bereit, jederzeit einen Angriff abzuwehren.

Vollkommen unerwartet stand sie plötzlich direkt vor Elina, wie aus dem Nichts war sie aufgetaucht. Elina wich ein paar Schritte zurück. Dieses Gesicht... es gab keinen Zweifel, sie war sich ganz sicher. Sie war die junge Frau unter der Straßenlaterne in Monte Sant'Angelo. Und das zwölfjährige Mädchen auf dem Foto, mit erwachsenen Gesichtszügen.

Die junge Frau lächelte sie an.

»Ich wusste, dass Sie mir folgen würden«, sagte sie.

Sie standen höchstens drei Meter voneinander entfernt. Elina machte sich bereit für einen Angriff. Sie wusste selbst nicht, ob sie angreifen oder sich verteidigen würde. Sie ballte die rechte Hand, hart wie eine Stahlfaust. In diesem Moment spürte sie nur Hass, kompromisslos, blind. Die Gefühle überwältigten sie. »Stella Dodola«, zischte sie.

»Ja«, sagte Stella und kam einen Schritt auf Elina zu. Ihre Stimme war so weich wie ihre Gesichtszüge. »Hiermit gebe ich mich in Ihre Hände. Haben Sie keine Angst, Sie haben nichts zu befürchten.«

Ihre Worte entwaffneten Elina. So plötzlich, wie der Hass in ihr aufgeflammt war, so schnell war er wieder erloschen. Zurück blieb nur Trauer, keine Wut.

»Warum hast du Alex getötet?«, flüsterte sie.

Die junge Frau ließ ihren Blick über die Häuser des Ortes schweifen, die alle dunkel da lagen. Ihr Lächeln erstarb. »Das ist bestimmt nicht leicht zu verstehen«, begann sie. »An jenem Tag, als Gabriel kam, um uns abzuholen... sein Freund Alexander hatte ihn begleitet, sie waren in seinem Wagen gekommen. Wir waren alle bereit zur Abreise. Da hörten wir einen zweiten Wagen den Berg heraufkommen. Es waren Ivan und Goran, unsere ehemaligen Nachbarn, vor dem Krieg. Wir kannten sie. Und ein dritter Mann war dabei, Jovan Šimić hieß er. Damals wusste ich das noch nicht. Und dann... Alexander war in der Küche, als es geschah. Ich stand auf der Treppe und sah wie Papa, Gabriel, Mama und Oma...«

Sie sah Elina direkt in die Augen. »Ich war ein kleines Mädchen. Ich war machtlos. Aber Alexander hat auch alles gesehen. Er war ein erwachsener Mann, dennoch hat er nichts unternommen. Er hat sich wie alle anderen in diesem schrecklichen Krieg verhalten. Sie alle haben zugesehen, aber niemand hat eingegriffen! Sie haben alles geschehen lassen.«

»Er war doch allein gegen drei Mörder!«, sagte Elina verzweifelt.

»Dann haben sie mich entdeckt«, fuhr Stella fort, als hätte sie Elinas Bemerkung gar nicht gehört. »Sie kamen auf mich zu, aber dann haben sie Alexander entdeckt. Sie haben ihn zu sich nach draußen gerufen. Ich habe gehört, was sie gesagt haben. Die beiden Brüder, Ivan und Goran, wollten Alexander töten, weil er zu viel wusste. Aber der dritte, dieser Jovan Šimić, hat sie überredet, ihn gehen zu lassen. Alexander ist ein Freund von mir, sagte er ihnen. Er ist mein Cousin.«

»Cousins? Das ist doch nicht möglich...«, stammelte Elina.

»Ihre Mütter waren Schwestern. Am Ende haben sie Alexander dann gehen lassen. Los, hau ab! Verschwinde von hier! hat dieser Šimić ihm zugerufen. Und er ist gegangen. Ich war mit ihnen allein. Sie wissen schon, was sie mit mir gemacht haben? Sie waren wie hungrige Wölfe... Dann haben sie mich in den zweiten Schuppen geworfen und auch ihn angezündet. Aber ich konnte entkommen.«

»Alex war nicht schuldig«, stöhnte Elina. »Er hatte keine Wahl. Du hattest nicht das Recht, dich deswegen an ihm zu rächen.«

»Alexander hat sich geweigert, im Polizeiverhör Jovan Šimić

zu verraten, seinen Lebensretter. Er hat sich aus freien Stücken mitschuldig gemacht. Er ist des Schweigens schuldig, weil er nichts gesagt hat, obwohl er von den schrecklichen Vergehen wusste. Er hat sich verhalten wie so viele Menschen in diesem Krieg. Sie haben nur an sich und die ihren gedacht und haben *andere* in den Tod gehen lassen, ohne auch nur einen Finger zu heben. Ist das nicht auch ein Verbrechen? Haben nicht gerade Schweigen und Passivität es ermöglicht, dass Zehntausende von Menschen in meinem Land sterben mussten? Ist es nicht immer ein Verbrechen zu schweigen, obwohl man weiß, was in dieser Welt Schreckliches geschieht?«

»Und was ist mit dir?«, rief Elina aufgebracht. Ihr Ton war aggressiv. »Machst du dich nicht eines noch viel schlimmeren Verbrechens schuldig? Wegen Menschen wie dir können die Konflikte niemals zur Ruhe kommen, sie werden von einer Generation in die nächste getragen.«

»Vielleicht«, Stella zuckte mit den Schultern. »Aber das war meine persönliche Rache, und die hat jetzt ein Ende. Ich werde für meine Taten einstehen, ich gestehe alles. Ab jetzt begebe ich mich in Ihre Hände.«

Elina zog ein Foto von Mina aus der Hosentasche und hielt es vor Stellas Gesicht.

»Dieses Mädchen ist vaterlos. So wie du«, sagte sie. »Vielleicht denkt sie eines Tages auch so wie du.«

Schweigend drehte Stella den Kopf weg.

49. KAPITEL

Eine Woche später stand Elina mit Mina im Arm auf dem Marktplatz von Monte Sant'Angelo. Sie betrachtete das sandfarbenen Haus und sah hinauf zu den Fenstern im zweiten Stock. Dort hatte sie mit Alex eng umschlungen gestanden. Ihr nächstes Ziel war der Friedhof. Sie waren mit dem Pfarrer verabredet. Im Grab ruhte jetzt kein namenloser Mensch mehr. Dort lag Alexander Kupalo begraben, 1970-2005.

Elina legte einen Strauß Blumen auf sein Grab und half dann Mina dabei, den kleinen Kranz aus Sommerblumen, den sie zusammen gepflückt hatten, daneben zu drapieren. Elina küsste ihre Tochter. Von Herzen dankte sie Alex für dieses Geschenk, das er ihr hinterlassen hatte.

Sie wollte gerade gehen, als Elina einen Mann entdeckte, der neben einem Auto stand und offenbar auf sie wartete. Es war Hauptkommissar Morelli.

»Mir ist zu Ohren gekommen, dass Sie zurückgekommen seien«, begrüßte er sie. »Wie geht es Ihnen, Kommissarin Wiik?«

»Das alles ist mir nicht leichtgefallen. Aber es geht mir ganz gut.«

»Ich möchte gerne, dass Sie ein Stück mit mir fahren«, forderte Morelli sie auf. »Es ist aber nicht gerade um die Ecke. Können Sie das Ihrer kleinen Tochter zumuten?«

»Wo wollen Sie denn hin?«

»Wir besuchen einen Mann. Ich glaube, er kann Ihnen etwas erzählen, was Sie gerne hören werden.«

»Dann vertraue ich Ihnen mal.« Elina lächelte ihn an.

Ein paar Stunden später hielt Hauptkommissar Morelli vor einem Hochhaus, unmittelbar in der Nähe eines Industriegebietes. Die Fassade war heruntergekommen, hier wohnten bestimmt keine wohlhabenden Leute. Sie befanden sich am Stadtrand von Bari.

Morelli begleitete sie in den ersten Stock und klingelte an einer Tür. Ein Mann öffnete ihnen, er trug einen blauen Trainingsoverall, auf den das Emblem der Fußballvereins AS Bari genäht war, ein rot-schwarzer Hahn.

»Darf ich Ihnen Stevo L. vorstellen?«, sagte Morelli. »Er möchte lieber anonym bleiben. Aber er hat Alexander Kupalo gekannt.«

Elina nahm Mina auf die linke Seite, um dem Mann die Hand zu schütteln. »*Buongiorno*«, sagte er und ließ der Begrüßung einige Worte auf Italienisch folgen.

»Er bittet uns, im Wohnzimmer Platz zu nehmen«, erklärte Morelli.

Sie setzten sich auf das blaue, ausgefranste Sofa. Mina klammerte sich an ihre Mutter.

»Ich habe Stevo L. dank Ihrer Informationen über Alexander Kupalo gefunden«, erklärte Morelli. »Stevo L. gehört zu einer Gruppe von Ex-Jugoslawen, die während des Krieges Verbrechen oder andere schändliche Taten begangen haben. Sie alle bereuen ihr Verhalten und fanden in dieser Gruppe gegenseitige Unterstützung. Man könnte auch sagen, diese Gemeinschaft hatte die Funktion einer therapeutischen Gruppe, in der sie gemeinsam ihre Erlebnisse aufgearbeitet haben. Alex Kupalo war ihre Kraftquelle. Er ist hierher gefahren und hat sich mit diesen Menschen getroffen, wenn er tagsüber fort war.«

Morelli wandte sich an Stevo L. Elina vermutete, dass er das Gesagte zusammenfasste, denn Stevo L. nickte zustimmend. Dann ergriff er das Wort, und Morelli übersetzte.

»Wir haben auch viel über Politik gesprochen, damit wir besser verstehen lernen, wie es so weit kommen konnte«, erzählte er. »Ohne diese Gespräche wären viele von uns untergegangen. Ich weiß das. Ein Freund von mir hat Selbstmord begangen, kurz bevor wir vor drei Jahren mit diesen Treffen angefangen haben.«

Er sah Mina an. »Das ist Alex' Tochter, nicht wahr?«

»Ja«, nickte Elina.

»Alex war die zentrale Figur unserer Gruppe. Zu ihm kamen alle, wenn sie Hilfe benötigten. Als ich ihn das erste Mal traf, hatte er sich in ein inneres Exil begeben. Er schwieg über seine Vergangenheit, aber ich weiß, dass er hierher gezogen war und einen neuen Namen angenommen hatte, um noch einmal von vorne zu beginnen. Aber die Vergangenheit hat ihn nicht losgelassen, so wie uns andere auch nicht. So kam es dazu, dass er zu unserer Gruppe stieß.«

Er verstummte für einen Moment.

»Aber ich möchte Ihnen auch davon berichten, wie er sich im letzten Monat vor seinem Tod veränderte.«

Er holte einen Briefumschlag und reichte ihn Elina. Sie zog den vierseitigen Brief heraus, er war auf Kroatisch verfasst.

»Alexander hatte beschlossen, vor dem Tribunal für Kriegsverbrechen in Den Haag auszusagen. Er war sich nicht sicher, ob das Tribunal den Fall aufrollen würde, aber in diesem Brief beschreibt er detailliert, was passiert ist, und erklärt sich bereit, nach Den Haag zu kommen.«

Hauptkommissar Morelli nickte. »Ich habe den Brief übersetzen lassen. Die Angaben stimmen ziemlich genau mit denen überein, die Sie uns über das Massaker von Andeoska Gora geschickt haben, Kommissarin Wiik. Kupalo war Zeuge der Taten, ist dann aber seiner Verantwortung nicht nachgekommen.«

Stevo L. fuhr fort: »Alex litt fürchterlich unter seinem Gewissen. Vor allem, dass er das Mädchen zurückgelassen hatte, ohne versucht zu haben, die Mörder aufzuhalten, auch wenn das unter Umständen seinen eigenen Tod bedeutet hätte. Ich glaube, die Scham hatte ihn die Jahre zuvor vor diesem Schritt zurückschrecken lassen.«

Elina las die Worte in dem Brief, ohne sie verstehen zu können. Sie bemerkte nicht, dass sie das Blatt so fest hielt, dass es schon ganz zerknüllt war.

»Was hat ihn denn umgestimmt, dass er den Schritt wagte?«, fragte sie.

»Das habe ich mich zuerst auch gefragt«, sagte Stevo L. »Eines Tages hat er mir erzählt, dass er eine Frau kennengelernt hätte. Und diese Begegnung hätte sein ganzes Leben verändert. Noch nie zuvor hätte er eine so starke Liebe empfunden. Vor ihr wollte er ein Mensch sein, den man in seiner Ganzheit lieben kann, ohne dass offene Fragen zurückbleiben. Er hatte den Wunsch, die tiefe Scham zu überwinden, und das war für ihn die einzige Möglichkeit.

Elina ergriff seine Hand. »Danke«, sagte sie. »Ich danke Ihnen von Herzen.«

»Sie dürfen den Brief gerne behalten, Signorina Wiik«, sagte Stevo L. »Leider hat er nie seinen Zweck erfüllt.«

Elina strich Mina über die Wange.

»Doch. Er ist bedeutender, als Alex es jemals hätte ahnen können.«

Lange saßen sie auf der Rückfahrt nach Monte Sant'Angelo schweigend nebeneinander. Morelli schien Elina mit ihren Gefühle und Gedanken allein lassen zu wollen. Dann wandte er sich schließlich doch an sie.

»Ich habe versucht, ein bisschen mehr über Alex Kupalos Leben herauszubekommen«, sagte er. »Zum Beispiel habe ich mich bemüht, seine Geschwister ausfindig zu machen. Aber leider gestaltete sich das schwieriger, als ich dachte. Ich habe noch immer nicht herausgefunden, wie sie heißen.«

»Ich auch nicht«, bedauerte Elina. »Ich vermute, das ließe sich in Kroatien vor Ort mit ein bisschen Mühe erfragen. Aber das hat Zeit. Vielleicht versuche ich das später noch einmal.«

»Dafür habe ich jedoch erfahren, wovon er während seines inneren Exils gelebt hat, wie Stevo L. es genannt hat. Er hat den Mitgliedern der Gruppe Privatunterricht in Englisch und Italienisch gegeben. Und ich weiß, womit er sich beschäftigt hat, bevor er nach Italien kam. Er hat an seiner Doktorarbeit in Kosmologie gearbeitet. Es ging darin um die Existenz von Zeit oder so ähnlich. Stevo L. hat es mir erzählt. Alex hatte erwogen, nach der Aussage in Den Haag die Doktorarbeit zu beenden. Sie werden bestimmt Leute aus seiner alten Universität finden, die Ihnen da weiterhelfen können, wenn Sie noch mehr über sein Leben in Erfahrung bringen wollen. Ich schicke Ihnen alle Angaben, die ich zusammengetragen habe.«

Hauptkommissar Morelli hielt am Marktplatz an und ließ sie aussteigen. Er wünschte Elina und Mina alles Gute und fuhr davon. Elina warf einen letzten Blick auf das Haus am Platz, ehe sie Monte Sant'Angelo hinter sich ließ.

50. KAPITEL

Stella saß in Värnamo in Untersuchungshaft, seit sie sich Elina gestellt hatte. Das Gerichtsverfahren fand in Jönköping statt. Da sie gestanden hatte, Ivan Zir erschlagen zu haben, und ihr Geständnis zusätzlich mit bis dahin unbekannten Details über das gestohlene Auto und das Telefonat mit der Polizei von Värnamo stützen konnte, war eine Verurteilung absehbar. Über den Mord an Alex hatte sie ausgesagt, dass sie Männerkleidung angezogen habe, um eventuelle Zeugen zu verunsichern. »Ich habe viele Identitäten«, waren ihre Worte.

Das Gericht berücksichtigte die Tatsache, dass Ivan Zir Stellas Familie getötet hatte, verurteilte sie aber dennoch zu zehn Jahren Haft. Danach würde sie auf Lebenszeit des Landes verwiesen werden. Da parallel ein zweites Gerichtsverfahren in Italien stattfand und sie wegen des Mordes an Alexander Kupalo zu achtzehn Jahren verurteilt wurde, würde die Ausweisung nach abgesessener Strafe in Schweden nahtlos in einen erneuten Gefängnisaufenthalt in Italien übergehen.

Und auch Kroatien bereitete eine Anklage gegen Stella Dodola vor wegen der Erschießung von Goran Zir im Jahre 2002, aber es war unklar, ob es tatsächlich zu einem Verfahren kommen würde.

Stella akzeptierte das Urteil, obwohl ihr Anwalt riet, in Berufung zu gehen. Sie wurde ins Untersuchungsgefängnis von Värnamo zurückgebracht und wartete dort auf die Überführung ins Frauengefängnis Hinseberg in Frövi, außerhalb von Örebro. In den Wochen, die sie in der kleinen Zelle verbrachte, hatte sie es sich dort gemütlich gemacht, obwohl sie kaum Komfort genoss und nur einen Fernseher als Gesellschaft hatte. Dem Personal bereitete sie keinerlei Unannehmlichkeiten.

Die Eingewöhnung von Mina im Kindergarten lief unerwartet leicht, das Mädchen schien es zu genießen, mit Gleichaltrigen zusammen zu sein. Elina hatte jeden Morgen die weitaus größeren Schwierigkeiten, wenn sie sich voneinander verabschiedeten und sie zur Arbeit ging. Ihre Aufgabe war, wie schon vor ihrer Auszeit, Anzeigen wegen Einbruch und Körperverletzung nachzugehen. Ein ansehnlicher Haufen stapelte sich bereits auf ihrem Schreibtisch im Büro.

Drei Tage nachdem sie wieder Vollzeit beschäftigt war, klopfte es an ihrer Tür. Es war Per-Göran Larsson, der Chef der fünf Morddezernate des Landesbezirkes. Als sie das letzte Mal miteinander gesprochen hatten, hatte er gegen sie Partei ergriffen. Danach wurde sie von ihrem direkten Vorgesetzten Egon Jönsson aus der Spezialeinheit abgezogen und versetzt.

»Setzen sie sich doch«, begrüßte Elina Larsson und lächelte ihn an. Die alte Feindschaft interessierte sie nicht mehr.

Per-Göran Larsson nahm den Stuhl auf der anderen Seite des Schreibtisches.

»Willkommen zurück«, sagte er.

»Vielen Dank.«

»Ich habe mit Interpol in Stockholm gesprochen«, kam er gleich zur Sache. »Ein Kollege hat merkwürdige Dinge erzählt.«

»Ach ja?«, entgegnete Elina ungerührt.

»Getreu Ihrer Gewohnheit haben Sie sich weit über die

Grenzen des Zulässigen bewegt. In diesem Fall, was die Zulässigkeiten eines schwedischen Polizeibeamten im Ausland anbetrifft.«

»Ich habe mich in einem Grenzland bewegt«, erklärte sie lakonisch. »Wenn Sie es wünschen, kann ich zu jedem Detail Stellung nehmen.«

Er hob die Hände. »Nein, das will ich gar nicht. Wenn von den kroatischen Kollegen niemand Beschwerde einlegt, will ich von alldem nichts wissen.«

Elina war argwöhnisch. Sie wusste nicht, worauf er hinauswollte.

»Kann es wahr sein, dass Sie im Laufe Ihrer Elternzeit mindestens ein halbes Dutzend Mordfälle in drei verschiedenen Ländern gelöst haben?«, sagte er nach langem Schweigen.

»Ja«, antwortete Elina. »Das stimmt.«

»Aber das ist doch geradezu unmöglich.«

»Eigentlich handelte es sich zu Beginn nur um einen einzigen Fall. Aber der hing mit den anderen zusammen.«

»Darüber würde ich später gerne Genaueres hören. Ohne Zweifel haben Sie als frischgebackene Mutter ziemlich ungewöhnliche Ermittlungsmethoden.«

Elina konnte ein Lachen nicht unterdrücken. Larsson verzog den Mund zu einem Grinsen.

»Aber jetzt zu dem eigentlichen Anlass meines Besuches. Wie Sie bestimmt gehört haben, verlässt uns Egon Jönsson und gibt seine Stelle als Dezernatsleiter auf.«

»John Rosén hat es mir erzählt. Ich hoffe, er bewirbt sich für den Posten und bekommt ihn auch.«

»Er hat nicht vor, sich zu bewerben. Aber er möchte, dass Sie das tun.«

»Ich?«, schrie Elina auf. Sie traute ihren Ohren nicht.

»Ja, Sie. Sie werden von vielen Seiten befürwortet, das weiß ich. Viele wünschen sich eine Frau auf diesem Posten...«

»Ach, dann geht es hier um eine Quotenregelung?«

»... Sie haben mich unterbrochen«, beschwerte sich Larsson. »Ja, es ist in diesem besonderen Fall tatsächlich ein Vorteil, eine Frau zu sein, das stimmt. Viel wichtiger aber ist Ihre Kompetenz. Die Effektivität unserer Polizei wurde in Frage gestellt. Man kann über Sie einiges sagen, aber ineffektiv sind Sie nicht!«

Er stand auf.

»Denken Sie darüber nach. Und schicken Sie dann bitte Ihre Bewerbung los!«

Dann verließ er ihr Büro. Sie blieb verwundert sitzen.

51. KAPITEL

Drei Tage später saßen zwei Männer im Aufenthaltsraum der Polizei von Värnamo und tranken Kaffee. Es war früher Vormittag, die beiden waren morgens aus Göteborg losgefahren. Sie sprachen sich mit ihren Nachnamen an, obwohl sie schon seit vielen Jahren zusammenarbeiteten und sich sehr gut kannten.

»Jetzt komm schon Lindkvist«, sagte der Kollege mit Namen Borg. »Es wird langsam Zeit.«

Lindkvist stand auf, folgte seinem Freund aber nicht hinaus in den Flur. »Ich brauche noch einen Kaffee. Gib mir noch eine Viertelstunde. Es gibt doch keinen Grund zur Eile. Sie wird dort die nächsten zehn Jahre sitzen.«

Borg seufzte und ging hinaus auf die Storgatan, um eine zu rauchen. Als er die Zigarette an der Backsteinwand des Polizeigebäudes ausdrückte, warf er einen Blick auf die Uhr. Borg zuckte mit den Schultern und sah sich nach dem nächsten Kiosk um. Dann konnte er auch genauso gut jetzt schon eine neue Packung kaufen.

»Wo bist du denn gewesen?«, fragte Lindkvist, als Borg erst zehn Minuten später wieder im Aufenthaltsraum erschien.

»Da war eine Schlange am Kiosk«, murmelte Borg.

»Du solltest aufhören, bevor es deine Lungen tun«, belehrte ihn Lindkvist. »Wollen wir sie jetzt holen?«

Ein Wächter öffnete ihnen und schloss Stellas Zellentür auf. »Hier. Das ist alles, was sie besitzt«, sagte er zu Borg und reichte ihm eine kleine Stofftasche.

»Wollen wir gehen?«, forderte Lindkvist Stella in seinem feinsten Schulenglisch auf. Sie stand auf, lächelte die beiden Männer an und ließ sich wortlos in den Gefangenentransporter bringen.

Am selben Tag kurierte Mina ihre erste Kindergartenerkältung aus. Sie schlief, und Elina hatte es sich im Wohnzimmer gemütlich gemacht. Es war zwei Uhr nachmittags.

Am Tag zuvor hatte sie lange mit John Rosén über Per-Göran Larssons Vorschlag gesprochen. Rosén hatte sich äußerst positiv dazu geäußert. Danach hatte sie sich an ihren Schreibtisch gesetzt, fünf Minuten lang nachgedacht, dann mit den Schultern gezuckt und sich gefragt: *Was ist das Schlimmste, was passieren kann?* Schließlich hatte sie eine kurze Bewerbung und einen Lebenslauf in einen Umschlag gesteckt und ihn in die interne Post gelegt.

Mittlerweile war es ihr wieder gelungen, den Gedanken an den möglichen Chefposten zu verdrängen. Stattdessen hatte sie begonnen, erneut über den letzten Fall nachzudenken. Das Massaker und die folgenden Morde … das hing zwar alles irgendwie zusammen, aber dann doch nicht richtig. Da war etwas Rätselhaftes an der Sache. Warum war Stella in Schweden geblieben? Woher wusste Stella, wie Elina hieß und wo sie wohnte? Die Untersuchungen hatten ergeben, dass sich Stella häufiger in Stockholm aufgehalten hatte, es gab Unterlagen von verschiedenen Hotels. Unklar war aber, was sie nach dem Mord in Värnamo getan hatte. Es herrschte ebenfalls Ungewissheit darüber, was sie getan hatte, nachdem sie vor zwölf Jahren dem brennenden Inferno in Andeoska Gora entkommen war. Sie hatte diese Fragen nicht beantworten wollen und sich geweigert, über nicht geständnisrelevante Dinge zu sprechen.

Stellas sonderbarer Wunsch, sich in Ängelsberg zu stellen... als hätte sie eine unwiderstehliche Kraft an den Ursprung des Geschehens getrieben. Elina erinnerte sich an den Tag in Andeoska Gora, als sie von Jovan Šimić angegriffen wurde. Der Ablauf der Ereignisse... das bereitete ihr die größten Schwierigkeiten. In der Sekunde, als er sie mit einem Schuss töten wollte, schlug der Blitz ein. Stellas Opfer waren alle so ums Leben gekommen, wie auch ihre Eltern und ihr Bruder sterben mussten: durch eine Kugel, ein Messer, einen Knüppel. Stellas Großmutter war bei lebendigem Leibe verbrannt. Der dritte Mörder ging in Flammen auf.

Sie lief im Raum auf und ab, um ihre Gedanken sortieren zu können. Es musste sich um einen Zufall handeln, ein Spiel der Zufälligkeit. Sie ging in ihr Schlafzimmer, auf dem kleinen Arbeitstisch stand ihr Laptop. Mit wenigen Handgriffen hatte sie ihn geöffnet und das Suchprogramm Google aufgerufen. Ins Suchfeld tippte sie ›Dodola‹. Zu ihrer größten Überraschung wurden ihr über zwanzigtausend Treffer angezeigt. Viele der Links bezogen sich auf eine Stadt in Äthiopien. Aber dann entdeckte sie ein Netzlexikon, wo das Wort Dodola einer vollkommen anderen Bedeutung zugeordnet wurde... Elina lehnte sich im Stuhl zurück, der Bildschirm beleuchtete ihr Gesicht. Sie verstand zwar, was sie da las. Aber der tiefere Sinn wollte sich ihr noch nicht erschließen.

Dann tippte sie die anderen Nachnamen ein, die ihr auf der langen Reise begegnet waren. Am Ende wollte sie es noch einmal mit Alex' Namen versuchen. Aber dieses Mal gab sie nur Kupalo ein, nicht Alexander Kupalo wie beim ersten Versuch, als sie etwas über seine Identität erfahren wollte. Neue Treffer, wieder mit einer Vielzahl von Bedeutungen. Die Worte tanzten vor ihren Augen, ungläubig starrte sie auf die Zeilen.

Elina griff nach dem Telefonhörer.

»Ja?«, meldete sich Valdemar Karlsson.

»Ich weiß nicht, wie ich es sagen soll«, begann Elina.

»Sind Sie es, Kommissarin Wiik?«

»Ja, es geht um Stella Dodola. Sie ist vielleicht nicht die, von der wir annehmen, dass sie es ist.«

»Nicht?«

»Stella ist die Tochter der Familie Dodola gewesen. Aber ich bin mir nicht mehr sicher, ob sie dieses Massaker wirklich überlebt hat«, sagte Elina.

»Das müssen Sie bitte genauer erklären!«

»Ich hatte eine Dolmetscherin in Kroatien. Sie hieß Danica. Sie hat einmal gesagt, dass *im Krieg auch die Mythen den Tod brachten*. Und jetzt ... vielleicht hatte sie damit mehr Recht, als ich wahrhaben wollte.«

»Ich habe keine Ahnung wovon Sie da reden!«, bedauerte Karlsson aufrichtig.

»Gehen Sie denselben Weg, den ich gegangen bin. Geben Sie bei Google Dodola ein und ziehen Sie Ihre eigenen Schlüsse.«

»Das muss ich gar nicht mehr.«

»Jetzt bin ich diejenige, die nichts versteht.«

»Der Gefangenentransporter hat Stella Dodola heute Vormittag abgeholt. Sie sind auf dem Weg in Frauengefängnis nach Hinseberg.«

»Ja gut.« Elina verstummte.

»Sind Sie noch dran?«, rief Valdemar Karlsson in den Hörer.

»Karlsson«, sagte Elina trocken. »Vergessen Sie, was ich Ihnen da gerade gesagt habe. Ich sehe schon am helllichten Tag Gespenster. Es ist alles in Ordnung!«

»Na prima. Auf Wiedersehen. Machen Sie es gut.«

Elina legte auf. Mina war aufgewacht. Elina hob ihre Tochter aus dem Bettchen und setzte sich mit ihr aufs Sofa. Mina kuschelte sich in die Arme ihrer Mutter.

»Mein kleiner Schatz«, murmelte Elina. »Du bist wirklich ein Geschenk Gottes.«

Borg und Lindkvist hatten bereits Örebro durchfahren und nur noch zehn Minuten Fahrt vor sich. Es war wie erwartet ein leichter Transport gewesen. Borg bog an der letzten Kreuzung vor ihrem Ziel ab. Da türmte sich plötzlich ein riesiges Wolkengebirge auf, und ein ungeheuerlicher Regenguss stürzte vom Himmel.

»Verdammt!«, schrie Borg, der trotz Scheibenwischer auf höchster Stufe nichts mehr sehen konnte. Er machte eine Vollbremsung. Aber ehe der Wagen zum Stehen kam, wurde er von einer gewaltigen Sturmbö gepackt und in den Graben geschleudert. Wie eine Schildkröte lag er mit den Rädern in der Luft. So unerwartet Wind und Regen aufgekommen waren, so schnell hatten sie sich wieder gelegt. Borg gelang es, die Fahrertür aufzudrücken, und die Männer konnten aus dem Wagen klettern.

»Dem wären wir eindeutig entkommen, wenn du auf deinen letzten Kaffee verzichtet hättest«, schimpfte Borg auf seinen Kollegen ein. »Wir wären schon längst da!«

»Wir müssen nachsehen, wie unsere Gefangene den Sturz überstanden hat«, erinnerte ihn Lindkvist. Er kämpfte sich durch den Graben und schloss die Hintertür auf.

»Borg!«, schrie er. »Komm schnell, das musst du dir ansehen!«

Borg kam zu Lindkvist gerannt. Stella Dodola war nicht mehr im Wagen. Sie drehten sich in alle Richtungen, aber es war niemand zu sehen.

»Das ist doch vollkommen unmöglich«, stöhnte Lindkvist. »Wo ist sie denn hin?«

Das Rätselhafte ließ sie beide verstummen. Dann bückte sich Borg und hob Stellas Stofftasche auf, die unter einen der Sitze geklemmt war. Er öffnete sie und sah ihren Inhalt durch. Ein paar Kleidungsstücke und etwas, das aussah wie ein Tagebuch.

Am Boden des Beutels lag ein Buch. Der Titel war in einer Sprache geschrieben, die Borg nicht lesen konnte. Auch Lindkvist beugte sich vor. Gemeinsam betrachteten sie den Einband.

Dargestellt war ein Mädchen, das auf einer Wolke saß, hoch oben über den Menschen dort unten auf der Erde.